生首に聞いてみろ

法月綸太郎

角川文庫 14888

目次

第一部　FraKctured

彫刻家の観点からすると、彫刻という形式で表現する際の人間の頭部の（しかもおそらく人体すべてのうちの）もっとも難しい部分は目である。彫刻の全史を通して目はつねに頭部の立体的表現のなかで最大の問題を提示してきた。これはもちろん、人体のすべての部分のうちで目だけが、形からではなく、虹彩《こうさい》と瞳孔《どうこう》という色彩だけからできた模様をしているという事実に起因するのである。

——ルドルフ・ウィトコウアー『彫刻—その制作過程と原理—』

1

田代周平から写真展の案内が届いたのは、ノストラダムスの大予言が空振りに終わった夏、お盆の帰省ラッシュも一段落して、原稿を催促する電話が土用波のように押し寄せてくる頃だった。残暑見舞いを兼ねたハガキには、九月五日から五日間、銀座のギャラリーで近作の個展を開くので、暇だったらちょっとのぞきにきませんかと記されていた。日程は雑誌の〆切《しめきり》と重なっていたが、しばらく田代の顔を見ていない。綸太郎《りんたろう》の高校の二年後輩で、本業は腕のいい広告カメラマンである。クライアントの注文に忙殺されながら、仕事の合間を縫って本人いわく「アナクロな芸術写真」を撮り続け、自費出版も含めて四冊の写真集にまとめている。以前はちょくちょく飲みに出かける仲だったのに、一昨年、田代が身を固めて浦和の新居に引っ越してからは、めっきり顔を合わせる機会が減っていた。

三十代も半ばを過ぎると、暇というのは無理をしてでもこしらえるものだ。それからまたたく間に半月が過ぎ、差し迫った短編の〆切をどうにかクリアした綸太郎は、原稿を編集者に手渡したその足で、ソニー通りに面したテナントビルの地階ギャラリーへ赴いた。

九月九日、とうに楽日の午後三時を回っている。《ブラインド・フェイス／田代周平写真展》と書かれたポスターを横目に見ながら、受付の若い女性に招待ハガキを差し出し、法月《のりづき》ですがと名乗ると、切れ長の目をした彼女は何がおかしいのやら、思い出し笑いみたいに口許《くちもと》をほころばせて、

「お噂はうかがってます。先生はさっきから会場の方に」

綸太郎は肩をすくめた。ポスターと同じデザインをあしらったパンフをもらい、パネルで仕切った会場へ入っていくと、ひんやりした空気が外気で汗ばんだ肌に心地よい。天井はやや低めだが、思いのほか幅と奥行きがあって、魚眼レンズでのぞいたような感じだった。フロアの照明に気を配っているし、お上品ぶったBGMの類も流していない。

派手な告知をせず、場所も地下に引っ込んで通りから目立たないわりに、客の入りは悪くなかった。定期的に開かれる田代の個展に足を運ぶ愛好家の数は、着実に増えているよ

うだ。受付の子に「先生」と呼ばれるのもダテじゃない、と綸太郎は思った。
「盲信《ブラインド・フェイス》」と題された展示作品は後からじっくり鑑賞することにして、まず挨拶《あいさつ》が先である。田代周平はフロアの隅っこで、高級ブランドに身を包んだ山の手マダム風のグループに囲まれていた。リーダー格とおぼしきご婦人は、エルメスのデザイナーが見たら卒倒しかねないグロテスクないでたちで、その着飾りようにふさわしい自己顕示欲の持ち主らしかった。田代はほっぺたをワックスで固めたような笑顔を振りまきながら、彼女の話にしきりと相槌《あいづち》を打っている。高校時代からの長い付き合いでなくても、それがお仕着せの営業スマイルだということは一目瞭然《りょうぜん》なのだが。

声をかけるより先に目が合って、女たちの肩越しに田代はほっとした表情を見せた。芝居がかったしぐさでこっちへ手を振ると、取り巻きの包囲網を突破して、せかせかと会場を横切ってくる。

「しばらく見ないうちに、すっかりホストぶりが板に付いてきたじゃないか」

にやにやしながら冷やかすと、田代は背中に当たる視線を気にして声をひそめ、

「やだなあ。旦那《だんな》が大事なスポンサーだからしょうがないんですよ。でも正直な話、抜け出す口実ができて助かりました。〆切があったんでしょう、今日は大丈夫ですか」

「心配ご無用。いざとなれば〆切のひとつやふたつ、朝飯前ってやつさ」

「あれ。最近本の出ない人がよく言いますね」

「大きなお世話だ。こっちは徹夜の強行軍で、せっかく来てやったのに」

「まあまあ。新作を待ちわびている読者の代表として、申し上げたまでですよ。昨日も容子さんと、新しい長編はいつ読めるんだろうって噂したばかりなんで」

田代は悪びれもせずに言う。綸太郎はしかめっ面を半分だけ和らげて、

「容子さんって？」

「久保寺先輩ですよ。昨日、わざわざ写真を見に寄ってくれて。相変わらず忙しいみたいで、三十分ぐらいしかいられなかったんですけど」

「久保寺じゃなくて、滝田だろ」

綸太郎が訂正すると、田代は一瞬ぽかんとしたが、あっそうかと頭を掻《か》いた。

「あの人も既婚者でしたね。すっかり忘れてた。いつでしたっけ、結婚したのは？」

「なに言ってんだ。もうだいぶ前だぜ、彼女のバンドが解散した年の暮れだから」

「震災とオウムの年ですね。だったらもうじき三年、いや四年になるのか」

田代は指折り数えながら、なんかそういう印象が薄くってと首をすくめ、

「今回のシリーズでモデルをお願いしたんですよ。あそこにあるやつですけど、撮影の時もリングはしてなかったな。それに容子さんって、昔とちっとも変わらないじゃないですか。女の人って、結婚したらもっと顔つきが変わったりするもんじゃないのかなあ」

「オヤジみたいなこと言うなよ。見る方の思い込みの問題だろ。ソロの名義は昔と一緒だし、年の瀬に籍だけ入れて式とかしなかったから」

「本人のポリシーがそうなのかな。それでよけいに印象が薄いのかも」

「旦那の方が再婚で、前の奥さんとちょっとゴタゴタしたらしい。それであんまり大げさにしたくない事情もあったみたいだが——」

容子の写真を視野の隅に収めながら、綸太郎はさりげなくコメントした。久保寺容子は高校時代のクラスメートで、かつて法月少年は一度だけ彼女をデートに誘い出し、その日にこっぴどく振られたことがある。ショパンとパティ・スミスが好きだった容子は、大学で知り合った仲間たちとスレンダー・ガールズという女性ロックバンドを結成し、卒業とともに念願のプロデビューを果たすと、数年後にはヒット曲を連発する人気ミュージシャンになっていた。

バンドブーム華やかなりし頃、「イカ天」の全盛期——といっても、今の若いリスナーにはわかるまい。十年一昔というけれど、カラオケボックスがまだ珍奇な目で見られていて、Jポップなんてスカした言葉は影も形もなかった時代のことである。

一九九〇年の二月、ひょんなところで容子と再会した綸太郎は、彼女に背中を押されるようにして公私にわたるトラブルを切り抜けた。だがちょうどその頃から、容子自身も人には言えない深刻な問題を抱え込もうとしていたのだ。滝田という妻子持ちのマネージャーと深い仲になっていると打ち明けられたのは、いい歳をしてやくざな生活をしている者どうしの、気がねのいらない付き合いが復活して、一年以上過ぎてからのことだった。

「そういえば、相手の顔も知りませんね。先輩は、容子さんの旦那さんとは？」

「いっぺん会ったきりで、あんまり印象に残ってないな。もう何年も前に、ツアー先の京都でばったり出くわして、バンドのマネージャーとして紹介されただけだから」

「なんだ。知ったふうなことを言うわりに、ぼくとどっこいどっこいじゃないですか」

「どっこいどっこいが聞いてあきれる。結婚したのも忘れてたくせに。だいいち、ひとの奥さんつかまえて失礼だろ」

「そんなに失礼ですかね。ちょっとちがうと思うんだけど。それともあれですか、その件に関して先輩は何か含むところでも?」

「別に含むところなんてありゃしない」

「そうかなあ。いや、ぼくは前から聞こうと思ってたんですが――」

そっけない対応に田代は下世話な興味をかき立てられたようだが、あいにくとそれ以上の詮索《せんさく》はできない相談だった。置いてけぼりを食らい、しびれを切らしたマダム軍団が二人の背中に肉薄していたからである。

「あら、そちらのご友人はまだ先生の作品をご覧になってないのね。じゃあ、お話は後ほどになさったら? 田代先生もわたくしどもの感想を最後までお聞きになりたいはずですし」

田代の目が哀願していたが、綸太郎は丁重なしぐさで先客に獲物を譲った。後で二人が落ち合う時間だけ決めさせると、勝ち誇った女たちはつむじ風のように「田代先生」を会場の外へかっさらっていった。値の張りそうなパウダーと香水の匂いをフロアに残して。

くしゃみをこらえながら、綸太郎は展示作品をながめることにした。目に映るのはずらりと並んだ顔、顔、顔。どれも人物単体のカラー写真で、等身大のバストショットがA判ポスターサイズの紙に焼かれている。

被写体は年齢も性別もさまざまで、ビジネススーツの会社員とゼッケンを付けた無名のアスリートの間に、ガングロ女子高生のアップがはさまれていたりする。濃いメイクの下から喉仏《のどぼとけ》が突き出した女装の男の隣りには、皺《しわ》と染みの中に目鼻が埋もれた白髪の老婆、あるいは普段着の主婦、幼稚園児、托鉢《たくはつ》僧、仕事帰りのOL、……。どれひとつとして同じ人物は見当たらず、何の脈絡もない、雑多な人々のポートレートがフロアを取り囲んでいた。職業不詳、年齢不詳の顔もあり、個性的な顔の持ち主もいれば、そうでない平凡なものもあった。

撮影データ以外、キャプションめいたものはなく、ロケーションや日時もまちまち。ランダムな市井の肖像の寄せ集めのようで、容子のほかに知っている顔はない。そのかわり、すべての写真に一目でそれとわかる共通点があった。

どの人物も判で押したように目をつぶっている――まばたきではなく、両のまぶたをしっかり閉じて。カメラマンの指示で一律にそうしているのは明らかだった。どうやらカタカナ表記の個展タイトルは、"faith"と"face"の語呂《ごろ》合わせになっているらしい。田代の腕が確かなので、全体のコンセプトは明瞭《めいりょう》すぎるほどであっても、一枚一枚の写真に作為臭は感じられなかった。レンズを見返す視線を封じられているせいか、どの表情も瞑想《めいそう》的でとらえどころがなく、無防備な真空状態をさらけ出している。モノクロ写真だったら、石膏《せっこう》のデスマスクを連想したかもしれない。自然体というのともちがって、見ている方はなんとなくそわそわして落ち着かなくなる。他人の寝顔を公然とのぞき見しているような気分にさせられるからだ。

容子の写真の前で立ち止まるのは気恥ずかしく、若い女性客の背中越しにちらっと目を走らせただけで、足早に通り過ぎてしまった。そうして一度は素通りしたものの、フロアを一回りするとやっぱり気になって、自然と足が戻っていく。

写真の中の容子は相変わらず化粧っ気に乏しくて、ラフな髪型ときたら、ヤマアラシの威嚇ポーズそっくりだ。男物のワイシャツの袖《そで》を折り、細いタイを結ばずに垂らしているのは、ロバート・メイプルソープが撮影した『ホーセス』のジャケットへのささやかなオマージュだろうか？　だとしても、リラックスした女友達の表情にやんちゃでぎすぎすしたところはこれっぽっちも見当たらなかった。

田代に言われたせいではないけれど、まぶたを閉じた容子の顔の前にたたずんでいると、どうしても回顧的な感情が湧いてくる——マネージャーとの不倫がグループの人間関係にどんな影響を及ぼしたのか、綸太郎は今でもわからない。知っているのは、四年前の夏、滝田の三年越しの離婚訴訟にやっとケリが付いたのと相前後して、スレンダー・ガールズが十年間のバンド活動にピリオドを打ち、武道館で盛大な解散コンサートを開いたということだけだった。いや、本当は折にふれて、容子の口から愚痴とも自問自答ともつかないややこしい話を聞かされていたのだが、その一部始終を他人に洩《も》らすわけにはいかない。

その年のクリスマスの一週間前、彼女がいきなり電話をかけてきて、しばらくいつものようにたわいない世間話をした後、おもむろに姓が変わったことを告げたのだった。誰よりも先に知らせたかったのよと容子が言い、綸太郎はおめでとう、それから、知らせてくれてありがとうと言った。言葉の順序は逆だったかもしれない。ともかくそんなふうにして、彼は九〇年代の折り返し地点を通過した。

その後も容子はソロアーティストとして玄人受けのする二枚のアルバムを発表し、最近は新人の発掘やプロデュース業にも手を伸ばしている。結婚したからといって掌《てのひら》を返すように連絡が途絶えたわけではないし、お互い遠慮する間柄でもなかったはずだが、やはり以前のように気軽で開けっぴろげな付き合いを続けるのはむずかしい。歩く時、ほんのちょっと右足を引きずる容子のしぐさを思い出したりすると、今でも少し寂しい気がするけれど、それも致し方ないことだと思う。だから彼女に関して、特別に含むことなどありはしないのだ。

あれ？　容子の顔に見入っているうちに、ふと違和感を覚えた。なんとなく瓜《うり》二つの別人が写っているような気がしたからだ。どこがどうとは言えないが、目を凝らして見れば見るほど、ちぐはぐな印象が募っていく。たしかに同じ顔なのに、それでもどこか微妙なバランスが狂っているとしか言いようのない感じだった。

目を閉じているせいで、そんなふうに見えるものだろうか？　それとも、田代は否定していたが、やはり結婚して顔つきがちがってしまったのか？　綸太郎はかぶりを振った。最後に容子と顔を合わせたのがいつだったか、とっさに思い出せないのがじれったい。

首をかしげたまま、一歩、二歩と後ろに下がる。試しに両隣りの写真と見比べると、ちぐはぐな感じは容子だけでなく、見ず知らずの他人の顔にも伝染した。ほんの一瞬、網膜が裏返しになるような感覚にとらわれたが、それとほとんど同時に、違和感の原因を悟った。

なんだ、そういうことか――もう一度容子の写真を確かめて、綸太郎はつぶやいた。気づいてしまえば、見過ごしていたのがうかつなぐらいささやかなトリックだ。

「気づきました？」

彼の独白に答えるように、誰かが後ろからささやくのが聞こえた。はっとして振り向いた先に、若い娘の顔がある。もちろん写真ではない、生身の人間の顔だ。

綸太郎が親指を自分に向けると、娘は軽くうなずいた。シックな柄のキャミソールドレスに白いレースをはおった装いと、首筋でカットしたナチュラルな黒髪に見覚えがある。さっき容子の写真の前を素通りした時、後ろ姿だけ目にした女性客だった。卵形の小ぶりな顔立ちに、きりっとした二重の大きな目、ほっそりと形のいい鼻、もの問いたげに突き出したチャーミングな唇には、グロスが光っていた。頬から顎《あご》までのラインにムダがなく、見るからに大人びて芯《しん》の強そうな印象を受ける。肌のツヤから見て、年は二十歳ぐらいか。

モデル顔負けのルックスにちょっとどぎまぎしながら、綸太郎は一呼吸おいて、娘の問いにイエスのしぐさで応じた。彼女がいつからそこに立っていたのかわからない。徹夜明けの三十男が物思いにふけっているところをどれぐらい前から観察していたのだろうか？　出がけに服を着替えてきて正解だったと思いつつ、やおら容子の写真に向き直って、

「シャツの合わせ目が右前になってるでしょう。男物かと思ったらそうじゃなくて、この写真はフィルムを裏焼きにしてある。隣りのこれも、そっちもそうだ。だからたぶん——」

「ええ。ここにあるのは全部そうなんです。ひとつひとつ確かめました」

「じゃあやっぱり、わざとそうしているんだな」

「みんな目を閉じてるうえに裏焼きだなんて、何か意味があるんでしょうか？」

綸太郎は腕を組んだ。真っ先に考えたのは、容子本人がこの写真を目の当たりにした時、どんな反応を示したかということである。答はおのずと明らかだった。

「こういうクイズを知ってますか。絶対に自分で見ることのできない自分の顔とは、いったいどんな顔でしょう？」

「寝ている時の顔、ですか」

娘は即答した。なかなか頭の回転が速そうだ。綸太郎はにっこりして、

「惜しい。寝顔なら、誰かに写真を撮ってもらえば見ることはできる。正解は、目を閉じた自分が鏡に映っている顔。もちろんカメラを向けることはできるけど、じかに本人の目

で見るのとはアングルが変わってしまう。ちゃんとそこにあるはずなのに、けっして見ることのできない分身の姿、それを再現するっていうコンセプトじゃないかな」

「それで裏焼きに！　やっと腑《ふ》に落ちました。原寸大の引き伸ばしや真正面からのアングルにも、ちゃんと意味があるわけですね」

娘はそう言って、初めて相好を崩した。白い歯がこぼれそうな屈託のない笑顔で、最初の大人びた印象が一気に和らいだ。かと思うと、急に体を硬くして口に手をやり、

「ごめんなさい。いきなり話しかけたりして、失礼しました。でも、どうしても気になって仕方がなくて」

ぺこりと頭を下げる。それに田代さんと親しそうだったので、つい」

「あいつは高校の後輩なんでね。ぼくは写真のよしあしはわかんないんだけど」

「よしあしどころか、すごい才能だと思います。コマーシャルフォトだけじゃなく、こういう分野でももっと注目されればいいのに」

「ふうん。田代のファンなんだ」

「それはもう、憧《あこが》れの的ですよ。写真集は全部持ってるし、雑誌の広告なんかも目の届く範囲で、できるだけチェックしてますから」

熱のこもった返事を聞いて、田代がちょっとうらやましくなった。やっかみが顔に出たのを別の反応と勘違いしたらしい。彼女はせわしなく手を振って、

「でも、変な追っかけみたいなのとはちがいます。いるでしょ、そういう人？　わたしは

写真に興味があって、自分で撮るようになってから田代さんのことを知ったので。だから憧れの的っていうのも、そういう意味なんです」

「へえ。どっちかというと、きみは撮られる方かと思ったんだけど」

調子に乗って口をすべらせると、娘は形ばかりの笑みを浮かべて、

「モデルの真似事なら少しだけ。父親がそういう方面につてがあって、何度かプロの人から声をかけられて。だけど、あんまり向いてなかったみたい」

「向いてない？」

娘はうなずいた。もっと年上の女がそうするようなくたびれたしぐさである。

「絵や彫刻のモデルだったらまだしも、カメラを向けられると、自分が自分でなくなってしまうような気がして。表情がガチガチになってしまうんです。自意識過剰なのかも……。だから、あんなふうにカメラの前で自分をさらけ出すなんてできないなあ」

あんなふうにと言って、彼女が目を向けたのは、ほかでもない容子の写真。

「すてきな人ですね。ひょっとして、お知り合いですか？」

「ん？　まあね。たぶん、きみも知ってる人だと思うよ」

娘はけげんそうに首をかしげた。綸太郎は写真に背を向け、さりげなく話題を戻す。

「写真を始めたきっかけは、レンズの向こう側に回りたくなったせい？」

「そう言ってよければ。自分が撮られるより、撮ってる人の方が面白そうな気がしたんです。最初は友達にポラロイドを借りて、遊び気分でこうパチパチと」

「HIROMIXのセルフポートレートみたいな?」

「完全に物真似で。ありがちですよね。でも、それから中古の一眼レフを手に入れて、自分で現像をやりだしたら、遊びどころかすっかりハマってしまって。自宅に暗室があったらいいんですけど、キャンパスの学生ラボがわりと自由に使えるので、今はそれで我慢してます」

「自分で現像まで。本格的だなあ」

リバーサルとネガフィルムの区別もつかないカメラ音痴の綸太郎が感心すると、娘はあわててかぶりを振って、

「本当はそんな、人に言えるような腕じゃないんです。まだ初心者に毛が生えた程度で、知識もテクニックもないですし――」

言葉に詰まり、きまり悪そうに口をつぐんだ。初対面の短いやりとりの間にもくるくる表情が変わる。たしかにちょっと自意識過剰なところはあるかもしれないが、この年頃の娘なら誰だってこんなふうだろうし、そのせいで持ち前の魅力が損なわれてはいない。モデルに向かないと決めつけているのは、カメラマンとの相性が悪かっただけで、田代周平ならもっと別の面を引き出せるのではないか。

「そうだ。せっかくの機会だから、田代に紹介しようか」

無責任な思いつきを口にすると、娘の顔がぱっと輝いた。

「本当ですか。田代さんに? 嘘みたい、本人と話せるなんて……。だけど、いいんでし

ょうか。初対面の方にそんなに甘えてしまって」

「いいんじゃないのかな、憧れの的なんだから」

たちの悪いキャッチセールスみたいだが、こちらに邪心（？）はないし、娘も乗り気になっている。それでもしばらくもじもじしながら、落ち着きなく目を動かして、

「それはそうなんですけど、図々しいと思われたりしないかしら」

「図々しいっていうのは、さっきのオバサンみたいなのを言うのさ。だいじょうぶ、気さくな男だから、そんな心配はいらないよ。ぼくが保証する。六時に外のロビーで落ち合うことになってるから、その時にでも」

「そうですか。それなら思いきって、お言葉に甘えてしまおうかな——あっ！　でもこれからわたし、人と会う約束があるんです」

急に思い出したらしく、娘は困ったように顔を曇らせた。そのせいで名前を聞きそびれてしまったのだが、彼女はそれどころではなさそうに、

「六時っていうと、まだかなり間がありますね。どうしよう」

「約束って、友達と？」

娘は軽く首を横に振って、リストウォッチに目をやった。

「ここで待ち合わせなんですけど。もうそろそろ来てもいい頃なのに」

友達でなければ、恋人か何かだろうか？　娘はやきもきしながら、待ち人の姿を求めて会場を見回した。綸太郎もつられてそうしたが、彼氏とおぼしき人物は見当たらない。

「場所がわからないのかも。ちょっと上へ行って、捜してみます」

スタンドカラーのシャツにくたびれたサマージャケットを引っかけた中年の男が会場に入ってきたのは、彼女が入口の方へ戻りかけた時だった。中肉中背というよりは、ひょろりとしたなで肩の体型。筋張った色白の顔に似合わないサングラスをかけている。

「来ました」

ぱっと振り返った娘が、安心した声で言った。くだんの男は入り際できょろきょろしていたが、彼女を見つけると、遅くなってごめんと謝るようなしぐさをした。ウェーブのかかった髪にだいぶ白いものが混じっていて、ちょうど彼女の父親ぐらいの年齢だろうか。と思った矢先、こちらへ視線を移した男があれっという顔をする。そのまま脇目も振らずに綸太郎のそばまで来ると、サングラスを外しながら不思議そうにたずねた。

「――法月君じゃないか。どうしてきみがここに?」

サングラスなしの顔を見て、綸太郎はあっけにとられた。娘の待ち人というのが、知り合いの翻訳家、川島敦志《あつし》だったからである。

2

綸太郎はぽかんと口を開けたまま、二人の顔を見比べた。言ったら悪いが、朴念仁を絵に描いたような川島の風貌《ふうぼう》は、銀座のギャラリーでモデルはだしの美女と逢瀬《おうせ》を愉《たの》しむ図にはそぐわない。仕事がらみではなさそうだし、川島はずっと独身で、誰とも結婚したことはないはずである。年頃の娘がいるなんて話は聞いたこともない。隠し子でもあるまいし、親子でなければどういう関係なのだろう？　さまざまな臆測《おくそく》が脳裏をよぎったが、娘のリアクションはシンプルきわまりないものだった。

「えっ。じゃあ、叔父《おじ》さんの知り合いだったの？」

「叔父さん？」

目を丸くして娘を見ると、向こうもびっくりした顔でうなずいた。気心の知れた友達みたいな二人の呼吸に、今度は川島の方が面食らって、

「いかにも私は叔父さんだが、きみらこそ前から知り合いだったのか？」

サングラスのテンプルでいちいち顔を指しながら、つっけんどんにたずねる。そのしぐさがおかしかったのか、娘はぷっと噴き出した。川島がますます妙な目つきでにらむので、綸太郎はぶるると首を振り、

「ぐ、偶然なんですよ。さっき会ったばかりで、まだ名前も聞いてない」

かくかくしかじかで、と事情を説明すると、川島は宙ぶらりんになったサングラスをたたんで、上着のポケットにしまった。納得というより、拍子抜けみたいな顔をしている。

「かわいい姪御《めいご》さんに悪い虫でもと心配しましたか？」

「そういうわけじゃないが、いきなりだったから。きみだって、私の顔を見て変な想像をしただろう。翻訳学校の教え子にでも、手を出したんじゃないかって」

「なるほど。その線は考えませんでした」

身に覚えがあるなら、そんな言い方はしないだろう。川島は代々木《よよぎ》のマスコミ専門学校で、翻訳家養成コースの講師を務めている。川島敦志といえば、ベトナム戦争以後の現代ハードボイルドを紹介した功労者として定評があり、書評の分野でも一目置かれる存在だったが、今では雇われ講師の方が本業かもしれない。四年前、左眼の網膜剥離《はくり》の手術を受けてから、眼に負担をかけないよう、新しい翻訳の仕事をほとんどことわって、後進の育成に精力を傾けているからだ。眼の手術以来、外出する時にはサングラスが手放せなくなっている。

「——話を聞いてなかったの？　まだ名前も知らないって」

蚊帳《かや》の外に置かれた娘が、もどかしそうに川島の袖《そで》を引っ張った。

「ちゃんと紹介してくれないと、あらたまって挨拶《あいさつ》もできないじゃない。ちっとも気が利かないんだから、叔父さんったら」

「ああ、悪い悪い」

川島は頭を掻《か》いた。自他ともに認めるハードボイルドの権威といえども、姪の前ではかたなしのようだ。

綸太郎は学生の時分から川島の文章に読みふけり、少なからず影響を受けた口である。ずっとファンだったが、本人と親しくなったのは四年前。川島の手術前に原稿が仕上がった最後の訳書『フィルモア・ジャイヴ』に解説を書いたのが、知遇を得たきっかけだった。

UCLAの映画学科を出たS・B・マルクマスという新人のデビュー作で、扉の献辞には、デニス・ホッパー、クリント・イーストウッド、ロバート・アルトマンの名前が掲げられている。内容をひとくちで言うと、『ラストムービー』と『荒野のストレンジャー』、それに『ロング・グッドバイ』をごちゃ混ぜにしたような私立探偵小説の野心的パロディ。カレー粉みたいな作者のイニシャルにふさわしく、かなり辛口の作風である。おびただしい小説と映画の引用を交えつつ、ポストモダン的な手法を駆使した破天荒なストーリーは、

「ハードボイルドの時代に、おやすみ《グッド・ナイト》のキスを！」

という意味深長なフレーズで幕を閉じるのだった。

入院中の訳者のピンチヒッターとして、綸太郎が解説を引き受けたのは、たまたま担当の編集者と知り合いだったせいで、川島自らのご指名ではなかったけれど、彼の眼鏡にかなった本ならハズレのわけがない。校正刷りを読んでひとことでは言い表せない共感と羨《せん》望《ぼう》を覚え、その感じをなんとか読者に伝えようとして、綸太郎は長文の解説を書き上げた。『フィルモア・ジャイヴ』は一部のマニアを除いてほとんど話題にならなかったが、しばらくして川島から法月解説への感想をしたためた丁重な礼状が届いた。手紙と電話で数回やりとりをした後、あるパーティの席上で編集者に紹介されたのが初対面、ということになる。同じような場でもう一度顔を合わす機会があり、その時はだいぶ緊張もほぐれて話がはずんだ。

「――まだ先の話で、版元も決まってないんだけど、昔からの念願だったレイモンド・チャンドラーの長編全訳にぼちぼち手を付け始めたところなんだ。最近のチャンドラー・バッシングの風潮にはどうしても納得が行かないし、今ちょうど自分が四十五でね。カリフォルニアの石油会社をクビになったチャンドラーが、パルプマガジンに探偵小説を書き出したのと同い歳ってことになる。ライフワークなんて言ったらおこがましいが、そんな時期に眼の手術を受けたのも、何かの因縁じゃないかと思ったもんだから」

親しくなったのはそれ以来で、仕事場と住居を兼ねた東中野のマンションにも何度か招かれたことがある。川島は下戸だったが、興に乗ると仕事のことに限らず、さまざまな過去のエピソードや個人的見解を披露してくれた。眼科医の忠告に従って、目先の仕事を大幅に整理した直後だったから、よけいに話し相手を求めていたのかもしれない。それでも川島の口から身内の話題が出たことは一度もなかった。

綸太郎のプロフィールに対する娘の反応は、ごくあっさりしたものだった。とにかく田代周平の友人としてインプットされているのだから、サーカスの猛獣使いと称しても、似たような反応が返ってきただろう。好奇の目で見られたり、半可通の質問に悩まされないだけ気が楽なのだが、向こうは気を遣ったのか、

「ごめんなさい、ミステリーは読まないんです」

「ああ。でも、叔父さんの本は？」

「エッちゃんは、私が訳した本なんか見向きもしないよ。ずっといかがわしい小説を書いてる人だと思われていたぐらいだから」

ベテラン翻訳家はそう嘆いて（川島敦志が若い頃、変名でポルノ小説を翻訳していたのは、その筋では有名な話である）、エッちゃんというのはエチカの愛称だと言い添えた。

「エチカ？　どういう字を書くんですか」

「江戸の江に知識の知、それに佳作の佳で、川島江知佳といいます」

「いい名前ですね」

エチカといえば、ラテン語で倫理学という意味がある。名は体を表すというが、歯切れがよくて凛々《りり》しい響きは、一度聞いたら忘れそうにない。江知佳は面映ゆそうにしながら、

「父親につけてもらった名前で、自分でも気に入ってるんです」

「苗字《みょうじ》が同じということは、川島さんの？」

「うん。兄貴のひとり娘で、もうじき二十一になる。駒志野《こましの》美大の立体造形科の学生なんだけど、最近はすっかり写真の方に興味が移ってしまったようで」

「そうか。じゃあ、江知佳さんのお父さんというのは、有名な彫刻家の――」

そこまで言いかけて、綸太郎は口ごもった。変な間が空いたので、名前を度忘れしたと思ったのだろう。江知佳がその先を引き取って、

「川島伊作。父のこともご存じでしたか？」

「ええまあ、ご存じというか……。美術方面はからっきしで、実は作品のこともよく知ら

ないんですが、エッセイならいくつか読んだことが」

綸太郎はあたふたしながら、横目で川島の顔色をうかがった。とっさに言葉を呑《の》み込んだのは、川島敦志の前では実兄の名が禁句になっていると聞かされたことがあるからだ。

川島伊作は、戦後日本の前衛芸術シーンを代表する彫刻家のひとりである。一九六〇年代の末、人体から直接型取りした石膏《せっこう》像を発表して注目され、「日本のジョージ・シーガル」の異名を取ったことぐらいは、門外漢の綸太郎でも知っている。

当時から文才を買われていたそうだが、八〇年代の半ば頃からアトリエでの制作活動以上に、現代美術の初心者向けガイドや身辺雑記的なエッセイを数多く手がけるようになった。川島伊作のエッセイは、軽妙洒脱《しゃだつ》な文体と着眼のよさで幅広い読者に親しまれており、今や文筆家の方が本業で、彫刻家としては開店休業といってもいいのではないか？

その川島伊作と弟の敦志が長いこと兄弟の縁を切っている、と教えてくれたのは、ほかでもない『フィルモア・ジャイヴ』の担当編集者だった。驚いたのはそれだけではない。そもそも二人が血のつながった兄弟だということさえ、綸太郎には初耳だったのだから。

無理もない、とその編集者は言った。

「ぼくはたまたま、新橋で飲み屋をやってる川島さんの同級生から聞いたんですけどね。仕事の関係者でも、実の兄弟とは知らない人が多いんじゃないかなあ。だって本人たちが隠してるんだから」

「――隠している？」

「いや、そこまでは言い過ぎかな。だけど、二人ともそのことを公表してないし、プライベートでもお互いのことには触れようとしない。伊作さんに関しては、雑誌の部署にいた時、一度原稿をもらっただけだから、ぼくなんかが言うのもあれですが、ぜったい隠してますよ」

「でも、活躍してる舞台が全然ちがうでしょう」

「そりゃまあ、翻訳は裏方だし、メジャーな芸術家のお兄さんに比べたら、川島さんは知名度で負けてるかもしれません。にしても、普通はもう少し話題に上りそうなもんでしょう？　悪口すら出てこないっていうのは、よくよくのことなんじゃないか。ぼくが聞いたところでは、とにかく昔から反りが合わなくて、もう二十年近く、口を利いたこともないとか」

「骨肉の何とかってやつか。ひょっとして、腹ちがいの兄弟だったりしませんか」

「それはちがいます。仲たがいの理由は、本人どうししか知らないと思いますよ。以前、無神経なやつが伊作さんにわけをたずねたら、今後いっさい出入り差し止めを食らったそうです。赤の他人が触れちゃいけない因縁があるんでしょうが。一説によると、川島さんがずっと独身でいることと何か関係があるんじゃないか、そんなうがった見方も出てるようです。真偽のほどは保証しかねますけど」

「へえ。川島敦志の経歴にそんな秘密があったとは――」

「危ない危ない。くれぐれも言っておきますが、お兄さんの話題は川島さんの前でも絶対に禁物ですよ。下手に詮索《せんさく》でもしたら、けんもほろろの扱いを受けること確実です。普段は温厚な人ですが、ああいう人を怒らせたら、ただじゃすみません。ぼくから聞いたってことも、内緒にしといてください。機嫌をそこねるとまずいから」

真顔で釘《くぎ》を刺されたので、川島と親しくなってからも、その件に触れたことはない。向こうも綸太郎が知っているとは、思ってなかっただろう。いわくありげな話に好奇心を刺激されたのはたしかだが、他人のプライバシーを尊重するのは、人付き合いの最低限のマナーである。川島敦志のような好人物なら、なおさら気分を害するようなことはしたくない。

それがつい口に出てしまったのは、江知佳の存在が触媒になったからだ。会話の自然な流れで、不可抗力といってもいい。だいいち、兄弟の間に深刻な確執があるなら、身内の方がもっと気を回してよさそうなのに、江知佳はちっとも遠慮のない、むしろ誇らしげな口調で父親の名を口にしたではないか。姪《めい》の前でかっかするなんて、それこそ大人げないふるまいだと、川島だってわかっているはずなのだが……。

弁解がましい表情が顔に出ていたにちがいない。川島は眉《まゆ》を寄せ、こっちの動揺をいっぺんに見透かしたような目つきで小鼻をふくらませた。腋《わき》の下を冷汗がつたい落ちていく。唇を結んだまま、川島はジャケットのポケットに手を突っ込んで、タバコとジッポーのライターを取り出した。

「もう。叔父《おじ》さんったら」

言うが早いか、江知佳の腕が卓球選手のようにしなって、叔父の手からタバコの箱をさらった。電光石火の早業で、川島もあっけにとられている。

「ギャラリー内は禁煙ですって、あそこに書いてあるのに」

「ん？　ああ、ごめんごめん。駅から急いできたもんだから、一服する暇もなくてさ。ロビーならいいだろ？　一本だけ吸ってくるから、それを」

拝むような格好で右手を差し出した。川島敦志は、綸太郎の父親に引けを取らないぐらいのヘビースモーカーである。江知佳はタバコを背中に隠すと、容赦なく首を横に振って、

「いきなり出てったりしたら、主催者に失礼でしょう？　まず写真を見て、一服するのはそれから。叔父さんもいい大人なんだから、TPOをわきまえてちょうだいよ」

若い娘らしい正論に返す言葉もなく、川島はがっくりして綸太郎に目をやった。やれやれ、と言わんばかりの面持ちで苦笑する。いつもその調子であしらわれているのだろう。話題がそれたのでほっとしながら、綸太郎はもっともらしい口ぶりで、

「ぼくも写真を見ることをお勧めしますね。身びいきで言うわけじゃないが、たぶん見て損にはなりませんよ。もし興味が湧いたら、後で撮影した本人に紹介しましょう。さっき江知佳さんにそうすると約束したので」

「そうか。きみの知り合いなんだっけ」

「憧《あこが》れの的だそうですよ、姪御さんの」

「ふうん。だったらひとつ、お手並み拝見といくか」

綸太郎のプッシュが効いたらしい。川島は保護者然とした一瞥を江知佳にくれると、両手を後ろに組んで鑑賞者の列に加わった。

「あんなエラそうなこと言って、写真のことなんて全然わからないんだから。ただの待ち合わせ場所だと思ってたのが、見え見えじゃありません？」

と江知佳がささやいた。綸太郎の受けた印象は少しちがっていたが。川島は気を悪くしたふうではなかったけれど、兄の名前が出たせいで、気まずい思いをしたのはたしかである。向こうが持ち出さない限り、その方面の話題に深入りするのはやめておこう。

「じゃあ、今日はきみが川島さんを誘ったんだ」

「ええ。この後、有楽町で『アイズ ワイド シャット』を見てから、晩御飯をおごってもらう約束だったんですけど、映画はまた今度にします。今日はわたしの気分転換ってことになってるんだから」

「気分転換？」

聞き返すと、江知佳はふっと押し黙って目を伏せた。唇の隙間からしみ出すように浅い吐息が洩《も》れる。また何か気がかりなことでも思い出したのだろうか？　しかし、今度は見るからに沈みがちな表情で、気やすく声をかけにくい雰囲気が漂っている。

それとなく江知佳の目をのぞき込んで、綸太郎はうろたえた。今まで話していたのは別人かと思うほど、寂しげなまなざしに迎えられたからだ。息苦しい沈黙が続き、騒がしいわけでもないのに、周囲の物音ばかり耳についた。会話に不自然なポーズをかけたまま、向こうで川島が手招きしているのに気づいて、江知佳は何事もなかったようにその場を離れた。

倫太郎は棒立ちになって、彼女の動きを目で追った。どうして写真のモデルがみんな目をつぶっているのか、川島はピンとこなかったらしい。江知佳の熱心な説明を聞いて、見る目が変わるのがわかった。見えない鏡像という解釈はそっくりそのまま、倫太郎からの受け売りだったけれど。案の定、江知佳は叔父の目を盗んでこっちへ振り返り、カンニングを見逃してというように人差し指を唇に押し当てた。先ほどの沈んだ様子が嘘みたいに生き生きした表情で、倫太郎はなんだか狐につままれたような気がした。

さっきの寂しそうな目は、何かの見まちがいだったのだろうか？

そんなはずはないと思った。倫太郎が今よりもっと若くて、自分のことを見限っていなければ、その時恋に落ちていたかもしれない。

3

川島敦志はたっぷり時間をかけてギャラリーをひと回りすると、

「いろいろと考えさせられる写真だね。きみの後輩に会ってみたくなった」

と真顔で言った。田代の作品に予想を上回る感銘を受けたふうである。

いつだったか川島は、網膜剝離《はくり》の手術をしてから"sight"や"blind"といった単語をそれまで以上に強く意識するようになった、と話していたことがある。左眼失明の危機に瀕《ひん》した経験が、視線を封じられた被写体への共感を誘ったとしても不思議はない。綸太郎が快諾すると、江知佳は自分の手柄のように得意そうな顔をした。

田代との約束の時間まで、小一時間ばかり間があった。そのへんでお茶でも飲んで時間をつぶそうということになり、川島がうまいコーヒーを飲ませる店を知っているという。連れていかれたのは、セピア調のインテリアで統一された昔ながらの喫茶店だった。

「都心ではこういう店を見かけなくなりましたね。どこへ行ってもスタンド形式のチェーン店ばかり増えて」

「競争が激しいから仕方ないんだろう。松屋の裏のスターバックスにも行ってみたけど、ファストフードみたいにせわしないのが、どうしてもなじめなくってね」

オーダーをすませると、店に入る前から妙にそわそわして、口数の減った江知佳がなにくわぬ顔で席をはずそうとする。それに待ったをかけるように、川島の手が伸びた。

「行く前にさっきのを返してくれよ。タバコが小便臭くなっちまう」

江知佳は頰をピンク色に染めて、叔父をにらみつけた。黙って箱を押しつけると、ぷいと顔をそむけて化粧室へ向かう。川島はにやにやしながら、ようやく手元に戻ったタバコに火をつけた。そういえば、綸太郎の父親もスターバックスには寄りつかない。店内が禁煙だからだ。暮らしにくい世の中になったと、近頃はよくぼやいている。恍惚《こうこつ》とした面持ちで煙を吐き出してから、川島はだしぬけに言った。

「兄貴と折り合いが悪いという噂を、誰かに吹き込まれたことがあるだろう？」

綸太郎は虚をつかれた。小さくなって、コップの水を飲む。

「――すみません。悪気はなかったんですが」

「誰に聞いたかも、おおかた想像はつくがね。まあ、だからといって別に責めてるわけじゃない。もうすんだことだし、そんなに気にしなくてもいいよ」

思いのほかあっさりした言い方だったので、綸太郎はほっとした。ニコチンの鎮静作用に感謝しなくては。川島はテーブルの灰皿を手元に引き寄せて、

「さっきはエッちゃんの手前、知らん顔したけど、長いこと兄貴と冷戦状態だったのは、きみが聞いた噂の通りだ。ただ冷戦状態といったって、こっちは最初から何の悪意もありゃしない。もとはといえば、向こうが一方的に腹を立ててただけなんだぜ」

「お兄さんが一方的に？」

「うん。理由を聞いても、まともに取り合ってくれない。自分の胸に聞いてみろと、わけのわからんことを言うばかりでね。そんなふうにされたら、こっちもだんだん腹が立ってくる。芸術家肌なんて言い訳は、身内には通用しないから。その時は売り言葉に買い言葉で、理由もわからないまま、兄弟の縁を切るところまでエスカレートしてしまった。十五、六年前のことだから、お互いにもう若気の至りではすまされない歳だったけれども」

「もうすんだことだということは、仲直りしたんですか？」

「まあ、そういうことになるんだろうが」

歯切れの悪い返事をして、川島は灰皿にタバコの灰を落とした。

「つい半年ほど前、兄貴の胃にガンが見つかって、胃の三分の二を切る大手術をやったんだ。手術の前に呼び出しがかかってね。今は退院してピンピンしてるけど、その時はもう助からないような雰囲気だった。絶縁したとはいえ、血を分けた兄弟にはちがいない。こっちも覚悟を決めて、最後の対面のつもりで見舞いに出かけた」

「いい話になりそうですね」

「よしてくれよ。いい話どころか、十何年ぶりに腹を割って話したら、そもそもの立腹の原因というのが、単なる向こうの勘違いだとわかってさ」

「勘違い？」

川島はむっつりとうなずいた。気持ちを整理するように、少し間合いを取ってから、

「身内のナニで人に話すようなことじゃないんだが、要するに全部向こうの思い込み、兄貴のひとり相撲だった。道理で思い当たるふしがないわけだ。長い間、そんなことで振り回されたこっちこそ、いい面の皮だと思うだろ？　ところが兄貴はよっぽど思い詰めていたようで、目から鱗《うろこ》が落ちたような顔をしてたよ。強迫観念じみた妄想で、がんじがらめになってたんだろうな。そうと知って、こっちもいっぺんに怒る気が失せてね。病人相手に文句を言っても始まらない、今までのことは水に流すから、借りを返すつもりで病気を治してくれと励ましたら、どうもそれがカンフル剤になったらしい。手術が無事にすんで、兄貴に礼を言われたよ。それを仲直りというならね。とにかく元気になって誤解も解けた

ことだし、今さら向こうに非があると言って責めるのも大人げないじゃないか」

「やっぱりいい話じゃないですか」

「そうかな。こっちは未《いま》だに釈然としないんだが——」

川島は煮えきらない表情で、しきりにタバコを吹かした。喧嘩《けんか》の元になった誤解のされ方にまだ引っかかっているのだろう。肝心なことはわからずじまいだが、藪蛇《やぶへび》にならないよう、綸太郎はそれ以上の詮索はしなかった。

ウェイトレスがコーヒーを運んできた。江知佳はまだ戻ってこない。川島に聞くと、兄の伊作と仲たがいしていた間も、姪《めい》との縁は切れなかったという。彼女が父親の目を盗んで、ちょくちょく叔父のところに出入りしていたからだ。

「ああ見えてエッちゃんも、高校の時分にはずいぶん荒れてたんだ。不登校といったら大げさだが、出席日数が足りなくて留年寸前だったのを、かろうじて卒業させてもらったぐらいだから。その頃から、何やかやと相談を持ちかけられるようになってね」

「へえ。そんなふうには見えないのに」

意外の念を口にすると、川島はちょっと不服そうな顔をして、

「私があの子の相談相手になるのは、そんなに変か？」

「まさか。彼女がそんなに荒れていたという話ですよ」

「なんだ。まあ、何日か家を空けるぐらいなら、荒れるといってもたかが知れてる。妙な男と付き合って、さんざん痛い目を見たこともあるようだが……。もともと感受性の強い

娘で、思春期にファザー・コンプレックスの重圧から逃れようと必死になりすぎただけさ。今にして思えば、父親に再婚話が持ち上がったのがきっかけだったから」

兄の名前がパスワードみたいな働きでもしたのだろうか、川島の口から芋づる式に立ち入った話が出てくる。綸太郎は遠慮がちに、

「再婚？　江知佳さんのお母さんは亡くなったんですか」

「いや、もうちょっと複雑な事情があってね。それは秘密でも何でもないんだが」

その言葉と裏腹に、川島は口をつぐんでコーヒーをすするふりをした。話題の主が戻ってくるのが目に入ったからである。


「ずいぶん長いトイレだったな」

「だって、今のうちに心の準備をしておかないと」

冷やかしを一蹴《いっしゅう》して、江知佳は腰を下ろした。田代との面会に備えて、鏡の前で念入りに自分の総点検をしていたにちがいない。リストウォッチを見てほうっと息を洩らすと、どこか上の空のようにアイスコーヒーを飲み始めた。川島が新しいタバコに火をつける。二人とも黙っているので、なんとなく空気を読んだのだろう。江知佳はストローから唇を離し、とがめるような目つきで叔父《おじ》を見た。

「今までわたしの話を？　変なこと言ってないでしょうね」

「別に。ずっと兄貴の話をしてたんだ。さっきの写真を見ていたら、兄貴の昔の作品を思

い出してね。みんな目をつぶってる、きっとそのせいだろうな」

「叔父さんもそう思った？　やっぱり」

二人とも同じことを考えていたらしいが、綸太郎には何のことやらわからない。

「昔の作品、というのは？」

「ご存じないですか？　父が人体から直接型取りして作った石膏《せっこう》像のことですけど」

斜向《はす》かいから江知佳が答える。綸太郎は持っている知識を総動員して、

「直接型取りというと、伊作さんが和製シーガルと呼ばれていた頃の？」

「はい。キャスティング、つまり型取りの作業は、ガーゼに水で溶いた石膏を染み込ませたギプス用の包帯をモデルの体にじかに貼り付けていきます。それが乾いて固まるのを待つんですけど、顔の型を取る時は目が開けられないでしょう。だから、どの完成品も必ず目をつぶった表情になるわけです」

なるほど。生身の人間のむき出しの眼球を石膏で型取りしようものなら、モデルは失明を免れない。それではホラー映画の拷問シーンになってしまう。

「目をつぶってるのは、本家のシーガルもそうです。六〇年代のアウトサイド・キャスティングと七〇年代のインサイド・キャスティングでは、型の使い道がちがうんですが、顔の型を取る時、目が開けられないというハンデは避けられないので。そういう制約があるからこそ、シーガルの石膏直取り彫刻は、普遍的な人間の〝祈り〟のリアルな表現たりえている――大学の彫刻史の講義だと、一応そんなふうに習うんですけど」

留保付きのように、江知佳はそっけない言い方をした。そういえば、川島伊作のエッセイでも、それに類したぼやきを読んだ覚えがある。人体直取りの彫刻につきまとう敬虔《けいけん》な〝祈り〟の表情が、皮肉にも「和製シーガル」のアキレス腱《けん》になってしまったということを。

「あれは『目の上の炭坑夫』の文章でしたっけ？　伊作さんが自分の作品から宗教色を消すために、わざわざ石膏像の顔にサングラスをかけて展示したら、ものすごく不評でガックリきたというオチがつくのは」

「そうです。同じ話をあちこちで書いてますけど。『亜シーガル』とか」

「本人にとっては、よっぽどしこりになってるんでしょうね」

「しこりっていうか、父はへそ曲がりですから。〝祈り〟とか〝癒《いや》し〟とか、そういうのが大の苦手なんです」

江知佳は決めつけるように言った。皮肉や反発の表明ではなく、肉親ならではの愛情と理解がこもった口ぶりである。

「わたしは小さくて覚えてないんですが、その頃からじゃないかしら。どんなにポーズを工夫しても必ず目をつぶってる彫刻の顔に、だんだん飽き足らなくなったのは。サングラス事件の後、直取りした顔の型にそこだけ手を加えて、目が開いたバージョンを試作したという話を、父から聞いたこともあります」

「気持ちはわかりますが、それは邪道なんじゃないかな」

「父もそう言ってました。オリジナルの質感を台無しにしただけの、見るも無惨な表情だったって。その場で粉々にしたそうです。自分の殻を壊したかったのかもしれません。シーガルのことはずっと尊敬してるくせに、目の開かないダルマはもうウンザリだと宣言して、じきに石膏直取りの彫刻を作らなくなってしまったんですから」

「――だけど今度の新作で、ついに伝家の宝刀を抜くんだってさ」

短くなったタバコを灰皿で押しつぶしながら、川島が鷹揚《おうよう》に口をはさんだ。

「こんど名古屋の美術館で、兄貴の回顧展が開かれることになってね。旧作の展示がメインだが、長年封印してきた石膏直取りの新作を発表する約束をしたそうだ」

「新作というと、過去の未発表作品とかではなく？」

「もちろん。できたてホヤホヤのやつさ、な」

同意を求められ、江知佳はぎこちなくうなずいた。目顔で何かサインを送っているふうなのに、川島はちっとも意に介さないで、

「美術評論家の宇佐見彰甚《しょうじん》っていうのがいるだろ？　彼の口利きでね。兄貴とは前から親しくて、回顧展の企画も宇佐見君がキュレーターとして立ち上げたんだ。歳はそんなにいってないが、なかなかのやり手らしい。半分は話題作りが目的にしても、伝説的な前衛彫刻が復活するわけだから、美術界ではちょっとした騒ぎになるだろう」

「でしょうね。それは伊作さんに、何か心境の変化でも？」

「うん。やっぱり胃を切ってから、兄貴のへそ曲がりもだいぶ直ってきたんじゃないかな。

妙な気負いがなくなったというか……。だって、エッちゃんをモデルにして往年のリバイバルをやるなんて、ちょっと前なら考えられなかったことだ。いい傾向だと思うがね」

自分の名前が出たところで、江知佳が息を呑《の》んだ。みるみる目が三角になったかと思うと、叔父のジャケットの袖《そで》を引っ張って、

「それはまだ秘密なのに。この前も口止めしたでしょう?」

「兄貴はそんなこと言ってなかったぜ。エッちゃんが秘密にしたがるのは、自分がモデルになってるからだろ。いいじゃないか、そんなに神経質にならなくても」

「神経質にもなるわよ。叔父さんは人ごとだと思ってるんでしょうけど」

「そんなことはないぞ」

「でもね、お父さんはカムバックを意識して、ここんとこひどくナーバスになってるし、わたしだって石膏直取りのモデルをやるのは、生まれて初めてだったのよ。おまけにあれはヌード像だから、神経質にならない方が——」

「ヌード?」

綸太郎はつい口をはさんだ。それまで聞こえないふりをしていただけに、露骨な反応と取られても仕方がない。こっちを向いた江知佳の頬にさっと赤みが差して、弱酸性の溶液に浸したリトマス試験紙みたいな色になった。

「今のはほとんどセクハラだな」

間髪を入れず、元ポルノ翻訳家が指摘した。川島の目はごまかせない。着衣の下のプロ

ポーションを想像しなかったと言えば、嘘になるからだ。

「――やだ。叔父さんがよけいなことを言うから」

「こっちはヌードなんて、ひとことも言ってないぞ」

「だから、そういう意味じゃなくて」

「いや、面目ないです」

綸太郎はすごすごと頭を掻《か》いた。江知佳は伏し目がちにかぶりを振って、アイスコーヒーに口をつける。顔のほてりが引いたのを確かめると、自分に言い聞かせるように、

「いいんです。どうせわかることだし、自分の裸を展示するわけじゃないですから。作品として完成したものを見れば、恥ずかしくなくなると思うんですけど、今はまだ」

「できるまで時間がかかるんですか？」

「とっくに仕上げの段階に入ってます。父はきょう明日中にもケリが付くようなことを言ってましたが――実際はどうなのかしら。先週からアトリエに閉じこもって、誰にも中を見せてくれないので、どれくらい仕事が進んでるのかわからないんです」

江知佳はふっと眉《まゆ》を曇らせた。制作はかなり難航しているようだ。昔の焼き直しならいざ知らず、長いブランクを経て「和製シーガル」の封印を解こうとすれば、それ相応のプレッシャーを背負わなければならない。ひとり娘が気分転換のために外出するぐらいだから、家の中は相当ピリピリしているのではないか。

心配の種はもっとあるはずだ、と綸太郎は思った。川島伊作は半年前、胃の三分の二を

切る大手術をしたばかりだというのだから。いくら退院してピンピンしているといっても、体力にはおのずと限界があるし、いつガンが再発してもおかしくない。さっきギャラリーで寂しげなまなざしを隠しきれなかったのは、そうした不安がたえず江知佳の心につきまとって離れないせいだろう。川島敦志が調子のいい叔父《おじ》さんを演じているのも……。彼がそれとなく目配せしているのに気づき、綸太郎は努めて快活に話を続けた。

「じゃあ、型取りの作業はもう終わったんですね」

「それは先月中に。最初は服を着たまま型を取ってたんですが、それだとどうしても父のイメージに合わなくて。何日も話し合ったうえで、一度限りの約束で肌を出すことに」

「いくら親子水入らずでも、ずいぶん緊張したでしょう?」

「それはもう。ただ、父が病み上がりで無理が利かないので、キャスティングはパーツごとに日を替えてやったんです。だから一度に全部脱いだわけじゃなくて……。それに閉めきったアトリエの中では、恥ずかしいとかそういうのより、真夏のガマン大会って感じで」

「冷房はできないの?」

「とんでもない。雨の日なんかストーブまで焚《た》くんですよ、型が早く乾くように。それだけじゃなくて、わたしも初めて知ったんですけど、石膏っていうのは固まる時、化学反応で熱が出るんです。だからじっとしてるだけでも暑くて、ガーゼの下が汗びっしょりになって」

「サウナに監禁状態、みたいな？」

「そう。下手なダイエットより、よっぽど効き目が」

茶目っ気たっぷりな返事をしてから、江知佳はふいに真顔に戻り、

「病気のことがなかったら、二の足を踏んだでしょうね。この春にいきなりガンだと知らされた時は、本人よりわたしの方がパニックになってしまって……。あんなに心細かったことはありません。わがままばかり言ってずっと心配のかけ通しだったから、父が元気でいるうちに、ちゃんと親孝行しなければとつくづく思って」

「聞きました。大変な手術だったそうですが、元気になられて何よりです」

ありきたりの文句だったが、江知佳は胸がいっぱいになったようにうなずいて、

「——本当に。最初はもう手遅れだと言われたほどですから。手術が成功したのは、宇佐見さんがいい執刀医の先生を紹介してくれたおかげなんです。入院の時からずっとお世話になりっぱなしで、今度は回顧展のキュレーターまで引き受けてくださって。父が長年の禁を破って、石膏直取りの新作を手がけることにしたのも、半分は宇佐見さんに対する恩返しのつもりじゃないかと思います」

「なるほど。義理堅い人なんですね、伊作さんは」

「相手しだいで誰でもそうとは限らないですけど、さすがに今度ばかりは。宇佐見さんやレイカさんがそばにいてくれなかったら、わたしたち親子も今頃どうなっていたことか。いざとなると叔父さんは、ちっとも頼りにならないし」

「悪かったな、頼りがいがなくて」

タバコの煙をくゆらせながら、川島がぼやいた。もう箱がひとつ空になっている。

「レイカさんというのは？」

「国友レイカ。兄貴の秘書というか、よろずアシスタントみたいな女性で――」

川島が言い終わらないうちに、携帯電話の着信音が鳴った。江知佳の携帯だった。ディスプレイに目を落とし、噂をすればとつぶやいて、無意識のように背筋を伸ばしながら、

「レイカさん？　江知佳ですけど」

応じる声のトーンに、今までとちがう種類の硬さが混じった。アルデンテのパスタではないけれど、ほんの少しだけ芯《しん》が残ったこなれない響き。

「――何ですって？」

江知佳の横顔がこわばった。目を大きく開けたまま、小刻みにうなずく首の振り方で、よくない知らせだとわかる。血の気の引いた頬に携帯を当てたまま、川島の方を向いて、

「お父さんが倒れたって」

「兄貴が？」

「アトリエで意識を失って、今、救急車で病院へ……。銀座にいます。叔父さんと一緒。ちょっと待って」

電話の相手と同時進行で喋《しゃべ》りながら、空いた方の手でペンを握るジェスチャーをした。川島が吸いさしのタバコを持ったまま、ポケットの中を探し始める。綸太郎が持ち合わせ

のボールペンを差し出す方が早かった。

「六丁目の原町田総合クリニックね。電話番号は——」

テーブルの紙ナプキンに番号を書き留めていく。江知佳の手が震えて、ボールペンの先が何度も引っかかるのを、川島は固唾《かたず》を吞《の》んで見守っていた。

「わかりました。すぐそっちへ向かいます。それまでお父さんのことを頼みます」

江知佳は携帯を切った。茫然《ぼうぜん》自失の表情だった。川島がタバコを消して立ち上がる。その顔を仰ぎ見て、叔父さん、と言ったきり、江知佳は腰が抜けたように動かない。

川島は首を横に振ると、江知佳の腕をつかんで椅子から引っぱり上げた。

「そんなに簡単にくたばる兄貴じゃないよ。とにかく病院へ急ごう」

そう言い含めて、紙ナプキンとライターをポケットにしまう。財布から千円札を適当につまみ出してテーブルに置きながら、綸太郎に顎《あご》をしゃくって、

「聞いての通りだ。きみの後輩に挨拶《あいさつ》どころじゃなくなった。兄貴の容態が落ち着きしだい、電話するよ。じゃあ」

返事をする暇も与えず、川島は江知佳の背中を押して、あわただしく店を出ていった。

4

——「毎朝新聞」九月十三日（月）夕刊・文化面の記事より

◆川島伊作氏を悼む◆

宇佐見彰甚

前衛彫刻家の川島伊作氏が、十日早朝に他界した。享年五十四歳。あまりにも早すぎる死というほかない。

今年の春、胃ガンの宣告を受けながら、成功率の低い手術を乗り切って、奇跡的な回復を遂げたばかりである。近年、エッセイストとしての活躍が目立っていた氏だが、退院後は長いブランクが嘘のように、アトリエでの制作に没頭する毎日だった。「川島伊作の世界」と題した初の回顧展（名古屋市立美術館、企画と監修は筆者）を今秋に控え、世紀末アートの現場にカムバックしようとしていた矢先の訃報だけに、なおさら無念の思いを強くする。

川島伊作というアーティストが発表した数多くの作品の中で、前衛彫刻家としての評価を決定したのは、主に一九七〇年代に制作された石膏直取りによる人体彫刻だろう。亡くなる直前に完成した遺作もこの系列に加わるもので、故人のライフワークと呼ぶにふさわしい。

川島氏には『亜シーガル』という著作がある。かつて、アメリカの現代彫刻家ジョージ・シーガルの亜流と陰口をたたかれたこと（石膏液に浸した布をモデルの身体に直接貼り付け、それを型として用いる独特の手法は、よく知られているように、シーガルを範としたもの）を逆手に取ったユーモラスな書名だが、それだけではない。このタイトルには、日本の前衛芸術運動が、戦前はヨーロッパの、戦後はアメリカの圧倒的な影響下でいびつな発展を余儀なくされたことへの、著者の苦い内省がこめられている。

生前、川島氏は「『亜シーガル』の亜は、亜細亜《アジア》の亜なんだよ」と洩らしていたが、その真意は明らかだ。『亜シーガル』とは、欧米のモダニズムとアジアの土俗性によって引き裂かれた、この国の「現代美術」という仮想空間の同義語にほかならない。

とはいえ、川島伊作の作風はシーガルの単なる模倣ではなかった。直取りした石膏型をつなぎ合わせて、人体の無骨な輪郭を再構成するシーガルのアウトサイド・キャスティング（外側型取り法）に対して、川島氏は六九年頃から、石膏型の内側を雌型にして、雄型を抜き、それで成形するインサイド・キャスティング（内側型取り法）の手法を確立していた。シーガルの作風が変わって、インサイド・キャスティングの作品を発表し始めたのは、七一年以降のことである。だから部分的には、川島氏の手法がシーガルに先行しており、オリジナル（米国）とコピー（日本）の関係も逆転していることになる。

さらに西欧の彫刻史において、インサイド・キャスティングは、近代以前への回帰、ないし開き直りに近い性格を有する。石膏による型取りは、芸術作品というより、職人的な技術の産物（レプリカ）と見なされているからだ。したがって、川島伊作の石膏直取り彫刻は、シーガルの手法のコピーであると同時に、モデルとなった人体のコピーでもある。いわば「二重の複製」という倒錯した出自を持つレプリカントなのだ。

「作者」と「作品」のいずれもが、他なるなにものかの「複製」にすぎないということ。こうした位相に身を置いていることに、川島氏はいつも自覚的であり、その自覚の二重性において、シーガルと一線を画していた（シーガルは演劇的な空間構成を経て、より絵画性の強い作風へ移行したが、川島氏は八二年の「サングラス事件」以降、石膏直取りの手法を封印してしまう）。同じことが、国内の文脈についてもいえるだろう。川島氏は、七〇年前後に相次いで脚光を浴びた「具体」や「もの派」の作家たちとはまったく異なった視座から、ポイエーシス（制作）とプラクシス（実践）の相克という図式を乗り越えようとしていた。七〇年代後半、日本の前衛芸術界が奇妙な無風状態を迎えていた時期、川島氏がひとり輝いて見えたのも、ゆえなきことではない。「二重の複製」という位相から生じる痛切なねじれの認識によって、日本的な「反芸術」の無根拠性を相対化しえたからである。

こうした見方によれば、川島氏が最高の達成を示した作品は、七八年の「母子像I〜IX」に尽きるのではないか。これは長女を身ごもっていた律子夫人（当時）をモデルにした裸婦像の連作で、妊娠に伴う母体のデリケートな変化を、石膏直取りの手法を通してあますところなく写し取っている。「川島伊作の世界」展を訪れる鑑賞者は、DNAによる人体「複製」プログラムの克明なドキュメンタリーを目にするだろう。この連作によって、川島伊作は「三重の複製」プロセスが交錯するアクロバティックな造形の極致に達したのである。

（うさみ・しょうじん、美術評論家）

＊

署名入りの追悼記事を読みながら、綸太郎は妙に落ち着かない気分になった。評判になったエッセイを何冊か読んだことがあるだけで、故人とは一面識もないし、翻訳家の弟と交流があったといっても、兄の方はTVや雑誌で顔を見るぐらいがせいぜいだった。「母子像」はおろか、川島伊作の作品をじかに鑑賞したことすらない。

それでも綸太郎は、赤の他人が死んだような気がしなかった。木曜日の午後、銀座の喫茶店で血のつながった弟と娘の口から、彼の人となりを示すさまざまなエピソードを聞かされていたせいだ。よりによって、話題の主がこの世を去るたった十時間ほど前に。

容態が落ち着いたら連絡する。川島敦志は別れ際にそう言い残したが、綸太郎の家に電話がかかってきたのは、あくる日の午後遅くなってからだった。

「――兄貴が死んだよ。今朝早く、夜が明ける前に」

搬送先の病院の集中治療室で、昏睡《こんすい》状態のまま息を引き取ったという。翻訳家の声はかすれて、引きずるように重かった。たぶん前日から一睡もしてないのだろう。綸太郎はおぼつかないお悔やみを口にして、何か手伝えることはありませんかと聞いてみたが、われながら実感に乏しく、そらぞらしい響きを免れなかった。

「ありがとう。とりあえず身内だけで密葬にすることにしたから、わざわざ足を運んでもらうには及ばない。その気持ちだけで嬉《うれ》しいよ。今、町田の兄貴の家からかけてるんだが、いろいろバタバタしていてね。連絡が後回しになって悪かった」

「とんでもない。それで、江知佳さんは？」

「うん。まあ、どうにか人前では持ちこたえているようだ。エッちゃんももう大人だし、いずれこういう日が来るのは覚悟してたんだろう。まさかこんなに急だとは思わなかったが――ああ、悪いけど、これから葬儀社と打ち合わせをしなけりゃならない。一応、こっちが親族代表ってことになってるから。これが落ち着いたら、また連絡するよ」

前日の別れ際と同じことを言って、川島はそそくさと電話を切った。

追悼記事の文面はいちいち思い当たることばかりで、宇佐見彰甚という名前にも聞き覚えがあった。冒頭の遺作云々《うんぬん》というのは、江知佳がモデルになったヌード像のことにちがいない。まだ制作途中のような口ぶりだったが、タッチの差で最後の仕上げ《フィニッシング・ストローク》が間に合ったのだろうか？　だとすれば、衰弱した川島伊作の肉体に対しても、それがとどめの一撃《フィニッシング・ストローク》になってしまったことになる。

もうひとつ目についたのは、「長女を身ごもっていた律子夫人（当時）」という記述。これはどう見ても、江知佳の母親のことである。娘の方はもうすぐ二十一になるそうだから、文中の「母子像」連作が発表された年と勘定も合う。当時、というカッコ書きが後ろにくっついているのは、川島伊作・律子夫妻の結婚生活が破綻《はたん》したことの婉曲《えんきょく》な表現らしい。川島敦志は複雑な事情があるとほのめかしたきり、母親の消息には触れずじまいだったが、こうして活字になっている以上、その筋では知れ渡っていることなのだろう。

記事に添えられた遺影の日付は数年前で、まだ元気旺盛《おうせい》な頃に撮られたものだった。短く刈り込んだ半白の髪に、ゴルフ焼けしたような浅黒い肌の色。ぱっと見は書斎派の弟と対照的な印象を受けるが、じっくり目をこらすと、筋張った顔の作りや笑い皺《じわ》の寄り方なんかがそっくりで、やはり血のつながった兄弟であることを隠せない。

ということは、江知佳は母親似の娘なのだろう。長年の封印を解くプレミア彫刻のモデルに江知佳が選ばれたのも、やもめの父親の気まぐれな思いつきではないはずだ。DNAによる人体「複製」プログラムという宇佐見彰甚の指摘を真に受けるなら、川島伊作はこの世を去る前に、母親似のひとり娘のうつし身を借りて、「母子像」連作を締めくくる作品を残しておきたかったのかもしれない。

記事の最後には、本葬・告別式の日時と会場が告知されていた。あさって、敬老の日の午後一時から、町田市の蓬泉《ほうせん》会館、メモリアルホールで、とある。その後、川島からは何も言ってこないが、綸太郎は告別式に参列するつもりだった。故人とのつながりがなくても、遺族を慰める資格はあるだろう。川島はもちろん、江知佳にも対面して、きちんとお悔やみの言葉を伝えておきたい。

記事をスクラップして、忘れないうちに田代周平の携帯にかけてみる。告別式に一緒に出かける相談をしていたからだ。

話が前後するけれど、木曜日の午後、川島らと別れてからソニー通りのギャラリーへ戻り、ロビーで田代と落ち合った。もちろん、江知佳のことは知らないはずである。打ち上げと称して飲みに行った店で、川島伊作のひとり娘が写真展を見にきていたことを教えてやると、田代の目の色が変わった。

「先輩も隅に置けないな。フォトジェニックなお嬢さんがいるって話は、同業者の間でも有名ですからね。前から知り合いなんですか？」

「いや、たまたま初めて会ったんだ」

かいつまんで事情を説明すると、江知佳が熱心なファンだと聞いて、田代はまんざらでもなさそうに、

「せっかく知り合うチャンスだったのに、惜しいことをしたなあ。先輩も先輩ですよ。ちょっと気を利かせて、紹介ぐらいしてくれたっていいのに」

「そのつもりだったけど、緊急事態でね。つい今しがたお父さんが自宅で倒れて、救急車

で運ばれたらしい。電話があって、叔父《おじ》さんと一緒に病院へ急行したんだ」

「それ、本当ですか？」

田代はびっくりして、膝《ひざ》にビールをこぼした。聞けば前に一度、仕事で川島伊作の写真を撮ったことがあるという。十年ほど前、洋酒メーカーの宣伝ポスターの撮影だったそうだ。

「初めての大きな仕事だったんで、よけいに印象深いんです。クライアントにもえらく受けがよかったし。まだ駆け出しだったから、向こうはぼくのことなんか覚えてないと思いますけど、自分の中では忘れられない顔なんですよ、川島伊作という人は」

と真顔でつぶやいた。仕事柄、顔が広いのは当然としても、田代にとってはそれ以上に個人的な思い入れがあるらしい。

「救急車で運ばれたっていうのは、心配ですね。重体なんでしょうか？」

「詳しいことはわからない。春先に胃ガンの手術をしたそうだけど」

「その話は人づてに。すっかりよくなったと聞いてたんですが――」

見るからに気がかりな様子だったので、翌日、川島から電話があった後、綸太郎はすぐ田代にも訃報《ふほう》を伝えた。故人とじかに接触したことがある分、田代の方がはるかに衝撃は大きかったようだ。告別式があれば、何がなんでも出席しますから、予定を聞いておいてくださいと頼まれていたのである。

田代はスタジオのラボに詰めていた。告別式の日時と場所を告げると、あさっては午前中にどうしても動かせない仕事が入っているという。なるべく早くすませて駆けつけるので、現地で合流しましょうということになった。

香典をいくら包むかという相談をしている途中、川島敦志からキャッチホンが入った。田代との会話を切り上げ、あらためて先日の電話の礼を言う。

「いや、こないだは尻切《しりき》れとんぼですまなかった。何度もかけ直そうと思いながら、週末は余裕がなくってね。やっと少し落ち着いた」

東中野の自宅からだという。三日前ほど憔悴《しょうすい》した声ではなかったが、それでも気落ちした感じは隠せない。自分でもそうと意識したのか、川島はため息をついて、

「この二、三日でずいぶん歳を取った気がする。ずっと縁を切っていたから関係ないはずなのに、いざいなくなってみると、なんだか片目がふさがったようで、やっぱり血を分けた兄弟なんだな。迷信じみたことを言うようだが、思い返すと、虫の知らせのようなものがあったんじゃないかと思って」

「虫の知らせ、というと？」

「あんなに兄貴のことばかり喋《しゃべ》ったことがさ。エッちゃんが一緒だったせいもあるけど、今までああいう話を他人に打ち明けたことはなかったんだから」

まだ気持ちの整理がおっつかないのだろう、川島の返事は長く垂れた尻尾《しっぽ》のように当惑を引きずっていた。

「亡くなる前に、お兄さんと話ができたんですか？」

「いや。倒れた時から昏睡状態で、最後まで意識は戻らなかった。何度かうわごとで別れた奥さんの名前を呼んでたけど、あれはエッちゃんがかわいそうだったな。最終的には、肝不全を起こしてね。やはり体中にガン細胞が広がっていたそうだ」

「じゃあ、胃の手術をした後、すぐ再発していたんですね」

「うん。後で主治医に聞いたら、六月の段階でいくつも転移が見つかって、もう手の施しようのない状態だったらしい。兄貴にそのことを告げたら、周りには秘密にしておいてくれと頼まれたそうだ。退院して自宅治療に切り替えたのも、本人のたっての希望だったというから。奇跡的な回復どころか、ピンピンしてるように見えたのも、それこそ命がけで周りの目を欺いていたんだな。そういうところは兄貴らしいと、あらためて思ったがね」

「江知佳さんはそのことを？」

すぐには答がなく、受話器の向こうでカチッとライターを鳴らす音がした。話題が話題だけに、タバコに火をつけたくなる気持ちもわからないではない。

「――知らされてなかった。エッちゃんもね、前から父親の様子がおかしいと疑ってはいたんだが、怖くて面と向かっては聞けなかったそうだ。ただ彼女にだけは、もう先が長くないことをそれとなくほのめかしていたらしい」

「彼女？」

「国友レイカ。兄貴が倒れたのを、電話で知らせてくれた彼女だよ」

「お兄さんの秘書をしてたという？」

「そう。こないだは言いそびれたけど、兄貴が再婚を考えていた相手というのは、ほかでもない国友君のことなんだ。もともとフリーの編集者だったのが、兄貴の本を作ったのをきっかけにそういう仲になったとかで」

「内縁関係ということですか」

「いや、今でも住んでるところは別だし、表向きは仕事上のパートナーで通している。だけど兄貴が体を壊してからは、そう堅いことも言ってられなくなってね。父親の気持ちを汲《く》んで、エッちゃんもかなり譲歩したんだろう。最近は少しずつ兄貴の身の回りの世話や、家の中のことを任せるようにしてたみたいだから」

　携帯に知らせが入った時、江知佳の反応が硬かったのはそのせいか。川島伊作が国友レイカとの再婚に踏み切れなかったのも、最大のネックは娘がうんと言わなかったからだろう。仕事上のパートナーなら大目に見るが、父親が病に倒れて以来、レイカに対する感情的なわだかまりは日ごとに募る一方だったのではないか。

　もう少し穏便な表現でそうたずねると、川島は江知佳の肩を持つように、

「まあ、そんなところだよ。だけど、エッちゃんも彼女と打ち解けようとして、だいぶ努力してたんだぜ。兄貴がもうしばらく長生きしていれば、いずれは再婚を認めたんじゃないかな。父親譲りで頑固なところもあるけど、あの子はそんなに人の気持ちがわからない娘じゃない。まだ小さい時分に、母親が家を出てそれっきりという目に遭っているから、

どうしても臆病《おくびょう》になってしまうのは仕方ないと思う。でも、せめてもう少し時間があれば、国友君ともいい関係を作れたはずなんだが——」

川島なりに、江知佳の今後の身の振り方を案じているのだろう。綸太郎はさっきから気になっていたことをさりげなく聞いてみた。

「そういえば、江知佳さんの母親は、律子さんというんですか」

「ん？　どうしてそれを」

「さっき、夕刊の記事で」

「宇佐見君が書いてくれたやつか。プライベートな部分に触れてないから、あれだけ読んでもわかりっこないな。律子さんという人は、エッちゃんが小学校に上がる前に兄貴と離婚して、親権も手放すと、ひとりでアメリカへ行ってしまったんだ。いろんなしがらみが面倒《めんどう》臭くなったんだろう。それからすぐに、向こうで親しくなった歯医者と結婚してね」

「アメリカ人と？　家を出てそれっきりというのは、向こうに永住してるってことですか」

「そうじゃない。相手もれっきとした日本人で、たしか二年ぐらいしてから、夫婦そろって帰国した。ところがこっちに戻ってきても、娘のことはいっさい知らんぷりで、謝罪の手紙ひとつよこしやしない。大きくなったエッちゃんの顔も見たことがないんじゃないかな」

「伊作さんの密葬には？」

「来なかったよ。一応、連絡だけはしておいたがね。電話に出たのが今の旦那《だんな》のお母さんという人で、律子さん本人とは話もできなかった。向こうは向こうで、年端の行かない娘を置き去りにしたことにずっと負い目を感じてるのかもしれないが、あまりにも無責任じゃないか。母親としては失格だと思う。告別式にも来ないつもりだろう」

川島は話半分で切り上げた。もっと詳しい事情を知っているのに、どろどろした内実をことごとくカットしたような口ぶりで、あまりその件には触れてほしくなさそうだった。会話がとぎれて、ちょっと気まずい空気が流れる。綸太郎は話題をシフトした。

「——あさっての告別式は、だいぶ大がかりなものになるんですか?」

「そうみたいだ。こないだのエッちゃんの言いぐさじゃないけど、宇佐見君がいてくれて本当に助かったな。こっちは美術関係はまるで疎いし、告別式の仕切りも一から十まで彼に任せた格好でね。なんだかんだ言っても、兄貴は有名人で顔が広かったから、葬式ひとつ出すのも一大事なんだ。あさってはかなり盛大なことになりそうだよ」

「それだと当日、川島さんや江知佳さんと話すのは遠慮した方がいいですか? 告別式には、ぼくも顔を出そうと思ってるんですが」

「来てくれるのか。よかった。それなら話が早い」

川島の声の調子が変わった。ありがとうではなく、よかったという返事の仕方で、切り出すタイミングをうかがっていたのがわかる。

「実を言うと、きょう電話したのはもうひとつ理由があってね。折り入ってきみに相談したいことがある。告別式がすんだら、町田の兄貴の家までちょっと付き合ってくれないか」

「それはかまいませんが、相談というと？　江知佳さんのことですか」

「まあ、そういうことになるかな。込み入った事情があるんで、ひとくちには言えないんだが……。兄貴のアトリエにね、ひとつ見てもらいたいものがあって――それを見たうえで、きみの意見を聞かせてくれないだろうか？　なんというか、専門家としての意見というやつを」

だんだん言葉が滞りがちになる。だが、最後の言い回しで綸太郎はピンと来た。

「伊作さんの死因に関して、何か不審な点でも？」

「いや、そういう意味じゃない」

川島はとっさに否定したが、当たらずといえども遠からず、という感じである。

「もし何かあるとしたら、エッちゃんの方だ。場合によっては、身の安全に関わることかもしれない。もちろん、まだそうと決まったわけじゃないんだが――」

「穏やかではないですね。協力を惜しむつもりはありませんが、それだけではわからない。警察沙汰《ざた》になりそうなことなら、はっきりそう言ってくれませんか？」

思いきって強く出ると、川島はくっと息を洩《も》らしたきり、黙り込んでしまった。ためらいがあるのは、相談を持ちかけたのが彼の一存で、あらかじめ縁者の了解を得ていないからだろう。ホワイトノイズに混じって、カチッ、カチッと立て続けにジッポーの蓋《ふた》を開け閉めする音が聞こえてきた。踏ん切りがつくまでのカウントダウンを刻んでいるように。

そうやってひとしきり思案した末に、川島はやっと重い口を開いた。

「こうなったらフライングも仕方がないか。ただ今も言ったように、込み入った事情があるので、これから話すことはしばらく内密にしてほしい。きみのお父さんにもだ。単なるいやがらせという可能性もあるから、警察に届けるかどうか、慎重に判断したいのでね」

わざわざ釘《くぎ》を刺したのは、自分に対する言い訳のようにも聞こえる。綸太郎が口外しないことを約束すると、川島はさらに声のトーンを低くして、

「こないだ、兄貴が死ぬ前に作っていた石膏《せっこう》直取り彫刻の話をしただろう」

「江知佳さんがモデルになったやつですか？」

「そうだ。あの日、兄貴はアトリエで倒れる直前に、その像を完成させていたらしい。型抜きした石膏の雄型をつなぎ合わせて、エッちゃんと同じ姿に仕上げたということだ。ところが、救急車で病院へ運ばれた後、ちょうど家が留守になっていた間に、誰かがアトリエに忍び込んだ形跡がある。そいつは完成した石膏像の一部を切断して、持ち去ってしまったんだ」

住居侵入と器物損壊。綸太郎は受話器を強く握りしめた。

「石膏像の一部、というと？」

「エッちゃんの顔に当たる部分だよ」

カチッ、とライターの音が響く。川島敦志は不安を隠しきれない声で告げた。

「――首から上がスッパリ切られて、どこにも見当たらないんだ」

第二部 Happy with What You Have to Be Happy with

彫刻的方法でなされた虹彩と瞳孔の表現は、わりあいに遅く達成された、少なくとももっとも手のこんだ工夫の一つである。あなたがたがそのことについて考えるとき、人体が厳格なアルカイック彫刻の規則に従ったギリシャ美術の初期段階に、目が彩色された瞳孔と虹彩とでまったくリアリステックに表現されていたことは、奇妙に思えるにちがいない。《デルフォイのブロンズの競技戦車の御者》を見てみよう。御者はガラス製の目を付けていて、眼球は白で、虹彩は茶色で、瞳孔は黒色である。両目のなかの活気が非常に目立つので、容貌の古風な感じは見逃されかねない。ギリシャの石の頭部彫刻では眼球には普通、単純な凸面形が与えられ、その凸面形の上に虹彩と瞳孔が描かれたが、色彩はほぼ完全にきまって消えうせてしまった。

――ルドルフ・ウィトコウアー『彫刻―その制作過程と原理―』

5

川島伊作の葬儀と告別式は、町田市小山町《おやまち》の蓬泉会館で営まれることになっていた。地図で見ると、小山町は多摩《たま》ニュータウンの西端に位置し、八王子市と神奈川県相模原《さがみはら》市にサンドイッチされてひしゃげたような格好になっている。葬儀会場は、町田街道の小山交差点を八王子方面へ北上した郊外の丘陵地にあるらしい。

土地鑑のない場所だし、車で葬式に出かけるのは気が引けて、綸太郎は電車で行く方を選んだ。京王相模原線の多摩境《たまさかい》駅から、タクシーで十分足らずの距離である。

「昼間だから平気だけどね、あのへんはよく出るんだよ」

行き先を告げると、初老の運転手が縁起でもないことを言い出した。南多摩都市霊園と火葬場の脇をかすめる戦車道路は、地元では有名な心霊スポットだという。

「戦車道路っていうのは、桜の名所じゃなかったですか？」

「それは尾根緑道といって、桜美林《おうびりん》学園の近所だけきれいに整備したんだ。もともと、相模陸軍造兵廠《ぞうへいしょう》が戦車のテストコースとして作った道路で、今でも八王子の鑓水《やりみず》のあたりまで細い尾根道が伸びてる。昔から遺跡や古戦場のメッカで、よく兵隊さんや変死者の霊が迷って出るらしいね。俺もいっぺん経験があるんだけど。多摩センターへお客を送っていった帰り、墓地の裏手の小山長池トンネルを過ぎたところで、かっと両眼を見開いた若い女の生首が、車の前をすうっと横切るのを見たことがあって」

「若い女の生首？」

「そう。あれは今から三年前の雨の晩のこと――」

運転手はその夜の体験談を語り始めたが、綸太郎は当てがはずれてがっかりした。思わず膝《ひざ》を乗り出したのは、おととい川島敦志から聞いたことが念頭にあったせいで、ここ数日の出来事ならともかく、三年も前の幽霊話に用はない。聞き手が急速に興味を失って、運転手も拍子抜けしたのか、目的地に着くまでに話は尻《しり》すぼみになった。

「お忘れ物のないように」

綸太郎は傘をつかんで、タクシーを降りた。熱気をはらんだ風が、気まぐれに雨のつぶてを運んでくる。低く垂れ込めた雲の下、多摩丘陵を切り開いた郊外の風景にも、うっすらと靄《もや》がかかっていた。東海地方に台風が近づいている影響で、朝からぐずついた空模様だった。厳しい残暑に高い湿度が加わって、何日も熱帯夜が続いている。刷毛《はけ》でなでる程度のお湿りなら、本格的な雨になってくれた方がしのぎやすくなるのだが。

雑木林と工事が中断したままの造成地に囲まれた蓬泉会館のたたずまいは、垢《あか》抜けない温泉リゾート施設を思わせた。バブル期の名残を感じさせる張りぼて的な折衷様式は、かろうじて悪趣味になる一歩手前で踏みとどまっていたが、生前「亜《パピエ・》シーガル《マシェ》」と自称した前衛彫刻家の冥福《めいふく》を祈る場所として、意外にふさわしいのかもしれない。

表の駐車場には、新聞社やTV局の車が何台も停まっていて、マスコミの関心が高いことを物語っている。葬式ひとつ出すのも一大事なんだ、と川島が電話でぼやいていたのは、まんざら誇張ではなさそうだ。石膏《せっこう》像の首が切断されたことを警察に届けなかったのも、遺族側にとっては、ある種やむをえない措置だったのではないか。そんなことが明るみに出れば、告別式が混乱するのは目に見えているからである。

葬儀が始まる午後一時にはまだしばらく間があったが、ロビーは早くも会葬者でごった返していた。遺族はもうスタンバッているはずだし、田代周平が来ているとしても、この人込みの中で見つけるのはむずかしそうだ。綸太郎は喪章をつけたホールの職員の指示に従って、受付の順番を待つ一般会葬者の列に加わった。

自分の番が回ってきた。袱紗《ふくさ》を開いて香典を渡し、毛筆ペンで記帳すると、あらかじめ言い含められていたのだろう、署名を見た受付の女性が、顔見知りみたいに会釈した。

「法月さんですね。告別式がすんだら、遺族控え室の方へ顔を出してくださるようにと、敦志さんからことづかっております」

「わかりました。控え室というのは？」

彼女は場所を説明してから、おもむろに、

「申し遅れました。国友レイカといいます」

と自己紹介して、頭を下げる。綸太郎はあっと言って、自分もお辞儀しながら、

「じゃあ、あなたが――お名前は川島さんから」

「ほかにもいろいろ、お聞きになってるでしょう？」

レイカは飾り気のない口調で言った。ということは、向こうもこちらの素性や目的について聞かされているにちがいない。綸太郎は暗黙の了解をこめてうなずいた。

年格好は自分とそう変わりないように見えるから、レイカも三十代の半ばぐらい、四十には届かないだろう。女性としてはわりと大柄で、バレーボール選手を思わせるスタイル

の持ち主である。短くカットした髪型もスポーティという表現がふさわしかった。

かまぼこのような額と形のいい太い眉《まゆ》、目鼻立ちもはっきりして、パンツスーツの喪服がちょっと似合いすぎなぐらいさまになっている。初対面なのに、対応がわざとらしくないのは、フリーの編集者だったせいだろうか？　万人受けする美人というのとはちがうけれど、てきぱきと機転が利いて、そばにいるだけで気持ちに張りが出そうなタイプの女性だと思った。

「でも、あなたがここにいていいんですか？　そろそろご遺族と一緒に——」

深い考えもなしにたずねると、レイカは謙虚に首を横に振った。こころもち眉を曇らせながら、あたりをはばかるように声をひそめて、

「わたしなんかが遺族席に坐《すわ》ったら、何を言われるか。今日はおとなしくしてないと、口さがない人たちがたくさん来てますから」

けっして愚痴っぽい言い方ではなかったが、彼女が置かれた立場の微妙さをうかがわせる返事だった。公然と遺族のようにふるまうのは、何かと差し障りがあるのだろう。本人どうしの気持ちが形式にこだわらない、純粋なものだったとしても（プラトニックという意味ではないが）、世間では色眼鏡で見たがる人間が多いということか。

たしかに故人とはだいぶ歳が離れているし、江知佳に配慮して再婚を見送ったことが響いているにちがいない。きりっとしたレイカの喪服姿は、防御も兼ねたオフィシャルな仮装にすぎないようである。

「お察しします」

「平気です。今に始まったことじゃありませんから」

レイカはそう言ったが、強がりのように聞こえた。川島伊作が死んだのは、つい数日前のことなのだから。彼女もそのことに気づいたのか、身内意識を掻《か》き立てるように、

「告別式がすんだら、わたしも控え室で合流します。立ち入った話は、後でまた」

メモリアルホールは小規模な体育館ほどの広さがあって、仕切りを取り払ったフロアいっぱいに、整然と折りたたみ椅子が並べられていた。来賓と一般会葬者の席が分けられて、来賓席はすでに大半が埋まり、一般の方も空席は三分の一程度になっている。じきにそれも埋まってしまうのだろう。綸太郎は席数を勘定しようとしたが、途中で面倒臭くなって数えるのをやめにした。交通の便と天候の悪さを考慮すれば、大盛況の部類に入るのではないか。

故人と面識のない遠慮もあって、慎《つつ》ましく最後列の席に坐ろうとしたら、

「会葬者の方は、できるだけ前から詰めてご着席ください」

とホールの職員に制された。つべこべ言っても始まらないので、ほかの参列者と一緒に空いている前の列へ移動する。目の届く範囲に田代周平の姿はなかったが、五列ほど前の席に別の知り合いとおぼしき背中を見かけた。川島敦志が訳した『フィルモア・ジャイヴ』の担当編集者である。そういえば、故人とも顔見知りのようなことを言っていた。

声をかけるには離れすぎているし、立って動くのは周りの迷惑になる。後から挨拶《あいさつ》だけでもしておこうと留意しながら、綸太郎は席に着いた。川島伊作の晩年の仕事ぶりからすれば、今日は出版関係者もたくさん集まっているにちがいない。

遺骨を安置した仏式の祭壇には、トラック二台分はあろうかという生花が供えられ、中央に大きく引き伸ばした遺影が飾ってある。表情やアングルがちがうだけで、新聞の追悼記事で見たのと同じ時期に撮られた写真のようだった。祭壇の両側に設置されたPAからは、バロック風のチェンバロの調べが流れている。式次第には「故川島伊作・美術葬」と記されているが、会場の雰囲気はマニュアル通りの至ってオーソドックスなもので、参列者の目を奪う芸術的な演出が用意されている気配はない。

ホールの職員の動きがあわただしくなってきた。セレモニーが始まる予定の時間までと数分しかないのに、会場の整理や何かで準備が遅れているらしく、まだ遺族や僧侶《そうりょ》も入場していない。チェンバロの演奏が頭に戻って同じ調べをリピートしだすと、それが合図のように、真後ろの席に着いた二人連れがヒソヒソ話を始めた。

「――五十四だっけ。まだ若いよな。やっぱりガンは怖いね」

「春先に手術したんだろ。あれでそう長くないと思ったが、あっけないもんだ」

「医者はとっくに匙《さじ》を投げてたらしい。死んでも死にきれない思いだったろうね、本人は。鳴り物入りで回顧展の準備を進めていたのに、それも見届けられないんだから」

事情に通じた話しぶりからして、どうも美術関係者らしい。綸太郎は前を向いたまま、それとなく聞き耳を立てた。

「そうとも限らんさ。その回顧展にしたって、宇佐見彰甚の仕掛けなんだし。例の噂を聞いてるだろ？　石膏《せっこう》直取りの新作ってやつ」

「娘さんをモデルにした遺作のことか。一昨日の夕刊で、宇佐見が何か書いてたけど」

「かなり苦心の跡が見られたな。川島伊作の作風はシーガルの単なる模倣ではなかった、とかさ。あれ読んで笑っちゃったよ。だけどここだけの話、今ごろ宇佐見のやつ、笑いが止まらないんじゃないのか？　だってイサクのイサクだろ、こんないい宣伝文句はないぜ」

「声が大きいよ、宇佐見も来てるんだから。あいつ、今日の世話役だってね」

「今から身内に取り入って、秋の回顧展が成功したら、一切合財が宇佐見の業績になるって寸法さ。計算高い男だから、そこまで見越したうえでの行動だよ」

「それにしても、ちょっとやり方がひどすぎやしないか。俺が聞いた話だと、回顧展向けの新作を作るのに、病み上がりの体で無理をしたせいで、寿命を縮めたらしい。あいつがそそのかしたからだろう？　それって要するに、宇佐見に殺されたようなもんじゃないか」

「死んだ本人だって、それぐらい百も承知だよ。そうでもない限り、川島伊作の彫刻なんて、今どき誰が相手にするもんか。あんな昭和の骨董品《こっとう》が話題になるのは、お膳立《ぜんだ》てがすっかり整ってるからさ。十何年かぶりの復帰作で、モデルは箱入りのひとり娘、おまけに残り少ない命を削って完成にこぎ着けたなんて、浪花節《なにわぶし》もいいとこだ。絶対、ヤラセに決まってる」

「なるほど。うがちすぎの感はあるけど、当たらずといえども遠からず、か」

「だけどそれ、ちょっと見てみたい気もするんだな。ヌード像だって聞いたもんだから。川島の娘って、まだ二十歳でけっこう美人らしい。今日だって、わざわざこんな辺鄙《へんぴ》なところまで足を運んだのも、娘の喪服姿を拝みたい一心でね。それにしても、なかなか出てこないな。もう始まる時間じゃないのか」

「こういうのはたいがい遅れるもんだろう。だけどね、その話を聞いて、俺は正直、失望したんだよ。エッセイが売れて儲《もう》かってるんだから、今さら昔の焼き直しをしなくてもいいじゃないか。晩節を汚すようなシロモノだったら、出さない方がいい」

「昔の焼き直しったって、もともとシーガルの焼き直しじゃないか」

「それを言ったらおしまいだって。でも、昔の仕事は悪くないと思うんだよね。『組体操』のシリーズとか、俺はいい作品だと思う。こけおどしって言われたらそれまでだけど、実はわりと心酔してた時期もあったんだ。だからこそよけいにね」

「石膏直取りで、人間ピラミッドを作ったりしたやつか。うん、あれは俺も評価する。たしかにあの時期のものは悪くない。ああいうこけおどしのサーカス路線でずっと続けていれば、アーティスト生命も長持ちしただろうに。結局、例のサングラス事件の後は泣かず飛ばずだろ？　まなざしがどうとか変に考えすぎるから、行き詰まるんだよ」

「スランプに陥ったのは、奥さんに逃げられたせいだと思うけど。時期的に見ても、離婚してからインスピレーションを失ったのは、誰もが認めるところだから」

「それも一因ではあるな。宇佐見は知らん顔してるけど、いちばん脂が乗ってた頃は、制作者とモデルの垣根を取り払って、一心同体の創作タッグを組んでいたわけだろう、あの夫婦は。もっともバツイチの先生は、その後も編集者と組んで同じことをやってたようだが」

「そういえば、さっき受付にいた女、故人のコレだったらしいけど、何ていったっけ？　川島夫婦が離婚したのは、あの女のせいだって聞いたことがある」

「国友レイカか。いや、それはガセだよ。あの二人がデキてたのは事実だが、国友と知り合ったのはもっと後のはずだ。前の奥さんと別れてから、もう十五、六年経ってるから」

「道理で歳が合わないと思った。じゃあ、離婚の原因は別の女だったのか。今の口ぶりだと、浮気の相手がどこの誰だか知ってるんだろう？　教えろよ」

「まあね。大きな声では言えないが、よりによって奥さんの実の妹に手を出したらしい。それだけならまだしも、妹の方もれっきとした亭主持ちで、旦那《だんな》に浮気がばれて話がこじれたあげく、自殺したとかしないとか」

「そりゃあんまりだ。本当の話か？」

「たぶん。昔のことだし、俺も小耳にはさんだだけで、裏は取ってないんだけど、根も葉もないデマではないと思う。そんな仕打ちを受けたら、どんな良妻賢母だって逆上して出ていくさ。娘を残していったのが不思議なぐらいだね。だから俺に言わせれば、川島伊作が制作に行き詰まったのも、自業自得としか――」

「シッ。遺族が出てきたみたいだ。その話、今はちょっとヤバいよ」

二人はきわどいところで会話を中断して、綸太郎を歯ぎしりさせた。たとえ彼らが、国友レイカの言う「口さがない人たち」の代表だとしても、最後のくだりは無責任なゴシップとして聞き捨てにすることはできない。告別式が終わったら、川島敦志にひとつふたつ、聞きにくい質問をしなければならないようだ。

チェンバロの調べがフェイドアウトして、荘厳な曲調に変わった。司会進行役の男性がマイクの前に立ち、会葬者全員に起立を促す。川島に頼まれた調査は、予想していたより気の重い仕事になりそうだ、と思いながら綸太郎は立ち上がった。

喪主の江知佳を先頭に、遺族がフロアに入場してくる。漆黒のワンピースに身を包み、父親の位牌《いはい》を抱いて歩を進める江知佳の表情は、一週間前、銀座のギャラリーで出会った屈託のない笑顔の持ち主とは、まるで別人のようだった。

予定より十五分遅れで開式の辞が告げられると、会場に鐘の音が鳴り響いた。僧侶の一団が入堂し、読経が始まる。やがてフロアいっぱいに、香を焚《た》く匂いが立ちこめた。

弔辞を読んだのは、内堀和正という白髪の彫刻家だった。故人の恩師に当たり、今日の葬儀委員長を兼ねている。綸太郎は初めて耳にする名前だったが、江知佳の通う駒志野美術大学の名誉教授で、モダンアートの世界では泣く子も黙る大御所らしい。故人の業績を讃《たた》え、その早すぎる死を惜しむ格調の高い朗読が続く間、聴衆は水を打ったように静まり返っていた。後ろの席の二人組もこれには恐縮しきって、ぐうの音も出ない様子である。世話役を買って出た宇佐見彰甚が話をつけたのだろう。

綸太郎は首を伸ばして、関係者席に目を凝らした。世話役の席を占めているのは、黒縁眼鏡をかけた四十代前半の男。上背に乏しいわりに、押し出しのいい体型の持ち主だった。丸顔のせいで、やんちゃなガキ大将がそのまま大きくなったような風貌《ふうぼう》だが、引き締まった表情には盛大な葬儀を仕切るにふさわしい威厳があり、怜悧《れいり》な知性を感じさせる鋭い目つきで式の進行を見守っている。匿名コンビによる辛辣《しんらつ》な人物評は、やっかみの分を割り引いて聞く必要があるにせよ、宇佐見彰甚という男が評判通りのやり手であることは、葬儀委員長の人選からも察しがつくのだった。

厳粛な雰囲気のうちに、葬儀は滞りなくスケジュールを消化した。各界のビッグネームによる弔電が奉読される中、委員長の内堀和正を皮切りに、遺族と来賓・関係者が順番に焼香をすませると、いったん僧侶団が退場。小休憩の時間を利用して、祭壇の前に一般会葬者用の長い焼香台が用意される。ちょうどその合間に、田代周平がきょろきょろしながら会場にすべり込んできた。

綸太郎は席を移し、田代と合流した。午前中の撮影は天候不順で思うようにはかどらず、結局、日をあらためて撮り直すことになったという。大急ぎで着替えてきたようで、喪服の後ろ襟が裏返しになっていた。
田代と話し込んでいる暇もなく、再び僧侶の一団が登場した。葬儀に引き続いて、告別
式の開始である。
小さなハプニングが起こったのは、一般会葬者による焼香の最中だった。
いつ果てるともしれない読経の声を聞きながら、田代と焼香の列に並んで順番を待って
いると、遺族席の川島敦志と目が合った。慣れない雰囲気に呑《の》まれて、緊張しっぱなしだ
ったのだろう。ほんの少しだけ、翻訳家の表情がなごむのがわかった。綸太郎は軽く会釈
して、川島の隣りにいる江知佳にも目礼を送った。
江知佳は気づいてくれなかった。見かねた川島がそっと肘《ひじ》をついて、耳打ちのような
しぐさをする。それでやっとこちらへ顔を向けたが、江知佳の表情は上の空だった。まる
で気のない視線が頭上を素通りしたけれど、顔を忘れてしまったわけではなさそうだ。綸
太郎だけならともかく、田代周平にもまったく目を留めなかったからである。父親を亡く
したショックが大きすぎて、憧《あこが》れのカメラマンの顔すら見分けられないほど気持ちが沈ん
でいるのだろうか。
そうではなかった。江知佳はもっと別の何かに注意を奪われて、それ以外のことが眼中
に入っていないようである。唇をぎゅっと結んで焼香台の方へ向き直ると、思い詰めたま
なざしで会葬者の行列の先頭を見つめた。いったい、誰が来ているのだろう？

江知佳のただならぬ気配に、川島もやっと気づいたらしい。視線の先を目で追って、はっと息を呑んだ。今しがた焼香を終えたひとりの男性が、祭壇の前から離れ、遺族席の方へ拝礼を捧《ささ》げたところだった。

男は顔を上げるより先に遺族席から目をそらし、半身《はんみ》になってその場を去ろうとする。江知佳の胸が大きく波打った。はずみをつけるように椅子から立ち上がり、男を呼び止める。

「各務《かがみ》さん！」

男は足を止め、ためらいがちに振り返った。背が高く、細身のよく締まった体つき。ちょっと優男風の細面に、レンズの薄い縁なし眼鏡をかけ、理知的な印象を加味しようとしていた。年格好は四十五、六だが、人目に媚《こ》びたようなブラックスーツの仕立てからすると、だいぶ若作りしているかもしれない。

「お久しぶりです。江知佳です」

「あ、ああ、こちらこそ。お父さんのことは、本当に気の毒だった。せっかく連絡してもらったのに、密葬にも出られなくて――」

各務と呼ばれた男は、ばつの悪そうな表情を浮かべ、おざなりなお悔やみの文句でその場を切り抜けようとした。江知佳はそっけない身振りでそれをさえぎって、

「あの人――律子さんは、一緒じゃないんですか？」

「エッちゃん、今はよしなさい」

川島がいさめようとして割って入ったが、江知佳は聞く耳を持たない。詰問するような強い口調で、同じ名前を繰り返した。

「答えてください。律子さんは？」

男は肩を落とすと、いたたまれぬように首を横に振って、

「家内は来られないんだ。ここ数日、体調が思わしくなくてね。それに、きみだってわかるだろう。家内がきみのお父さんのことをどんなふうに思っているか。遺影を前にしてこんなことは言いたくないが、いくら過去のことでも、おいそれと水に流すわけにはいかない。その気持ちを思えば、とてもここへ来るなんて……。今日はせめて妻の代理のつもりで、御焼香を捧げにきたけれど、私だって本当の気持ちはそうなんだ」

男の遠回しな答には、故人への非難が含まれているようだった。喪主の不作法をとがめるつもりはないけれど、自分たちの側にも相応の言い分があるとでも言いたげに。綸太郎はさっきの二人連れのヒソヒソ話を思い出したが、江知佳はそこでひるんだりしなかった。

「それはわかります。でも、どうしても確かめたいことがあるんです。あの人に――お願いします。律子さんにそう伝えてください。血を分けたひとり娘からの頼みだと」

なりふりかまわない嘆願の言葉に、男の方がたじろいだ。江知佳は悲痛な決意のこもったまなざしで、さらに無言の圧力をかける。叔父《おじ》の川島ですら口出しできないほど気を張って、ひたすら男の返事を待っているのだった。

読経と焼香はとぎれなく続いていたが、参列者の間からひそひそとささやく声が洩《も》れ始

めたかと思うと、それが不穏なざわめきとなって会場に広がっていった。形勢はどう見ても、江知佳の方に分があった。各務と呼ばれた男はしばらく迷っていたが、満座の注視に耐えきれなくなったようにかぶりを振って、

「わかった。そこまで言うなら、帰って家内と相談してみる。だから今日のところは——」

「話がついたら、連絡してください。くれぐれもよろしくお願いします。それから申し遅れましたが、各務さん、今日はお忙しい中、父のためにありがとうございました」

言質を取った江知佳は深々とお辞儀して、そのまま何事もなかったように喪主席に戻った。毅然《きぜん》とした表情からは、どんな感情も読み取れない。男はあっけに取られていたが、細いため息を洩らすと、逃げるようにうつむいて遺族席の前から歩き去った。

川島がぎこちなく礼をして、男を見送った。腰をかがめたまま席に戻り、髪の生え際に噴き出した汗を拭《ぬぐ》う。宇佐見彰甚が身振りで合図すると、あわててマイクをつかんだ司会者が、

「時間が押しておりますので、まだ御焼香のおすみでない方は列に加わってください」

と促した。ひときわ高く鐘が打ち鳴らされ、読経の声が厚みを増す。ざわめきがかき消されて、メモリアルホールは厳粛な雰囲気を取り戻した。

「——今のいけすかない男は誰ですか？」

田代周平が顔を近づけてささやいた。綸太郎は訳知り顔で、

「江知佳さんの母親の再婚相手だと思う。たしか歯医者をやってるはずだ」

「道理で歳のわりに歯が白すぎると思った。あれは絶対、何か塗ってますよ」

それは気づかなかった。カメラマンだけに目の付け所がちがう。

「でも、江知佳さんの態度も妙でしたね。水に流せない過去って何のことだろう?」

田代はいぶかしそうに言った。綸太郎は目顔で田代を黙らせると、ポケットから数珠《じゅず》を取り出して、焼香台の前へ進み出た。

6

長い焼香の列も尽き、僧侶《そうりょ》の一団が引き揚げると、親族を代表して川島敦志がマイクを握った。型通りの挨拶《あいさつ》ながら、端々に翻訳家らしいタイトな表現が織り込まれ、情に溺《おぼ》れない川島の文体になっているのはさすがだった。喪主の江知佳は位牌《いはい》を胸に、最後まで目を伏せて叔父《おじ》の言葉に聞き入っていた。

遺体はすでに荼毘《だび》に付されているので、出棺を見送る場面はない。閉式の辞を合図に、メモリアルホールに集まった人々は名残惜しそうに帰り支度を始めた。

「さてと、これからどうしますか」

田代周平が時計を見ながら、一仕事終えたような口ぶりで言った。時刻は三時半を回ったところである。

「悪いけど、今日は付き合えないな。川島さんに呼ばれて、遺族控え室で落ち合うことになってるから」

「これから？　何か急ぎの用事ですか」

「いや、ちょっとね」

口を濁すと、田代は不思議そうな顔をした。無理もない。よほどのことでもない限り、川島家の精進落としの席に、部外者の綸太郎が招かれる理由はないのだから。

石膏《せっこう》像の首が切られていたことは極秘事項で、田代にも事情を話すわけにはいかない。かといって、このまま追い返すのは考えものだった。好奇心旺盛《おうせい》なうえに、妙なところで鼻の利く男だから、さっきの告別式の一幕と結びつけて、何やらキナ臭い匂いを嗅《か》ぎつけないとも限らない。そんなことにならないよう、綸太郎は一計を案じた。

「なんだったら、ついでに挨拶に寄っていくか？」

「ぼくはかまいませんが、向こうが迷惑しませんか」

「ほんのちょっと顔を出すぐらいなら、大目に見てもらえるさ。なかなか紹介する機会もないんだし、江知佳さんには何よりの励ましになる」

それはまんざら口先の方便でもなかった。川島のたっての頼みとはいえ、今日の役回りは遺族感情にそぐわないものになりそうで、特に江知佳に対しては気後れの方が先に立つ。田代を連れていけば、少しは会話もはずむのではないか。

「だといいんですけどね」

「そのかわり、長居は無用だぜ。もう少し人が減って落ち着いたら、控え室をのぞきに行こう。その前にちょいと、知り合いの編集者に挨拶してくる」

ロビーが閑散としてきた頃合いを見て、田代と二人、エレベーターで三階に向かう。国友レイカに教わった部屋の前まで行くと、入れちがいのように川島敦志が廊下へ出てくるのとぶつかった。世話役の宇佐見彰甚も一緒である。

「まだお取り込み中ですか?」

「いや、ちょうどいいところに来てくれた」と川島。自分たちは後片付けで中座するけれど、控え室に残った親戚《しんせき》がなじみの薄い遠縁の年寄りばかりで、エッちゃんがひとりで浮いてしまいそうな雰囲気だという。

「用事がすんで戻ってくるまで、法月君が話し相手になってやってくれないか?」

「お安いご用です」

二つ返事で引き受けると、川島は急に田代の姿が目に入ったように、

「電話では、連れがいるとは聞かなかったが――」

「後輩の田代です、カメラマンの。こないだは引き合わせる暇がなかったので、お二人に挨拶だけでもと思って」

「銀座の写真展の? それはわざわざご丁寧にどうも」

川島は要領を得ない面持ちで、初対面の客に会釈する。田代がフルネームを口にすると、

宇佐見彰甚が如才なく会話に割り込んできた。

「以前、伊作さんのポスターを撮影された田代周平さん？」

「そうですが」

「ああ、やっぱり。それなら話が早い。美術評論家の宇佐見と申します。幅広いご活躍の噂はかねてから」

宇佐見は名刺を差し出しながら、川島伊作展のキュレーターであることをそれとなくアピールした。田代もあわててポケットをひっくり返したが、喪服に着替えていたせいで、持ち合わせがない。宇佐見は鷹揚《おうよう》に手を振って、事務所の連絡先ならわかります、実は折り入ってご相談が、と切り出した。

「今度の回顧展なんですが、あのポスターを展示パネルに使わせてもらえないかと考えていたところで。当時の伊作さんの人となりが偲《しの》ばれるいい写真です。こうしてお目にかかれたのも何かの縁でしょう。正式な依頼状はあらためて事務所の方へ差し上げますので、その際はぜひとも使用のOKをいただけませんか？」

思いがけない相手からお墨付きをもらった格好になる。田代はすっかり恐縮して、喜んでポジフィルムを提供することをその場で確約した。機を見るに敏というか、かなり強引なところがあるにせよ、宇佐見彰甚の人心掌握術の一端をかいま見せる場面だった。

「――まだいろいろ立て込んでいて、お引き止めもできないので、今日は立ち話で失礼します。いずれ日を新たにして、ゆっくりお話をうかがうことに」

抜き打ちの交渉をまとめると、宇佐見はあわただしく一礼し、川島を促してエレベーターの方へ歩き出した。綸太郎には軽く目礼しただけで、田代への歓迎ぶりに比べると、ほとんど黙殺に近い扱いである。だが……。

葬儀の世話役を務め、キュレーターを任されている以上、回顧展の目玉作品である石膏像の首が切断されたことを知らないわけがない。当然、川島の口から綸太郎を呼んだ理由も聞き及んでいるはずだ。出鼻をくじくような態度を示したのは、部外者の口出しを煙たがっているせいだろうか？　そういえば二日前に電話で話した時、川島はずいぶん口が重かったが、宇佐見彰甚の思惑がからんでいることが、事情を込み入ったものにしているのかもしれない。

そう思って顔色をうかがうと、川島は川島で、さっきから何か別のことを考えているふうだった。断りなしに田代を連れてきたことで、気を悪くしているのではない。もっと場当たり的な思いつきが念頭に浮かんだような、ひょっとした顔つきである。宇佐見を先に行かせて、田代の顔をしげしげと見つめると、藪《やぶ》から棒にたずねた。

「つかぬことをうかがいますが、堂本峻《しゅん》というカメラマンをご存じないですか？」

「堂本ですか」

不意をつかれたように、田代の顔から愛想のいい表情が消えた。

「知ってます。顔見知り程度で、懇意というほどではありませんが」

「面識はあるんですね。今の住所とか、連絡先は？」

「さあ。長いこと没交渉なので、すぐにはわかりかねますが、共通の知り合いに聞けば。彼のことが何か？」

「いや、何でもありません。ちょっと名前を思い出したので、同業の方なら彼の消息をご存じかなと……。つまらないことを聞いて、失礼しました」

川島は煙に巻くような返事をして、わざとらしく綸太郎に目を転じ、

「じゃあ、例の件はまた後で」

と声をかけて、そそくさと宇佐見の跡を追った。トカゲが尻尾《しっぽ》を切って逃げていくような感じだった。田代もあっけに取られて、川島の背中を見送るだけだったが、ふと眉《まゆ》を寄せ、

「ひょっとすると、あの噂は本当だったのかも——」

とつぶやいた。

「何だ、あの噂って？」

「いや、何でも……。つまらないことを思い出しただけで」

田代はかぶりを振って、さっきの川島と同じような返事をすると、なにくわぬ顔で控え室のドアをノックした。意図的なフライングで、仔細《しさい》を問いつめる暇もない。中から応《こた》える声がして、黒無地の五つ紋付きを着た銀髪の老婦人がドアを開けた。

「どちらさまですか」

綸太郎は唇を嚙《か》んだ。田代をとっちめるのは、後回しにするしかないようだ。

中は畳敷きで、旅館の客室風になっていた。座卓を囲んだ十人足らずの遺族が話を中断し、いっせいにこちらへ目を向ける。男女半々ぐらいで、六十代より下の人間はいなかった。人数分より多く注がれたお茶の飲みさしが卓上を占領している。

おっかなびっくり戸口で挨拶《あいさつ》すると、座の中心とおぼしき布袋腹《ほてい》の男が、総入れ歯の口を気前よく広げて、

「敦志君から聞いとります。遠慮なくお入りなさい――江知佳ちゃん、お客さんだよ」

と奥の方へ呼びかけた。そこだけちょっと、腫《は》れ物に触るような声になる。

はい、と返事が聞こえて、綸太郎は前かがみに室内をのぞき込んだ。奥の間の窓べりに薄っぺらい座布団を敷いて、江知佳がぽつんと坐《すわ》っている。

目が合った。

なんとなく後ろめたそうな目つきに見えたのは最初だけで、単に光の加減のせいだったかもしれない。それとも告別式の最中、上の空で目が素通りしてしまったことを、今になって急に思い出したのだろうか？　さっと腰を上げた江知佳は、沈みがちな表情をせいいっぱい明るくして、綸太郎に小さくお辞儀した。

ドアを開けた老婦人がどうぞ、と手招きする。靴をそろえて冷房の効いた座敷へ上がると、田代もそれに従った。親戚一同は通りしなに頭を下げるだけでじきに客への関心を失い、布袋腹の男が中断していた話を再開した。今日の告別式とは関係のない年寄りの茶飲

み話で、若貴兄弟はいつまで土俵に立てるのかということが、目下の最大の関心事のようだった。控え室にTVが置いてあれば、秋場所四日目の中継を観戦していたにちがいない。

どうやら川島伊作という人は、身内の親戚付き合いに重きを置いていなかったと見える。そう言ったら身も蓋《ふた》もないけれど、ここにいる人たちは遺族席の空きを埋めるため、頭数をかき集めた顔ぶればかりなのではないか。江知佳の母方の縁者が、川島父娘との関係を絶って久しいことは、メモリアルホールで見聞きしたあれこれから容易に想像がついた。親戚の故人の両親はとうに亡くなっているそうだし、弟の敦志も独身を通しているから、親戚の数をそろえようとすれば、顔と名前が一致しないような遠縁の者を呼ぶしかない。江知佳がひとり孤立してしまうのも、無理からぬところだった。

それどころか、当人がそのように仕向けていたふしもある。顔つきがぱっと切り替わったのを見ると、知り合ってまもない綸太郎の方がまだしも身近に感じられるのかもしれない。

「――お父さんは、本当に突然でしたね」

「はい。春の手術の時から、いつでも心構えができていたはずなのに、本当に急にそんなことになってしまうなんて……。あの、今日はわざわざ父のために来ていただいて、ありがとうございました」

「いや。ぼくなんかが押しかけたら、かえって迷惑かと思ったんだけど――」

綸太郎は咳払《せきばら》いしてから、きちんと正座した。堅苦しい言い回しはこの数日間でさんざん聞き飽きているだろうし、江知佳に会うのだって今日が二度目にすぎない。故人のことも知らないのだから、出すぎた口上はかえって失礼に当たる。そう思って、お悔やみはシンプルなものにとどめた。

間近で対面すると、江知佳はだいぶやつれて見えた。父親の死からまだ一週間と経っていない。それに今日は大がかりな葬儀の席で、大勢の目にさらされた気疲れも残っているはずである。初めて会った日に比べると、肌の色が青みがかってくすんでいた。表情やちょっとしたしぐさにも、いちいち精彩がない。ぽっかりと胸に穴が開いたような、という表現をよく耳にするけれど、江知佳の場合はがらんどうの穴というより、ボウリングの球みたいな重い塊をいきなり抱え込まされて、途方に暮れている感じだった。

「そういえば、さっき国友さんに会った。こっちへ顔を出すように言われて、受付でちょっと話しただけだけど、頼りになる人みたいですね」

それとなく水を向けると、江知佳は真顔でうなずいて、

「ええ、とっても。父がいなくなって、レイカさんだって本当はものすごく悲しいはずなのに、わたしの前ではそんな顔も見せないで、こっちに気を配ってくれるのが身にしみてわかるんです。そんなだから、よけいに自分がしっかりしなくちゃと思って――」

あまりにも優等生的な答で、それだけに危うい気がした。国友レイカは大人だから、自分で自分の面倒は見られるだろう。だがどんなに背伸びをしても、江知佳はついこの間まで父親の庇護《ひご》下にあった子供なのだ。胸にのしかかる重みを周囲と分かち合えばいいのに、

ひとりで全部解決しようと、身の丈以上に無理をしているのではないか。焼香の最中に起こったハプニングを思い出して、綸太郎は心配を募らせた。気持ちばかり先走って、かえってダメージを広げなければよいのだが。

「先輩、先輩。ぼくのことを忘れてやしませんか」

肩をつつかれて、綸太郎は振り返った。田代のことを忘れていたわけではない。部屋に入った時から、江知佳がちらちらと背後の顔を気にしていたのも知っている。田代がいないようにふるまったのは、川島敦志に面識の有無をたずねられたカメラマンについて、何か思い当たることがあるくせにとぼけるような真似をしたからだ。

いいクスリになっただろう。溜飲《りゅういん》を下げたところで田代を紹介すると、やっぱりというように、江知佳の頬にじわっと赤みが差した。戸惑いとためらいが半分、はしゃいだ表情を見せるわけではないが、こんな時でも嬉《うれ》しいことに変わりないようである。

しきたり通り、田代はお悔やみを申し述べるところから始めた。以前、ポスターの撮影でお世話になったことがあると言うと、江知佳は感慨深そうにうなずいた。彼女が田代周平という写真家の存在を知ったのも、思い返せばその時の写真がきっかけだったという。

「あのポスターは父のお気に入りでした。荒削りだけどいいカメラマンになるだろうって、小学生の頃に聞かされた覚えがあります」

「本当に？　いや、それはぼくなんかにはもったいない言葉だ。自分の腕が追いついたら、今度は営業用でない写真を撮らせてくださいと頼むつもりでしたが――」

　二人が少しずつ打ち解けて、田代の個展のことを話題にし始めると、今度はカメラ音痴の綸太郎が取り残される番だった。フィルムのネガポジと石膏《せっこう》直取り彫刻の雌型・雄型の共通点ぐらいならイメージできるけれど、露光とか現像の話になるとまったくついていけない。それでもやはり、田代を連れてきたのは正解だったと思う。喪服姿の江知佳が、ほんのわずかでも二十歳の娘らしい表情をのぞかせたのは、写真の話をしている時だけだったからである。カメラマンの琴線に触れる質問があったのだろう、田代のアドバイスにも熱がこもっていた。本当はこんな席でなく、もっとちがう場面で、二人を引き合わせることができればよかったのだが、それを言い出すときりがない。

　今の江知佳にとって、それがつかの間の息抜きにすぎないことぐらい、綸太郎もよくわかっていた。だがこんな状況だからこそ、そういう時間が必要なのだと思う。今はまだ父親の死が心に重くのしかかっているとしても、いずれはそれを乗り越えて、自分の将来に目を向けなければならないのだから。

　憧《あこが》れのカメラマンとの語らいが、その時のステップになってくれれば——やっかみ抜きでそんなことを考えていた矢先、田代周平の口から思いがけない名前が飛び出した。

「さっき叔父《おじ》さんから、堂本峻というカメラマンについて聞かれたんですけどね」

　思わず田代の顔をのぞき込んだ。さっきのクスリが効きすぎたのだろうか？　田代は綸太郎の口出しを目で封じた。何か考えがあるようだ。

　はっと息を呑《の》んだまま、江知佳は身をこわばらせた。生気を取り戻しかけていた表情が、見る見るうちに曇っていく。触れてほしくない傷口に息を吹きかけられたような反応だった。今までにない硬い口調で、田代に問いかける。

「彼のことをご存じなんですか」

「昔、ちょっと。狭い世界だから、みんな顔見知りみたいなもので。江知佳さんは、堂本の写真のモデルになったことがあるでしょう?」

田代はずけずけと言った。江知佳は少し警戒するようにうなずいて、

「三、四年前、父の知り合いの紹介で声をかけられて。あまりいい思い出はないんですけど」

「そうだろうと思った。すみません、前にそういう噂を聞いたことがあるんです。堂本があなたに夢中になって、しばらくつきまとっていたそうですね。ストーカーみたいに」

「それはどういう――」

田代は綸太郎の問いを手で制した。うなだれた江知佳の顔から目を離さない。何も恥じることはないから、と語りかけるようなまなざしだった。

「噂は本当です。まだ高校生の時で、わたしも子供でした」

しばらく心の整理をつけるように黙り込んでから、江知佳はやっと口を開いた。

「最初はいいように持ち上げられて、有頂天になってしまって。写真を撮られるたびに、自分がちがう人間になれるような錯覚をしてたんだと思います。でも、じきにあの人のやり方についていけなくなりました。それこそ何かに取り憑《つ》かれたみたいに、四六時中、休

みなくシャッターを切り続けるので、自分が一瞬ごとに細切れのミンチにされているような気がして。だんだんあの人のことが怖くなって、二度とモデルはやらない、もう顔を見るのもいやだと言ったら、向こうがいきなり切れてしまって……」

江知佳は口ごもって、胸苦しそうにかぶりを振った。口には出せないような修羅場があったにちがいない。綸太郎は川島敦志の話を思い出した。妙な男と付き合って、さんざん痛い目を見たというのは、堂本峻とのことを指していたのだろう。田代が無言でうなずくと、それが合図のようにふっとため息をついて、とぎれた話の先を続ける。

「それから半年ぐらい、跡をつけられたり、隠し撮りやいやがらせの電話が止まりませんでした。心配させたくなくて、父にはずっと内緒にしてたんですが、とうとう限界が来て——思いきって事情を打ち明けて、しかるべき手を打ってもらいました。父は警察には届けずに、方々のコネを使って、圧力というか、脅しをかけるような手荒いこともしたらしいんですが、詳しいことは話してくれなくて。でもそれでやっと、わたしの前には姿を見せなくなりました。写真のネガも回収して、一枚残らず焼き捨てたと」

「伊作さんは父親として、あなたのためにできる限りのことをしてくれたんです。お父さんが亡くなっても、そのことだけは忘れないでください」

田代は柄にもなく、分別臭い口調で言い含めるように、

「どんなに手荒いやり方だろうと、堂本と縁を切ったのは正解だと思います。お父さんに打ち明けるのが遅かったら、先にあなたが壊れてしまったでしょう。技術は高いかもしれ

ないが、ぼくは彼の写真がどうしても好きになれない。題材やテクニックの問題ではなくて、対象を見る眼そのものが歪《ゆが》んでるような気がするから。最近はろくな仕事をしてないようだし、あまりいい話も聞きません。強請《ゆすり》まがいの写真で食っているという噂もあるぐらいで」

「そうなんですか」

とつぶやいたが、江知佳はそれほど驚いているふうでもなかった。見ようによっては、しいて無関心を装っているようなそぶりである。

「あくまでも噂のレベルですけどね。いやこの際、堂本のことはどうでもいい。先輩から江知佳さんがモデルになることに拒絶反応を起こしていると聞いて、もしやと思ったんです。それはあなたのせいじゃありません。堂本のカメラに毒されただけなんです。そのことを知ってもらいたいと思って……。すみません、会ったばかりなのに、出すぎたことを言いました。気まずい思いをさせたなら、謝ります」

田代は頭を下げた。

「いいえ」

江知佳はためらいがちに首を横に振って、

「田代さんにそう言ってもらえただけで、嬉しいです。ありがとうございました」

控え室のドアにノックの音がして、国友レイカが顔を見せた。もうじき退室時間ですから、そろそろ引き揚げる準備を、と一同に告げる。

「ずいぶん長居してしまいました。もうお暇《いとま》しないと」

田代周平は時計を見て、きまり悪そうに言った。堂本峻の話題が二人の間にわだかまりを作ってしまったのだろう、江知佳も引き止めようとしなかった。さっきまでの打ち解けた雰囲気が嘘のように、他人行儀な受け答えをしている。

手回りの荷物をまとめ、控え室の片付けに取りかかった江知佳に、遠縁の親戚《しんせき》たちがかわるがわる別れを告げた。精進落としは密葬の時にすませたので、今日はあらためて席を設けることはしないそうだ。親類筋はここで解散、という段取りが、人払いの口実であることに綸太郎は気づいた。

7

蓬泉会館のロビーで田代を見送ってから、黒塗りのハイヤーに乗り込んで川島伊作の自宅へ向かう。江知佳とレイカ、それに故人の遺骨が一緒だった。金襴《きんらん》の総骨覆で包んだ桐箱が、江知佳の膝《ひざ》の上にある。

ハイヤーは町田街道を市の中心部まで下り、小田急小田原線をまたぎ越すと、ほどなくして南大谷《みなみおおや》の静かな住宅街の一角に停まった。最寄り駅でいうと、玉川学園前と町田駅の中ほどで、桜並木で知られる恩田《おんだ》川がすぐ近所を流れている。川島伊作のエッセイで、川沿いのサイクリングロードを真夜中に徘徊《はいかい》する話を読んだことがあった。

川島家の母屋は二階建て、玄関ポーチと出窓のある洋風の作りだが、屋根は切妻の瓦葺《かわらぶ》きになっていて、戦前の洋館を現代の工法でなぞったような感じだった。和洋折衷の様式は川島伊作の趣味で、江知佳が生まれた直後に新築した家だという。別棟のアトリエは母屋の裏手にあって、表からは見えない。

「お帰りなさい。お葬式はどうでした」

玄関で出迎えたのは、ハイカラな割烹着《かっぽうぎ》姿の気のよさそうなおばちゃんだった。歳は六十を越したぐらい、小柄でぽっちゃりした体型だが、動きにはメリハリがある。江知佳は当たり障りのない返事をしてから、

「腕利きハウスキーパーの秋山房枝さん」

と教えてくれた。

後で聞いた話だと、房枝は住み込みの家政婦ではなく、週に四日、鶴川《つるかわ》の公団アパートからバスと電車を乗り継いで通ってくるそうだ。川島家に職を得てから十年以上になるベテランで、とうに家族の一員と認められていたが、病気がちの夫を自宅で介護しているために、生活の場を完全にこっちへ移すわけにもいかないらしい。

それでもこの家の主が亡くなってからは、連日泊まりがけで家事の一切を切り回し、献身的に江知佳の面倒を見てくれていた。今日の告別式を辞退したのも、葬家の留守を預か

ることが第一だからで、それが房枝のポリシーだという。アトリエの石膏像《せっこう》が傷つけられたせいで、よけいに家の中を無人の状態にはできないのだった。

　綸太郎が挨拶《あいさつ》すると、房枝は家付きの古い猫みたいな心得顔で、

「敦志さんのお友達ですか。それはわざわざどうも、どうぞお上がりになって。傘はそこの傘立てに。国友さんもいらっしゃい。あら、肝心の叔父《おじ》さんはいないの？」

「まだ斎場に。わたしたちだけ、お父さんと一緒に帰ってきたの」

　と江知佳。レイカが説明を引き取って、

「会場の後始末とか、いろいろ雑用が。それが片付きしだい、宇佐見さんと一緒に見えるそうです。一時間ぐらいかかるんじゃないかしら」

「そう、宇佐見先生も見えるのね。人数はそれで全部？　それで皆さん、晩御飯は食べていかれるんですか」

　綸太郎はレイカの顔を見ながらうなずいた。もうじき五時になる。川島敦志と宇佐見彰甚の到着を待ってアトリエの調査に取りかかるとしたら、夕食時より前に退散するのは、どう見ても無理だろう。

　一階の床の間に設けられた後飾りの祭壇に遺骨と位牌《いはい》を安置し、順番に正座して遺影に手を合わせる。それがすむと、江知佳はいっぺんに気が抜けたようなもの憂い表情で、喪服を着替えてきてもいいかしら、とレイカにたずねた。

「そうね。だいぶ疲れているようだから、ついでに少し横になって休んだら」

江知佳はそれで急に疲れを実感したように、

「じゃあ、叔父さんたちが帰ってきたら起こしてくださいね」

と言い残し、綸太郎に一礼して、二階の自分の部屋へ上がっていった。

庭に面した広間のテーブルにお茶の用意をすると、じきに房枝も台所へ引っ込んでしまい、がらんとした部屋に黒ずくめのレイカと綸太郎の二人きりになった。

ソファに腰を落ち着けるなり、国友レイカはバッグを開けてメンソールのタバコとライターを取り出した。告別式の会場では、ずっと我慢していたらしい。吸い始めのリラックスした表情を見れば、川島敦志や法月警視と同じ人種なのが明らかだった。

「告別式の間、見かけませんでしたが、ずっと受付に？」

「裏方ですからね。メモリアルホールには、終わり頃にちょっとだけ。お焼香もさせてもらったし、今日はそれで十分です」

割り切っているのか、意外にさばさばした答が返ってきた。

蓬泉会館では、遠縁の親戚たちが部屋を空けるまで、控え室に出入りするのさえためらうようなそぶりだったが、今は故人の匂いが染みついた部屋にいるせいだろう。ロビーの受付で言葉を交わした時に比べると、態度にもずいぶん余裕がある。

「終わり頃というと？　江知佳さんがお焼香の真っ最中に、各務という男を呼び止めるのを見ませんでしたか」

「らしいですね。その場にはいなかったけど、受付で応対したので、各務さんが来ているのは知ってました。律子さん──エッちゃんのお母さんの再婚相手だということは、もうご存じなんでしょう？」

「ええ。じゃあ、あなたも以前から面識が？」

「本人に会ったのは、今日が初めて。でも、記帳した名前を見てすぐにこの人だと。何も言わずにやり過ごしたので、向こうは気にも留めなかったと思いますけど」

「フルネームは何というんです」

「各務順一。順番の順に、数字の一で。住所は府中《ふちゆう》だったはず」

「府中市民か。ぼくの印象ですが、あの場での二人のやりとりからすると、各務夫妻と伊作さんの間には、未《いま》だに何か感情的なしこりが残っている──いたみたいですね。律子さんという人は、母親としての責任も放棄してしまったというし。ただ各務氏が遺影の前で、ああいう不遜《ふそん》な態度を取った理由が今ひとつわからない」

レイカは困惑ぎみに表情を曇らせた。できるだけ遠回しに聞いたつもりだったが、やはりタブーに触れてしまったらしい。気詰まりな吐息を紫煙にまぎらわせながら、肩をすぼめるようなしぐさをして、

「ごめんなさい。知らないふりをするつもりはないけれど、その件については、弟の敦志さんに聞いてもらった方がいいと思います。律子さんと離婚したのは、わたしが川島と知り合う以前のことだし、過去の本当のいきさつがどういうものだったのか、川島も話した

がらなかったので、あえてわたしの口からは――」

喉《のど》が詰まったように言葉を切り、かぶりを振った。

メモリアルホールで偶然耳にした話が事実なら、川島夫妻の離婚の原因となった不幸な出来事について、レイカが触れたくないのは当然である。もちろん、彼女には彼女なりの考えがあるはずだったが（そうでなければ、故人への接し方も変わっていただろう）、今それを明かすつもりはないようだ。レイカの気分を害したくはないので、綸太郎はもっと無難な方向へ話題を切り替えた。

「伊作さんと知り合ってから、どれぐらいになるんですか？」

「『目の上の炭坑夫』というエッセイ集をまとめたのが最初の仕事で、あれが八九年の本だから、編集者としては十年越しの付き合いになりますね。もちろん、川島の名誉のために言っておきますが、始めは仕事オンリーの関係で、お互いにプライベートでどうこうっていうのは全然なかったんですよ」

「何か急接近するようなきっかけが？」

「急接近だなんて。東欧の美術館を探訪するシリーズ紀行の取材に同行して、プラハに行った時、たちの悪いスリに遭って二人ともパスポートを盗《と》られてしまったんです。現地の大使館に飛び込んで、どうにか無事に帰ってこれましたが、その時は二人とも真っ青になって……。今となっては、笑い話ですけどね」

レイカは唇で笑みの形を作ったが、目が少しうるんでいるように見えた。

「本当はあのスリに感謝しないといけないかも。それがきっかけで、お互いを見る目が変わったんですから。でもこういう話って、そんじょそこらにありふれて、第三者にとっては退屈なだけなんじゃないかしら。続きはご想像におまかせします」

タバコを消すレイカのしぐさを見ながら、綸太郎はありふれた想像をした。プラハの街頭で真っ青になってうろたえたのは、主に川島伊作の方で、たぶん年下のレイカの方がずっとしっかりしていたにちがいない。母性愛をくすぐられるような場面があって、この人は自分が守ってあげなければ、とその時から心に決めていたのではないだろうか。

「——何年か前に、再婚という話が出たそうですね。籍を入れるのをためらったのは、江知佳さんの存在がネックになったせいだと聞きましたが」

「敦志さんから？　まあ、そのせいばかりとも言えないんですけど、結婚に踏み切れなかった一番の理由ではあったわね」

レイカは両腕を胸に巻きつけるようにしながら、もっともらしい口ぶりで、

「ちょうど彼女もむずかしい年頃で、かなり危なっかしいところもあったから、大人の都合を押しつけるのもどうかと思って。あの年代は自分でも覚えがあるけど、エッちゃんは物心ついた時から男親しか知らないわけでしょう？　だからよけいにね。二人でさんざん話し合って、その話は見送ることに決めたんです」

「それでよかったんですか？」

「あの人はすまながっていたようだけど。わたしはかえってその方が気楽だったし、何よ

りエッちゃんにとって、それが一番よかったんじゃないかしら。こういう結果になったからといって、今さら後悔しようとは思いませんね」

レイカは胸を張って、自分の中ではとうに決着がついていることを示した。

「でも春の手術の後では、だいぶ風向きが変わっていたのでは？　だって、あなたは知ってたんでしょう、伊作さんの命が残りわずかだということを」

「ひょっとして、それも敦志さんから？」

「一昨日の夕方、電話で。亡くなる前に籍だけでも入れようとか、そういう話は出なかったんですか、伊作さんの口から」

狼狽《ろうばい》の色を隠すようにレイカは頬をすぼめた。ひとしきり家の中の物音に耳を澄ますしぐさをしてから、ここだけの話にしてくれますか、と綸太郎に念を押す。

「――逝ってしまう一月ほど前、一度だけそんなことを。でも、わたしがうんと言わなかったので、その話はそれっきりに」

「どうして？」

「いったんこうと決めたことを後から動かしたくないし、だいいちそれじゃあ、残されたエッちゃんに合わせる顔がないじゃないですか」

「だけど以前とちがって、今度は彼女もあなたを受け入れようとずいぶん努力していたんでしょう？　敦志さんも残念そうな口ぶりでしたよ。兄貴がもう少し長生きしてたら、エッちゃんは再婚を認めていたんじゃないかって」

「そうね、それはわたしがいちばん痛感していたことだから」

とレイカは率直に事実を認めて、

「そんなに無理をしなくてもいいのにって、何度口に出そうとしたか。でもね、もしわたしがエッちゃんの新しい母親になるとしたら、そんな大事なことを彼女に黙って決めるわけにはいかないでしょう。だけどそれを言ってしまったら、お父さんの死期が迫っているのを暗に認めることになる。本当の病状は隠していたので、それだけは絶対にできないと思ったんです。そうでなくても、あわてて籍を入れたりしたら、やっぱり遺産目当てだと陰口をたたかれるに決まってるじゃないですか。これからずっとそういう色眼鏡で見られるぐらいなら、今のままでいる方がましだわ」

その言い分には一理あるのだが、今後の身の振り方となると話は別である。お節介なのは承知のうえで、これからどうするんですか、とレイカにたずねた。

「それは聞かないで。まあ、当分は川島の仕事の整理に追われるでしょうし、母親云々《うんぬん》は別として、エッちゃんのことも親身になって考えてあげないと。どっちみち、十一月の回顧展が終わるまでは、自分の先行きのことなんて考えている余裕はなさそうね」

レイカは二本目のタバコを指でつまんで、バトンみたいにこねくり回した。なかなか火をつけようとしないのは、将来のことを考えあぐねている気持ちの表れなのかもしれない。

「回顧展といえば、キュレーターの宇佐見さんとはうまくやってるんですか？　相当の野心家らしいという評判ですが」

「彼はそうね」

話題が自分のことから離れてほっとしたのか、レイカはやっとタバコに火をつけて、

「ずいぶん敵も多いみたいだし」

「伊作さんが急逝したのは、彼が新作の発表を無理強いしたせいだと言ってるやつがいましたよ。メモリアルホールのちょうど真後ろの席で、美術関係者風の二人連れが」

レイカは顔をしかめて、軽蔑《けいべつ》するようにふっと煙を吐き出した。

「その人たちの顔が目に浮かぶようだわ。でもそんなふうに決めつけるのは、宇佐見さんに対してフェアじゃないでしょう。たしかにちょっと打算的なところが鼻につくけど、わたしの目から見ても、川島への尊敬の念は本物だったから」

「まちがいなくそうと言えますか？」

「これでも人を見る目はあるつもりですから。そうでなかったら、今日初めて会った人にこんな打ち明け話をすると思います？」

レイカは女の目ですべて見通しているような笑みを浮かべた。そんな言いぐさを真に受けるほど、こちらもうぶではないが。

「川島の病気のことをいちばん気にしていたのも宇佐見さんだったし、もし本人にその気がないとわかれば、強制入院させてでも、体に負担のかかる仕事はやめさせたでしょう。あれは純粋に川島の意向だったんです——死期を早めるのは覚悟《かくご》のうえで、最後の石膏《せっこう》直取り彫刻を完成させることが。宇佐見さんは黙って川島の意を汲んで、それこそ死に水を

取るような気持ちで後押ししたんじゃないかしら」

「ですが、伊作さんへの尊敬の念が本物だったとしても、彼が江知佳さんのことも同じように考えているとは限らないのでは？」

と綸太郎は言った。レイカは虚をつかれたような表情で、

「それはどういうこと？」

「石膏像の首が切られていたことですよ。そのことはまだ警察にも知らせてないそうですね。宇佐見さんが届けないように言ったからじゃありませんか？」

当て推量で聞いたのが、図星だった。レイカは眉《まゆ》を寄せながらうなずいて、

「その通りだけど、どうして。それも敦志さんから？」

「いや。さっき遺族控え室の廊下で、宇佐見さんとニアミスしたんです。その時、露骨に敬遠されてる雰囲気だったので、なんとなく」

「目ざといのね。敦志さんがあなたを呼んだ理由がわかったわ」

「ということは、やっぱり煙たがられてるわけですね、宇佐見さんからは」

「たぶん。今日だって、法月さんが呼ばれているのを知ってずいぶん渋い顔をしてたもの。警察沙汰《ざた》にしないのは、何か深い考えがあってのことかもしれないけど、彼の対応に関しては、わたしもちょっと賛成しかねるところがあって」

「敦志さんは、江知佳さんの身の安全を危ぶんでいるようでしたが」

「わたしもそう」

レイカは心配そうに掃き出し窓の外へ目をやった。暮れかかった庭の一角を平屋の建物が占めている。川島伊作のアトリエだった。

「実物を見ればわかると思うけど、あれにはぞっとしたわ。人体直取りの彫刻だから、文字通りエッちゃんの分身みたいなものなんです。その首を鋸《のこぎり》で切って持ち去るなんて、すごく病的な感じがする。だって、名指しで脅迫してるようなものじゃないですか。たまたま狙われたのが川島の最後の作品だったからといって、狂信的なマニアによる美術品損壊のケースなんかとは一緒にできないと思います」

「名指しの脅迫となると――石膏像の首を切ったのが美術マニアのしわざでないとすれば、江知佳さんに対する殺人予告の可能性が高いということになりますね」

「まさか」

刺激が強すぎたのか、レイカは急に怖《お》じ気《け》づいたようにかぶりを振って、

「そこまで大げさなものだと思いたくはないけど……。ただのいやがらせだとしても、怖いことに変わりはないでしょう。家の敷地の中まで入り込んできたんだから。密葬を出した日に、アトリエの窓を壊して忍び込んだらしいんです。家人の留守を狙って」

「それはいつのことですか」

「土曜日です、十一日の。金曜の夜にここでお通夜をして、翌日に身内の者だけで葬儀を。その日は房枝さんも一緒に斎場へ出かけて、この家には誰もいませんでした。火葬と収骨を終えて帰ってきたら、アトリエの石膏像があんなことになっていて」

最初に電話で聞いた話と若干のずれがある。川島は要点だけ伝えようとして、途中の経過をすっ飛ばしてしまったらしい。

「タイムテーブルを作りましょう。伊作さんが救急車で病院に運ばれたのは、木曜の午後でしたね。正確な時刻は？」

レイカは居ずまいを正すようにパンツスーツの膝《ひざ》をそろえて、

「四時過ぎだったと思います」

「離れのアトリエで倒れている伊作さんを見つけたのは？」

「わたしです。たまたま川島に用事があって、台所からインタホンで呼んだんですが、ちっとも返事がないので、悪い胸騒ぎがして――春の手術の後、アトリエにインタホンを取り付けさせたんです。川島の身に万一のことがあった時、母屋の方ですぐにわかるように」

「あなたが呼び出すまで、台所のインタホンは鳴らなかったんですか」

「その日の午後は一度も。房枝さんもいたので、川島のSOSがあれば気づいたはずです。石膏像の制作中、川島の許可なしにアトリエに入ることは固く禁じられていましたが、そんなことを気にかけてる場合じゃありませんでした。急いでアトリエに駆けつけると、あの人が血の気のない顔で倒れていて……。すぐ房枝さんに救急車を呼んでもらって、まっすぐ病院へ」

「原町田総合クリニックでしたね。救急車には、房枝さんも一緒に？」

「いいえ。とりあえずわたしだけ付き添って、房枝さんはここに残りました。川島の容態が思わしくないので、その夜はこっちに泊まってもらうことにしたんです。ご主人の夕食の支度をするために、いったん鶴川の自宅へ戻った間だけ、家を空けていたそうですが。夜半過ぎ、川島が危篤状態になった時点で、房枝さんも病院に」

「江知佳さんと敦志さんの二人は？」

「夕方病院に着いてから、川島が息を引き取るまでずっとそばを離れませんでした」

「なるほど。話を戻しますが、伊作さんが倒れる前に石膏像を完成させていたとすれば、アトリエに駆けつけた時、あなたは完成品を見ているはずですよね？」

「いいえ、そうじゃないんです」

こちらの予想に反して、レイカは心残りのように首を横に振った。

「その時は川島のことが心配で、ほかのことに目を配る余裕なんてありませんでした。それに完成した作品には、川島が自分の手でカバーをかけていたんです。だからわたしはもちろん、後から来た房枝さんも中身には目が行かなくて」

「カバーというと？」

「キャンバス地の白い布で、像の全体を覆い隠すように床まですっぽりと。川島の脈を確かめながら、なんとなく目に入った覚えはあるんですが」

「そうですか。伊作さんが亡くなった金曜日の人の出入りは？」

レイカの話によれば、金曜日の早朝、集中治療室で川島伊作が息を引き取り、その日の昼前に遺体と一緒に自宅へ戻ってからも、通夜の手配やら何やかやでバタバタして、家人はアトリエの彫刻のことをすっかり忘れていたらしい。通夜の客を帰してほっと一息ついてから、やっと江知佳がそのことを思い出し、夜更けにひとりでアトリエに向かったという。

「——もちろん、お通夜には宇佐見さんも来てましたが、ひとり娘を差し置いてアトリエに踏み込むのは、さすがに遠慮したんでしょう。芸術的な価値を云々《うんぬん》する前に、エッちゃんにとってはかけがえのない父親の形見なんですから。物忌みの類ではないけれど、密葬がすむまで、ほかの人間はアトリエに立ち入るのを控えようと、敦志さんに言い含められて」

綸太郎はおやっと思った。だとすると、首を切られる以前の石膏《せっこう》像を見たのは、江知佳ひとりしかいないことになる。レイカに念を押すと、その通りの返事だった。

「金曜の夜の時点で、石膏像が無事だったというのは確かなことですか？　そうでなければ、通夜の弔問客の誰かが隙を見てアトリエに忍び込んだ可能性もあるでしょう」

「その可能性はないわね」

とレイカは即答した。

「だってそれまでに何かあったら、真っ先にエッちゃんが異状に気づいて、みんなに知らせたはずよ。彼女が犯人をかばう理由はないんだし」

「それはそうですが……。完成した自分の像について、彼女は何か言ってませんでしたか」

「特に聞いた覚えはないですけど。だいぶ夜も遅かったし、あの日はそっとしておいてあげたかったから。詳しいことを知りたいなら、本人に聞いてみれば」

及び腰になったのは、江知佳に対して気がねがあるせいだろう。親子の絆《きずな》の証《あかし》のような作品についてあれこれたずねるのは、レイカにとってずいぶん勇気のいることにちがいない。

「あくる土曜日の密葬ですが、皆さんがこの家を出たのはいつですか？」

「十時に葬儀社の人が来て、エッちゃんと敦志さんがお棺と一緒に霊柩車《れいきゅうしゃ》で、房枝さんとわたしはタクシーでそれぞれ斎場に。式は十一時からでした。わたしは成瀬《なるせ》のマンションから九時前にこっちへ寄ったんですが、宇佐見さんは八王子の自宅から斎場へ直行したので、朝のうちはここに来てません」

「収骨を終えて戻ってきたのは？」

「向こうで簡単な精進落としをして、帰宅したのが午後四時過ぎ。その時は宇佐見さんも一緒でした。この部屋で一休みしていると、さっそく彼が先生の遺作を見たいと言い出して、わたしとエッちゃんがアトリエに案内したんです。入口の鍵《かぎ》はちゃんとかかっていましたが、中に入ると窓が壊されていて、石膏像の首も切られた後でした」

「アトリエの鍵の管理は誰が？」

「今は宇佐見さんの手元にあります。土曜日の夕方から、現場保存という名目で」

「押し入りが発覚した後、ということですね。その前は?」

「もともとは川島の持ち物でしたが、宇佐見さんをアトリエに案内した時はエッちゃんが──わたしが預かっていたのを、前の晩に彼女に渡したんです」

綸太郎が首をかしげると、レイカは順を追って説明した。石膏像の制作に取り組んでいる間、川島伊作はアトリエの鍵を厳重に管理していた。余人が勝手にアトリエに出入りして、制作の妨げにならないように。鍵はひとつだけで、合鍵も作っていなかった。

その大事な鍵をレイカが拾ったのは、木曜日の午後、アトリエで昏倒《こんとう》している川島を見つけた時だった。発作を起こして倒れた際、シャツのポケットからこぼれ落ちたものらしい。救急隊員が到着し、アトリエから意識不明の病人を運び出した直後、レイカはほとんど無意識に入口のドアに鍵をかけ、その鍵を持ったまま救急車に乗り込んだ。

それっきり翌日の夜になるまで、レイカは預かった鍵のことを忘れていた。思い出したのは通夜の客が帰って、江知佳が石膏像を見たいと言い出した時。レイカは江知佳に鍵を渡して、離れのアトリエに向かう後ろ姿を見送ったという──その間ずっとアトリエに鍵がかかっていたのは、確かなことだろう。そのかわり、綸太郎はささいなことが気になった。

「伊作さんが発作を起こして倒れた時、アトリエの鍵はかかってなかったんですよね。あなたがドアをこじ開けたとすればその後、鍵はかけられないはずだから。木曜日の午後、伊作さんが石膏像の最後の仕上げにかかっていたなら、鍵をかけっ放しにしてそうなものですが」

　三本目のタバコに火をつけながら、レイカは不思議でも何でもないように、

「万一の時に手遅れになると困るから、ひとりでアトリエに閉じこもってる間は、絶対に中から鍵をかけないでって、口を酸っぱくして言ったんです。川島はいやがりましたが、わたしとエッちゃんと房枝さんの三人がかりで迫ったので、最後は渋々そうすると約束してくれて」

「でも伊作さんは、彫刻の制作に関して頑固な人だったんでしょう？　仕事場の環境設定についても、そんなに簡単に妥協するとは思えない。約束は口だけで、アトリエで作業に没頭している時は、こっそり鍵をかけてたんじゃないですか」

　綸太郎が食い下がると、レイカは肩をすくめるようなしぐさをして、

「それが男の人の考え方なんでしょうね。宇佐見さんも同じ意見だったから」

「同じ意見というと？」

「アトリエの鍵が開いていたのは、川島が倒れる前にそうしたからだろうって。作品が完成したからこそ、仕事場の封印を中から解いたにちがいない。発作を起こした時点で石膏像が未完成だったら、鍵はかかっていたはずだと」

　同性だから肩を持つわけではないが、その点に関しては、宇佐見の意見の方が筋が通っているようだ。彼の名前が出たついでに、綸太郎はもう少し探りを入れてみた。

「その宇佐見さんですが、石膏像の首が切られたことに対して、具体的に対応策を考えて

いるんでしょうか。それとも、単に不祥事をもみ消そうとしてるだけ？」

「アトリエを再封印してしまったのは、何か理由があるようにも見えるけど、本当のところはどうなのかしら。宇佐見さんの言い分だと、警察に届けるのは、今日の告別式が終わってからでも遅くない。無用なトラブルを避けるための方便だというんですが……。もし法月さんが言うように、あれが何かの予告めいたものだとしたら、いつ本人が狙われても不思議じゃない。どうして宇佐見さんがあんなに落ち着いていられるのか、わたしには理解できません」

「ひょっとして、誰か犯人の目星がついているとか」

鎌をかけると、レイカは不安そうに視線を泳がせた。目の下の影が濃くなる。

「宇佐見さんはどうかわかりませんが、敦志さんには心当たりがあるみたいです。以前、エッちゃんがストーカーじみた男につきまとわれたことがあって」

「堂本峻というカメラマンのことですか」

「ええ。敦志さんがそう言ったの？」

「間接的にですが。さっき蓬泉会館の控え室で、江知佳さんも同じ名前を」

「そう。わたしはその件について、詳しいことは知らないの。ただ、エッちゃんが堂本と付き合い始めたのは——もしかしたら、わたしがよけいなことをしたせいかもしれない」

薄荷の匂いが染みついたいがらっぽい声で、後ろめたそうにレイカは告白した。

「あなたが堂本を紹介した？」

「そういう意味じゃないの。堂本を紹介したのは、川島のつての画廊関係者だったんじゃないかしら。わたしはじかに面識はなかったんですけど、それ以前に同じ編集畑の知り合いから、彼に関するよくない評判を耳にしたことがあって。あんまり関わり合いにならない方がいいわよって、それとなくエッちゃんに忠告したつもりが、かえって裏目に出たみたいなんです。向こうにしてみれば、母親面した赤の他人にうるさく干渉されてるような気がしたんでしょう。結果的に、エッちゃんの背中を後押しするようなことになってしまって」

それはレイカの思い過ごしとばかりはいえなかった。ちょうど父親とレイカの間に再婚話が持ち上がり、江知佳が荒れ始めていた時期のことなのだろう。継母候補に対する反発が、江知佳を堂本峻に近づけるはずみになったとしてもおかしくはない。

表の道路に車の停まる音が聞こえた。ややあって、玄関に人の気配がする。

「敦志さんたちだわ。エッちゃんを起こしてあげなくちゃ」

レイカがタバコをもみ消したのを合図に、綸太郎もソファから立ち上がった。

8

「――そんなに入りたければ、私の命令に逆らって入るがいい」

喪服の上着だけ脱いだ宇佐見彰甚は、アトリエのドアに鍵を差し込みながら、こちらへ顎《あご》をしゃくって何かの呪文《じゆもん》のようにつぶやいた。

「ことわっておくが、私には権力がある。しかもこれでいちばん低い階級の門番にすぎないんだ」

尊大ぶった台詞《せりふ》に綸太郎はかちんと来たが、すぐにそれが宇佐見のオリジナルでないことに気がついた。相手をしてやらないと、ますますなめられるにちがいない。まさかこんなところで、文学カルトクイズに答えることになろうとは。

「それは『掟《おきて》の門』の門番の台詞でしょう。ぼくはそんなにしつこい男ですか？」

正解のチャイムのかわりに宇佐見はフンと鼻を鳴らし、黒縁眼鏡のブリッジを押さえて、

「きみが作家の端くれだというから、試しに聞いてみただけで、深い意味はない。右も左もわからんやつをおいそれと故人の仕事場に通すわけにはいかないだろ？　戸口にスリッパがあるから、それを履いて」

とりあえず、門前払いは免れたようだ。言われるまま靴をスリッパに履き替えて、綸太郎はアトリエに入った。中はプレハブの仮設倉庫みたいな作りで、足下のコンクリート床に石膏《せっこう》の粉を箒《ほうき》で掃いた筋目がついている。入口の脇にT字型の自在箒が立てかけてあった。

日没にはまだ少し間があるが、どんよりした雲に西日がさえぎられて、屋内は一段と暗い。輪郭の定まらない奇怪なシルエットの群れが、こちらをうかがうように闇の中にたむろしていた。ほこりっぽい空気に混じって、灯油の匂いがかすかに鼻につく。

ふいにまばゆい光が屋内を満たし、綸太郎を出迎えた奇怪なシルエットの一群は、雑然と並べられた試作品の石膏像やさまざまなオブジェに姿を変えた。宇佐見がアトリエの灯《あか》りをつけたのである。ムラのない均質な明るさは、計算された照明の配置効果と、それ以上に石膏の白い照り返しによるものだった。

綸太郎の視線は真っ先にある物体に吸い寄せられたが、先入観を持たないように、意識して注意をよそへ向けた。現場の空気に体をなじませるのが先である。見上げると、平屋のわりに天井が高い。屋根には採光用の天窓が切られ、クランク式の手動ハンドルで開閉できるようになっていた。アルミサッシの腰高窓が、南と北に二面。南窓にはベージュ色のブラインドが下がっているが、向かいの北側の窓は、窓として用をなしていない。西から北側の壁に沿って、建設現場の足場のように背の高いラックが組んであり、石膏のパーツや工具類、木型や発泡スチロールのオブジェやら何やらで、見るからにすし詰め状態になっていたからだ。もちろん、人が出入りできるような隙間はない。賊が侵入したとすれば、南側の窓からだな、と綸太郎は見当をつけた。

床の上には、ラックに収まりきらない大小さまざまの品があふれ出している。大半はほこりをかぶっていたが、そうでない新しいものもあった。型取りに使うギプス包帯が入った箱は、最近まとめて購入されたものらしく、「プラスター・バンデージ」「プラスター・バンデージE」と二通りの商標名が記されていた。Eはエラスティック（伸縮性）の頭文字で、川島伊作は体の部位に合わせて二種類の包帯を使い分けていたようである。防水加工した石膏の袋を積み重ねた横には、ポリバケツとドライヤー、それに石油ストーブが二台——そういえば、石膏ガーゼを乾燥させるために、真夏でも暖房が必要だと、前に江知佳がこぼしていたっけ。

南側の窓の前には、スチール製の脚立と大きな姿見が置いてある。さらに「クラフツマン」とロゴの入った外国製の可動式作業台と、大型冷蔵庫が場所をふさいでいるせいで、自由に人が動き回れるスペースは、本来の床面積の半分ぐらいに限られていた。作業場と物置を一緒くたにした感じで、アトリエという言葉の響きからつい連想しがちな、繊細で退廃的なイメージはかけらもない。美術館の倉庫や劇場の舞台裏がそうであるように。

作業台の上には分解された石膏型の残骸《ざんがい》と一緒に、国友レイカの話に出てきたインタホンの子機が置いてあった。冷蔵庫はコンセントが差してある証拠に、主を失った今も間断なくブーンと音を立てている。何が入っているのだろう？　気になって扉を開けようとしたら、

「どれも大事な遺品ばかりだから、興味本位であちこち触らないように」

と宇佐見に釘《くぎ》を刺された。

気をつけますと言って、綸太郎はおとなしく冷蔵庫の扉から手を放した。蓬泉会館で田代周平のご機嫌を取っていた時とは、言葉遣いからして、態度に雲泥《うんでい》の差がある。というより、はなから相手にされてないというべきか。故人の家でふたたび相見《まみ》えてからも、川島敦志の顔を立てるため、仕方なしに付き合ってるんだ、というそぶりを隠そうとしない

のだから。

向こうが縄張り根性をむき出しにしているのだとしても、あえて宇佐見と衝突するつもりはなかった。ここでひともんちゃく起こせば、川島の顔をつぶすことになる。そういう意味では、お互いに似たような立場なのかもしれないが、川島伊作の経歴と川島家の内情に通じているというだけで、宇佐見の方が圧倒的にアドバンテージを有していた。今のところは、そのギャップを埋めるのが先決だろう。

「——閉めきってるせいで、よけいに蒸し暑いな」

気まずい雰囲気を和らげたのは、川島敦志の声だった。扇子で顔をあおぎながら、アトリエに入ってくる。言われて気づいたように、宇佐見がリモコンを操作してエアコンを稼働させた。せっかくの冷気が逃げないよう、川島はアトリエのドアを閉めた。

「江知佳さんは？」

金縛りの解けた綸太郎がたずねると、翻訳家は扇子と一緒にかぶりを振って、

「国友君が何度も声をかけたけど、あれは当分、起きてきそうにないな。だいぶ疲れているようだから、もうしばらく休ませてやろう。モデルがいなくても、実況検分はできるだろう？」

「もちろん。その方がいいですよ」

と宇佐見が先に答えたので、綸太郎も同意するしかなかった。だが、なぜこの場に江知佳がいない方がいいのか、宇佐見は説明する気がないようだ。

綸太郎が目を向けると、わざとらしく視線を避ける。何か隠しているような反応だった。やはりレイカが匂わせた通り、江知佳の像の首が切られたことについて、宇佐見彰甚は自分なりの結論に達しているのではないか？

「じゃあ、面子《メンツ》がそろったところで始めましょうか」

作業台の脇へ移動しながら、宇佐見がせわしげに言った。キャンバス地の白い布ですっぽり覆われた高さ一メートルあまりの物体が、そこに堂々と置かれている。アトリエに入った瞬間から目が離せないでいたのだが、ささいな理由から、それが問題の江知佳の像だという確信は持てなかった。頭部が欠けている分を足しても、等身大の立像には足りないサイズだったからだ。しかし立像だと決めつけていたのは、自分の早とちりだったらしい。

「川島先生の最後の作品です。

宇佐見彰甚は咳払《せきばら》いすると、恭しい手つきでそっとカバーを持ち上げた。

背もたれ付きの丸椅子に、白い女の裸身が横坐《よこずわ》りの格好で浅く腰かけている。椅子は木地にニスを塗っただけのシンプルなもので、オブジェの一部というより、石膏のボディを支えるつっかい棒の役割に甘んじていた。

横坐りといっても、リラックスした姿勢ではない。背筋をピンと伸ばし、胸いっぱいに息を吸って止めたような感じで、レントゲンを撮られる時の構えに似ていた。左手を膝《ひざ》に、右肘《みぎひじ》は椅子の背もたれに預けながら、怒り肩にならないよう力を抜いている。

像の表面に転写されたガーゼの編み目の微細な痕跡《こんせき》を除けば、形のいい左右のバストをさえぎるものは何もなかった。抜けるように白くなめらかな石膏の起伏が、張りのある乳房の質感を忠実に写し取っている。つんと上を向いた乳首の生々しい形といい、中空の固い石膏でできているのを忘れてしまいそうなきめ細かい表現で、つい手を伸ばして柔らかい肌の感触を確かめてみたくなるほどだ。川島伊作が石膏という素材に執着した理由がわかる気がした。表面がつるつるしたプラスティック成形では、こういう人肌の温かみは出せないはずである。

こほん、と川島が咳をした。

生身の裸が目で犯されるような感じがしたのだろう。綸太郎は立ち位置を変えて、像の下半身に注目した。脚はわずかな隙間を残して閉じられている。両の膝頭をずらし加減に、左足は前方の床をぺたんと踏みつけ、右足は半ば引いて爪先《つまさき》立ちの状態だった。右太股《ふともも》とふくらはぎのラインが鋭角をなし、やじりのように引き締まった足先のフォルムが、動きのないポーズにアクセントを加味している。

「このポーズについて――」

宇佐見が何か説明を加えようとしたが、それを身振りで黙らせて、綸太郎は像の背後に回った。均整の取れたヒップの丸みは、椅子の座に押しつけられて平べったくなっているが、弾力のある肉感は失われていなかった。背中の面は塗りたての白壁みたいにみずみずしく、触ると手の跡がつきそうだ。しなやかな腰のくびれと、尾骨から脊椎《せきつい》のくぼみを遡《さかのぼ》って肩胛骨《けんこうこつ》に至るなだらかな上昇曲線。ことさら色っぽいポーズを取っているわけでもないのに、石膏《せっこう》の表面から微熱のような官能のオーラが漂っているのは、ボンデージ趣味に通じる一種の拘束感によるものかもしれない。ギプス包帯に染み込んだ江知佳の汗の匂いが、型抜きの過程で作品本体に乗り移ってしまったように。

だが、目の保養になるのはうなじのところまでだった。江知佳の顔があるべき部分には、何もない。肩から一センチほど上のあたりで、水平に首が切り取られている。

容赦なく。跡形も残さずに。

綸太郎はあらためて息を呑《の》んだ。ざらざらした首の切断面は、それが血の通った人間の体ではなく、乾燥した石膏の塊にすぎないことを如実に示している。一滴の血も流れない、バーチャルな殺人。切り口の縁はギザギザにささくれ立ち、両肩にフケが落ちたように石膏の粉がうっすらと積もっていた。

国友レイカが、ぞっとするという表現を用いたのは、誇張ではなかった。ただし生身の肉体に加えられた暴力とは、明らかに次元を異にしている。バランスの狂ったいびつな意思に、そのまま形を与えたようなおぞましい印象——切っても血の出ないあっけらかんとした残酷さというものがあるとすれば、これがまさにそうだった。損壊行為の単純さと染みひとつない石膏の白さが、犯行の薄気味の悪さにいっそう拍車をかけている。

宇佐見彰甚の言う通りだ。たしかに江知佳は、この場にいない方がいい。

石膏像の首以外の部分に、損傷が加えられた形跡はなかった。綸太郎がようやく顔を上げると、川島敦志が作業台の上に顎《あご》をしゃくった。

「あれで切ったらしい」

台上に置いてあるのは、U字型のフレームに細長い刃を渡した糸鋸《いとのこ》だった。年季の入った品らしく、握りの赤い塗料がだいぶ剝《は》げている。綸太郎がポケットからハンカチを取り出そうとすると、川島はすまなそうにかぶりを振って、

「指紋を気にしているのなら、もう手遅れだ。こうなっているのを見つけた後、私や彼が考えもなしに触ってしまったから」

今さら文句を言っても始まらない。綸太郎は落胆したそぶりも見せずに、

「見つけた時は、どこにあったんですか？」

「そこだよ。作業台の上に、これ見よがしに放置されていた。もともと川島先生が使っていた道具でね。普段はそこのラックに、ほかの工具類と一緒にしまってあったと思う」

川島に代わって発見時の状況を説明しながら、宇佐見彰甚がラックの一角を指さした。普通の背丈の成人が手を伸ばせば届く高さで、ほかにもサイズのちがう糸鋸と替刃のセットが数組置いてあるのが見えた。このアトリエに入った人間なら、誰でもたやすく使用できる状態だったことになる。

綸太郎は台上の糸鋸を手に取って、刃と石膏像の切断面を見比べた。ギザギザの刃の隙間に石膏の細片が詰まっていて、ところどころ刃こぼれした跡もある。鑑識や顕微鏡の力を借りるまでもなく、この糸鋸が首の切断に用いられたことは一目瞭然《りょうぜん》だった。

「これだけたくさん物があったら、仮にアトリエに侵入した賊が、石膏像の首以外の何か別のものを持ち出したとしても、すぐにはわからないでしょうね」

綸太郎が思いつきを口にすると、宇佐見は先回りするように目を細めて、

「だとしたらどうなんだ？　賊は真の狙いがほかにあって、石膏像の首を切ったのは、本当の目的から目をそらすためのカムフラージュだとでも？」

「そういうつもりではありませんが」

「なるほど、ミステリー作家らしい着想だね。だが、その可能性はないだろうな」

宇佐見は自分が言い出したくせに、鼻も引っかけない口調で言った。

「そう考える理由は？」

「理由と言われてもね。そんなことはありそうもない話だと言いたいだけさ。そういうことにいくら知恵を絞っても、時間の無駄だと思うが」

もちろん綸太郎も、本気でそんなことを考えていたわけではない。むしろ念頭にあったのは、人間の首を切断できる道具がここから持ち出された可能性だったが、宇佐見の反応を見る限り、その目は低いように思えた。

遺族の前では殊勝な顔をしているものの、やり手で鳴らす宇佐見のことだ。はっきり口に出さないだけで、アトリエ内の品目はすでに洗いざらいチェックしているにちがいない。凶器となりうる物品が紛失していれば、とっくに気づいているはずである。

「窓を調べてもかまいませんか？」

「窓？　ああ、国友君に聞いたのか。かまわんよ。賊が侵入したのは、そっちのブラインドが下りてる方からだ」

予想した通りの答だった。綸太郎は脚立と姿見をどけてから、引き紐《ひも》を手繰って南窓のブラインドを上げた。窓ガラスの境目のあたりに、応急処置のガムテープが貼ってある。ガムテープをはがすと、半円形の穴が開いていた。外から手を突っ込んでクレセント錠を開けられる位置を選び、ガラス切りを使ったらしい。

窓を開けると、表はすっかり暗くなっていた。右手に母屋の灯りが目に入る。綸太郎は窓框《まどかまち》に手をかけ、外に身を乗り出しながら、

「窓の外や庭に、賊の足跡が残ってませんでしたか？」

「いや。アトリエの周りを調べてみたんだが、特にこれというものは見当たらなかった。ずっと暑い日が続いているだろう。庭土の表面に硬化剤を混ぜてるせいで、雨が降らないと足跡が残ったりはしないようだ」

宇佐見が気のない口調で答える。腕を組んで脚立にもたれていた川島が、宇佐見の返事を裏書きするようにうなずいた。今から鑑識を呼んでも、宇佐見や遺族が歩き回った跡しか見つかりはしないだろう。綸太郎は窓を閉め、ガムテープを貼り直すふりをした。ブラインドは上げたまま回れ右して、美術評論家と向かい合う。

「室内の足跡は？　床にいっぱい石膏の粉が落ちてるでしょう。この上を歩いたら、何らかの痕跡が残るはずですが」

宇佐見は黒ネクタイで締めつけた太い首を横に振って、

「床に筋目がついてるだろ？　賊はここを出ていく前に、自分の足跡を念入りに掃いて消したんだ。戸口に立てかけてある自在箒で。それぐらい注意深いやつなら、指紋を残したり、庭に足跡を残すようなへまはするまい」

綸太郎は床に目を落とし、顎をなでた。ではこの掃除の跡は、賊が自ら掃いていったものだったのか。顔を起こして、宇佐見に質問を続ける。

「石膏像の首が切られているのが見つかったのは、土曜日の午後だったそうですね。最初にこれを発見したのは、国友さんと江知佳さん、それにあなたの三人だとうかがいましたが、アトリエの入口を開けたのは誰ですか」

「私だよ。江知佳さんが持っていた鍵《かぎ》を貸してもらってね。これがそうだが」

と言って、宇佐見はアトリエの鍵を綸太郎の鼻先に掲げてみせた。

「その時、ドアはちゃんとロックされていましたか？」

「ん？　ああ、もちろんだ。開ける前に確認したから」

「ということは、石膏像の首を切って持ち去った賊は、侵入した時と同じように、この窓から外へ出ていったことになりますね？」

宇佐見は軽くうなずくと、鼻であしらうような面持ちで、

「そういうことになるだろう。ミステリー小説なら話は別かもしれないが、鍵を持たない外部の人間にドアを施錠して出ていくことは不可能だから」

「その時、窓のクレセント錠はかかってましたか？」

矢継ぎ早にたずねると、宇佐見はちょっと考え込むしぐさをして、

「窓が割られているのを見つけた時は、錠がかかっていたはずだ。しかし、それは別に不思議でも何でもないことだろう。ガラス切りで切った穴から手を突っ込んで、外から錠をかけ直せばいいんだから」

「そうですね」

あっさり同意すると、宇佐見はいぶかしそうに黒縁眼鏡を押し上げた。それ以上深入りすれば、こちらの手の内を明かしてしまうことになる。綸太郎は話題を変えた。

「そういえば、宇佐見さん。さっきぼくがこの像を調べている時、何か言いかけませんでしたか？　このポーズがどうとか」

「なんだ。聞こえてないのかと思ったよ。賊の目的とは関係ないかもしれないが、この像のポーズが持つ意味について、僭越《せんえつ》ながらきみの注意を喚起しようと思ってね」

「このポーズが持つ意味というと？」

「あれ、気づいてたんじゃなかったのか。ずいぶん熱心に見ていたようだから、あらためて説明するまでもないかと思っていたんだが」

宇佐見はここぞとばかりに嫌みったらしい言い方をした。

「何のことだかわかりませんが……」

「これが『母子像』の連作を引き継ぐ作品だと言ったら？」

綸太郎は答に窮した。「母子像」という連作が、江知佳を身ごもっていた当時の律子夫人をモデルにした、川島伊作の石膏直取り彫刻の頂点に位置する作品なのは知っている。宇佐見彰甚が新聞に寄稿した追悼記事にそう記されていたからだ。しかし、付け焼き刃の知識はそこまでだった。肩身の狭い思いで、実物を見たことがないと打ち明けると、

「――『母子像』を見たことがない？」

宇佐見は仰々しい身振りで呆《あき》れてみせながら、どうしてこんな美術音痴の素人を？　と責めるような目つきで川島敦志を見やった。川島はちょっとばつの悪そうな顔をして、

「先入観を持たない第三者に、公平な目でこの件を調べてもらおうと思って」

と苦しい言い訳をする。せめてもう少し現代美術の勉強をしておけば、と川島に対して申し訳ない気持ちになった。

「だったらしょうがありませんね」

宇佐見彰甚はやれやれと言いたげな表情で、作業台のインタホンに手を伸ばした。何でもないしぐさにも、自然と優越感がにじみ出る。スピーカーから秋山房枝の返事が聞こえた。

「宇佐見です。ちょっと国友君を呼んでくれませんか」

レイカが出ると、宇佐見はこう告げた――川島先生の書斎から、展覧会の作品カタログを持ってきてほしいんですが、と。

「カタログって、どれですか」

「『母子像Ⅰ』の写真が載ってるやつならどれでも。なるべく大きくて、ポーズがはっきりわかるものがいいな」

「『Ⅰ』ですね。わかりました」

宇佐見はインタホンのスイッチを切ると、黒縁眼鏡をはずしてごしごし両目をこすった。急に疲れを意識したようなしぐさだった。作業台に手をついて体重を預けながら、焦点の定まらない強い近視の目を向けるともなく綸太郎に向けて、

「この像を作るために、川島先生は昔と同じやり方にこだわっていたよ。何よりも七〇年代後半の作品との連続性を維持することが重要だった。人体直取りの技法だけじゃない。素材や道具まで、二十年前と同じものでなければ気がすまなかった。ガーゼの編み目の肌合いが、表面の仕上がりを大きく左右するからだ。ところが、いざ材料をそろえようとすると、型取りに使うギプス包帯が思いのほか手に入らなくてね」

「『プラスター・バンデージ』――これがそうですか」

「ああ。洒落《しやれ》ではないけれど、それを見つけるのにずいぶん骨を折ったんだ。今の医療現場では、グラスファイバー樹脂や熱可塑性プラスティックを使った新素材が主流で、昔ながらの石膏ギプスをはめてる患者なんてほとんどいやしない。重いし、手が汚れるし、固まるのに時間がかかるから。いくつか医療品メーカーを当たったんだが、どこにも在庫がなくってね。だが、川島先生は旧作と同じ『プラスター・バンデージ』でなければ、『母子像』連作を締めくくることはできないという。あちこち探し回ったあげく、ようやく在

庫品を手に入れることができたんだが、いったいそれがどこにあったと思う？」

「さあ。想像もつきません」

「だろうな。それがなんと、歌舞伎町のSMショップが出してる通販カタログに載っていたんだ。浣腸《かんちょう》や吐瀉《としゃ》剤のリストと一緒にね。『プラスター・バンデージ』は隠れた人気商品で、包帯フェチとかギプスマニアの客が買っていくらしい。そういうマニアにとっては、石膏の重さと質感がフェティシズムの対象で、新素材のプラスティックやなんかでは物足りないというんだ。その話をしたら、川島先生も苦笑していたよ。この分だと、いずれ浣腸アーティストが一世を風靡《ふうび》する時代が来るかもしれないと」

むやみと饒舌《じょうぜつ》になったのは、作品への純粋な思い入れのためか、それとも、故人との親密な関係を強調したいだけなのか。宇佐見の話に付き合っているうちに、国友レイカがアトリエにやってきた。古い映画のパンフレットみたいなカタログを持っている。

「これでいいですか？　とりあえず目についたやつですけど」

カタログを受け取った宇佐見は、黒縁眼鏡をかけ直してせわしなくページを繰ると、

「うん、これで十分です。ありがとう」

「それ、何に使うんですか」

「いや、川島先生の代表作を見たこともないという強者がおりましてね」

恩着せがましく綸太郎に顎をしゃくると、カタログの開いたページを差し向けて、

「これが『母子像』連作の第一号だ。一九七八年、江知佳さんのお母さんの妊娠がわかっ

た直後に作られた作品だよ。『母子像II』以降の作品もモデルの体型が変わっていくだけで、基本的には同じポーズを取っているんだが、やはり最初のこれが一番わかりやすいはずだ」

見せられたのは、シンプルな丸椅子に横坐《よこずわ》りの格好で腰かけた石膏の裸婦像を正面から撮影したカラー写真だった。座像のポーズが選択されたのは、連作の後半を見越して、身重のモデルになるべく負担をかけないためだろう。恍惚《こうこつ》とした表情でまぶたを閉じている女性の顔立ちは、娘の江知佳に生き写しだった。髪の形も今の江知佳とよく似ている。江知佳の方が意識して、当時の母親の髪型に合わせたにちがいない。

横坐りといっても、リラックスした姿勢ではない。背筋をピンと伸ばし、胸いっぱいに息を吸って止めたような感じで、レントゲンを撮られる時の構えに似ていた。右手を膝に、左肘は椅子の背もたれに預けながら、怒り肩にならないよう両肩の力を抜いている。まだ妊娠の初期段階だからだろう、平らなお腹に生命が宿ったふくらみは感じられない。

脚はわずかな隙間を残して閉じられている。両の膝頭をずらし加減に、右足は前方の床をぺたんと踏みつけ、左足は半ば引いて爪先立ちの状態だった――。

綸太郎はカタログの写真と、首を切られた江知佳の像を何度も見比べた。それから、南窓の横に立てかけた姿見に向かって、「母子像I」の写真を掲げた。

鏡に映った「母子像I」と、等身大の江知佳の像はまったく同じポーズをしていた。

「そういうことだったんですか」

思わず声に出してつぶやくと、川島とレイカが目顔で相槌《あいづち》を打つしぐさをした。江知佳の像は頭部を欠いているけれど、本来の完成形が「母子像Ⅰ」の立体的な鏡像になっているのは、誰が見ても一目瞭然のことだったのである。綸太郎は自分の無知を恥じながら、カタログを閉じて宇佐見の手に返した。

「そういうことだよ、法月君。もちろんモデルがちがうから、細かいところを見ていけば、完全な左右対称というわけにはいかないが。いくら血のつながった母娘でもね」

宇佐見彰甚は眼鏡を押し上げると、しかつめらしい美術評論家の口調になって、

「とはいえ、川島先生がこの作品を構想するに当たって、二十一年前の『母子像Ⅰ』の反転コピーというコンセプトを最重視していたのは、まちがいないことだ。追悼文に書いたことの繰り返しになるけれど、そもそも『母子像』連作というのは、ジョージ・シーガルの手法を反復しながら、DNA暗号の転写・翻訳に基づくタンパク質合成プロセスを外部からシミュレートすることで、『三重の複製』というアクロバティックな造形を実現した作品にほかならない。当時、母親の胎内にいた娘の江知佳さんをモデルにして、二十一年ぶりに『母子像』連作を締めくくろうと決意した時、川島先生はそこに鏡像という新たな複製のフェイズを付け加えることにしたんだ。ボルヘスの警句をもじって言うなら、『鏡と性交、それに彫刻は人の数を増やすがゆえに祝福される』。川島先生の遺作には、そうしたメッセージが込められていたと私は信じるね。モデルになった江知佳さんも、そのこ

とは十分に承知していたにちがいない」

熱のこもった解説に耳を傾けながら、初めて江知佳と会った日のことが脳裏をよぎった。《ブラインド・フェイス》――ネガを裏焼きにした田代周平の写真を見て、江知佳があれほど興奮したのも無理はない。目をつぶってバーチャルな鏡の前に立ちつくす人々のセルフイメージは、「母子像I」の反転コピーという川島伊作のコンセプトを平面に投影したような相似を示していたからだ。

しかしその一方で、と綸太郎は考えた。田代周平の写真と川島伊作の石膏直取り彫刻の間には、どうしても看過できない相違点がある。フィルムを裏焼きにするだけで、簡単に被写体の鏡像を作り出せる写真に対して、石膏を用いたインサイド・キャスティングの手法では、モデルの雌型からじかにオリジナルの鏡像体を成形することはできない。固まった石膏型の左右を後からひっくり返そうとしても、一枚のフィルムを裏返すようにはいかないのだから。

したがって、川島伊作はモデルにポーズをつける段階で、「母子像I」と左右対称の姿勢を取るよう指示していたことになる。アトリエに姿見があるのはそのせいだ。川島父娘はさっきの自分のように、鏡に映った「母子像I」の写真から片時も目を離さないで、型取りの作業にいそしんでいたにちがいない。田代周平は《ブラインド・フェイス》を撮影する際、現実の鏡に頼らなくてもよかったが、川島伊作が彼のコンセプトを具体化するためには、どうしても実在の鏡が目の前に置かれている必要があったのだ。

連想は連想を呼んだ。

実在の鏡。

かがみ？

各務――。

「川島さん、ひとつ確かめておきたいことが。今日の告別式の最中、江知佳さんが参列客の各務という男性を呼び止めて、話をしてたでしょう。あれは江知佳さんのお母さん、律子さんが再婚した相手にまちがいありませんね」

突然の問いかけに、川島敦志の眉《まゆ》が跳ね上がった。

「その通りだが、なぜ今それを？」

「伊作さんの最後の作品は、元の律子夫人をモデルにした『母子像I』を鏡に映したようなポーズを取っている。鏡と各務――下手な語呂《ごろ》合わせみたいですが、ひょっとすると伊作さんは別れた奥さん、今の各務律子さんに対して亡くなる直前まで未練を持っていたということになりませんか？」

川島は気まずい表情で、国友レイカを見た。レイカは唇を噛《か》んで目をそらす。川島はしやがれたため息をついて、不承不承に返事をした。

「それは単なる偶然の一致ではないだろうか？　宇佐見さんはどう思います」

「さあ、そこまでは何とも」

宇佐見彰甚は急に熱が冷めたように、我関せずととぼけるふりをした。綸太郎は姑息《こそく》な

宇佐見の反応には目もくれずに、

「伊作さんと律子さんが離婚したきっかけというのを教えてくれませんか？」

「そんなことが今回の一件と関係があるとは思えないが」

川島は無意識にポケットを探って、タバコとライターを出そうとした。アトリエの中は禁煙ですよ、と宇佐見に注意されて、初めて自分のしぐさに気づいたような顔をする。気持ちが乱れて、守りに入っている証拠だった。綸太郎は無慈悲な口調で続けた。

「告別式が始まる前に、聞き捨てならない噂を耳にしたんです。仲睦《むつ》まじい二人が別れたきっかけは、伊作さんが奥さんの実の妹と不倫の関係を持って――」

川島は重い首枷《くびかせ》をはめられたようにかぶりを振って、綸太郎の話をさえぎった。

「わかった。一緒に来てくれ。二人で話そう」

9

川島敦志は、綸太郎を母屋の二階へ連れていった。階段から南へ伸びた廊下は、二階の中ほどで右に折れている。それより手前、左手の庭に面した側（二階の東半分を占める）にドアが二つ、曲がり角の正面にもうひとつドアがあった。逆L字型の廊下の外周に沿って、壁で仕切られた部屋が三つ配置されていることになる。

庭に面した二室は、階段に近い方が江知佳の部屋で、隣りは故人の寝室だという。川島が案内したのは、そのどちらでもなかった。眠っている江知佳を起こさないように忍び足で廊下を通り過ぎ、曲がり角の正面に位置する三番目のドアをそっと開ける。

「兄貴の書斎だ。ここなら誰にも邪魔されずに話ができる」

言わずもがなのことだった。川島が部屋の灯《あか》りをつけると、天井までぎっしり本を詰め込んだ書棚が、三方の壁をふさいでいるのが目に入ったからだ。

大型の美術書や写真集、カタログの類が多く、蔵書の判型がまちまちなので、妙にでこぼこして今にもはち切れそうな書棚だった。石垣でも築くように空間を埋めていく即物的な収納法が、アトリエのラックのたたずまいとそっくりである。ここでも書棚に入りきらない本が床の上のそこかしこに積み重ねられて、賽《さい》の河原みたいな状態になっていた。地震が来たら、ひとたまりもあるまい。

書棚でふさがれていないのは、南に面した出窓の部分だけだった。窓台の下にはめ込むように、どっしりした書き物机が置いてある。辞書と原稿用紙の綴《つづ》り、軸の太い万年筆などが手つかずで残されていた。翻訳家の弟とちがって、川島伊作は最後まで手書きにこだわっていたらしく、ワープロやパソコンの類は影も形もなかった。机の上が比較的片付いているのは、アトリエでの肉体労働に専念できるよう、退院後は休筆していたせいだろう。

まっさらの原稿用紙の上に、ペーパーウェイトよろしく、折りたたんだ老眼鏡が載っていた。遺体と一緒に棺《ひつぎ》に納められなかったのは、十一月の回顧展で遺品の一部を公開するためではないか？　そんな考えがふと頭をかすめた。すでにこの書斎にも、宇佐見彰甚の手が入っているにちがいない。川島伊作が制作日誌のようなものをつけていなかったかどうか、宇佐見に確かめておく必要がある。

川島敦志は広間から拝借してきた灰皿を机に置き、カーテンと窓を開けて部屋の空気を入れ換えた。今夜も暑い夜になりそうだった。兄の体温が染みついたリクライニングチェアの向きを変え、ためらうそぶりも見せずに腰を下ろすと、川島はさっそくタバコをくわえた。綸太郎は見て見ぬふりをしながら、椅子と対になっているオットマンを書棚の前から引き寄せる。

ほかに椅子はないし、まさか本の上に腰かけるわけにもいかない。本来の用法とはちがうけれど、丈夫そうなオットマンなので、坐《すわ》っても壊れたりしないだろう。置いてあった場所から見て、故人も高いところにある本を出し入れする際、踏み台がわりに使っていたのではなかろうか。そうではなくて、さっき国友レイカが「母子像Ⅰ」のカタログを取ってきた時に、これを使っただけかもしれないが。

「――で、きみはどこまで知ってるんだ、結子《ゆうこ》さんのことを？」

青白い煙をせっかちに吐きながら、川島が切り出した。初めて耳にする名前だったが、それが誰を指しているかはわかりきっている。

「律子さんの妹さんのことですね。どういう字を書くんですか」

「結ぶ子と書いて、結子。それよりさっきの噂云々《うんぬん》には、まだ続きがあるはずだ。鎌をかけたんでなければ、はぐらかさないで最後まで聞かせてくれないか」

ひとりで気を揉《も》んでいるような、押しつけがましい言い方だった。川島にしてはらしくない態度だが、そう仕向けたのはこちらなのだ。綸太郎は手の内を全部明かすことにした。といっても、ソースは告別式の会場で小耳にはさんだ口さがない噂話だけである。真偽のほどは定かでないし、国友レイカにもコメントを拒まれたので、アトリエでの発言に追加することはごくわずかしかなかった。「妹の方もれっきとした亭主持ちで、旦那《だんな》に浮気がばれて話がこじれたあげく、自殺したとかしないとか」――それだけの材料で、川島の重い口を開かせることができるだろうか？

だが、そのごくわずかで十分だったのだ。自殺、という言葉を口にしたとたん、川島のまぶたが垂れ下がった。唇はひしゃげたみたいに薄くなっている。一瞬、首を横に振りかけたが、すぐにその動きを止めた。しらを切っても無駄なことだと思い定めたようである。

「やはり、本当のことだったんですね」

あらためて念を押すまでもない。川島の喉仏《のどぼとけ》が異物を呑《の》み込んだようにひくついた。指にはさんだタバコの灰が、今にも折れそうな長さになっている。椅子ごと体の向きを変え、慎重に灰皿に落としてから、口の中がからからに乾いたような声で、

「その噂が本当かどうかは、見る角度によって異なるんじゃないか」

「見る角度というと？」

川島はタバコをもみ消して、こちらに向き直った。額にうっすら汗が浮いている。

「結子さんが自殺したというのは、まぎれもない事実だ。調べればすぐにわかることだか

ら、隠し立てしてもしょうがない。だが、彼女を死に追いやった責任が本当に兄貴にあるかと聞かれたら、イエスとは答えられないな」

「一方的に男の側だけを責めるのは不公平だと？」

「そういう意味じゃない」

川島はもどかしそうに首を横に振って、

「兄貴をかばうわけじゃないが、その出来事に関してはもう少し込み入った事情がある――少なくとも、私が聞き及んでいる限りでは」

「込み入った事情？」

「あえて世間に広めるようなことではないがね。もうずいぶん昔の話で、アトリエの侵入事件に関係があるとも思えないが、エッちゃんの身の上にまつわることだから話しておこう」

川島は牽制《けんせい》するように言った。身内の恥を軽々しく吹聴しないでほしいと、暗に釘《くぎ》を刺しているのだ。綸太郎が殊勝な顔でうなずくと、川島は膝《ひざ》の上で両手を組んで、

「きみが聞いた噂では、ひとつ肝心なピースが抜けている。それがあるかないかで、兄貴が置かれた立場もすっかり変わってしまうんだ。自殺した結子さんの当時の亭主というのが誰だったか、きみは聞いてないだろう？」

何かをほのめかすような口ぶりだった。綸太郎は眉をひそめて、

「ひょっとして、ぼくも知ってる人物ですか」

「そうだな。今日、焼香台の前でエッちゃんが話しかけた男だよ」

「――各務順一？」

冷ややかに川島がうなずいた。予想外の事実に綸太郎は目を丸くして、

「まさか。だって、律子さんの再婚相手じゃないですか」

「そのまさかさ。彼女は兄貴と別れた後、死んだ妹の亭主と再婚したんだよ。ひとり娘のエッちゃんを置き去りにしてね」

「ちょっと待ってください」

頭がぐらぐらしそうなのを抑えながら、焼香台の前で江知佳と各務が交わしたやりとりを反芻《はんすう》する。「いくら過去のことでも、おいそれと水に流すわけにはいかない……私だって本当の気持ちはそうなんだ」。明言したわけではないが、各務順一は終始、川島伊作に対して個人的な遺恨を抱いているような態度を取り続けていた。

前の妻（各務結子）が川島伊作と不倫の関係を持ち、それが原因で自殺に追い込まれたのだとすれば、仏前で非礼を省みない各務の態度にも相応の根拠がある。だが……。

「たしか姉の律子さんは、伊作さんと離婚した後、単身渡米して向こうで親しくなった各務氏と再婚したという話でしたよね」

綸太郎は二日前に川島から聞いた逸話を思い出しながら言った。

「でも今の話だと、二人はアメリカへ行く前から、結子さんを通じてお互いに面識があっ

たことになる。実際にそうだったんですか？」

「面識があるどころじゃない。それ以上の関係だったと私は思うね。そういう二人がそろってアメリカへ行き、こっそり再婚して帰国するっていうのは、どう見ても作為的じゃないか？　もちろん向こうには向こうなりに、もっともらしい言い分があるんだろうが。いずれにせよ、結子さんの自殺に関して兄貴ひとりが責めを負うべきかどうか疑わしいというのは、いま言ったような事情があるからだ。真相はもっと別のところにあるんじゃないか」

川島は先ほどまでの迷いが吹っきれた様子だった。長年にわたる胸のつかえを取り除こうとするように、次第に声に力がこもっていく。死の直前に和解した兄を弁護するだけでなく、江知佳を切り捨てた母親に対して、未《いま》だに義憤を感じているのかもしれない。それを義憤と呼んでいいかどうかはともかく。

「結子さんが自殺したのは、いつのことですか？」

「一九八三年の七月。車の排ガスをホースで車内に引き込んで、一酸化炭素中毒で亡くなった。場所は相模原市上鶴間《かみつるま》の自宅ガレージで、死ぬ前に睡眠薬を飲んでいたそうだ。ロス・マクドナルドの訃報《ふほう》を知ったのと同じ月の出来事だったから、よく覚えている」

川島はハードボイルド翻訳家らしい注釈をはさんだ。十六年前のことになる。江知佳が五歳になる前の出来事だ。

「亡くなった結子さんというのは、どういう人だったんですか」

「彼女とは数えるほどしか会ったことがないから、あまり詳しいことは知らないんだ。律子さんより、二つぐらい年下だったと思う。亡くなった時は、三十そこそこだったんじゃないか。姉妹だから顔かたちが似ているのは当然だが、どっちかというと、結子さんの方が派手好きな感じがしたな。化粧とか、着てる服やなんかが。浪費癖があるという話を聞いたような気もするけれど、性格的なことについてはわからない。子供はいなかった」

「夫婦仲が冷えていたんですか」

川島は椅子の背にぐっともたれかかった。椅子の金具がきしむ。

「ああいうことになった以上、そうだったんだろうな。しばらく前から、各務の経営する歯科医院はあまり儲《もう》かってなかったらしくてね。ひょっとしたら、経済的な問題が家庭内の不和の原因だったかもしれない」

「それで結子さんは、姉の夫に近づいた？」

川島は唇をすぼめて、かぶりを振った。新しいタバコに火をつけると、まとまりのつかない考えを整理するようにひとしきり無言で煙をふかす。

「──正直な話、私はそのことに関しても、ずっと疑いを持っている。兄貴は本当に、結子さんと不倫の関係に陥ったんだろうか？　表向きはそういうことになってるし、兄貴も自分から異を唱えたりはしなかったようだが、本当のところはちがうんじゃないだろうか」

川島が口にした疑いは、芝居の独白めいていた。レトリカル・クエスチョンというやつで、語り手の中ではとうに結論が出ていることなのである。

「というと？」

「結子さんが自殺したのは、兄貴から絶交を言い渡される以前のことでね。だからこっちも、まるっきり蚊帳《かや》の外に置かれていたわけではない——少し話が遠回りになるかもしれないが、実は離婚するだいぶ以前から、兄貴夫婦は何かとぎくしゃくしてたんだ」

「伊作さんと律子さんが？」

「うん。そもそもの遠因は、兄貴の創作上の行き詰まりにあったと思う。八〇年代前半から石膏《せっこう》直取りの彫刻を作らなくなったことは、きみもさんざん耳にしてきただろう？」

「そういえば、銀座で会った日も江知佳さんがそんな話をしてましたね。目が開いたバージョンを試作して、その場で粉々にしてしまったと。ちょうど同じ時期のことですか？」

「たぶん、そうじゃないかな。兄貴はいろいろ試行錯誤を繰り返していたけれど、私の目から見ても、袋小路でもがいてるような感じだった。やり場のない怒りに駆られて、律子さんに辛《つら》く当たることもしばしばだったんじゃないだろうか。もともと兄貴の創作活動は、律子さんとの二人三脚みたいなところがあったから、よけいにね」

告別式の会場でも、例の二人組が同じようなことを言っていた。離婚が先か、川島伊作の創作上の行き詰まりが先かで、少しニュアンスが変わってくるけれど、ある意味では、同じコインの裏表のようなものである。

「もちろんそれは、兄貴の側に、律子さんに対する甘えがあったからだろう。さっききみがアトリエで指摘したことだが、あれはたぶん図星だよ。鏡の仕掛けを用いたのも、宇佐見君が言うような高尚な考えがあったわけじゃなくて、別れた女房に自分の気持ちを伝えたかっただけだと思うね。兄貴は最後の最後まで、律子さんに未練を持ち続けていたにちがいない。昏睡《こんすい》状態になっても、息を引き取る間際まで、彼女の名前を口にしていたほどだから。むしろ連れ合いに愛想を尽かしたのは、兄貴ではなく、律子さんの方だったのではないか。そう考えれば、その後のなりゆきにも筋が通るような気がするんだが——」

「その後のなりゆきというと？」

「結子さんと兄貴の関係さ。彼女は浮ついた気持ちから兄貴に近づいたのではなく、同じ境遇にある被害者どうしとして、相談を持ちかけたんじゃないだろうか？　要するに、最初に不倫の関係を持ったのは、結子さんと兄貴ではなく、律子さんと各務順一の二人だったのではないか、ということだよ」

「にわかには信じがたい話ですね。伊作さんがそう言ったんですか？」

綸太郎が首をかしげると、川島は聞き分けの悪い子供に嚙《か》んで含めるような口ぶりで、

「いや、プライドの高い兄貴がそんなことを認めるわけがない。あくまでも私ひとりの考えにすぎないから、そのつもりで聞いてくれ。これも後から聞いた話なんだが、律子さんは当時、各務のやっている歯科医院に足しげく通っていたそうだ。妹の旦那なら、治療にもいろいろ便宜を図ってもらえるわけだから、通院すること自体はおかしくも何ともない。だが、それをきっかけに各務と親しくなって、やがて医者と患者の関係を踏み越えるよう

なふるまいに及んでいたとしたらどうなる？　歯医者の予約というのは、夫の目を盗んで浮気をするのに格好の口実になったはずだ」

川島の考えは臆測《おくそく》以外の何物でもない、と綸太郎は思った。にもかかわらず、妙に説得力があることも否定できなかった。少なくとも、話の中に登場する二組の夫婦について、自分より知識豊富であることはまちがいない。

「結子さんと伊作さんが、お互いに配偶者を奪われた被害者どうしの関係にすぎないとしたら、ぼくの聞いた噂はまちがいだったことになる。二人に男女の関係はなかったと、川島さんは今でも確信があるんですか？」

「それはどうかわからない。ただ私としては、何もなかったと信じたいね」

「でもそれなら、どうして伊作さんはその事実を公にしなかったんでしょうか？　律子さんと各務氏の関係が先にあったなら、正々堂々と身の潔白を主張すればよかったのに」

綸太郎が問いつめると、川島は自信なさげに首を横に振って、

「そうできない理由があったんだろう。兄貴のプライドが許さなかったのか、律子さんに対する気遣いのためか。あるいは、何か弱みでも握られていたのかもしれない」

「弱み？」

「というかね。まあ、実際のところは、情にほだされて一度ぐらい、結子さんとまちがいがあったんじゃないかな。まだ三十七、八だろう。何があってもおかしくない年齢だ」

自分のことみたいに頬を上気させながら、川島は前言を撤回した。

「そのせいで兄貴は、逆に身動きが取れなくなってしまった。律子さんと各務の方は、最初から尻尾《しっぽ》をつかまれないよう、うまく立ち回っていたにちがいない。だからどっちが先か、というような議論にはならなかったんだろう」

「そうだとしても、結子さんが自殺するほど追いつめられた理由がわかりませんね。周りが何と言おうと、当人たちにしてみれば、明らかに非は向こうにあるわけでしょう。彼女が自ら命を絶つ必要などなかったのでは？」

「そこなんだよ」

川島の目つきが急に険しくなった。膝の上に指で字を書くようなしぐさをしながら、

「今日の告別式でも、各務順一はひとりで被害者面をしていたが、はたして彼の言いぐさを真に受けていいものか。大きな声では言えないけれど、結子さんが死んでいちばん得をしたのはあの男なんだ。後から振り返ってみればみるほど、兄貴との関係云々《うんぬん》というのは、自殺の原因としては副次的なものにすぎないような気がしてきてね」

淡々とした口調で、聞き捨てならないことを言う。綸太郎はぐっと身を乗り出して、

「各務氏が得をしたというのは、どういうことですか」

「当時、上鶴間の彼の病院が儲《もう》かってなかったことは、さっき話したな。もっとはっきり言うと、設備投資を回収できなくて、借金漬けの状態になっていた。それも後から人づてに聞いた話だけれど、あの時分から歯医者は乱立ぎみで、生き残り競争が激しくなっていたからね。サラ金まがいの業者に毎月の運転資金を頼っていると、地元ではもっぱらの評

判だったようだ。一度そういう悪評が立つと、客足が遠のくのは早い。じきに病院ごと売り払ってアメリカへ渡ることになるんだが、病院自体が抵当まみれの物件で、売却代金では返済の足しにもならなかったという話でね。結局のところ、各務が借金を返すことができたのは、結子さんの死亡保険金が下りたからなんだ」

綸太郎は思わず唇をなめた。思ってもみなかった方向へ話が進んでいく。

「――生命保険？　自殺の免責特約に引っかからなかったんですか」

「保険に加入したのが一年以上前だったからさ。最近は免責期間を契約開始から三年間に延長する会社が増えているが、バブル前とはいえ、当時は今よりよっぽど景気がよかった」

「各務氏が保険金目当てに、結子さんを自殺に追い込んだと？」

川島はどっちつかずな表情で、気休めのように肩を揺すると、

「保険会社の調査部が来ていろいろ聞いていったらしいが、結局、契約通りの額が支払われたんだから、おかしなことはしてないだろう。本人がきちんと遺書を残していたというし」

「遺書の文面は？」

「各務の要望で公表されなかった。遺族のほかに内容を知っているのは、警察と保険会社の調査員だけだ。まあ、大方の想像はつくがね。兄貴との不倫関係と結子さんの浪費癖を結びつけて、各務が心理的なプレッシャーをかけ続けたんじゃないかと思う。さすがに明

確な殺意があったとまでは言わないけれど、ほんの出来心でも死んでくれたら儲けもの、ぐらいの期待はしていたにちがいない。そういう意味では、各務の思惑通りに事が運んだことになる」

「ひょっとして、その企てに律子さんも手を貸していたと？」

「おそらくね」

川島は何のためらいもなくそう答えた。

「その後の二人の行動を見る限り、事前に示し合わせていたとしか思えないふしがある。結子さんの死後まもなく、律子さんはこの家を引き払って、市内のマンションでひとり暮らしを始めた。その年の暮れ、兄貴との間に離婚が成立して、年が明ける頃にはもうロサンジェルスに引っ越していたよ。それと相前後して、各務の方も日本を離れた。病院を売り払った金と結子さんの生命保険で借金を返済して、残った分を渡米資金に充てたんだ。審美歯科の最新技術を勉強するために、アメリカへ留学するという触れ込みでね」

「審美歯科というと、去年、松田聖子が再婚した相手がそうでしたね」

「ああ、あれもアメリカに移住したんだっけな。歯列矯正とかデンタル・エステというやつはハリウッドが本場だから、そういうケースは珍しくないのかもしれない。各務の場合は普通の歯科医でやっていけなくなったんで、仕方なくそっちの道を選んだと言うべきだが、転身を図った時期が早かったのが幸いしたらしくてね。八六年の暮れに帰国して、府中に審美歯科の看板を掲げてからは、以前の借金地獄が嘘みたいに商売が繁盛して、ずいぶん羽振りのいい生活をしてる。それにしても、結子さんが自殺した後の二人のふるまいには、不自然なところが多すぎる。まるでほとぼりを冷ますために、外国に逃げるような行動じゃないか」

「たしかにそういうところはありますね」

綸太郎は相手に調子を合わせながら、内心では徐々に警戒心を強めていた。再婚した各務夫妻に対する川島の不審の念が、あまりにも誇大妄想的な色合いを帯びてきたからだ。義憤と臆測を武器に他人を攻撃する人間は、往々にして自らの内部に、直視できない罪悪感を隠し持っていがちなものである。川島ははっきり時期を特定していないが、兄の伊作から絶縁を申し渡されたのは、各務結子が自殺した直後だったのではないだろうか？　だとすれば、わざと事実を省略しているだけで、今までの話の中のどこか脆弱《ぜいじゃく》な部分に、川島敦志自身が何らかの形で関与している可能性がある。兄との関係が険悪になった原因を口にしたがらないのも、そのことに触れるのを怖れているせいかもしれない。

川島敦志が独身を通しているのは、若い頃の失恋が原因だというもっぱらの噂だった。自分にそう言い聞かせて、綸太郎はさりげなく話題を変えた。邪推するつもりはないけれど、彼の言うことを百パーセント鵜《う》呑《の》みにしない方がいい。

「——そういえば、告別式での江知佳さんのふるまい、あれはどういうことなんですか。律子さんに話したいことがあると各務氏に訴えていましたが、今までの話と何か関係が？」

川島はやっと肩の力を抜いて、さあ、と首をひねった。

「エッちゃんに聞いてみたけど、話してくれなかった。石膏像のポーズのことを母親に伝えようとしてるんじゃないかと思うんだが」

「父親の遺作に鏡の仕掛けが用いられていることを？」

「うん。兄貴が最後の作品に込めたメッセージを律子さんに伝えるのが、娘としての務めだと思い定めているんだろうな。自分を捨てた母親に対して、どうしてもひとこと言っておきたい気持ちは、わからないでもない。十六年間、ずっとうやむやにされていたことだから」

それなりにうなずける答だった。しかし、もうひとつ決め手に欠ける。

「江知佳さんは十六年前の出来事について、詳しく知ってるんでしょうか」

「たぶんね。今日の受け答えを見てもわかるだろう。当時はまだ物心つくかつかないかの年齢だから、周りで起こっていたことは理解できなかったかもしれないが、大きくなるにつれおのずと耳に入ってきたはずだ」

「彼女が伊作さんの再婚話に反発して、荒れていた時期があると前にうかがいましたが、そのことと十六年前の出来事とは、何か関係があると思いますか？」

川島は天井を仰いでひとしきり考え込んでいたが、やがてうーんとため息を洩《も》らし、

「女親がいなかったせいで、男親への依存が強まったのはもちろんだが、それ以上の影響があったかどうかとなると、私の口からは何とも言えないな。関係があったかもしれない

し、なかったかもしれない──だが、思わぬ昔話に時間をかけすぎたようだ。石膏像の話題が出たところで、現在の問題に話を戻そうじゃないか」

江知佳のことを考えている間に、生臭い昔話をめぐっていささかムキになりすぎたのを反省したと見える。疑問の種は尽きないが、そろそろ潮時だった。そうですね、と綸太郎が応じると、川島は出窓から庭の様子をうかがうように視線を投げて、

「アトリエの石膏像を見て、どう思った？　宇佐見君には何か考えがあるようだが、妙にガードが堅くてね。取りつく島もないというやつだ」

「国友さんもそう言ってました」

「はぐらかさないでくれよ。さっきのやりとりを横で見ていたら、きみはきみで、何か思うところがあるふうに見えたんだが。ちがうかね？」

アトリエにいる間ずっと、やけに口数が少ない気はしていたものの、やはり川島の観察力は侮れない。綸太郎は舌を巻きながら、

「まったく収穫がなかったわけでもないんですが、それを明かすのはもう少し待ってくれませんか？　結論を出すには時期尚早なので」

「やれやれ、聞きしにまさる名探偵ぶりだな」

まんざら皮肉でもないように川島がぼやいた。綸太郎はかぶりを振って、

「それより川島さんの方こそ、まだ手札を隠してるんじゃないですか？　田代周平を紹介した時、堂本峻というカメラマンについてたずねたでしょう」

「ん？　ああ、ちょっと気になることがあったんでね」

「もう隠さなくてもいいですよ。江知佳さんとの過去のいきさつは聞きました。同業の田代がそのへんの噂を聞いたことがあるというので」

後手に回った川島はちょっとうろたえた顔つきで、

「そうなのか」

「本人の口から、ストーカーまがいの被害を受けた時の一部始終を聞かせてもらったんです。それから国友さんに当たって、裏を取りました。川島さんは、堂本という男が石膏像《せっこう》の首を切って持ち出したと当たりをつけているんでしょう？」

「さすがに手回しがいいな。エッちゃんの口から聞いたのなら、あらためて説明するまでもないか。どうやって切り出そうかと迷ってたんだが——たしかにきみの推察通りだよ。あれは堂本峻のしわざだと思う」

「どうして彼に目を付けたんです？　堂本に関しては、二度と江知佳さんに近づくことがないように、伊作さんが万全の手を打ったと聞きましたが」

川島は心なしか表情を曇らせて、口にするのをはばかるように、

「それはそうなんだが、あまりきれいな手の打ち方ではなかったみたいでね。堂本だってそのことを根に持っていたかもしれない。兄貴が死んだのを好機到来と見て、やつがまた以前のように卑劣なやり口で、エッちゃんを困らせようとしても不思議はないだろう」

「何か具体的にそれらしい徴候でも？」

「らしいどころか。房枝さんがね、ここの近所で堂本に似た男を見かけたというんだ」

「房枝さんが？」

「うん。月曜日の夕方、駅前のスーパーへ買い物に行った時、街角で堂本そっくりの男を目撃したらしい。四時から五時の間ぐらいだと思う。彼女はこの家に来て長いから、堂本の顔もよく見知っていた。相手はすぐに姿をくらましたので、まちがいなく本人だったかどうか、確認はできなかったそうだが、密葬を出した日の翌々日だろう？　他人の空似にしては、あまりにもタイミングがよすぎる」

　月曜日の夕方といえば、川島敦志が電話してきて、折り入って相談があると持ちかけた日のことである。しかし、その時はまだ石膏像の首の切断と堂本峻の関係について、川島は疑いを持っていなかった。房枝の目撃談を聞いたのは、綸太郎と電話で話した後だという。

「でも石膏像の首が切断されたのは、密葬が行われた土曜日の日中でしょう？　姿を見せたのが二日後なら、アトリエの侵入事件に関与していると断言はできないはず」

　矛盾を指摘すると、川島は悩ましげに両手の指をからませて、

「その日だけならね。しかしその前から、この近所に出没していなかったという保証もない。むしろ石膏像の首を切ったのはほんの小手調べで、これから何かしでかしそうな気がしてならないんだ。だから先々の用心のために、堂本の動静をつかんでおいた方が安全ではないかと思ってね。田代君に彼の居場所を聞いたのは、そのためだ」

川島が心配する理由はよくわかる。綸太郎は理解のしるしにうなずいて、

「きょう明日中に田代に連絡して、堂本峻の居場所を調べてもらうように頼んでみます。ひょっとしたら、行方不明の石膏像の首を自宅に隠し持っているかもしれない」

「そうしてくれるか。ありがとう」

川島は目を輝かせて、綸太郎の手を両手で包むように握った。外の廊下に人の気配を感じたのは、その時だった。川島の手をほどいてオットマンから立ち上がり、書斎のドアを開ける。

廊下に人影はなかった。

だがドアを開ける直前、書斎から遠い方の部屋のドアが閉まる音を聞いたような気がする。話し声で目を覚ました江知佳が、ドア越しに二人の会話を盗み聞きしていたのだろうか。

「どうしたんだ？　誰かいたのか」

川島がいぶかしそうにたずねる。綸太郎はドアを閉めながら、首を横に振った。

「いや。そんな気がしただけで、ぼくの錯覚だったようです」

第三部　Dangerous Curves

ヘレニズム時代にやっと、純粋に彫刻的な手段で目を表現する方法が発見された。それから彫刻家たちは虹彩を眼球の上に切り出された円によって示し、瞳孔も中央の一つないし二つの小さい穴として示した。それらの穴によって生みだされる影は黒い瞳孔としての効果をもち、それらの間の小さな隆起はくっきりと目立ち、人間の目を生き生きさせる光の輝きを想わせる。現実の生活ではこの光点は、人の見る角度によって変化するので、隆起は彫刻家が視線の方向を固定させることを可能にした。今ではあなたがたは、なぜ私が色彩から彫塑的形式への変化をきわめて手のこんだものと呼んだか、お分かりのことであろう。ローマ人たちは、ヘレニズム期の彫られた目をある時期には受け入れたが、その他の時期には単純なギリシャ人の眼球を好んだ。つまり彼らは多彩色を放棄してしまっていたので、眼球を彩色しないまま残したのである。

——ルドルフ・ウィトコウアー『彫刻―その制作過程と原理―』

10

あくる木曜日の午前中、国友レイカが町田から電話をかけてきた。何かあったら連絡を

ください と番号を残してきたのだが、用件はささいなことだった。川島邸の玄関に見慣れない傘が置いてあって、かわりに家の傘が一本なくなっているという。

「法月さんがまちがえて持ち帰ったんじゃないかと思うんですけど」

「すみません。これから返しにいきます。二時頃、車でお邪魔してもいいですか」

南大谷の家に女性三人しかいないことをそれとなく聞き出して、綸太郎は電話を切った。川島敦志と宇佐見彰甚の目を気にしなくていいなら、それだけ動きやすくなる。

身支度を整えると、昼過ぎに等々力《とどろき》の自宅を出た。尾山台《おやまだい》の有名店で手土産のケーキを買い、ドライアイスを詰めてもらってから、東名高速へ——空はさわやかな秋晴れとまではいかないけれど、昨日までの蒸し暑さを思えば、ずいぶん秋めいてきたようだ。横浜町田ICで高速を降り、町田街道を北上する。原町田五丁目の交差点を右折して、芹ヶ谷《せりがや》公園を通り抜け、午後二時きっかりに南大谷の川島邸へ到着した。

玄関で出迎えたのは、国友レイカだった。秋物のニットに丈の長いスカートの装いで、急な弔問客にも対応できるよう、配色は濃紺でそろえている。持参した傘と一緒にケーキの箱を差し出すと、レイカはすっかり恐縮して、

「今日はこのためだけに？　かえって気を遣わせたみたいで、ごめんなさいね。この傘は川島が使っていたものだから、ちょっとあわててしまって」

「そうじゃないかと思ったんです。それと昨日、聞きそびれたことがあったので、ついでにその穴もふさごうと思って。江知佳さんは？」

レイカは感謝の面持ちから一転、じろりと綸太郎をにらみつけた。そのつもりでわざと別の傘を持ち帰ったことに、ようやく気づいたらしい。

「そういうことだったの。じゃあこれは、袖《そで》の下というわけね」

たしなめるように言ってケーキの箱を受け取ると、階段の上り口から二階の江知佳の部屋に届くよう、大きな声で呼びかけた。

「エッちゃん、法月さんが見えたわよ。聞きたいことがあるんですって。オーボンヴュータンのケーキがあるから、急いで下りてらっしゃい」

「――いま行きます」

少し間を置いて、二階からくぐもった返事が聞こえた。レイカは綸太郎を広間に通し、自分は台所へ引っ込んで、秋山房枝とお茶の用意に取りかかる。昨日と同じソファに腰かけて待っていると、ややあって階段を下りてくる足音がした。

江知佳だった。黒いジーンズにグレーのチュニック風ブラウス。ラフな格好のせいか、全体に気だるい感じが漂っている。なぜか黄色い表紙のタウンページを小脇に抱えていた。

「こんにちは。昨日はぐうぐう寝ちゃって、すみません」

まだ腫《は》れぼったい目つきで綸太郎に挨拶《あいさつ》しながら、気のないそぶりで電話台の収納スペースにタウンページを押し込んだ。ちょうど広間に入ってきたレイカがそれを目に留めて、

「それ、何か調べもの？」

「ちょっとね。中古のカメラを修理してくれるお店を探してたの。久しぶりに写真でも撮

ろうかなと思ったんだけど、シャッターがうまく下りなくて。ずっと手入れしてなかったから、調子が悪くなったみたい」

「あらそう。どこかいいところが見つかった？」

「あんまりピンとこない。学校の友達にでも聞いてみるわ。そろそろ授業にも顔を出さないといけないし」

江知佳は飾らない口調で言った。蓬泉会館で田代周平と話したことが、いい刺激になったのだろうか。カメラに対する興味を取り戻しつつあるとすれば、日常復帰の兆しなのだが。

レイカがオーボンヴュータンの箱を広げると、すぐさま江知佳の関心はそちらへ移った。割烹着《かっぽうぎ》姿の秋山房枝がカップに紅茶を注ぐのも待ちきれずに、お目当てのラップフィルムをはがし始める。昨日から何も口に入れてないような勢いで、みるみるうちに糖分たっぷりのケーキを三個たいらげてしまった。これにはレイカもすっかりあきれ顔で、

「お昼はいらないって言ったくせに」

「いいじゃないの、これぐらい食欲旺盛《おうせい》なら。あたしのも半分わけてあげましょうか」

房枝が自分の皿を押しやろうとするのを、レイカはかろうじて制した。江知佳が口をとがらせて不満を表明する。だったらこれはエッちゃんの晩のおやつに取っときましょう、と房枝が宣言した。食べかけの皿を持って台所へ戻り、ラップをかけて冷蔵庫にしまう。三人とも血のつながらない他人どうしであることは承知のうえで、かりそめの家族の語ら

いをよどみなく演じることに全力を傾けているように見えた。

「――ここしばらく、カメラに触ってなかったんですか」

おもむろに切り出すと、江知佳は姿勢を行儀よくしながらうなずいて、

「ええ。この一月半は一度も」

「じゃあ、お父さんの写真も？」

江知佳はもう一度うなずいて、息を継ぐようにティーカップを口に運ぶ。

「それより前、退院してから七月ぐらいまでの間は、毎日欠かさず父のスナップを撮ってました。だけどある日ふと、もうじきいなくなる人の記録アルバムを作ってるような気がして、それから急にシャッターを切るのが怖くなったんです。よく言うじゃありませんか、魂が抜かれるって。それは迷信だとしても、やっぱり写される方にしてみたら、あまりいい気持ちはしないんじゃないかと思って」

「でしょうね。生きてるうちから、ありし日の誰々さんみたいな写真ばかり撮られたら」

「だから父が元気でいる間は、いっそのことカメラ断ちしてしまおうと。何十本もたまったフィルムもほとんど現像しないで、パトローネに入れたままアトリエの冷蔵庫に」

カメラ断ちとは、歳に似合わず、古風なことを言う。大好きな写真を我慢して、父親が一日でも長く生きられるように願をかけたのだろう。

「保存してあるフィルムは、いずれ自分で現像することに？」

何でもない質問のつもりだったのに、江知佳は答えにくそうに口ごもった。かわりに返

事をしたのはレイカである。

「そのフィルムなら、宇佐見さんが昨日、根こそぎ持っていってしまったわ」

「宇佐見さんが？　どうして」

「自分でもどうしたらいいか、迷っていたんです」

と江知佳が説明を引き取って、

「本当は早く現像しないと、乳剤が劣化してよくないんですけど、なかなか気持ちの整理が付きそうになくて。宇佐見さんにそれとなく相談してみたら、秋の回顧展でわたしの写真を使いたいので、未現像のフィルムを預かってもいいかと聞かれたんです。せっかくの貴重なフィルムだからと。その場の流れでつい、ハイと返事をしてしまって」

綸太郎はティースプーンの先でほっぺたをタップした。持ち帰ったフィルムの山を前に、ニヤニヤしている宇佐見彰甚の顔が目に浮かぶようだ。心残りがあるとすれば、最後の仕事に没頭している川島伊作の雄姿が一枚もフィルムに収められていないことだけだろう。

昨日、アトリエの冷蔵庫の中をのぞこうとして、待ったをかけられたのもそのせいか。機を見るに敏な宇佐見のことだ。貴重なフィルムだけでなく、回顧展の展示品と称して、ほかの備品にも手をつけているにちがいない。

「宇佐見さんにアトリエの鍵《かぎ》の管理を任せたのは、早計だったかもしれませんね」

綸太郎が水を向けると、江知佳とレイカはどちらからともなく顔を見合わせた。

「でも、そうするのは仕方なかったんです。自分と生き写しの像の首がないのを見て、急に気分が悪くなって。レイカさんがアトリエから連れ出してくれなかったら、そのまま倒れていたかもしれません。それで——」

江知佳の弁明の続きを今度はレイカが引き取って、

「だから宇佐見さんがその場に残って、被害状況を確かめるのは当然のなりゆきだったし、現場保存のために鍵を管理すると言い出した時も、それがいちばん妥当な対応だと思ったの」

「なるほど。それが土曜日の午後、伊作さんの密葬から戻った直後の出来事で、その時まではあなたがアトリエの鍵を持ってたんですよね？」

江知佳は真顔でうなずいて、前日のレイカの説明を裏書きした。お通夜の後、レイカから鍵を受け取ってアトリエに——出る時はきちんとドアをロックしたし、あくる土曜日、朝から斎場へ出かけた際も、その鍵を身に付けていたという。

「アトリエの石膏《せっこう》像を初めて見た時、何か気づいたことはないですか？　特に持ち去られた頭の部分に関して、記憶に残っていることは」

「気づいたことと言われても、あれを見た時はただもう涙があふれるばかりで。できたんだ、間に合ったんだって、しばらくはそれだけしか考えられませんでした。ずいぶん長い間、ひとりで像の前にたたずんでいたような気もするけど、時間の感覚も定かでなくて。具体的な形とかイメージとか、そういうのもほとんどぼやけてるんです。首から上がどんなふうだったか、宇佐見さんにも聞かれて、何度も思い出そうとしたんですが……」

薄いもやがかかったような視線をさまよわせながら、江知佳はわずかに頭を揺らして、

「覚えているのは、鏡で見た自分の顔と少しちがう感じがしたことぐらいかしら。鏡で見るのとは顔の左右が逆でしたし、目をつぶっていたからよけいにそう思ったのかも」

「田代周平の個展の写真を逆にしたみたいに？」

綸太郎が念を押すと、江知佳の頭の動きが止まった。何が呼び水になったのか、眼が急に大きく広がって、じわりとしみ出すように涙が目の縁にたまる。江知佳は目をぱちぱちさせながら、あわててまぶたをこすって、

「ごめんなさい。わたし、なんだかちょっと混乱してるみたいで」

「いいのよ、エッちゃん。無理しなくても」

レイカはそう言って、遠慮がちにそっと江知佳の肩に触れた。掌《てのひら》の温《ぬく》もりを通して、哀しみを分かち合おうとするように。しかし、江知佳からのリアクションはなかった。

レイカの手はしばらくそこで固まっていたが、やがて触れた時と同じようにそっと肩の上から離れた。宙に浮いた腕のやり場に困ったみたいに、レイカは指を折り曲げて自分の顔の方へ引き寄せると、伏し目になってそのこぶしに顎《あご》を載せる。

「――そういえば、わたしもひとつ気になることが。お父さんの携帯が見つからないんだけど、エッちゃんはどこにあるか知らない？」

場の雰囲気を更新するような口調で問いかけた。江知佳は心当たりがなさそうに、首を横に振る。綸太郎が説明を求めると、レイカは気がかりな表情で、

「今朝、川島の書斎と寝室の整理をするついでに、彼の携帯電話を探してみたんです。そろそろ契約を解除しなければと思って。ところが、どこにも見当たらなくて。房枝さんにも聞いてみたんですけど、金曜日以降、家の中で見かけた覚えはないと」

「その番号にかけてみましたか」

「電源が切られてるみたいで、全然つながらないんです。もしかしたら、何かのついでにアトリエに持ち込んだまま、置きっぱなしにしてるだけかもしれませんが。あの人、仕事中はいつも携帯の電源は切っていたから」

「だったら、これからアトリエの中を調べてみますか?」

　綸太郎が持ちかけると、レイカは首をよじって、

「でもあそこの鍵は、宇佐見さんが持ってるのよ。彼がいないと、中に入れないわ」

「そうでないことは、アトリエに侵入した犯人が教えてくれたじゃないですか」

　綸太郎は上着を脱いで、ソファの背に引っかけながら言った。

　アトリエの窓ガラスを切り取った半円形の穴。綸太郎はそこから手を突っ込んで、サッシのクレセント錠を難なくはずした。応急処置のガムテープは、昨日いったんはがした後に貼り直すふりをしただけなので、封印の役目を果たしていない。

　綸太郎は窓を引き開けると、靴を脱いではだしになった。

「最初からこうするつもりだったのね」

国友レイカが鼻白んだ顔つきでため息をつく。綸太郎はサッシの下枠部分に片足をかけ、窓ガラスのフレームをつかんで体を引っぱり上げた。外壁からせり出したサッシの上枠に指を引っかけると、ガイドレールに両足の土踏まずを載せてバランスを取る。指先の感触になんとなく違和感があった。

「中からドアを開けます。国友さんは入口の前で待っててください」

綸太郎が告げると、レイカは肩をすくめるようなしぐさをして窓から離れた。レイカの目がそれたのを見届けてから、サッシの上枠に沿って端から端までつっと指を走らせる。指に汚れはつかなかった。ごく最近、誰かが窓の周りを念入りに拭《ふ》いたということか。

息を整えてからブラインドを手でたくし上げ、頭からくぐり抜けるようにしてアトリエに降り立った。入口のところまで行ってスリッパを履き、灯《あか》りとエアコンのスイッチを入れる。ロックをはずしてドアを開けると、レイカがむっつりした顔で中へ入ってきた。

「エッちゃんが来たがらなかったのも、無理ないわね」

いっぺんにケーキを食べ過ぎて、気分が悪くなったみたい。レイカがアトリエ探索に同意したとたん、江知佳はそう洩《も》らしてまた二階の自分の部屋に引っ込んでしまったのである。口実にすぎないとわかっていたが、無理にここへ連れてくるのは酷な仕打ちだった。

「じゃあ、手早く片付けましょうか」

二人は手分けして、アトリエの中を調べ始めた。三十分ほどあちこち探し回ったけれど、川島伊作の携帯は影も形もない。綸太郎が首を横に振って冷蔵庫の扉を閉めると、それが捜索終了の合図になった。

　レイカは故人の汗がしみ込んだよれよれのタオルで手の汚れを拭《ふ》いた。作業台に腰かけて、スカートの裾《すそ》にくっついたほこりを払い落としながら、

「骨折り損だったみたい。ここにも携帯はないわ」

「最初からここになかったとは限らないでしょう。アトリエに侵入した犯人が、石膏像の首と一緒に持ち去ったのかもしれない」

「どうかしら。もし犯人のしわざなら盗んだ携帯を使って、エッちゃんに脅迫電話かメールでも送ってきそうなものだけど」

「それは卓見ですね。だとすると、ほかに考えられるのは――」

「やっぱりあの人が無断で持ち出したのかしら」

　レイカは眉《まゆ》をひそめると、スカートのポケットからタバコとライターを取り出した。作業台の上に放置されたガラスの空き瓶を引き寄せながら、くわえたタバコに火をつける。

「アトリエ内は禁煙だって、宇佐見先生が言ってましたよ」

　綸太郎が忠告すると、レイカは当てつけるようにぱっと煙を吐き出して、

「かまやしないわよ。宇佐見彰甚、くそくらえ」

　紛失した川島伊作の携帯には、レイカとのプライベートな交信の記録が残っているのではないか、と綸太郎は推測した。レイカが落ち着かないのは、その記録が第三者の目に触れることに神経質になっているからだろう。今度、宇佐見彰甚と顔を合わす機会があった

ら、携帯の行方について問いつめてみなければ。

「――せっかくアトリエに来たついでに、もうひとつ確かめたいことが」

タバコを吸い終わるのを待ってそう切り出すと、レイカはもう慣れっこになったと言わんばかりの表情で、

「またついでなのね。今度は何ですか？」

「ほかでもありません。伊作さんが倒れているのを見つけた時、石膏像《せっこう》のカバーがどんなふうになっていたか、ここであらためて思い出してほしいんです」

「それなら前に言ったはずよ。気が動転していて、目を配る余裕なんてなかったと」

「その時はね。でも一度目に入ったものは、意外に覚えてるものですよ。先週の木曜日のふるまいを実地に再現すれば、忘れていたことも思い出せるかもしれない。房枝さんにも手を貸してもらいましょう。何ならぼくが、伊作さんの代わりを務めてもいいです」

レイカはまじまじと綸太郎の顔を見つめて、

「本気で言ってるの？　そこまでするには、ちゃんとした理由があるんでしょうね」

「もちろん」

「だったらしょうがない。ぞっとしないけど、付き合うわ」

レイカは作業台のインタホンのスイッチを押して、母屋の秋山房枝を呼び出した。用件を告げると、もう一度スカートの裾を払って、床にスリッパの爪先《つまさき》を落とす。

綸太郎はレイカの指示に沿ってアトリエの舞台装置を整えた。といっても、脚立と姿見

を動かしたぐらいで、そう大がかりなものではない。カバーをかけた石膏像は、先週の木曜日も今と同じ場所にあったという。準備ができたところへ、ぷりぷりしながら房枝がやってきた。通りがけに窓の下で見つけたらしく、綸太郎の靴を手に持っている。

「勝手にこんなことをして、宇佐見先生に叱られても知りませんよ」

これからやろうとしていることを説明すると、房枝は見るからに及び腰になった。何か言われてもわたしが責任をとりますから、とレイカがなだめすかして、ようやく了解を取りつける。綸太郎はいったん二人に庭へ出てもらい、アトリエのドアを閉めた。

床の上にうつぶせになって、体を丸く縮こめる。床に垂れたキャンバス地のカバーの角から三十センチほど離れた位置に左腕を投げ出し、右手は左胸の下に折り込んだ。位置取りとポーズはできるだけレイカの記憶に合わせている。時間もちょうど今ぐらいのはずだった。

「準備OK。始めてください」

合図の声に応じてドアが開き、レイカがアトリエに飛び込んできた。伊作さん、と叫んで綸太郎の許《もと》に駆け寄り、床に膝《ひざ》をついて顔をのぞき込む。肩を揺さぶりながら、耳元で何度も名前を呼んだ。反応がないのを見ると、左の手首を床から持ち上げて脈を取り、まだ望みがあることを確かめる。すっくと立ち上がって、作業台のインタホンに手を伸ばした。

「房枝さん、川島がアトリエで倒れてるの、早く救急車を呼んでちょうだい」

レイカは早口にそう命じて作業台から離れた。すぐにこちらへ戻って、両手で綸太郎の左手を握りしめる。死なないで、死なないで、と連禱《れんとう》のようにつぶやきながら。

だが真に迫ったレイカの再現行動は、秋山房枝がアトリエに入ってくるなり、唐突に打ち切られた。房枝の目を意識して、羞恥心《しゅうちしん》を覚えたのだろう。いきなり綸太郎の手を放し、顔をそむけながら、うわずった声で、

「もう駄目。これで勘弁して」

「結構です。無理を言ってすみません」

綸太郎は床から身を起こして頭を下げた。どう対応していいのかわからずに、房枝は入口のところでおたおたしている。レイカはまだ目をそらしたまま、投げやりな口調で、

「――いいのよ。なんとなくだけど、感じはつかめたわ。それで？」

「石膏像を覆っているカバーですが、先週の木曜日に見た時と高さがちがってますか」

「高さ？」

レイカは困惑ぎみに、シートをかけられた石膏像を振り返った。

「なに言ってるの？　首のない分だけ低くなってるから、高さがちがうのは当然でしょう」

「当然かどうか、よく思い出してください。自分の記憶に照らし合わせて、まちがいなく像の高さがちがうと断言できますか？」

綸太郎は語気を強めた。レイカは気圧《けお》されるように一歩引いて、白いカバーの形をしげ

しげとながめていたが、じきに迷いのない表情でかぶりを振って、

「まちがいないわ。カバーのてっぺんはこんなに平らじゃなかったし、床に垂れた部分がもっと短かった。しゃがんだ時と立った時で、頭ひとつ分高さが足りない感じがしたもの」

「房枝さんは？」

秋山房枝の答もレイカと同じだった。はっきりどこがどうとは言えないけれど、先週の木曜日に見た時と比べると、明らかに寸足らずな印象を受けるという。

綸太郎は顎《あご》をなでた。そのしぐさを見て、レイカが苛立《いらだ》たしそうに身をよじる。

「ちょっと待って。そんなことを確かめるために、わざわざこんな大げさな芝居を？　でも、それは最初からわかりきったことじゃない。だって、金曜日の夜にエッちゃんは――」

レイカは急に口をつぐんだ。まばたきを忘れたように、じっと綸太郎の顔に目を注いで、

「あなた、まさか」

「お騒がせしました。ぼくはこれで失礼します。江知佳さんによろしくと伝えてください」

綸太郎はそそくさと暇《いとま》を告げ、スリッパを靴に履き替えてアトリエを後にした。レイカも房枝もあっけに取られて、引き止めようとはしなかった。

脱いだままの上着を取りに母屋の広間へ戻る。邸内はしんと静まり返っていた。江知佳

とは顔を合わせずにすみそうだ。ソファの背に引っかけた上着をつかんで広間を出がけに、電話台のタウンページがふと目に留まった。

第六感が何かをささやいた。綸太郎はタウンページを抜き出して、無作為にページを繰ってみた。ある箇所で手が止まる。ページの隅を三角に折り曲げ、また元に戻した跡があった。

見出しには「病院・医院（産婦人科・産院）」と記されていた。

11

「――堂本峻の潜伏先を突き止めましたよ」

帰宅した綸太郎を待っていたのは、田代周平からの電話だった。

川島敦志との約束通り、昨夜のうちに田代に連絡して、堂本の居場所を調べてくれないか、と頼んでおいたのである。もちろん江知佳の像の首が切られていたことは、田代の耳には入れてない。川島伊作が死んでから三日後、町田の駅前で堂本らしき人物の姿が目撃されたことを伝えたのみだが、田代の協力を得るためにそれ以上の理由は必要なかった。

「潜伏先とは穏やかじゃないな。やっこさん、何かしでかしたのか？」

「お察しの通り。堂本は池袋のマンションにスタジオ兼住居を構えてるんですが、しばらく前からそこには寄りついてないそうで。いろいろつてを頼って調べてみたら、どうもヤバい筋とトラブルを起こして、身を隠しているらしい」

「ヤバい筋というと？」

「昨日ちょっと話したでしょう、強請《ゆすり》まがいの写真を撮ってるって」

そういえば、蓬泉会館の控え室でそんなことを言っていた。堂本に関する悪評は、江知佳に聞かせるための誇張ではなかったようである。

「盗撮したタレントの密会写真をネタに、法外な口止め料をせしめようとして、事務所を怒らせてしまったとか。どこの誰とは言いませんがね。怖いお兄さんたちに目を付けられて、自分の家にも帰れず、女のところに匿《かくま》ってもらってるみたいです」

「あんまりお近づきになりたくない御仁だな。で、その女っていうのは？」

「山之内さやかといって、堂本とは以前、グラビア雑誌かなんかの撮影現場で知り合ったようですね。今は新宿のイメクラで働いているとか。四谷四丁目のマンションに住んでることがわかったので、明日ちょっとのぞきに行こうと思うんですが、先輩も付き合いませんか」

「もちろん付き合うよ。店の名前は何ていうんだ？」

「何か誤解してませんか？　昼間、自宅の方へ行くつもりなんですけど」

仕事柄、女の裸は見慣れているはずなのに、田代には妙に堅いところがある。所帯持ちになる前からそうだった。綸太郎はちっと舌を鳴らして、

「誤解してるのはそっちだよ。堂本は怖いお兄さんに目を付けられてるんだろ？　いきな

り部屋に乗り込んだって、門前払いを食わされるのがオチじゃないか」

「それなら大丈夫。手は打ってあります」

田代は心強いことを言う。翌日の午後、四谷で落ち合う約束をして、電話を切った。ところが受話器を戻したとたん、またすぐにベルが鳴り始める。何か言い忘れたことでもあって、かけ直してきたのかと思ったら、そうではなかった。

「美術評論家の宇佐見ですが」

と電話の声が名乗る。綸太郎は送話口に手で蓋《ふた》をして口笛を吹いた。川島邸では厄介者扱いしていたくせに、じきじきに電話してくるとは、どういう風の吹き回しだろう？

「法月です。昨日はどうも、いろいろご教示ありがとうございました」

「いや、こっちこそ、昨日はずいぶん失礼な物言いを重ねてしまったようだがね。何かと込み入った事情があるものだから、悪く取らないでほしいんだ」

えらくつっけんどんな言い方だが、宇佐見は精一杯、下手に出ているつもりらしい。川島に何か言われたのだろうか。綸太郎は逆らわないで、向こうの出方をうかがうことにした。

「滅相もありません。ぼくの方が勉強不足でしたから。うちの番号は川島さんから？」

「いや、知り合いの編集者に教えてもらってね」

ほんの少し口ごもるような間を置くと、宇佐見はわざとらしく咳《せき》をして、

「それというのも、いささかデリケートな問題について、直接きみと相談したいことがあ

るんだ。川島氏の耳には入れないで」

「デリケートな問題？」

「そう。例の石膏《せっこう》像の首の件で、話したいことがあると言えばわかるかな？　ひょっとしたら、きみも察しているかもしれないが……」

妙にまだるこしい口ぶりである。鎌をかけられているのではと思い、綸太郎は喉《のど》の奥でうなった。それを肯定の返事と受け取ったのか、宇佐見は急に早口になって、

「どっちみち、電話で話せるようなことじゃない。明日、少し時間が取れないだろうか？　午後にでも、新宿まで出てきてもらえると助かるんだが」

遅めの時間なら、と綸太郎は言った。宇佐見は仕事の関係で、京王プラザに逗留《とうりゅう》しているという。山之内さやかのマンションからだと目と鼻の先である。堂本峻の顔を先に拝んでおいてから、午後四時、ホテル三階のロビーラウンジで会うことになった。

「このことはくれぐれも、川島氏には内緒にしておいてくれないか。もちろん、ほかの誰にもだ。江知佳さんのために、きみと私だけの秘密にしておかなければならない。わかるね？」

何度も念を押してから、宇佐見彰甚は電話を切った。

翌日の午後一時、綸太郎は四谷三丁目駅の消防博物館前に出る地上口で田代周平と落ち合った。田代はポロシャツにサマージャケットという格好で、地図のコピーを持参してい

る。

「山之内さやかの部屋は、『シティハウス四谷』というマンションの三〇二号室。教わった番地からすると、四谷保健所の裏手になるみたいですね」

地図と首っ引きで、新宿通りを西へ移動する。相変わらずの曇り空だが、明け方に雨が降ったせいで、都心でも熱波はやわらいでいた。四谷四丁目交差点の手前で右に折れ、一方通行の狭い道路を靖国《やすくに》通りの方へ歩いていくと、じきにそれらしい建物にぶつかった。風通しの悪そうな五階建てのマンションで、一階が真新しいコンビニになっている。

「手ぶらで行くのもあれだし、何か土産でも買っていこうか」

冗談半分にたずねると、田代はむっつりと首を横に振って、三階の窓の列を見上げた。駅で会った時から表情が硬いのは、堂本峻との対決を控えて気持ちが高ぶっているせいだろう。江知佳の件は別にして、やはり何か個人的な因縁がありそうな顔つきだった。川島敦志に聞かれた時は適当にごまかしていたけれど、堂本が顔見知り程度の相手にすぎないなら、江知佳の前であんなに厳しい言い方はしなかったはずである。今日だって、わざわざ自分から出向いてきたのは、しかるべき理由があってのことにちがいない。綸太郎はここに来る前からそんな気がしていたが、藪蛇《やぶへび》になるのを怖れて田代に聞きそびれていた。

真新しいのはコンビニの店舗だけで、「シティハウス四谷」の住居部分はだいぶくたびれている。薄暗い玄関ホールにはオートロックの設備もなく、ほこりをかぶった集合ポストは消費者ローンと風俗営業のチラシで満杯だった。三〇二号のボックスに山之内と記されているのを確認して、二人はカビ臭いにおいのする階段を上がった。

「ここに堂本がしけ込んでるっていうのは、確かな筋からの情報なのか？　いざ訪ねてみたらもぬけの殻だった、なんてことにならなきゃいいが」

「第三者を通して、ちゃんと話はつけてあります。飯田っていう、ライターくずれの何でも屋の知り合いがいましてね。どこにでもいる業界ゴロみたいなやつですが、顔が広いのだけが取り柄で。ちょっと貸しがあるんで、そいつに堂本の立ち回り先を探らせたんです。その手の裏事情にいちばん通じてるやつだから。山之内さやかともまんざら知らない仲じゃないというので、ぼくが堂本と会って話ができるよう、女に口を利いてもらいました。昔なじみのよしみで折り入って彼に相談したいことがあると」

「へえ。便利な知り合いがいるんだな」

綸太郎は手回しのよさに敬服した。田代の方がよっぽど探偵の素質があるのではないか。

「もちろん、江知佳さんの名前は出してません。それを言ったら元も子もないですから。昨日の今日なので、女から確答は得ていませんが、ぼくが訪ねていくというだけなら、まさか向こうもあわてて逃げ出したりはしないでしょう」

「だといいんだが――三〇二号室というと、この部屋じゃないか？」

綸太郎は三階の通路で立ち止まり、くすんだ藍《あい》色のスチールドアに顎《あご》をしゃくった。表札は出してないが、部屋番号は合っている。

田代は唇を結んでうなずくと、大きく肩を上下させてから、おもむろにドアチャイムを鳴らした。綸太郎はドアの前から下がり、防犯スコープの死角に隠れる。ドア越しに人の気配がして、ボルトを外す音が聞こえた。チェーンをかけたまま、扉が少しだけ開く。その隙間から、鼻にかかった女の声が洩《も》れてきた。

「——どなたですかあ？」

「田代という者ですが、山之内さやかさんですね」

「そうですけど。ああ、飯田さんのお友達の、カメラマンの田代さん？」

田代は愛想よくうなずいて、ポケットから出した名刺をドアの隙間に差し入れた。紙切れ一枚だから何の証明にもならないが、女の方もあらかじめ田代の人相風体ぐらいは聞いているだろう。特に疑うふうでもなく、チェーンを外してドアを開いた。

「あれ、ひとりじゃないんだ。そっちの人は？」

連れがいることに気づいて、山之内さやかはいぶかしそうに目を細めた。まぶたが腫《は》れぼったく見えるのは、起きてからまだ間がないせいか、そうでなければ整形手術の名残かも。色の抜けたブランド物のTシャツに古着のジーンズ、ショートカットにした髪を明るい栗色に染めていた。ぱっと目を引く美人というより、人なつっこい齧歯類《げっしるい》を思わせる顔立ちで、昼間の素顔でも実年齢より幼く見えるタイプ。照明の暗い部屋で営業用のメイクをしたら、今どきの女子高生で通じるのだろうか。

「ぼくの先輩で、小説家の法月さん。堂本に紹介してくれと頼まれましてね」

「初めまして。今日は小説の取材のために、堂本さんにインタビューの申し込みにきたんですけど。飯田君から聞いてませんか？」

口から出まかせを並べると、さやかはぶしつけに綸太郎の顔を見つめて、

「小説の取材？　そんな話、飯田さんからはひとことも聞いてないわよ。まあ、どっちでも同じことだけど。せっかく足を運んでもらって、お二人には悪いんですが、堂本さんならここにはいませんよ」

「いない？」

あっけらかんと認めるしぐさに、綸太郎は思わず田代と顔を見合わせた。話がちがうぞと言いかけたその時、いきなり部屋の中からピピピッと電子音が聞こえてくる。

「ごめんなさい。ちょうどパスタを茹《ゆ》でてる最中だったの。詳しい話は中でするから、とりあえず上がってくれませんか？」

さやかはそう告げてくるりと背を向け、部屋の奥へ駆け戻っていく。開けっぴろげな性格なのか、初対面の男二人に対して、ほとんど警戒心を持ち合わせないようなふるまいだった。

「言わんこっちゃない。やっぱり堂本に勘づかれたんじゃないか」

「おかしいな。飯田がそんなへまをするわけはないんですが。どうします？」

「とにかく彼女の話を聞いてみて、それから判断するしかないだろう」

二人はさやかの部屋に上がった。標準的な一ＤＫの間取りで、思いのほか堅実な暮らし

をしているらしく、室内はわりと片付いていた。それとなくあちこちへ目を配ってみたけれど、堂本峻が隠れている気配はなさそうだ。かわりに目についたのは、株式投資の指南書とチャート一式。新聞も日経を取っている。エスニック調のダイニングテーブルには、モデムにつないだノートパソコンが置いてあった。

さやかは湯切りしたパスタを盛りつけ、レトルトのパスタソースの封を切った。ノートパソコンをどけてから、テーブルにパスタの皿を置く。

「ちょっと窮屈だけど、そこのカウチにでも坐《すわ》ってちょうだい。一人前しか作ってないんで、ひとりで食べちゃってもいいかしら。何か冷たいものでも飲みます？」

「いや。どうぞおかまいなく」

二人がカウチに収まると、さやかは気がねしないで食事を始めた。焦りは禁物だが、黙って見ているのも間が抜けている。綸太郎は様子見がてら、さやかに聞いてみた。

「そのパソコンは？　ネットで株の取引をしてるんですか」

「そうなのよ。いま流行《はや》りのeトレードってやつ」

さやかはパスタを頬張りながら、とたんに目をきらきらさせて、

「お店のお客さんにそういうのに詳しい人がいて、熱心に勧められたのね。あたしはまだ勉強中なんだけど、来月から証券取引の手数料が自由化されるじゃない」

「そうらしいですね」

「このチャンスを逃したら、ぜったい損だと思うわけ。あたしもね、風俗の仕事ってそん

なに嫌いじゃないけど、この先何年続けられるかわかんないでしょう。先行き不透明な時代だからこそ、本気で将来のことを考えておかないと。こう見えてもそこそこ資金は貯めてるし、IT革命の波に乗り遅れなければ、人生の勝ち組だって夢じゃないと思うのよ。あたしの友達の知り合いにもそれで一山当てた子がいてね、これは聞いた話なんだけど――」

さやかはオンライン株式投資の利点についてひとしきり熱弁を振るったが、経験の乏しさはいかんともしがたい。受け売りとおぼしき話のネタは、昼食のパスタより先に底をついた。

「そろそろ本題に入りましょうか。堂本は芸能事務所とトラブルを起こして、しばらく前からここに身を隠していると聞いてきたんですが」

田代が切り口上で問いかけると、さやかは夢から現実へ引き戻されたように、

「その話だったわね。飯田さんの紹介だから洗いざらい喋《しゃべ》っちゃうけど、ここだけの話にしてくれる？　先月の末だったかな、堂本さんが現れたのは。何の前ぶれもなく、鞄《かばん》ひとつ抱えていきなり転がり込んできて。その筋の連中に目を付けられて、逃げ回ってるというの」

「どうして逃げているのか、理由は聞いたんですか」

「もちろん。売り出し中の巨乳アイドルK・Yと、イベント企画会社代表のアッアツの抱擁シーンを盗撮して、K・Yの事務所にネガを売りつけようとしたんですって。前から同

じ手口でちょくちょく小銭稼ぎをしてたらしいけど、口止め料を高く吹っかけすぎて、相手を怒らせちゃったみたい。田代さんでしたっけ、あなたも同業者なら知ってるでしょう？　Ｋ・Ｙの事務所といえば、バックに組関係がついてるので有名なとこじゃない」

「まあ、たしかにあそこはそうですね」

「向こうにだってメンツがあるから、ちょいとヤキを入れてやれって号令をかけたわけ。堂本さんもカメラの腕は一流なんだから、真面目に仕事さえしてればいいのに、危ないことばかりしてますます自分の首を絞めて――どこにも行くところがない、ほとぼりが冷めるまでここに匿ってくれと、土下座してあたしに頼むのよ。こっちもそんな厄介事に巻き込まれたくはないけど、昔の義理があるからむげに追い出すこともできないし」

「昔の義理ね。その時から堂本はずっとここに？」

「先週までだけど。ここに隠れてるのがバレるのは、どうせ時間の問題だったから」

「先週まで？　じゃあ、堂本を追っている組の連中に見つかったんですか」

「直接ここへ押しかけてはこなかったけど、たぶんね。あの人わりと平気で下のコンビニに行ったりしてたみたいだから、通りすがりの誰かに顔を見られたのかもしれない。先週の月曜日だったかな。お店の帰りに変な二人組――あなたたちのことじゃないわよ――にあとを尾《つ》けられてるような気がして。その時はうまくまいてやったんだけどね」

　それなりに場数を踏んでいるのだろう。さやかはこともなげに鼻をくすんと鳴らして、

「堂本さんにその話をしたら、お尻《しり》に火がついたみたいにそわそわし始めたわ。これ以上

あたしに迷惑はかけられないって、最初からそのつもりで来てるくせにね。次の日には台北《タイペイ》行きのチケットを予約して、水曜日の朝早く、夜が明ける前にここを出てったの。台湾に古い知り合いがいるから、一か月ぐらい、そこに身を寄せるつもりだと言ってたけど」

「——台湾に？」

思いがけない返事に田代が目を丸くする。綸太郎もカウチから身を乗り出して、

「先週の水曜日というと、八日ですね。堂本さんがここから出ていったのは、その日の朝にまちがいありませんか」

さやかは壁のカレンダーに目をやり、その日にまちがいないと請け合った。

九月八日といえば、川島伊作が息を引き取る二日前である。さやかの言う通り、堂本峻が台湾に出国していたとすれば、今週の月曜日、町田の駅前で目撃された男は他人の空似だった可能性が高いことになるのだが……。

「堂本さんは本当に台湾へ？　パスポートは持ってたんですか」

「それは前から用意してあったのよ。いざとなったら外国へ逃げると言ってたから」

「台湾行きの便に搭乗するのを見ましたか？　成田まで見送りにいったんでしょう」

「まさか。そこまでしてあげる義理はないですよ、ただの居候なんだもの」

薄情な口を利いてから、さやかは急に身の証《あかし》を立てる必要を感じたように、

「それとね、いちおう誤解のないように言っときますけど、堂本さんがうちにいる間、体の関係とかは全然なかったから。あたしだって最初に知り合った頃ほど世間知らずじゃな

いし、ここへ転がり込んできた日に、よけいなコトしたら追い出すわよってちゃんと約束させたの。そしたらあの人、苦笑しながらぼやいてた。もうずいぶん前から、カメラのファインダーをのぞいてる時しか勃《た》たなくなっちゃったんだって。仕事柄そういう人はうんざりするほど見てきたけど、やっぱりあれかしら、それも一種の職業病っていうの？」

なんとなく底意を感じさせるさやかの問いに、田代は表情を殺してかぶりを振り、

「さあね。ぼくは堂本じゃないから」

「堂本さんが当てにしている台湾の知り合いというのは、どういう人物ですか？」

知らない、とさやかは言った。向こうでの滞在先も聞いてないという。先週の水曜日以降、堂本からは何の音沙汰《おとさた》もないし、自分からわざわざ連絡するつもりもないそうだ。

「つい先日、こっちで彼を見かけたという人がいるんですけどね。堂本さんは予定を繰り上げて、先週末か今週初めに帰国してたんじゃありませんか」

さやかは首をかしげながら、だんだん話に飽きてきたような口ぶりで、

「それはきっと人ちがいなんじゃない？　出ていく時の様子では、そんなに早く帰ってこられそうには見えなかったから」

「かもしれませんが。仮に堂本さんが台湾から帰国しているとして、あなた以外に身を寄せる先がないか、誰か心当たりはないですか？」

「ありませんね」

さやかは考えるそぶりも見せずに即答した。

「そもそもあたしのところへ来た時点で、かなり切羽詰まっていたはずだもの。だって、もう何年もの間、電話ひとつよこさなかった男なのよ。それがいきなり訪ねてくるんだから、よっぽど行き場がなくて困ってたんでしょう。落ち着き先がほかにあるとは思えないけど――」

12

「すみません。わざわざ呼び出したのに、空振りになっちゃって」

山之内さやかの部屋を出てから、田代はふがいなさそうに頭を下げた。空振りは空振りだが、ここで田代を責めても仕方がない。

「それはそれとして、もう少し粘ってみる手はあったかな。堂本の足取りに関して、何か糸口ぐらいつかめたかもしれない」

「いや、あれ以上問いつめたって同じことでしょう。本当に堂本が台湾へ行ったのかどうか、それさえあやふやなんだから。先輩のお父さんに頼んで、海外便の乗客名簿をチェックしてもらった方が確実じゃないですか？」

「そうしたいのは山々だけど、ちょっと差し障りがあってね」

綸太郎は口を濁した。この件に関しては川島敦志から固く口止めされているので、軽々しく法月警視に相談するわけにはいかない。

「じゃあ、もういっぺん飯田の尻をたたいてみるか。あいつの情報を鵜呑《うの》みにした結果がこれだから、きっちり借りを返してもらわないと。ちょっと連絡してみます」

田代は上着のポケットから携帯を出して、飯田某の番号にかけた。向こうが出るまでに、だいぶかかった。寝ているところをたたき起こしたらしい。寝起きの相手にさんざんクレームを並べたあげく、電話じゃらちが明かないからちょっと顔を貸せ、と言い渡す。

無理やり相談をまとめると、田代は携帯をしまいながら、

「今から飯田の家の近所まで出向くことにしました。先輩のこの後の予定は？」

「四時に新宿で人に会う予定がある。それまではフリーだ」

「だったら一緒に行きましょう。新宿だとちょっと回り道になりますが。飯田は中野坂下のファミレスで待ってるそうです」

綸太郎は付き合うことにした。四谷三丁目駅に歩いて戻り、丸ノ内線で中野坂上へ向かう。青梅《おうめ》街道を下って、神田川の手前のファミリーレストランに入った。

待ち合わせの相手は四人がけの席にでんと坐《すわ》り、携帯のメールをチェックしていた。黄色に染めた髪を坊主刈りにして、とんがった顎髭《あごひげ》を生やしているけれど、それがなければ年齢不詳のキューピーさんみたいな顔つきである。流行《はや》り目でも患っているのか、左眼に眼帯を付けていた。迷彩色のTシャツの上には、汗じみたサファリジャケット。どのポケットにもぎっしり物が詰め込まれ、まるで救命胴衣を着ているようなありさまだ。

「うさん臭そうな男だな。あれで本当に信用できるのか？」

「その点は大丈夫。見かけはああですが、妙に義理堅いところがあるんですよ。そうでなくても、ぼくには一生頭が上がらない立場なんで」

田代は真顔で太鼓判を押し、飯田に手を振った。仕事がらみでいろいろ変わった人種と付き合いが豊富なのだろう。変わった人種という中には、自分も含まれているかもしれないが。

飯田は起立して、恭しく二人を席に迎え入れた。田代に媚《こ》びるような挨拶《あいさつ》をしながら、ポケットからカラフルな名刺を取り出し、綸太郎の前にすべらせる。「よろずジャーナリスト・飯田才蔵」とあって、連絡先のほかに「才蔵のまゆつばジャーナル」というウェブサイトのURLが記されていた。

「法月さんですね。田代さんにはいつもお世話になってます」

飯田が如才なく持ち上げると、田代はさも当然という顔をした。さっきの電話のやりとりといい、貸しがあるというのは誇張でも何でもないようだ。

「こんな時間まで寝てられるなんて、うらやましい身分だな。こっちは四谷くんだりまで、無駄足を踏まされたというのに」

「朝までウェブの更新をしてたんですよ。それより田代さんから電話で起こされた後、山之内さやかの携帯に偵察のメールを打ってみたんですけどね。いつもはすぐレスがあるのに、どうやらシカトされてるみたいで」

「こっちの手の内を明かしてしまったからな。堂本は先週の水曜日に台湾へ行ったというんだが、さやかに面会を取り次いだ時、何かそれらしいことをほのめかされなかったか？」

「──堂本が台湾へ？」

飯田才蔵は具合のいい方の目をぱちくりさせると、自信なさげな表情で、

「おかしいな。そんな動きがあれば、こっちの耳にも届いてるはずですが。ボクはてっきり、やつはまださやかの部屋にいるもんだと」

「彼女がそう言ったのか？」

「はっきり認めたわけじゃありません。堂本に伝言をと頼んだら、約束はできないけど、機会があればそう伝えとくみたいな返事だったので。大っぴらに部屋に匿《かくま》ってるとは答えられないから、あえてそういう言い方をしたにちがいないと」

店のウェイトレスが注文したドリンクを運んできたので、話はいったんとぎれた。店員がテーブルを離れるのを待って、綸太郎は慎重に口を開いた。

「さやかの部屋に堂本が身を隠しているという情報はどこから？」

「それがまぐれ当たりみたいなもんで」

飯田は黄色い坊主頭をなでながら、顔の半分で愛想よく笑って、

「山之内さやかとは風俗関係の取材で知り合ってから、定期的にメールのやりとりをしてたんですが、前に堂本の世話になったという話を聞いたことがあって。あちこち聞いて回るついでにちょっと鎌をかけたら、ポロッと尻尾《しっぽ》を出したんです」

「そういえばさやかも、昔の義理がどうとか言ってたようだが」

「義理どころじゃないですよ。二年ばかし前のことになりますが、さやかの相談に乗ってやったせいで、堂本は危うく刑務所行きになりかけたんですから」

「刑務所行きに？」

オウム返しにたずねると、飯田は水を得た魚みたいにうなずいて、

「さやかが高校生の時、母親が再婚した相手っていうのがろくでもない男だったらしくて。セクハラに耐えかねて卒業と同時に家を出たのに、何年かしてそいつがさやかの勤め先を探り出して、しつこくたかりに来たんだそうです。自動車販売会社の営業マンだったのが、リストラで職を失って、さやかの母親にも愛想を尽かされ、頼れるものがなくなったんでしょう。さやかは義父の要求をきっぱりはねつけたんですが、それで向こうが逆ギレしちゃいましてね。あんまりひどいいやがらせが続くもんだから、雑誌のグラビアの撮影で懇ろになったカメラマンの堂本に、あいつを何とかしてくれと泣きついた」

「暴力沙汰でも起こしたのか？」

「図星です。ホテルの一室に男を呼び出してボコボコにしたあげく、手持ちの現金を残らず巻き上げて、二度とさやかに近づくなとすごんでみせた——やってることは美人局《つつもたせ》と同じですから、警察に訴えられても文句は言えません。結局、身内のゴタゴタということで、さやかの義父が告訴を取り下げたので、堂本はクサい飯を食わずにすんだそうですが」

「なるほど」

綸太郎はストローでグラスの氷をかき混ぜた。二年ほど前の出来事だというが、さやかの義理の父親と堂本峻の立場を入れ替えれば、そっくりそのまま江知佳の身の上に起こったことの焼き直しになる。うがった見方をすると、堂本はさやかの義父を痛めつけることで、川島伊作に対する遺恨を晴らそうとしたのかもしれない。

「今でもさやかが恩義を感じているとしたら、台湾云々《うんぬん》の話も堂本をかばうための煙幕ということになるが……。それとも、あいつが頼れそうな知人が向こうにいるのか？」

と田代が問いかける。飯田は親指と人差し指で顎髭をつまんだり離したりしながら、

「心当たりがないこともないですね。しばらく前に『PIXies』っていうインチキ投稿写真誌があって、堂本はそこの編集部によく出入りしてたそうです。雑誌は半年でつぶれたんですが、それというのも、堂本とつるんでいた副編がバカスカ経費を使い込んで、穴を開けたまま台湾に逃げちゃったらしい。堂本が横領をそそのかした張本人だという噂もあるぐらいですから、もし台湾へ行ったとすれば、真っ先にその男のところに転がり込むでしょう」

「堂本のやつ、聞けば聞くほどあちこちで悪さをしてるんだな。で、その元副編の居場所は突き止められるのか？」

「たぶん、わかると思います」

「じゃあ、堂本が国外にいるかどうかと合わせて、引き続き調べてくれないか。この件に関しては、ちゃんと見返りを保証するから」

田代が下手に出ると、飯田はとたんにこすっからい表情になって、

「見返りなんていいですよ。それよりこの調査のバックグラウンドに興味があるな。田代さんが堂本の行状を気にかけるのは当然のこととして、なぜ今この時期にやつの動きに注目するのか。法月さんのカラミも含めて、そこんところをオフレコで聞かせてくれませんか?」

「ノーコメント」

「そんな冷たいこと言わないでくださいよ。長い付き合いじゃないですか。けっしてよそには洩《も》らしませんから。ここだけの話ですが、ひょっとしたら、こないだ亡くなった有名彫刻家の愛娘《まなむすめ》と関係があったりして? ほら、この写真ですけどね」

飯田は覚えたてのマジックを披露するように、ジャケットのポケットからカラープリンタで印刷したデジタル写真を取り出した。父親の位牌《いはい》を抱いた江知佳が写っている。告別式にはマスコミも来ていたから、インターネットのニュースサイトで画像を見つけたのだろう。

「川島江知佳って言いましたっけ。堂本は三年ほど前、彼女とひともんちゃくあったそうですし、ボクの聞いたところでは、おととい町田で営まれた川島伊作の告別式に、田代さんと法月さんがそろって顔を出したという——あ痛てっ」

飯田がいきなり飛び上がったのは、テーブルの下で弁慶の泣きどころに蹴《け》りを入れられたからだった。田代はそんなそぶりも見せずに、嚙《か》んで含めるような口調で、

「どうも自分の立場がわかってないみたいだな。調査のバックグラウンドに関しては、これ以上詮索《せんさく》しないこと」

「わかりました。すいません、もう言いませんから」

飯田は泣きそうな顔でテーブルに頭をこすりつける。田代周平にそうしたサディスティックな一面があるとは知らなかった。田代と堂本の因縁浅からぬ関係（？）について、飯田才蔵に問いただしてみたい気持ちもあったが、さすがに本人がいる前で口に出すのは気が引けた。いずれ別の機会があるだろう。

時計を見ると、そろそろ宇佐見彰甚との約束の時間が近づいていた。飯田に堂本峻の自宅兼仕事場のアドレスを聞いてから、伝票と江知佳のデジタル画像をつまみ上げ、綸太郎は一足先に席を立った。

ロビーラウンジの奥まった席で、宇佐見彰甚は別口の客と話し込んでいた。半袖《そで》シャツにチノパンツという気楽な服装で、雑誌の編集者と打ち合わせ中のようだ。向こうも綸太郎が来たのに気づいて、もう少し待ってくれと身振りで合図した。

打ち合わせを切り上げ、編集者を見送ると、宇佐見はつかつかとこちらへ歩み寄り、

「わざわざ来てくれてありがとう。あちこちから川島先生の追悼文を頼まれてね。あんまり〆切《しめきり》が立て込むものだから、こうして自主カンヅメを余儀なくされているというわけだ」

「宇佐見さんが自分で売り込んだんでしょう？　秋の回顧展への布石として。告別式の会場でやっかむ声を耳にしましたよ。こんなにいい前宣伝はない、追悼展が成功したら一切合財があなたの手柄になるだろうって」

綸太郎は皮肉を隠さないで言った。宇佐見の手駒として、言いなりに動くつもりのないことをはっきりさせておくためである。

「今日はいきなり先制パンチだな」

宇佐見は気を悪くするでもなく、かえって愉快がっているような顔つきで、

「だが、きみもまるっきり事情に疎いわけでもなさそうだ。それで少し安心したよ。よけいな説明の手間が省ける。話は私の部屋でしよう。ここだと誰の耳に入るかわからないのでね。デリケートな問題だから、外に秘密が洩れると厄介なことになる」

どうやら相手の方が役者が上らしい。綸太郎はポーカーフェイスでやり過ごし、宇佐見とともにエレベーターホールへ向かった。

宇佐見彰甚の部屋は、ホテル本館のスイートだった。月曜日の朝までここに逗留《とうりゅう》し、その足で名古屋へ出かける予定だという。ベッドルームのデスクに起動状態のノートパソコンとルームサービスのコーヒーポットが置いてある。ベッドの上にはスーツケース一個分の資料が散らばっていた。原稿の〆切が立て込んでいると豪語したのも、あながち見栄を張っているわけではなさそうだ。

宇佐見はフロントに電話して、コーヒーの追加を頼んだ。綸太郎にパーラーの椅子を勧

めると、自分もテーブルの向かいに腰を下ろす。話し合いの終了時刻をひとり決めするように時計を見てから、ざっくばらんに切り出した。

「川島氏も国友君も、私の態度を不審がっていただろう。どうして石膏像《せっこう》の首が切られたことを早く警察に届けないのかと」

「当然でしょう。二人とも作品のダメージ以上に、江知佳さんの身に危険が及ぶことを怖れています。川島さんが今回の一件にぼくを引き込んだのは、それを防ぐためですよ」

　綸太郎が強調すると、宇佐見は真面目くさった面持ちでうなずいて、

「もちろん、そのことは私も承知している。特に川島氏は、堂本峻というカメラマンのことが気になるらしい。以前、江知佳さんにストーカー行為を働いた男でね。川島先生が手を打って隔離したんだが、向こうはその時の仕打ちを根に持っていて、先生の死をきっかけにまたぞろいやがらせを再開したのではないか、と疑っているようだ」

「堂本峻については、江知佳さんの口から一部始終を聞きました。ただ川島さんの疑いは、的外れかもしれません。実はここに来る前、堂本本人に会って、じかに問いつめてみるつもりだったんです。ところが——」

　綸太郎は手短に「シティハウス四谷」で見聞きしたことを伝えた。空振りに終わったその結果を耳にしても、宇佐見はさして驚いたふうでもなく、

「なるほど。堂本峻は川島先生が亡くなる前に、台湾へ高飛びしていたというわけか。それが事実なら、家政婦の秋山さんが町田の駅前で見かけた堂本らしき男というのも、他人

の空似にすぎなかったことになる。大方そんなところじゃないかと思っていたんだが」

話の途中でドアチャイムが鳴り、宇佐見は席を外した。ホテルのボーイが新しいコーヒーを入れたポットと、カップを二つ持って部屋に入ってくる。伝票にサインしてボーイを送り出すと、席に戻った宇佐見は唐突に話題を切り替えた。

「おととい川島先生のアトリエを調べた時、窓とドアの錠がロックされていたことにずいぶんこだわっていただろう？　何か気づいたように見えたんだがね」

やはり悟られていたか。綸太郎はコーヒーをすすって宇佐見の視線をかわしながら、

「アトリエに入って真っ先に、石膏の粉を自在箒《ほうき》で掃いた筋目が床の上に残っているのを目にしたんです。窓や石膏像の周りだけでなく、入口のドアの手前まで。ところが、宇佐見さんが指摘したように、石膏像の首を切って持ち出した賊が自分の足跡を消すためにそうしたのだとすると、ひとつ辻褄《つじつま》の合わないことがある」

「辻褄の合わないこと、というと？」

「宇佐見さんの説明だと、賊はアトリエの窓から侵入したことになってますね。ガラス切りで窓に穴を開け、クレセント錠を回して中に入る。石膏像の首を切った後も、入ってきた時と同じように窓から外に出ると、穴から手を入れて錠をかけ直した――窓から入って窓から出たなら、賊は入口の方へ近づく必要はありません。ドアのそばに足跡を残すこともなかったはずです。それならどうして、ありもしない足跡を消すために、わざわざドアの手前まで床を掃いておかなければならなかったのか？」

「アトリエの照明をつけるために、ドアのそばまで行ったんじゃないか？　スイッチが入口のところにあっただろう」

宇佐見は心にもないことを口にしている。綸太郎は首を横に振って、

「賊がアトリエに押し入るチャンスがあったのは、土曜日の昼間、密葬で家人が出払っていた午前十時から午後四時までの間です。南窓のブラインドを下ろしても、天窓から光が採れる。その時間帯なら灯《あか》りをつける必要はありません」

「そうかもしれないが、ずいぶんお粗末な推理だな。賊がドアから出入りしなかったからといって、そのへんに足跡を残さなかったとは限らない。石膏像の首を切る道具を見つけようとして、アトリエの中をあちこち探し回った可能性もあるじゃないか」

「その可能性は低いですね。ぼくの見たところ、犯行はアトリエの内部に詳しい人物のしわざだと思います。窓から侵入するためにガラス切りを準備するぐらいなら、石膏像を切断する鋸《のこぎり》も自分で用意しておけばいいでしょう。その場で道具を探し回って、貴重な時間を無駄にすることはないですから。そうしなかったのは、最初からラックに置いてある糸《いと》鋸《のこ》で切断作業を行うつもりだったからではないか。要するに、賊はあらかじめ糸鋸の存在を知っていた――アトリエの内部に詳しいというのは、そういう意味です」

宇佐見は上目遣いに顎《あご》をしゃくった。やりこめられたのを尊大さでカバーするように、

「フム。それはきみの言う通りかもしれないな」

「それだけじゃありません。これはぼくの勘ですが、窓を切るのに使われたガラス切りも、

もともとアトリエにあったものだと思います。それが工具箱の中に見当たらないのは、誰かが持ち出して隠匿してしまったからでしょう」

　宇佐見は黒縁眼鏡のブリッジを指で押し上げながら、いぶかしそうに眉《まゆ》を寄せて、

「もともとアトリエにあったガラス切りを賊が持ち出した？　にわかには受け入れがたい推測だが、百歩譲ってきみの勘が当たっているとしたら、いったいどうなるというんだね」

「ぼくは賊が持ち出したとは言ってませんよ。でもその点は後にして、話を先に進めましょう――石膏像の首を切った人物は、川島家の外部の人間ではなく、アトリエに自由に出入りできる身内の誰かだということです。そうでなければ、アトリエの中にあるガラス切りを使って、外から侵入することなんかできませんから。その人物はアトリエの鍵《かぎ》を使ってドアから中に入り、切断作業をすませた後も堂々とドアから出ていった。窓ガラスに穴を開けたのは、賊が外部の人間であるように偽装するための小細工だったんです」

「ちょっと待ちたまえ」

　宇佐見は見るからに芝居がかったしぐさを交えて、急に声を荒らげた。

「石膏像の首を切ったのが、身内のしわざだって？　馬鹿も休み休みにしてくれないか。斎場に出向いていた土曜日の十時から四時までの時間帯には、私や秋山さんも含めて家人の全員にアリバイがある。アトリエに侵入することなど不可能だ」

「内部の犯行だとすれば、切断が行われたのが密葬の最中である必要はありません。石膏

像の首はそれより前の時点、おそらく金曜日の夜のうちに切り離され、アトリエから運び出されていたのではないでしょうか」

「金曜日の夜？　するとやはり、きみの結論は――」

「宇佐見さんが考えていることと同じです」

宇佐見の表情が立ち往生したようにこわばった。否定できないのは、ここまで来たらもうごまかしきれないということを誰よりもよく知っているからだ。綸太郎は続けた。

「伊作さんが倒れた後、アトリエの鍵《かぎ》を使うことができたのは、国友さんと江知佳さんの二人だけ。お通夜が終わるまで鍵は国友さんが持っていましたが、病院から遺体を引き取ってお通夜の準備に取りかかり、その後も弔問客の応対で忙しく立ち回っていたとすれば、アトリエで石膏像の首を切る余裕があったとは思えない。しかし、江知佳さんはお通夜の後、国友さんにもらった鍵でアトリエに入り、ずっとひとりでそこにいた。彼女が母屋に戻ってくるところを見た人はいません。石膏像の首を切り、外部の犯行のように見せかける工作をしたうえで、切断した首を運び出すことができたのは、江知佳さんしかいないということです」

宇佐見彰甚はためていた息をゆっくり吐き出した。顔面の緊張が緩むと同時に、それまでのおためごかしを絵に描いたような態度も影をひそめる。

「そこまで見抜かれているなら、やむをえない。本当のことを話すしかなさそうだ。さっききみがほのめかした通り、アトリエからガラス切りを持ち出したのはこの私だよ。ラックの工具箱の底に隠してあるのを見つけて、それでピンと来た——金曜日の午後、国友君がアトリエに出入りする暇はなかったから、窓を壊したのは江知佳さんだと。現場にガラス切りを残しておくと、何があったか一目瞭然《りょうぜん》だから、家人の目を盗んでこっそり持ち出した。箒の筋目までは目が届かなかったがね」

「やっぱり。窓サッシの外枠を布で拭《ふ》いたのも、宇佐見さんじゃないですか」

追い討ちをかけると、宇佐見はごくりと唾《つば》を呑《の》み込んで、

「いつそのことに？」

「昨日、川島邸へ再調査に行ってきたんです。窓からアトリエに入ろうとしたら、サッシの上枠の汚れがきれいに拭き取られていた。あれは侵入者の痕跡《こんせき》を消すためでなく、痕跡が残っていないのを隠そうとしてやったことでしょう」

「妙に自信ありげだと思ったら、ちゃんと気づいていたのか。仰せの通りだ。江知佳さんをかばうつもりが、やることなすこと全部裏目に出てしまったようだな」

「全部とは言いません。警察沙汰にしなかったことだけは、賢明な判断だったと思います。あの程度の偽装工作では、鑑識の目はごまかせないですから。江知佳さんが石膏像の首を切ったことが明るみに出たら、スキャンダルは避けられなかったでしょう」

「——スキャンダルか」

そうつぶやいて、宇佐見はぐいとコーヒーを飲み干した。笑みに似たいびつな表情が、

唇の端から頰をつたい登っていく。舌なめずりしながらカップを置くと、とっておきの打ち明け話をするような口ぶりで、

「あいにくだが、きみの推理は半分しか当たっていない。肝心なところで大きな誤解をしているからだ。石膏《せっこう》像の首を切ったのは、江知佳さんではない。たとえそうしたくても、首を切ることはできなかった。ほかの誰にとっても、そうすることが不可能だったようにね」

「ほかの誰にとっても？　どういう意味ですか」

「文字通りの意味さ。川島先生の遺作には、最初から首がなかったんだよ」

13

爆弾発言のつもりなら不発だった。少なくとも、宇佐見がそう告げた瞬間は。綸太郎はぬるくなったコーヒーをすすり、カップをソーサーにそっと戻した。

「本気ですか？　ハッタリなら通用しませんよ」

「本気だよ」

つれない反応がお気に召さなかったのか、宇佐見はじれったそうに身を乗り出して、

「ハッタリはハッタリかもしれないが、責める相手がちがう。それは亡くなった川島先生に言うべきことで、私は単にありのままの事実を述べているだけだ」

「伊作さんが意図的にそうしたと？　しかし——」

「つべこべ言う前に、私の話を聞いてくれ。江知佳さんの像にキャンバス地のカバーがかけてあったのを覚えているね？　あれは後からほかの人間がそうしたんじゃなくて、川島先生が倒れる直前に自分でそうしたんだ。だからアトリエに駆けつけた国友君たちは、完成した実物を見ていない。その時は病人の介抱で手一杯で、作品のことなど二の次だった。しかも先生が病院へ運ばれた後、翌日の通夜が終わるまで、誰もアトリエに入った者はいない」

「その話はレイカさんから聞きました」

そっけなく相槌《あいづち》を打って、綸太郎はテーブルのポットから熱いコーヒーを注ぎ足した。宇佐見が自分にも、というしぐさをするので、もう一度ポットを傾ける。

「ありがとう。本音を言うとね、私は一刻も早く川島先生の遺作が見たかった。あさましいと言われても仕方ないけれど、回顧展のキュレーターを仰せつかった人間として、江知佳さんの像がちゃんと完成しているか、いったいどんな仕上がりになっているのか、気が気でなかったからだ。とはいえ、出すぎた真似をして遺族の不興を買ってしまったら元も子もない。金曜日の夜、江知佳さんをひとりでアトリエにやったのも、彼女の気持ちを尊重してのことだった。あの時、一緒についていけば、こんな騒ぎにはならなかったんだが」

宇佐見はかぶりを振って、嚙《か》みつくようにコーヒーカップを口に運んでから、

「要するに石膏像の顔を見た人間は、江知佳さん以外、誰もいないということだ。その顔も彼女が見たと言っているだけで、実際に首から上が存在したという証拠はどこにもない」

綸太郎は頬をすぼめた。その線はとっくに検討済みで、今すぐに宇佐見の思い込みを一蹴《いっしゅう》することもできる。だが、そうする前にもう少し向こうの考えを聞いても損はない。

「切断される前の首がどんなだったか、江知佳さんに聞いてみましたか?」

「もちろん。アトリエが荒らされているのを見つけてから、真っ先にたずねたよ。前の晩に見た時はちゃんと首がついていたと言うんだが、どうも煮えきらない返事でね。顔のディテールについて聞いても、答がいちいちあやふやで具体性に欠ける。こっちも遠慮して深く追及しなかったが、何か隠しごとをしているのはまちがいないと思った」

自分が質問した時もそんな感じだった。しかしそれだけの理由で、最初から首がなかったと結論するのは、短絡的にすぎるのではないか? 綸太郎がそうたずねると、

「そうは思わないな。短絡的なのは、むしろきみの方じゃないか」

両手の指を組み合わせながら、宇佐見は頭ごなしに決めつけて、

「たしかに理屈だけなら、彼女が石膏像の首を切った可能性も否定できない。だが、当人の身になってみたまえ。あの像は川島先生が自分の命と引き換えに、精魂こめて作り上げた形見の品だ。おまけにモデルになったのは、江知佳さん自身じゃないか。そのことがどれほどの重みを持つか、ちょっと考えたらわかるだろう。余命わずかな父親と最初で最後

の共同作業にいそしんだ日々、その記憶のすべてを封じ込めたかけがえのないモニュメントを、残された娘が自分の手で台無しにするわけがない！　どうしてもその可能性を捨てきれないというなら、なぜ彼女がそんな理不尽な行動に出たのか、きちんと納得の行く理由を示してくれ」

「いや、それはまだ……」

「それ見ろ。彼女が理由もないのに、そんな無茶なことをするものか」

痛いところを突かれて、綸太郎は答に窮した。江知佳が石膏像の首を切った張本人だとしても、動機に関しては皆目見当がつかない。宇佐見彰甚の口からその理由なり、せめてヒントぐらいは聞き出せるのでは、と期待していたのだが、甘い考えにすぎなかったようである。水掛け論で時間を浪費しないために、こちらも手の内を明かすしかなさそうだ。

「お言葉を返すようですが、ぼくも一度は、伊作さんが首のない石膏像を作っていた可能性を検討しました。でも、それはありえない。実際に首が存在していたことを示す第三者の証言があるからです」

「第三者の証言というと？」

「昨日、川島邸に寄ったついでにアトリエで実地検証を行って、レイカさんと房枝さんに木曜日の午後のことを思い出してもらいました。人間の記憶を侮ることはできません。二人が前後してアトリエに駆けつけた際、カバーのかかった石膏像のサイズは、現在の状態より頭ひとつ分は高かったそうです。全体的なフォルムの量感や床に垂れたカバーの長さも、今のものとは明らかにちがっていたと。作品本体をじかに見なくても、頭があるのとないのとでは、カバー越しに受ける印象がすっかり変わってしまいますからね。二人の証言がある以上、伊作さんがあの像を完成させた時点で、最初から頭部が欠けていたとは考えられません」

予想に反して、宇佐見はちっとも動じる気配がなかった。レイカと房枝の証言もあらかじめ承知していたらしい。耳の下を掻《か》きながら、織り込み済みのようにうなずいて、

「実地検証か。そんな手間をかけなくても、私にはわかっていたがね。たずねて、同じ答を聞き出していたから。だが、きみはひとつ大事なことを見落としているよ。彼女たちが目撃したのは、あくまでも外側のカバーでしかない。作品本体とは別物なんだ。だとすれば、キャンバス地のカバーで覆い隠されていたのは、石膏で型取った首ではなく、それに似せてこしらえたダミーだったにちがいない」

「ダミー？」

「そう。布をかぶせるのはマジックの定番だろう。だからさっきも、川島先生のハッタリだと言ったんだ。でも、それだけじゃない。ここから先は私の想像だが、先生は自分が昏《こん》睡《すい》状態に陥ってアトリエから運び出された後、時間の経過とともに、カバーで覆ったダミーの首が自動的に消滅するような工夫をしていたんじゃないかと思う」

「自動的に消滅、というと？」

「アトリエに大型の冷蔵庫があったのを覚えているね？　私が調べた時、冷凍室の中は空

っぽで、ちょうど人間の頭ひとつ分ぐらいのスペースがあった。そして今の季節、冷房を切って窓を閉めきってしまうと、アトリエの中はかなりの高温になる」

宇佐見が思わせぶりに投じたヒントに、綸太郎は目を丸くして、

「――氷で首のダミーを作ったと？」

「いや、氷なら溶けた後、水で濡《ぬ》れたところに染みが残ってしまう。だが、カバーにも首から下の石膏像にも、そんな染みはなかった。川島先生はそうするかわりに、ドライアイスを使ったのではないだろうか？　ドライアイスの塊を鑿《のみ》で削って頭の形にしたものを前もって準備しておき、完成した像の首に固定してその上からカバーをかぶせる。色も白いから、万一カバーがはずれても、ちょっと見には石膏と見まがう可能性が高い。一石二鳥の手口だよ」

「まさか。いくらなんでも冗談でしょう？」

驚くというより、あきれる方が先だった。死に際の男がそんな子供だましのトリックで、家族を引っかけようとするだろうか？　ところが、宇佐見は今まで以上に厳粛な面持ちで、

「冗談ではないよ。事実は小説より奇なりというやつで、川島先生ならそれぐらいのことはやりかねないし、実際、過去にドライアイスを素材に用いてオブジェを制作した例もある。けっして苦しまぎれに、珍妙な仮説をでっち上げているわけじゃない。少なくとも先生がダミーの首を用意していたことに関しては、きみの知らない具体的な証拠が残っているからだ」

「ぼくの知らない証拠？　ひょっとして、伊作さんの携帯のことですか」

先回りしたつもりだったが、宇佐見の反応は鈍かった。先生の携帯がどうかしたのか、と逆に聞かれたので、前日にレイカから聞いた話を伝えると、

「――いや、私は知らないな。アトリエにはなかったはずだが」

「本当に？　宇佐見さんがこっそり持ち出したんじゃないですか」

「ちがうよ。先生の私物には手を触れてない」

宇佐見はきっぱり否定してから、気を取り直すようにコホンと咳払《せきばら》いして、

「具体的な証拠というのは、もっと別のものだ。きみにその事実を知らせるべきかどうか、今の今まで迷っていたけれど、こうなったら全部ぶちまけるしかあるまい。ただしこれから話すことは、私がいいと言う日が来るまで、絶対に秘密を守ってもらわないと困る。もちろん私にはそうする権限が与えられているから、違法行為に手を染めることにはならないが、それでもかなりのリスクがつきまとうのは目に見えている。きみの洞察力を見込んで、協力を求めているんだ。今この場で、誰にも口外しないと約束してくれないか？」

論太郎に否やはなかった。秘密厳守を誓うと、宇佐見は眼鏡をはずし目の間を指でつまんで揉《も》み始めた。シャツの胸ポケットから目薬を出し、慣れた手つきで両眼に注す。市販薬ではなく、眼科医で処方してもらった薬のようだ。トレードマークの黒縁眼鏡がないと、ずいぶん人相が変わって見えるのに論太郎は気づいた。

眼鏡をかけ直すと、宇佐見はちょっと失礼、と言ってベッドルームに引っ込んだ。じきに、大判の封筒を抱えて席に戻ってくる。

「証拠というのは、ほかでもない。江知佳さんの顔から取った雌型のことなんだが、それを見てもらう前に川島先生の石膏直取りの技法、インサイド・キャスティングの段取りについて簡単におさらいしておこう」

宇佐見のレクチャーに目新しいところはなかった。前に江知佳から聞いた話と、宇佐見が書いた追悼記事によって、おおよその手順は頭に入っていたからだ。まず始めに石膏液を染み込ませたギプス包帯をモデルの体に貼り付けていく。石膏が固まったらそれを取り外し、各パーツを継ぎ合わせて、内側が空っぽの雌型を作る。その中にあらためて水で溶いた石膏を流し込み、十分乾燥したところで雄型を抜く。体の部位ごとに取り出した雄型を組み立てると、モデルの姿かたちを忠実に再現した石膏像が完成する——。

「直取りした雌型の扱いに注意してもらいたい。アウトサイド・キャスティングでは、雌型それ自体を継ぎ合わせたものが完成作品となるのに対して、インサイド・キャスティングの場合、作品が完成すると使用済みの雌型はゴミ箱に捨てられる。内側の雄型を抜く段階で、ゆで卵の殻をむくみたいに、鑿と槌《つち》を使ってバラバラに砕いてしまうからだ」

「そういえば、アトリエの作業台に分解された石膏ガラ——ギプス包帯の残骸《ざんがい》が残っていましたね。あれが雌型のなれの果てですか？」

「その通り。したがって、もしあの像に首があったとすれば、江知佳さんの顔から型取りした雌型の頭部が原形をとどめていることはありえない。この理屈はわかるだろう？」

「わかります」

「だったら、これを見てくれないか」

宇佐見は角封筒から大ぶりな写真を四枚取り出し、ものものしくテーブルに並べた。一枚目の写真は、石膏のライブマスクを伏せて正面から写したものだった。厚みのあるギプス包帯で型取った顔の凹凸から、かろうじて江知佳の面影を見出すことができる。型取りしたそのままの状態で、鑿を入れたり、亀裂《きれつ》を修復した跡はどこにもなかった。

二枚目は、同じ石膏のマスクを裏側から撮影したもの。江知佳の表情と肌のきめを正確に写し取っているのは、この内側の面である。三枚目と四枚目は、両耳を含んだ後頭部の雌型を外側と内側から撮った写真で、やはりどこにも破損された形跡は見当たらなかった。

「たしかに、江知佳さんの顔の雌型のようですね。どこでこれを？」

写真から目を上げてたずねると、宇佐見はちょっと決まり悪そうな顔をして、

「密葬がすんでから、川島先生のアトリエで。江知佳さんと話した後、ひょっとしたらと思ってアトリエを調べてみたら、発泡スチロールの箱に入れてラックの上に置いてあったよ。もちろん、このことは遺族には内緒にしてある。江知佳さん本人にも」

「やっぱり無断で持ち出したんですね。実物は今どこに？」

「知り合いの石膏技術者の手元に預けてある。信頼の置ける人物だから、彼の口から秘密が外に洩れることはない。念のため、作業台に残されていた雌型の残骸のサンプルと比較

してもらったよ。まちがいなく同時期に同じ素材で型取りしたものだが、顔のパーツの方に水溶き石膏を流し込んだ形跡はないという意見だった。だとすれば、江知佳さんの顔に対応する雄型も、最初から存在しなかったことになる」

「理屈だとそうですが、顔の雌型がひとつだけとは限らないのでは？」

「いや。その点は川島先生が亡くなる前、江知佳さんに確かめた。顔の型取りは一度しかやらなかったそうだ。先生は病気のせいで衰弱していたから、やり直しをする余力はなかったし、作品が完成する前の時点で、彼女が嘘の返事をする理由もないだろう。したがって、顔の雌型はこれひとつしか存在しない。それがこうして無傷で残っている以上、あの石膏像に最初から首がなかったことは火を見るより明らかだ」

決定的証拠を見せられて、綸太郎の推理はこっぱみじんになった。宇佐見の言い分は筋が通っていて、ほとんど反駁《はんばく》の余地はない。しかし首が切断されなかったとしても、今度は別の疑問が湧いてくる。

「石膏像の首のところに、はっきりと糸鋸を引いた跡がありましたね。宇佐見さんの考えが正しいとすると、あれは首がなかったことを隠すための偽装工作ですか？」

自分の主張が通ったことを知ると、宇佐見は唇に薄い笑みを引っかけて、

「さすがに飲み込みが早いな。完成した石膏像には、もう少し上まで首があったんだろう。成形して仕上げた首をそのまま放置すれば、もともと頭部が欠けていることが一目瞭然《りょうぜん》になってしまう。だからてっぺんを薄く切り取って、切断行為があったように見せかけたん

だ」

「それは要するに、江知佳さんのしわざだということですね」

「もちろん。アトリエの窓を壊したのも彼女だよ。きみの推理が半分は当たっていると言ったのは、そういう意味だ。金曜日の夜、ひとりでアトリエにこもっていた間に、とっさに思いついてやったんだろう。石膏像に首があったことを既成事実化するために」

「でも、そこが一番わからない。わざわざ父親の遺作に傷をつけてまで、どうして江知佳さんはありもしない首を見たと嘘をついたんでしょうか？」

綸太郎が首をかしげると、宇佐見は二本の指で膝頭をたたきながら、思慮深い口調で、

「死んだ父親の真意がつかめなくて、混乱していたせいだと思う。さっきの繰り返しになるけれど、あの像は川島先生が命と引き換えに遺《のこ》した形見の品で、江知佳さん自身、直取りのモデルとして制作の現場に立ち会っている。にもかかわらず、完成した作品には肝心の顔がなかった。ショックを受けるのは当然だろう。どうして自分の顔がないのか理由を聞きたくても、父親はすでにこの世にいない。彼女は死者に拒絶されたような気がしたはずだ」

「それを認めたくなくて、第三者が石膏像の首を切断したように手を加えたと？」

「だと思う。ダミーの首がドライアイスでなく、形をとどめる素材でできていたら、江知佳さんもあんな乱暴なことはしなかっただろう。首のかわりに何らかのオブジェが残っていれば、それが制作者の意図を解き明かす取っかかりになる。ところが、川島先生は何の

ヒントも残さずに、不気味な首なし像を突きつけた。制作日誌やメモの類すら存在しない……。だから、今すぐ江知佳さんを問いつめても、悪い結果を招くだけじゃないかという気がしてね。もう少し時間が経って彼女が落ち着いたら、それとなく聞いてみるつもりでいたんだが」

綸太郎が腕を組むと、宇佐見はまたコーヒーカップに手を伸ばした。江知佳が示した過剰反応については、宇佐見の解釈が当たっているかもしれない。だが――それより理解に苦しむのは、最後の仕事として人騒がせな作品を残した川島伊作の意図である。

「伊作さんが江知佳さんにも黙って、首のない像を作ったのはなぜですか？　ハッタリにもほどがあるでしょう。仮に宇佐見さんが言うように、ドライアイスのダミーまで用意して家族の目を欺いたのだとしたら、何かそれ相応の深い理由があったはずです」

そう問いつめても、宇佐見は即答しなかった。カップを唇に当てたまま、遠い目をして物思いにふけっている。疲労の色の濃い、青白く張りつめた表情を見ながら、綸太郎はその時やっと気がついた――川島伊作に対する宇佐見の畏敬《いけい》の念が本物だということに。打算や功名心ばかり目につくけれど、宇佐見は宇佐見なりに真剣だった。今この瞬間も、美術評論家としての知識とキャリアを総動員して、首のない江知佳の像にこめられた故人の遺志を理解しようと努めているのだから。

「サングラス事件というのがあってね」

宇佐見はカップをソーサーに戻しながら、思い出話をするように口を開いた。

「川島先生は八二年の個展で、人体直取り作品につきまとう瞑想《めいそう》的なイメージを払拭《ふっしょく》するために、石膏《せっこう》像の顔をサングラスで隠すというプランを実行した。ところが、当時の評判はさんざんでね。それまで先生の仕事を高く評価していた某評論家が、『魂の抜けたマネキンの群れ』とこきおろしたのは有名な話だ。周囲の無理解がよっぽど打撃だったにちがいない。ほどなくして、先生は石膏直取りの作品を手がけなくなってしまったのだから」

綸太郎はうなずいた。江知佳と知り合った日に、彼女が力説していたのもそのことだ。

「どんなポーズを工夫しても、必ず目をつぶっている彫刻のたたずまいに飽き足らなくなっていたそうですね。江知佳さんから聞きました。サングラス事件の後、直取りした顔の雌型に手を加えて、目の開いているバージョンを試作したこともあるとか。その場で粉々に壊してしまったそうですが」

「うん。私も本人の口から聞いたことがある。オリジナルの肌合いや質感を台無しにした、見るも無惨な仕上がりだったらしい。新聞の追悼記事にも書いたことだが、川島先生はジョージ・シーガルの作風に対して、アンビヴァレントな感情を持ち続けていた。誰よりもシーガルの表現の深さと強さを痛感していた一方で、あの人自身は『和製シーガル』という評価に甘んじるつもりはなかったんだ。だからこそ、シーガルの宗教的なモチーフとは一線を画して、自らのオリジナリティを確立しようともがき苦しんでいた。その苦しみは、彫刻という形式における『目』の表現というパラドックスに象徴されると言ってもいい」

「パラドックスというと？」

「洋の東西を問わず、彫刻の全史を通じて、立体的な目の表現はつねに困難な問題を抱えてきた。言うまでもなく、目はその形状よりも、虹彩《こうさい》と瞳孔《どうこう》という色彩からできた模様によって感知されるからだ。古代ギリシャでは、彩色という絵画的な技法が用いられていたし、日本の仏像彫刻にも、黒曜石や瞳《ひとみ》を描いた水晶を顔にはめ込む玉眼という様式がある。しかしそうした折衷主義は、立体表現としての彫刻の自立性を著しく損なうものだ。純粋に彫刻的な手段で目を表現し、まなざしを固定する方法が発見されたのはヘレニズム期以降のことだが、それでも後世の彫刻家たちは彫られた目だけでなく、彩色されない単純な凸面の目を使い続けた。宗教的な主題を表現するためには、虚空を見つめるような空白の眼球がふさわしいと考えられていたせいだよ。ここまではあくまでも彫刻一般の話だけどね、そうした表現上の限界は、シーガルの人体直取り作品にも否応なく受け継がれている。目を閉じた人物の顔に宿る瞑想《めいそう》的な表情とは、視線を奪われた空白の眼球のネガにすぎないのだから」

「伊作さんが嫌った、敬虔《けいけん》な〝祈り〟のイメージというやつですか？」

「まさにそれだよ！　インサイド・キャスティングの技法を用いる川島先生にとって、目の表現はさらに厳しい制約との戦いだった。知っての通り、人体直取りという技法では、原理的にモデルが目を開けた状態で顔の型を取ることはできない。サングラス事件の後、先生が石膏直取りの作品を封印したのは、閉ざされた目の表現によって宗教的な主題を強調したシーガルの作風との決別を意味している。したがって、先生が長いブランクを乗り越えて、もう一度インサイド・キャスティングの作品に取り組んだということは、『目』の表現がはらむ二重のパラドックスを解消する、理論的な別解を用意していたと解釈しなければならない」

「理論的な別解？　そんな方法があるんですか」

半信半疑でたずねると、宇佐見は絵に描いたようなしたり顔で、

「あったんだ、コロンブスの卵みたいな解決法が。石膏像の首がなかったのも、そのためさ。顔のない像なら、閉ざされた目の表現を回避できる」

あっけらかんとした宇佐見の答に、綸太郎は拍子抜けした。

「それだけ？　あまりにも安直すぎませんか。だって、単なる逃げでしょう」

「そうかもしれない。単に首のない像を作るだけなら――だがあの作品に関しては、きみが考えている以上に周到な手続きが取られている。江知佳さんをモデルにしたこともそうだが、それだけじゃない。ドライアイスのダミーを用意したのも、その手続きの一環なんだよ」

思わせぶりな台詞《せりふ》を口にしながら、宇佐見は会心の笑みを洩《も》らした。美術評論家としての自信とプライドがそうさせている。綸太郎はごくりと唾《つば》を呑《の》み込んで、話の先を促した。

「さっきはハッタリという言い方をしたけれど、それは一面的な見方でね。少なくとも川島先生は、最初から首が不在ではなかったように作品をプレゼンテーションしている。実

際に首の切断が行われなかったにしても、作品を提示するプロセスにおいて、『首の切断』というコンセプトが強調されているということだ。この点を踏まえて作品の成り立ちを見ていくと、あの像には神話的なテーマが織り込まれていることがおのずと明らかになってくる」

「神話的なテーマが？」

「アトリエできみに話したことを忘れてはいないだろうね。江知佳さんの像は、かつての『母子像』連作を鏡に映したようなポーズを取っていた。あれは本来、鏡の前に置かれる作品なんだ。これだけヒントを出せばわかるだろう。かっと開かれた目、鏡と切断された首……」

宇佐見はいったん口をつぐむと、見得を切るように顎《あご》をしゃくった。綸太郎は思わずあっと声を洩らして、

「――メドゥーサの首！」

「やっと理解してくれたようだな」

宇佐見は満足そうにうなずいて、眼鏡を指で押し上げた。

「ギリシャ神話の怪物メドゥーサはゴルゴン三姉妹の末っ子で、もともとたぐいまれな美《び》貌《ぼう》の持ち主だったが、神聖なアテナの神殿でポセイドンと交わったためアテナの怒りに触れ、美しい髪の毛の一本一本を蛇に変えられた。その姿があまりにもおぞましいので、彼女と視線を交わした者はひとり残らず石になってしまう。怪物退治を命じられた勇者ペル

セウスは、鏡のように磨いた青銅の盾に映る影を見ながらメドゥーサに近づき、彼女が深い眠りに落ちたところでその首を切り落とした。知っての通り、この鏡の盾を渡したのはアテナその人で、冒険の旅を終えたペルセウスは、約束の土産としてメドゥーサの首を彼女に捧《ささ》げた」

綸太郎は宇佐見の炯眼《けいがん》に舌を巻いた。メドゥーサの伝説に照らし合わせると、江知佳の像にまつわる不可解な謎が面白いように解きほぐされていく。

まなざしによる石化と首の切断。母親の血を引く江知佳の裸体が、見られる存在としてのメドゥーサの女性性（とその傷つきやすさ）を象徴するものならば、ひとたび鏡に映ったおのれの姿に見入った瞬間、それは石化——文字通り石膏の塊になってしまう。石と化して、まなざしの魔力を失ったメドゥーサの首。勇者ペルセウスはクロノスの大鎌を振って、その首を一刀両断する。芸術を司《つかさど》る美神アテナに捧げるために。

「アテナは献上された首をアイギスと呼ばれる山羊《やぎ》皮の盾の中央に据えたという。シンボルとしてのメドゥーサの首は、ゴルゴネイオンと名付けられ、魔除けの護符の役割を果たすようになった。フロイトは『メドゥーサの首』という短い草稿で、首の切断を去勢コンプレックスと結びつけ、ゴルゴネイオンの持つおぞましさを、母親の性器を目撃した少年の恐怖と解釈していてね。メドゥーサを見た者が石と化すのは、勃起《ぼっき》を意味するというんだが、メドゥーサの首という表象の最大の特徴は、やはりその恐るべき目にあるのではないか。石化の恐怖とは、目と視線の交錯に由来するものなのだから。そうした観点を重視するとメドゥーサの神話は、いわゆる邪眼にまつわる物語の典型と見なすことができる」

「邪眼というと、evil eye のことですか？」

「うん。ロジェ・カイヨワは『メドゥーサと仲間たち』の中で、この物語を昆虫の擬態や眼状紋に関連づけ、メドゥーサの神話は、眼状紋の人間化の形態だと説き明かしている。ジャック・ラカンもカイヨワの論に触れて、動物と人間の間に見られるミメティスム、すなわち擬態の類比性に強い関心を示した。カイヨワ＝ラカン的なミメティスム論が芸術の領域でも有効なら、従来のミメーシス論とは別次元の議論を開く可能性があるということだ」

「ミメーシス？　あまり聞き慣れない用語ですが」

「勉強不足だな。古代ギリシャ語で、模倣を意味する言葉だよ。現実や自然の対象を再現し、描写することが芸術の起源であるという考え方をミメーシス論という。だが、ゴルゴネイオンは敵から身を守り、また敵の力を奪う強力な護符にほかならない。もともと鏡を用いることで首尾よく切り落としたものだとしても、視覚表現のレベルでは、メドゥーサの首が単に鏡像的な模倣の所産にとどまっているとは言えないだろう？　護符であるからには、何よりも恐るべき敵、あるいは見えざる魔に対して、呪術《じゅじゅつ》的な威嚇の力を発揮しなければならない。だからそれらは自然を真似たスタティックな写しというより、実用的な効果をもたらすダイナミックな装置として作り出されたものだ。この敵という概念を、未知のもの、彼方《かなた》のもの、深淵《しんえん》、もしくは闇といった表象不可能なものの領域に設定すれば、模倣《ミメーシス》ではなく、擬態《ミメティスム》という行為を通して、芸術の異なる起源に遡行《そこう》することができるのではないか。鬼面人を驚かす、ゴルゴネイオンとしての芸術という視点だね。そこで川島先生の遺作に話を戻すと、あれを単にジョージ・シーガルへの東洋からの返答と解釈するだけでは物足りない。むしろシーガルが陥ったまなざしの不在という隘路《あいろ》、すなわち立体的な『目』の表現がはらむパラドックスを逆手に取って、虚の中心としてのメドゥーサの首というコンセプトを具体化したラディカルな作品、という踏み込んだ評価をすることが、新しい川島伊作論への第一歩になると思う――ただしその第一歩を踏み出す前に、しっかりと地ならしをしておかねばならないんだがね」

「地ならし？」

綸太郎はいやな予感がした。その言葉を口にした瞬間、宇佐見彰甚の表情からアカデミックな真摯《しんし》さが消え、ファナティックな野心家の顔に豹変《ひょうへん》したからである。

14

キャンバス地のカバーをどけると、石膏《せっこう》像には頭が生えていた。髪の毛は無数の白蛇で、こじ開けられた二つの白い目がこちらをにらみ返している。凍りつきそうな戦慄《せんりつ》を覚え、とっさに腕を払うと、握りしめたこぶしに鎌で刈るような手《て》応《ごた》えを感じた。ゴトリと音がして、切り落とされた石膏の塊がアトリエの床に転がる。ゴルゴンの首は粉々に砕けるかわりに、ひんやりした白いスモークを噴き散らしながら、見る見るうちに小さくなっていった。白煙が晴れると、いきなり床に真っ赤な染みが広がり、その中からうつろな黒い瞳《ひとみ》の持ち主がぬっと顔を出す。血だまりに浮かんでいるのは、両のまぶたを切り取られた江知佳の生首だった。

「これは夢だ」

自分の声で目が覚める。土曜日の早朝だった。夢の内容は、きのう宇佐見彰甚から聞いた話そのままで、気の利いたところはひとつもない。それでも寝覚めは悪かった。ベッドから抜け出してシャワーを浴び、夢の残滓《ざんし》を洗い流す。故人の遺作をメドゥーサの神話に見立てた宇佐見の解釈には敬意を表するけれど、やはりドライアイスというのはいただけない。江知佳が偽装工作を施した理由にしても、今ひとつ説得力を欠いている。

それだけならまだしも、ひとしきり自説を開陳した後、宇佐見はもっととんでもないことを言い出した。「地ならし」と称する彼のプランを野放しにしていいのか、あらためて川島敦志の判断を仰がなければならない。

問題は山積みである。体を乾かして服を着ていると、法月警視が起きてきた。

「今日も早起きか。このところ毎日どこかへ出かけているみたいだが、何か妙なことに首を突っ込んでるんじゃあるまいな」

「とんでもない。地道な小説の取材ですよ、お父さん」

「だったらいいんだが。おまえがそんなふうにちょこまか動き回ると、決まってろくでもない事件が持ち上がる。今回はそうでないことを祈ってるよ」

綸太郎も同じ思いだったが、それを口に出しはしなかった。

父親が出勤してから、川島敦志に電話をかける。少し早すぎるかと思ったが、川島は気にしていなかった。今日の午後、そちらにお邪魔していいですか、とたずねると、

「エッちゃんの件だな。堂本峻の居場所を突き止めたのか？」

「それも含めていろいろ進展が。とりあえず、江知佳さんに危害が加えられる心配はなさそうですが、堂本の所在とは別にちょっと耳に入れたいことがあって。石膏像の扱いをめぐって、宇佐見さんの意向を確かめたんです。電話で喋《しゃべ》るにはデリケートな話題なので、直接お宅にうかがった方が賢明ではないかと」

宇佐見の前では最後まで猫をかぶっていたけれど、秘密厳守の約束を守るつもりはない。

川島はしゃがれたため息をついて、

「宇佐見君の意向か。弱ったな。今日は昼から代々木へ出かける用事があってね。授業は休みなんだが、講師陣の打ち合わせの予定が入っていて、立場上どうしても抜けられない集まりなものだから。その話というのは、一刻を争う内容なのか？」

もしそうなら、昨夜のうちに連絡を取っている。綸太郎の返事を聞いて、川島は少し気が楽になったように、

「だったら、夕方以降にしてくれないか。会議が長引いたとしても、六時までには体が空

く と思う。余裕を見て、七時にうちに来てもらえるかね？」

肩書きはフリーランスの翻訳家だが、今の川島敦志はマスコミ専門学校の雇われ講師が本業で、忌引の日数にも限りがある。プライベートでいくら心配事を抱えていても、煩わしい日常の業務をなおざりにするわけにはいかないようだ。

「わかりました。ついでにもうひとつ、聞いておきたいことが。各務順一が経営している歯科医院の電話番号をご存じですか」

「各務の病院の？　調べればわかるはずだが、何のために」

川島の声に辛辣《しんらつ》な響きが混じった。綸太郎は慎重に言葉を選びながら、

「告別式での江知佳さんのふるまいが、どうにも解せなくて。あの石膏像は『母子像』連作の完結編に当たると、宇佐見さんが力説していたでしょう。だとしたら今度の一件にも、母親である律子さんの存在が何らかの影を落としているんじゃないか。各務順一に聞けば、そのへんのもやもやがもう少しクリアになると思うんですが」

「きみがそうしたがる気持ちもわからないではないが、律子さんのことはそっとしておいた方がいい。池の底にたまった泥をかき混ぜて、エッちゃんが動揺するような結果を招いたら、目も当てられないから」

「上澄みをすくうだけで、水を濁らせたりはしませんよ。自宅に乗り込んで、律子さんを問いつめるわけじゃない。それに長いこと歯医者に行ってないので、ずいぶん歯石がたまっているんです。患者を装って、それとなく各務氏の反応を見てこようかと」

「患者を装って？　それで病院の番号を聞いたのか。だが、そんな方法で都合よく話が聞き出せるかどうか……」

川島はそのプランに賛成しかねる様子だったが、告別式の席上で各務順一と交わした約束がその後どうなったのか、姪《めい》の口から具体的な話は聞いてないという。だとすれば、江知佳の叔父《おじ》として、各務夫妻の対応に無関心ではいられないはずである。辛抱強く説得を重ねると、川島はしぶしぶ折れて、各務の仕事場の番号を教えてくれた。

丁寧に礼を言って電話を切り、すぐにメモした番号をプッシュする。呼び出し音が二度鳴ってから、女性の受付の声が出た。

「『かがみ歯科クリニック』です。予約のお客様ですか？」

診察時間をたずねると、土曜日は午前の部だけだという。綸太郎は府中までの所要時間を勘定に入れて、十一時にデンタル・エステの予約を入れた。

「かがみ歯科クリニック」は京王線の府中駅北口から歩いて五分、甲州街道に面したビルの二階にテナントを借りていた。等々力の自宅から東急大井町線と田園都市線（溝の口《みぞのくち》まで）、JR南武線（分倍河原《ぶばいがわら》まで）、さらに京王線と何本も電車を乗り継いできたのは、駐車場が満杯なので、車での来院はご遠慮くださいと言われたせいである。

表の看板を見ると、審美歯科だけでなく、普通の歯科治療も行っているようだ。「最新のインプラント治療・磁性アタッチメントのご相談に乗ります」と書いてある。インプラントが人工歯根のことだというのは知っているが、磁性アタッチメントとは何だろう？

受付で初診の予約を確認し、保険証を見せた。窓口の女性は住所の欄に目を留めて、

「世田谷《せたがや》にお住まいの方ですか。わざわざ遠方からいらっしゃったんですね」

「ここの先生は本場のアメリカ仕込みで、たいへん腕がいいと知り合いに聞いたので」

「あら、そうですか」

窓口の女性はにっこり微笑んだ。唇の間から、真っ白で並びのいい歯がのぞく。

「お知り合いというのは、うちの患者さんですか？」

「──だと思います。堂本峻というカメラマンなんですが」

綸太郎はとっさに堂本の名前を出した。江知佳にしつこくつきまとっていた頃の堂本が、何かよからぬ魂胆から、患者のふりをして各務順一に接触を図ったというのは、いかにもありそうな筋書きだ。しかし、その思いつきははずれた。窓口の女性は首をかしげて、

「堂本さん？　そういう方はいないと思いますけど」

「そうですか。じゃあ、人づてに評判を聞いただけかもしれないな」

綸太郎がごまかすと、彼女はもう一度口許《くちもと》をほころばせ、整った歯並びを見せつけながら、

「カメラマンの方でしたら、モデルさんたちの噂で先生のことを聞いたんじゃないかしら。うちの患者さんには、そっち方面で活躍している人が大勢いらっしゃいますから」

問診票に記入して、無人の待合室のソファに腰かける。施療室に続く扉の向こうから、

耳にやさしいとはいえない機械音が聞こえてきた。早く着いたので、あと十五分ほど待たなければならないのに、あの音を聞くだけで、条件反射的に心拍数が上がってしまう。

待合室の本棚に目をやると、女性週刊誌やコミックのほかに、審美歯科医療に関する一般向けの手引き書が置いてあった。気持ちを落ち着かせるついでに、各務順一の専門分野を予習しておくのも悪くない。そう思って、手軽に読めそうなやつを棚から抜き出した。

Q&A形式で書かれた本を開いて、面白そうなところを拾い読みしていたら、「磁性アタッチメント」という見出しが目に入った。表の看板に書かれていた謎の単語である。綸太郎は字面に惹《ひ》かれて、そのページを精読した。小説のネタに使えるかもしれない。

Q「部分入れ歯のバネの見た目が悪く、食べカスも引っかかるので食感が楽しめません。バネのない入れ歯はありませんか？」

A「通常の部分入れ歯は、歯ぐき（の抜歯した部分）に合わせた床にセットした人工歯を、クラスプというバネで両隣りの歯に引っかけ、歯と歯ぐきで固定するように作られています。

抜歯した後の治療法として、よく使われるものですが、バネが気になって、食事の不便を訴える方も少なくありません。バネのせいで健康な歯に強い力がかかり、咀嚼《そしゃく》する際にも揺れが伝わって、歯の痛みや動揺の原因になりがちです。さらに取り外しがむずかしかったり、止め金の周囲が汚れやすく、虫歯の原因になる場合もあります。

　こうした悩みを解消する最新の治療法として、磁性アタッチメントという高性能磁石を使った入れ歯があります。入れ歯の内側に磁石を付け、磁力によって吸着力を増すものです。入れ歯を口の中に近づけるだけで、所定の位置に吸いつくようにはまります。

　磁性アタッチメント式の入れ歯なら、わずらわしいバネや複雑な仕掛けがないので、簡単に装着・取り外しができ、隣接する歯にも負担をかけません。使用する磁石は米粒大のものですが、最大で一キログラムほどの強い吸着力を持つので、入れ歯はぐらつきません。針金状のバネがないので、見た目もすっきりして自然です」


Q「人工歯根と磁性アタッチメントを併用する治療法があると聞いたのですが、どのような長所があるのですか？」

A「磁性アタッチメントとインプラント治療を併用することで、より安定性にすぐれた入れ歯を作ることができます。特にアゴの骨量が少なくて、インプラントを数本しか埋め込めない場合や、多くのインプラントを植えるのに抵抗のある場合など、固定式のインプラント治療が不向きな方には、この組み合わせによって、効果的な治療ができるようになるのです。

　たとえば上アゴを総入れ歯にすると、維持するために入れ歯が大きくなりますが、磁性アタッチメントを用いたインプラントにすれば、安定がよくなるだけでなく、入れ歯自体もかなり小さくすることができます」

Q「磁性アタッチメント式の入れ歯は、どのように手入れすればよいのですか？」

A「磁性アタッチメント式のものでも、手入れは普通の入れ歯と同じです。シンプルな構造なので、食べカスも詰まりにくく、メンテナンスも比較的ラクです。手の不自由な方や高齢者でも扱いやすいので、現在の入れ歯に不便を感じている方に、ぜひお勧めします」

＊

「法月さん、三番の施療室へどうぞ」

名前を呼ばれて、施療室へ向かう。患者のプライバシーを守るため、それぞれの部屋は個室に仕切られていた。歯科医の施療室というより、カリスマ美容師が経営するカットスタジオみたいな雰囲気である。

ハイテクを絵に描いたような診療台に坐《すわ》ると、歯科衛生士の女性が前掛けをしてくれた。薬品で荒れた指のひび割れ対策に、歯科技工用のアロンアルファを塗っている。そういう裏技があることは知っていたが、実際に目にするのは初めてだった。ワックスの詰め物や金属の歯冠を固定するのに欠かせない品だから、瞬間接着剤にも免疫ができているのかもしれない。そのまましばらく待っていると、各務順一がドアを開けて入ってきた。

前に見かけた時は喪服姿だったが、今日はプレスの効いた白衣に身を包んでいる。間近で見る白い歯は、ピカピカに磨かれた縁なし眼鏡のレンズにも負けない輝きを放っていた。

愛想のよい笑みを振りまきながら、クリップボードのカルテに目を走らせて、

「のりづきさんとお読みするんですか。珍しいお名前ですね。わざわざ世田谷からおいでになったそうですが、今日はどのような治療をお望みですか？」

「歯石がたまっているので、きれいにしてほしいんですが」

「クリーニングですね。承知しました。ついでにどこか具合の悪いところがないか、ひと通り見ておきましょう。では、大きく口を開けて」

綸太郎はジレンマに陥った。質問したくても、口を開けた状態では話ができない。衛生士の女性にカルテを取らせながら、各務は手際よく歯の状態をチェックした。右下の奥の臼歯《きゅうし》に詰め物をした箇所に、虫歯の兆候が見られるという。

「冷たいものを口に入れた時、しみたりしませんか？」

「そういえば、季節の変わり目にちょっと」

「だったら、早いうちに処置しておきましょう。レントゲンを撮りますが、いいですか」

綸太郎は焦った。この機を逃すと、またしばらく話のできない状態になる。

「あの、その前にひとつだけ。最近どこかで先生の顔を見かけたような気がするんですが」

苦しまぎれの台詞《せりふ》に、各務は首をかしげて、

「そうですか。どこかでお会いしましたっけ？」

「今週の水曜日、敬老の日に、町田の葬儀場へ行かれませんでしたか」

綸太郎は単刀直入に聞いた。各務の表情がわずかに硬くなる。

「町田の葬儀場というと、彫刻家の川島伊作さんの告別式のことですか」

「ええ。ぼくも参列したんですが、御焼香の時、故人のお嬢さんと話していたのは——」

「あれをご覧になった？　お恥ずかしい。川島さんの告別式に出られたということは、法月さんも美術関係のお仕事を？」

「いや。いちおう物書きの端くれですが、まるっきり畑ちがいです。翻訳家の川島敦志さんと親しくしているだけで、亡くなったお兄さんと面識はありませんでした」

各務はむっつりと小鼻をふくらませた。目つきが微妙によそよそしくなる。

「それは奇遇ですね。まず患部のレントゲンを撮ってから、歯石を除去します」

そう言って、各務はレントゲンの撮影に専念するふりをした。衛生士の女性にフィルムの現像を任せると、ドクター自らクリーニングの作業に取りかかる。

クリーニングは念の入ったもので、各務はいちいちその手順を説明した。歯の汚れたところを染料で着色し、スケーラーと呼ばれる器具で歯周ポケットに入り込んだ歯石を丹念に掻《か》き出す。それがすむと、ジェットポリッシャーという機械で水と研磨剤を噴きつけ、口腔《こうこう》内をまんべんなく洗浄。仕上げにペーストとゴムチップで、歯の表面をピカピカに磨いた。

「だいぶきれいになりましたね。もう一度、口をゆすいでください」

うがいをすると少し血が出たが、口の中がさっぱりして気持ちいい。舌の先でつるつるした歯裏の感触を確かめながら、雑談を装ってもう少し探りを入れてみた。

「――聞いた話ですが、先生は亡くなった伊作さんの奥さんと再婚されたとか。今の名前は、各務律子さんということになりますね」

いったんマスクを外しかけた手を止めて、各務はくぐもった声のまま、

「その話は弟の敦志さんから？」

「ええ。ずいぶん込み入った事情があったそうですが」

綸太郎が訳知り顔で言い添えると、相手は如才なく答をはぐらかすように、

「だったら、ほかにもいろいろとお聞き及びでしょう」

「まあ、いろいろと」

ちょうどその時、施療室のドアが開いて、衛生士の女性が戻ってきた。現像したレントゲン写真を受け取ると、各務は適当な用事を言いつけて、彼女を部屋から追い払った。しばらくの間、レントゲンとにらめっこしていたが、何事もなかったようにマスクを取り、患部の説明を始める。綸太郎は思いきって各務の説明をさえぎった。

「江知佳さんからの頼みを母親の律子さんに伝えたんですか？　遺影の前で約束したでしょう。帰ったら家内と相談してみると」

各務順一は一瞬、苛立《いらだ》ちをあらわにしそうになったが、かぶりを振ってどうにか医者らしい威厳を保った。ためていた息をゆっくり吐き出すと、レントゲン写真を診療台ユニッ

トのワゴンに置いて、

「患者さんにこういうことを聞きたくはないんですけどね。川島家の人たちが、私たち夫婦に好感情を持ってないことは知ってます――特に弟の敦志さんは。あなたがここへ来たのは、彼に何か頼まれたからですか」

「半分はイエスですが、半分はノーです。敦志さんは事態が紛糾するのを嫌って、ぼくがあなたや律子さんに会うのを止めようとしたんですから」

「止めようとした？　どういうことなのか、さっぱり意味がわからない。さっき物書きの端くれだとおっしゃいましたが、まさかフリーのルポライターとか新聞記者とか、そういう類の取材じゃないでしょうね。もしそうなら、何も話すことは――」

「ご心配なく。そういうのとはちがいます。実は伊作さんが亡くなった直後、自宅のアトリエが賊に荒らされましてね。詳しい状況は省きますが、何者かが江知佳さんを狙っているふしがある。そう危惧《きぐ》した敦志さんから、プライベートな調査を依頼されたんです。彼女の身に危険が迫っているなら、未然にそれを防ぐようにと」

「江知佳さんの身に危険が？」

各務はいぶかしそうに眉《まゆ》をひそめた。綸太郎は相手に考える暇を与えずに、

「堂本峻というカメラマンをご存じないですか。以前、江知佳さんにしつこくつきまとっていた男なんですが、最近、町田の家の近所で彼を見かけたという人がいて」

「堂本？　いや、そんな男のことは知らないな」

各務は素の表情で首をひねると、見えない虫を手で払うようなしぐさをして、

「そいつが江知佳さんを付け回しているとして、そのことが私とどういう関係がある？　彼女と話をしたのは、告別式の時だけだし、家内だってもう長いこと娘に会ってない。言い方は悪いが、今となっては赤の他人も同然なんだ。江知佳さんの身に危険が迫っているとしても、私たち夫婦にできることは何もない」

思わず本音が出た感じで、すでに患者に対する口の利き方ではなくなっていた。綸太郎も前掛けを外しながら、

「そうかもしれません。しかし今回の一件には、母親に対する彼女の複雑な感情がからんでいる可能性がある。告別式での発言も、タイミング的に無関係とは思えないですから。あなたに会いにきたのはそのへんをクリアにするためで、他意はありません」

「他意はないと言われてもね」

各務順一はまなじりを決して、突き放すように言った。

「勝手に嗅《か》ぎ回ってるだけなら、ほかを当たってくれないか。江知佳さんには気の毒だが、こっちにはこっちの生活がある。今さら過去のことをほじくり返されるのは、はっきり言って迷惑なんだ。川島伊作という男と関わったせいで、私たちがどれだけひどい目に遭ったか、きみだって聞いてないわけじゃないだろう」

「十六年前に自殺した前の奥さんのことですか？」

綸太郎が水を向けると、各務の顔がみるみる紅潮した。理知的で患者受けのする医師の

仮面の下から、抑えきれない激情のフレアが噴き出すように。

「よく知ってるじゃないか。結子のことまで知ってるなら、あらためて昔のことを蒸し返す必要がどこにある？　あの男は私の妻を寝取って死に追いやった。今の家内にとっては、たったひとりの妹だ。自分の女房の妹を犯して自殺させたくせに、あいつは何の咎《とが》めも受けずに、平気な顔で世渡りをしてきたんだぞ。それがまともな人間のすることか？」

「でも、ぼくの聞いた話は少しちがいます。伊作さんと結子さんがそうした関係に陥ったきっかけは、それ以前にお互いの配偶者どうしが——」

「ふざけたことを言うな！」

各務は部屋の外まで聞こえそうな怒鳴り声で、綸太郎を黙らせた。

「どうせ川島の弟に吹き込まれたんだろう？　兄が兄なら、弟も弟だ。あいつが根も葉もない臆測《おくそく》を元に、私たち夫婦を中傷していることぐらい、ずっと前から知ってるよ。まともに取り合ったことがないのは、馬鹿げた作り話に振り回されて、これ以上律子を悩ませたくないからだ。あれから十六年も経つのに、家内は未《いま》だに当時のショックから立ち直れないでいる。対人恐怖症とパニック障害で、人前に出ることさえままならないんだ。それをいいことにこっちの弱みにつけ込んで、母親失格だの何だのと妙な言いがかりをつけやがって。誰のせいで律子があんなふうになったか、わかってるのか？　告別式ではその場しのぎにあんなことを言ったけれど、娘と会わせるなんてもってのほかだ。自分のお腹を痛めて産んだ娘かもしれないが、彼女の体を流れている血の残り半分は、川島伊作のものだということを忘れないでくれ」

　息もつかずにまくし立てると、さすがに言い過ぎたと思ったのか、顔のほてりを引きはがすように口許を拭《ぬぐ》う。綸太郎は相手の呼吸が落ち着くのを待って、

「じゃあ、江知佳さんとの約束は？」

「話をしたのは、あの日だけだと言ったろう。こちらから連絡するつもりはないし、彼女の方からも音沙汰《おとさた》はないよ」

　感情をむき出しにした後、急に虚脱したような感じの、投げやりな返事だった。その分、真実味がこもっている。綸太郎が次の出方を考えていると、ドアにノックの音がして、さっきの窓口の女性が各務を呼びにきた。

「先生にお電話です。施療中だと言ったんですが、相手の方がどうしても――」

「電話？　しょうがないな。法月さん、説明の途中ですが、ちょっと失礼します」

　各務はしらじらしい台詞を残して、もっけの幸いとばかりに施療室を出ていった。

出ていったきり、各務は戻ってこない。誰がかけてきたのか知らないが、タイミングが悪いにもほどがある。数分後、衛生士の女性が部屋に入ってきて、今日の治療はこれでおしまいです、と綸太郎に告げた。

「各務先生は？　これから虫歯を見てもらうところだったんですが」

「申し訳ありませんが、ほかの患者さんの予約が詰まっているので。そのかわり、先生から法月さんに伝言があります」

「伝言?」

「はい。診断書にレントゲンを添えておくから、虫歯の治療はご自宅の近所の医院で受けるようにと。診断書はお帰りの際、窓口でお渡しします」

15

三十分ほど路上で張り込んでみたけれど、収穫はなかった。電話というのは席を外す口実で、実際はそんな呼び出しなどなかったにちがいない。衛生士の女性に用事を言いつけるふりをして、大きな声が聞こえたらすぐ呼びにくるよう、指示しておいたのだろう。後ろめたいことがなければ、そんな小細工をしなくてもいいはずだ。もっともそれを言うなら、こちらのアプローチもまずかった。川島敦志が危惧した通り、こんな行き当たりばったりのやり方で、各務順一の重い口をこじ開けられるわけがない。腹立ちまぎれに奥歯の二、三本ぐらい引っこ抜かれなかったことを、各務に感謝するべきか。

綸太郎は監視を解いて、府中駅に戻った。少なくとも各務は、江知佳を母親に会わせるつもりはないようだ。それを確かめただけでも、ここまで足を運んだ甲斐《かい》はあったが、各務はもうひとつ気になることを口にした。各務律子が対人恐怖症で、人前に出られないというのは本当だろうか?

駅の構内で、ハローページの置いてある公衆電話を探す。今や絶滅の危機に瀕《ひん》している種族で、数少ない生き残りを発見するのは骨が折れた。このペースで街頭から撤去が続けば、文化財保護法の対象に指定されてもおかしくない。普段は家の電話で事足りるので、携帯を持つ必要を感じないけれど、いずれ宗旨替えを迫られるのは目に見えている。

やっと見つけた府中市のハローページに、各務順一は自宅の住所を載せていなかった。

町田の川島邸に電話して、国友レイカに芳名帳の住所を調べてもらう手もあったが、それはやめにした。各務とやり合った直後に留守宅へ押しかけたりしたら、自分より川島敦志に迷惑をかけることになる。二度手間になるけれど、いったん家に帰って頭を冷やし、川島とじっくり相談してから、あらためて出直した方がいい。

来る時はJR南武線の各駅停車にうんざりしたので、帰りは別のコースを試すことにした。京王線で渋谷《しぶや》まで出て、東急線の自由が丘経由で等々力に戻れば、特急と急行が使える。運賃も安上がりだし、所要時間も大してちがわないだろう。

新宿行きの特急に乗ると、二つ目の停車駅は明大前。そこで井《い》の頭《かしら》線の急行に乗り換えるつもりが、うっかり新宿まで乗り過ごしてしまったのは、電話帳のことを考えて注意が散漫になっていたせいだ。電話帳といっても、府中市のハローページのことではない。連想の呼び水になっただけで、問題は一昨日、江知佳が調べていた町田市のタウンページの方だった。

産婦人科のページに折り目を付けたのが、江知佳とは限らない。もっと前に、別の人間がそうした可能性もあるので、なるべくそのことを大げさに考えないようにしていた。デリケートな問題だから、早合点は禁物なのだが……。

仮にレイカか、秋山房枝が産婦人科に用があるなら、自宅のタウンページで番号を調べるだろう。川島兄弟や宇佐見彰甚がそうしたとは考えにくいから、残るのは江知佳ひとり。タイミング的にも、彼女が自分の部屋で折り目を付けた可能性がいちばん高い。

だとすると、江知佳は妊娠しているか、あるいはその疑いがあるのだろうか？　その結論に飛びつくのはあまりにも早計だったが、ひとつ忘れてはいけないことがある。江知佳の直取り石膏《せっこう》像が、「母子像」連作の完結編にほかならないということだ。

彼女が現実に妊娠《コンセプション》しており、その事実を父親が察知していたとすれば、石膏像のコンセプトに議論の余地はない。それは文字通り「母子像」の次世代バージョンで、ドライアイスのダミーとか、メドゥーサの首といった解釈のアクロバットを用いなくても、連作の完結編として万人を納得させるものになる。宇佐見彰甚がその可能性を検討しなかったのは、故人の意図が明快すぎて、かえって盲点になったからではないか。

京王線のJR連絡口から、山手線の渋谷行きホームを目指しながら、綸太郎は車中での思いつきを先へ進めた――もし江知佳が妊娠しているとしたら、相手の男は誰だろう？　真っ先に浮かんだのは、堂本峻という名前だった。

そう思ったのにはわけがある。告別式の日、蓬泉会館の控え室で、田代周平から堂本の近況を告げられた時、江知佳はさして驚いたふうではなかった。ことさら無関心を装っているように見えたのも、感情的な拒絶反応ではなく、ごく最近、堂本との間に何らかの接触があって、そのことを知られまいとしていたからではないだろうか。

高校時代の江知佳が堂本峻に恋したきっかけは、父親の再婚話だった。ファザー・コンプレックスが堂本に転移した、といってもいい。男の異常な執着心に耐えかねて、江知佳はその関係を断ち切ったが、ストーカーと被害者の間には、時として余人には理解しがたい交感心理が生じることがある。今年の春、川島伊作が絶望的なガン宣告を受けた時点で、途方に暮れた江知佳は、父親に代わる依存の対象を求めるあまり、あれほど嫌悪していた男との関係を回復せざるをえなかったのかもしれない。

内回り線のホームに上る階段の途中で、足が止まった。うがちすぎの考えだというのは、自分でもよくわかっている。それでも、一度きざした疑念を頭の中から追い払うことはできなかった。ここ数日の江知佳の言動には、釈然としない点が多すぎるし、山之内さやかと宇佐見彰甚の話を鵜呑《うの》みにして、堂本峻をシロだと決めつけることはできない……。

綸太郎は行く先を変更し、山手線の外回り電車に乗ることにした。その前に連絡通路の公衆電話から、田代周平の事務所にかけてみる。クライアントと打ち合わせの最中ですと言われたが、アシスタントの女性に頼み込んで、なんとか田代に取り次いでもらった。

「昨日はどうも。四谷の件で、何か新しい動きでも？」

「いや、そういうわけじゃない。いま新宿駅にいるんだけど、空き時間ができたついでに、これから池袋まで行って、堂本の自宅兼仕事場を偵察してこようと思ってね。もし暇だったら、一緒に行かないかと誘うつもりだったんだが——」

田代はうーんとうなって、今日は無理っぽいですねと言った。行きたいのは山々だが、大事なお客の相手をしているので、どうしても途中で抜けるわけにはいかないという。

「だったらしょうがない。今日はひとりで行ってみるよ。昨日、飯田君に教えてもらったアドレスが手元にあるから、場所はわかると思う。昨日の今日だから、行っても無駄足になりそうだけど、もし何か収穫があったら連絡する。いきなり電話して悪かった」

「こっちこそ、付き合えなくてすいません。マンションの近所では、くれぐれも注意してくださいよ。物騒な連中がうろうろしてるかもしれないから、無茶はしないように」

堂本峻は、西池袋五丁目の「パルナッソス西池袋」にスタジオ兼住居を構えているという。立教大学のキャンパスと江戸川乱歩邸の近所ですよ、と飯田に教えられたので、池袋駅の西口から立教通りへ足を向けたが、実際はもっと西寄りの地点、山手通りの手前まで遠回りさせられた。最寄り駅でいうと、有楽町線の要町の方がはるかに近い。

「パルナッソス西池袋」を見つけた時は、午後一時を回っていた。谷端川《やばたがわ》緑道を見下ろす六階建てのマンションで、ぐるりを取り囲んだ高いフェンスとごてごてしたファサードの装飾が周囲の景観から浮き上がっている。路上に停めた車両にそれとなく目を配り、組関係者とおぼしき見張りの姿がないことをチェックした。

土曜日の午後なのに、エントランスに人気はなかった。内扉はオートロックで、天井にも監視カメラが設置されている。カメラが空き巣よけのフェイクだということはすぐわかったが、オートロックのドアは本物だった。壁のインタホンで住人を呼び出すか、専用のキーがないと中へ入れてもらえない。

ロビーの集合ポストで、堂本の部屋番号をチェックする。ざっと見た感じ、住人の大半が横文字の職業に就いている独身者のようだった。ダイヤル錠付きの五〇二号ボックスに、堂本のフルネームと並べて、「スタジオ峻」というステッカーが貼ってある。新聞の配達は止めているみたいだが、たまった郵便物が差込口からあふれそうになっていた。

やはりここには帰ってないのだろうか？　堂本の部屋番号を押して、インタホンのブザーを鳴らしてみる。何度やっても、返事はなかった。試しに裏声で、江知佳ですとマイクにささやいてみたけれど、やるだけ無駄だった。

さて、これからどうしたものか。思いつきでここまでやってきたが、具体的にどうしようという当てはなかった。真っ昼間から表のフェンスを乗り越えるわけにはいかないし、差込口から郵便ボックスの中を手探りしても、スペアキーの類は見つからない。訪問セールスの手口で片っ端から住人を呼び出し、オートロックを解除させようか。

思案しながらロビーにたたずんでいると、目の前のドアがすうっと開いて、ブランド物のトートバッグをぶら下げた女が出てきた——いや、女ではない。異様に化粧が濃く、ヒールの高い靴を履いているわけでもないのに上背があった。脚のラインを隠すロングスカート、けばけばしいピンクのフリルジャケットは怒り肩ではち切れそうになっている。

綸太郎は会釈するふりをして顔を伏せた。すれちがいざま、突き出した喉仏《のどぼとけ》が目に入る。このルックスではニューハーフといっても通らないだろう。おネエ言葉が売りのおかまバーのホステス、というのが妥当な線か。

相手は不審者を見とがめるような目つきで、綸太郎に一瞥《いちべつ》をくれると、集合ポストの差込口の蓋《ふた》を指で押し開け、中をのぞき込んだ。五〇一号室のボックスで、中本政夫という平凡な名前が書いてある。

続きの部屋番号からして、堂本の隣人らしい。綸太郎は思いきって声をかけた。

「つかぬことをうかがいますが」

「――何ですか？」

野太い男の声がぶっきらぼうに答える。この時間帯は営業モードではないようだ。

「カメラマンの堂本さんのお隣りの方ですか」

「堂本さんなら向かいの部屋だけど、それが何か？」

綸太郎はとっさに懐を探って、仕事で付き合いのある編集者の名刺を差し出した。月刊誌の編集部の名前が入ったやつである。

「こういう者です。雑誌の企画で堂本さんにグラビアの仕事を発注してるのに、今月に入ってから、全然連絡が取れなくなっちゃって。心配になって見にきたんですが、ブザーを鳴らしても返事がないし、どうしてるかご存じないですか？」

アイシャドウを塗りたくった目が、うさん臭そうに名刺と綸太郎の顔を何度も往復した。

香水の匂いが鼻につく。大きな荷物の入ったトートバッグを重たげに持ち替えながら、男は厚ぼったい唇をへの字に曲げて、

「あんた、本当に出版社の人？」

「もちろんですよ」

「まあ、その筋のおっかない人には見えないか。だったら、大丈夫だと思うけど」

「その筋のおっかない人というと？」

「この一月ぐらいかな、物騒な連中がマンションの周りをうろうろしててね。堂本さんのことを血眼になって捜してるような感じだった。こっちも何度かつかまって、根掘り葉掘り問いつめられたけど、なるべくそういうのには関わりたくないから。あれはきっと、これ関係とトラブルでも起こして、逃げてんじゃないの」

男はマニキュアを塗った小指の先で、頬にキズをつけるしぐさをした。

「ヤクザに追われて逃げてる？　じゃあ、ここにもずっと帰ってないんですか」

「たぶんね。先月の中頃から、姿を見かけた覚えもないし。といっても、もともと堂本さんとはそんなに親しくなかったけど」

「弱ったなあ。いや、堂本さんのことはいいんです。カメラマンの代わりはいるから。でもあの人の紹介で、モデルに予定してた女の子の連絡先がわからないんですよ。プロフィールを出し惜しみして、電話も住所も教えてくれなかったから。ええと、この写真の子なんですけど、ここのスタジオに出入りしてるのを見たことありませんか？」

中野坂下のファミレスで、飯田才蔵から巻き上げた江知佳の画像を見せる。相手に怪しまれないよう、位牌の部分を手で隠しながら。写真に目を凝らすと、男は首を横に振って、

「女連れのところなら何度も出くわしたけど、こんな子は見たことないなあ」

「本当に？　半年ぐらい前から、堂本さんとコネがあったみたいなんですが」

「そう言われても、心当たりはないね。きれいな顔をしてるから、一度でも見かけたら忘れないと思う。ここへ連れてきたことはないんじゃないかな」

　落胆のため息を洩《も》らすのに、芝居をする必要はなかった。電車の中で考えたことは、どうやら思い過ごしだったようだ。それでも、万一ということがある。綸太郎は名刺の裏側に自宅の電話番号を書き込んで、男に手渡した。

「もし堂本さんか写真の彼女を見かけたら、こっちの番号に連絡してくれませんか？　取材費ということで、お礼ははずみますから」

「お礼ねえ。確約はできないけど、これはいちおう預かっとくよ。じゃあ」

　トートバッグを大事そうに抱え直して、男はすたすたとロビーから出ていった。


　要町の駅から有楽町線と半蔵門線を乗り継いで自宅へ戻ると、留守の間に雑誌の短編ゲラがファックスで届いていた。先週の木曜、江知佳と知り合った日に編集者に渡した原稿で、受信時刻は午前十時。土曜日なのに、朝からご苦労なことだ。

送信票を読んだら、今日の深夜までに初校を戻してくださいと書いてある。いきなりそ

れはないだろうと思ったが、いつも編集部に迷惑をかけているのは綸太郎の方だ。今すぐ取りかかれば、川島との約束の時間までに目を通す暇はある。幸い大きな直しはなく、出かける前に著者校を送り返した。これで目の前の問題に専念できる。

午後七時きっかりに東中野のマンションを訪れると、川島敦志は挨拶《あいさつ》もそこそこに、綸太郎をリビングへ通した。何度も来ているので、部屋の勝手は知っている。いつも坐《すわ》る客用の椅子に腰を下ろすと、テーブルに宅配ピザの箱が重ねてあった。

「晩飯を食いそびれてしまってね。きみもまだなら、適当につまんでくれ」

と箱を開けながら、川島が言う。綸太郎は遠慮なくピザに手を伸ばしたが、気持ちはよそにあった。食欲が二の次なのは部屋の主も同じだったらしく、最初の一枚をジンジャーエールで胃の中に流し込むと、さっそくタバコに火をつけて、

「それで、今朝の電話の後、府中まで各務順一に会いにいったのか？」

「行ってきました。駅近のビルに最新の設備を入れて、ずいぶん繁盛している感じでしたよ。伊作さんのことを聞いたら、とたんに機嫌が悪くなって、奥に引っ込んだきり、二度と顔を見せてくれませんでしたが」

「そういう男だよ。おおかた、兄貴や私の悪口をさんざん聞かされたんだろう」

「まあ、そんなところです。彼が言うには、告別式の後、江知佳さんとはいっさい連絡を取ってないそうです。その場しのぎの口約束で、律子さんにも会わせるつもりはないと」

「向こうがそのつもりなら、会わないに越したことはない。あの二人は、顔を合わせない

方がお互いのためになる。律子さんの様子について、各務は何か言ってたか」

「未《いま》だに十六年前のショックから立ち直れないようですね。対人恐怖症とパニック障害で、人前に出るのもままならない状態だとか」

その言い方が気に触ったのか、川島は憮《ぶ》然《ぜん》とした面持ちでフンと鼻を鳴らした。

「自分たちのしたことを考えれば、世間に顔向けできなくて当然だ。自業自得だから、各務夫婦のことなんか放っておけばいい。それより、堂本峻の居場所はわかったのか」

「ええ。昨日の午後、田代周平と一緒に四谷へ、堂本の女の部屋を訪ねたんですが空振りに終わったガサ入れについて報告すると、川島はいぶかしそうに目を細めて、

「――堂本が先週の水曜日に台湾へ？」

「ということです、山之内さやかの話によれば」

「兄貴が死ぬ前じゃないか。だったら、月曜日に駅前で房枝さんが目撃した男は」

「単なる見まちがいか、他人の空似だったということになりますね」

「にわかには信じられないな。相手は水商売のプロだろう、海千山千の女にうまいこと言いくるめられただけなんじゃないか？　ちゃんと話の裏を取ったのかね」

「念のため、府中からの帰りに西池袋の堂本のマンションに寄ってきました。同じフロアの住人に話を聞いてみましたが、ずっと自宅に帰ってないのは確かなようです」

川島は納得できないようだった。火のついたタバコを小刻みに振りながら、

「ヤクザに追われて、海外へ高飛びしたのが事実だとしても、台湾で兄貴の訃《ふ》報《ほう》を知って、

急いで帰国した可能性だってありうる。四谷の潜伏先も突き止められていたんだろ？　それならよけいに、女のところへ戻ってくるわけがない」

「おっしゃる通り、その線も捨てきれないので、事情通のライターに追跡調査を命じました。うちの親父に頼んで、海外便の乗客名簿をチェックすれば、話は早いんですが」

「宇佐見君の顔を立てるため、警察沙汰《ざた》にしないでくれと言ったのはこっちだからな。だが、それとこれとは話が別だ。堂本の女の言うことを真に受けて、エッちゃんに危険が及《およ》ぶ心配はないと決めつけたら、それこそ向こうの思うツボになる。悪意を持った誰かが石膏《せっ》《こう》像の首を切断したのは、まぎれもない事実なんだから」

「それなんですけどね。実は今日うかがったのも、その件について気になる動きがあって」

「気になる動きというと？」

宇佐見彰甚との会見の内容を洗いざらい打ち明けると、川島はぽかんと口を開けて、

「石膏像に最初から首がなかった？　そんな馬鹿な」

信じがたいのも無理はない。綸太郎自身、その結論には疑問を抱いていたが、

「少なくとも、宇佐見さんはそのことを確信しているようです」

「被害届を出したがらなかったのはそのせいか。だが、いきなりそんなことを言われてもね。だいいちドライアイスでダミーの首を作るというのは、こじつけの度がすぎやしないか？　できそこないの探偵小説でもあるまいし」

「ぼくもその点は気になりました。ただ、宇佐見さんの考えにまったく根拠がないわけでもないんです。写真を見ただけで、実物は確認できませんでしたが、彼は江知佳さんの顔から取った雌型をひそかに持ち出して、手元に保管している。アトリエで見つけた時点では、いっさい手が加えられていない、無傷の状態だったそうです」

「無傷の状態？　それはつまり、雄型を抜いてないということか」

綸太郎はうなずいた。

「ちょっと待ってくれ。川島は腕を組んでしきりに首をかしげたが、ふと気づいたように、どうしてそのことを隠そうとするんだ。兄貴の遺作に首があったかなかったかは別として、宇佐見君はどうしてそのことを隠そうとするんだ。身内にひとことも打ち明けないのは変じゃないか。今朝の電話で、彼の意向を確かめたと言ってたが、ひょっとしてそのことと何か関係が？」

綸太郎は眉《まゆ》を寄せて、もう一度うなずいた。

「デリケートな問題というのは、それなんです。どうやら宇佐見さんは、無傷で残った雌型から江知佳さんの顔の雄型を抜き、首のない石膏像と継ぎ合わせた完成品を、十一月の回顧展で公開するつもりでいるらしい。そうすることが地ならしのために必要だというんです」

宇佐見の言い回しそのままを口にすると、川島はとたんに気色ばんで、

「なぜそんなことを？　宇佐見君は、兄貴が首のない石膏像を遺作として完成させた必然性を理解しているはずじゃなかったのか。勝手に手を加えて、制作者の意図しない首付き

の像を展示するなんて、兄貴の芸術に対する冒瀆《ぼうとく》以外の何物でもない」

「ぼくもそう思って彼に聞きました。宇佐見さんの返事はこうです――『そんなことぐらい、この私が一番よくわかってる。だが先生の追悼展という場で、首のない石膏像を公開したらどんな反応が返ってくるか、考えたことはあるかね。あの像は見る者の胸中に、得体の知れない不吉なイメージを掻《か》き立てる。きみだって実物を見てるから、言いたいことはわかるはずだ。世間の連中はいっせいに目をそむけてしまうだろう。サングラス事件を例に引くまでもなく、川島先生の思慮深いコンセプトに、この国の阿呆《あほう》どもの理解が及ぶわけがないのさ。大衆が求めているのは、芸術的な一貫性なんかじゃない。心の渇きを癒《いや》してくれる、わかりやすい浪花節《なにわぶし》なんだよ。ところが皮肉なことに、先生が亡くなって日が浅い今なら、彼らに望み通りの物語を与える条件がそろってる。長いブランクと闘病生活の後、自分の命と引き換えに、愛娘をモデルにした石膏直取りの遺作を完成させたんだから。このエピソードを広めるだけで、川島伊作という芸術家の神話は不朽のものになるだろう。少しぐらい演出や嘘が混じっていても、誰がそんなことを気にするものか。作品の本当の価値を教えてやるのは、それから先の仕事として取っておけばいい。地ならしというのは、そういう意味だ。川島先生の死後の名声を高めるためなら、私は喜んで裏切り者のユダを演じる覚悟でいるということだよ』」

綸太郎が言葉を切ると、川島は苦い表情でタバコの煙を細くゆっくりと吐き出した。不信感というより、困惑に近い反応である。

「――首の切断事件を表沙汰にしなかった本当の理由はそれか」

「江知佳さんへの気遣いみたいことを言ってましたが、それは後付けの言い訳ですね」

「だろうな。宇佐見君はそのプランを、私たちに内緒で実行するつもりだったのか？」

「いや、近いうちに何らかの形で打診があるでしょう。わざわざぼくを呼び出したのは、根回しのためだと思います。秘密厳守の約束をさせられましたが、その禁を破って川島さんに事情を話すことも、最初から宇佐見さんの思惑通りなんじゃないかと」

「なるほど。きみを非公式なメッセンジャーに仕立てて、あらかじめ自分の意向を伝えさせ、こっちの反応を見ようというわけか」

「たぶんそうです。宇佐見さんは宇佐見さんなりに、伊作さんの評価を高めようとしているのかもしれませんが、どうも個人的な利害がからんで、歯止めが利かなくなってるような気が。このままだとなし崩し的に、彼の書いたシナリオに沿って事が運んでしまいかねない」

「教えてくれてありがとう。だが、これでまた心配事が増えたな。堂本の件といい、どれもこれも私の手に余るようなことばかりだ。エッちゃんに何といって話をすればいいか」

川島は愚痴をこぼすと、急に老け込んだようにため息をついた。

リビングの電話が鳴ったのは、その時である。川島はタバコを灰皿に置き、むずかしい顔をしたまま電話口に立った。話し始めてすぐ、彼の背中が棒のようにこわばるのがわかった。ちょっと待ってと相手に言うと、送話口を手で押さえながら、

「町田の房枝さんからだ」

こちらへ振り向いた顔が青ざめているのを見て、綸太郎も思わず立ち上がった。裏返ったようなあくせくした声で川島が続ける。

「エッちゃんがどこかへ出かけたきり、帰ってこないそうだ。携帯にかけても、応答がない。行方がわからないというんだ」

インタルード　Facts of Life：Intro

九月二十日の朝、ホテルをチェックアウトした宇佐見彰甚は、そのままタクシーで東京駅へ向かった。「のぞみ」の名古屋行きチケットを取ってある。発車時刻の五分前に改札を抜けると、ホームの自販機で無糖の缶コーヒーを買いだめし、グリーンの禁煙車両に駆け込んだ。腰回りに余分な肉が付いてきたせいで、普通車のシートだといささか窮屈なのである。

スーツケースを荷棚へ上げ、窓側の席にどっかり腰を下ろす。「のぞみ」はおもむろにホームを離れた。車内アナウンスを聞きながら、リクライニングシートの角度を調節し、ノートパソコンの電源を入れる。月曜の朝にしては、グリーン車の乗客はまばらだった。起動するのを待つ間、缶コーヒーのプルタブを切って、息もつかずに喉《のど》へ流し込む。

ワイン通で鳴らしている宇佐見だが、本当はコーヒー依存症なのだった。豆やドリップのよしあしは二の次で、とにかく量を求めるタイプ。昨夜は明け方までなかなか寝つかれず、まだ頭がしゃんとしていない。新幹線での移動は苦にならないが、普段にもまして、脳細胞がカフェインを渇望している。

今日は午後一時から名古屋市立美術館で、川島伊作展に関する打ち合わせの予定が入っていた。肝心の主役が帰らぬ人となっても、二か月後に迫った展覧会のスケジュールを動かすことはできない。告別式の日は、来賓の相手で打ち合わせどころではなかったから、川島の死後、回顧展のスタッフが正式な会合を持つのは、今日が初めてである。キュレーターとしての宇佐見の手腕が、あらためて問われる場でもあった。

手の甲で唇を拭《ぬぐ》うと、宇佐見はエディタを開いて、書きかけの文書ファイルを呼び出した。名古屋に着くまでの車中で、回顧展の企画修正案の梗概《こうがい》をまとめておかなければならない。展示のコンセプトやレイアウトだけでなく、展覧会カタログの原稿も、追悼文をメインにかなり差し替える必要がある。ポスターやチラシなどの宣材も、代理店の担当者に刷り直しを検討させないと——。

機械的にキーボードをたたいて、要点を箇条書きにしていく。大筋の変更プランは固まっているし、宇佐見は独断でその方針を実行に移し始めていた。大口のスポンサーや主だったカタログの執筆者には、先週半ばからすでに根回しを行っている。今日の会合も実質的には、彼が提出した修正案に、美術館側が事後承諾を与えるという形になるはずだった。もちろんその席で、故人の遺作に頭部が欠けていた事実を明かすつもりはない。雌型から復元した江知佳の首を胴体と継ぎ合わせ、川島伊作のオリジナルとして公開するという秘策は、金曜日の午後、法月綸太郎にも説明した通りだが、お堅い公立美術館がそんな詐欺まがいのプランを認めるわけがなかった。だからこそ、宇佐見の腹案をつつがなく実現するには、遺族の黙認と協力が欠かせない。わざわざ法月をホテルに呼んで、密談の場を設けたのも、川島敦志への根回しを目論《もくろ》んでのことである。

遺族の前でそんなそぶりは見せられないが、宇佐見にとって川島伊作の急逝は、いわば織り込み済みの条件だった。本人の口からつぶさに病状を聞いていたので、死期が近いことは覚悟していたし、万一の場合に備えて、追悼展への修正プランを練る余裕も十分にあった。川島自身がそうすることを望んでいたように思う。口さがない連中が陰で宇佐見のことをあしざまに言っているのを知らないわけではなかったが、少なくとも故人に対して、後ろめたい気持ちはこれっぽっちも抱いてない。

それどころか、川島伊作がこの時期に鬼籍に入ったのは、本人はもちろん、遺《のこ》された者にとっても、申し分ないタイミングだったのではないか。残り二か月という期間は、回顧展を追悼展に切り替えるのに手頃な長さだし、展覧会への関心を高めるのに、アーティストの訃報《ふほう》ほど強力な宣伝材料は考えられなかった。当の川島だって、愛娘《まなむすめ》をモデルにした石膏《せっこう》直取りの遺作を死の間際に完成させているのだから、思い残すことは何もないだろう。彫刻家冥利《みょうり》に尽きるといっても、過言ではないはずである。

だが、故人の思惑がそれだけでないことを宇佐見は知っていた。昨日までは気づかずにいたけれど、今の宇佐見には確信があった——畏敬《いけい》の念を抱いていた彫刻家に、まんまとしてやられたという苦い確信が。

あの人は最初からそのつもりで、制作日数を計算していたにちがいない。石膏直取りの新作を仕上げると同時に、おのれの寿命も尽きるように。そして、自分の命と引き換えに、あんな厄介な置き土産を残していったのだ！

　胸がつかえるような息苦しさを感じて、キーボードを打つ指がこわばった。窓の外を流れる風景は、やっと三島を過ぎたあたりである。

　宇佐見は液晶ディスプレイを閉じて、作業を中断することにした。現実逃避にすぎないと、自分でも気づいていたからだ。一刻も早く対策を講じなければならない問題が、今も胸中の大半を占めている。そこから目をそらしてほかのことに打ち込んでいるふりをしても、長続きしないのはわかりきっていた。

　眼鏡をはずしてシートにもたれ、眉間《みけん》のツボを指で揉《も》みほぐす。三本目の缶コーヒーを開けながら、しわがれたため息が洩《も》れた。昨夜の睡眠不足が響いているようだ。この修正案も昨日のうちにホテルで仕上げるつもりでいたのに、予想外の事態に直面して、打ち合わせの下準備どころではなくなってしまったのである。

　恐喝を匂わせる手紙を受け取ったのは、昨日の午後のことだった。京王プラザでの自主カンヅメが長引いて、八王子の自宅に帰る暇がなかったため、宇佐見は家人に頼んで、一週間分の郵便物をまとめてフロントに届けてもらった。その中に見覚えのない字で書かれた、差出人不明の封書が一通まぎれ込んでいた。

　封筒の中身は、写真が一枚きり。後で家人に電話でたずねると、金曜日に着いたという。封筒の消印はその前日で、新宿郵便局の管内で投函《とうかん》されたものだった。

首と肩をほぐしながら、宇佐見はそれとなく周囲をうかがった。ほかの乗客の視線がないのを確かめてから、システム手帳を広げ、ページの間にはさんでおいた写真を抜き出す。

そんなものを身に付けて持ち歩くのは危険だと、頭では承知していた。もしこれが他人の目に触れたら、取り返しのつかないことになる。その場で細かくちぎって、ホテルのゴミ箱に捨ててくるべきだったが、宇佐見はそうすることさえできずにいた。どっちみち、写真だけ破り捨てても、事態が改善するわけではないのだから。

眼鏡をかけ直し、手札判のカラープリントに目を落とす。

そこには、ありえないものが写っていた。最初にホテルの部屋で見た時は目の錯覚か、トリック撮影ではないかと疑ったほどだ。しかし写真に関して、宇佐見はそれなりの知識を持っている。視覚のいたずらや、ネガを加工したまがい物でないことはすぐわかった。それでもしばらくの間はただ呆然《ぼうぜん》とするばかりで、どうしてそんなものが存在するのか、理解すらおぼつかない状態が続いたのだが……。

その理由を悟った瞬間、被写体はありえないものから、あってはならないものへと姿を変えた。そこに秘められたからくりをおぼろげに想像するだけで、身震いが止まらなくなった。一夜明けた今でも、皮膚が粟立《あわだ》つような感覚が体中に染みついて離れない。

「和製シーガル」のジレンマとメドゥーサの首の見立て——法月綸太郎に聞かせた話は、熟慮に熟慮を重ねた、あの時点での宇佐見の本心だった。だが、もしこれが実在するなら、川島伊作という彫刻家に対する彼の評価は、根本的に覆されてしまう。

昨日までの宇佐見の持論からすれば、川島の遺作は必然的に頭部を欠いた像として完成されなければならなかった。目をつぶった表情から生じる、敬虔《けいけん》な〝祈り〟のイメージを回避するために。川島伊作のアキレス腱《けん》がそこにあることは、誰の目にも明らかだったから、その弱点を逆手に取った奇策が用いられる可能性は低くなかった。ドライアイスのダミーを使って、家族の目を欺くという子供じみたトリックを仕組んだことだって、故人にとっては、傍目《はため》にそう見えるほど不自然な行動ではない。宇佐見は本気でそう信じていたのである。

まったくとんだお笑いぐさじゃないか。

川島伊作が残していった置き土産は、そんな子供だましの考えを吹き飛ばしてしまうようなインパクトを秘めていた。そこに示された彫刻家の強固な信念に対して、宇佐見は畏敬の念を深めずにはいられなかったが、いかんせん、これはもはや芸術的評価以前の問題だ。美術評論家の目から見ても、アーティストの自由な制作を擁護する範囲を大きく逸脱している。こんなものが公になったら、川島伊作の死後の名声はおろか、彼に肩入れしたというだけで、自分の現在の地位さえ、無傷ではすまされないだろう。

たとえ故人の遺志を裏切ることになっても、ここに写っているのは、どうしても存在してはならないものなのだ。その思いを新たにしながら、宇佐見は写真をひっくり返した。印画紙の裏に赤ボールペンの走り書きで、こうしたためてある。

宇佐見彰甚殿
写真の品の保管料として、貴殿に五百万円を請求する。
詳細は追って連絡のほど——。

署名や連絡先は記されていなかったが、写真の送り主には心当たりがあった。構図の確かさとメリハリの利いた明暗の対比から、一目でプロのカメラマンが撮った写真だと見抜いたからだ。宇佐見の判断が正しければ、川島敦志の心配も杞憂《きゆう》ではなかったことになる。追って詳細の連絡が遅れているのは、宇佐見がずっとホテルに逗留《とうりゅう》していたせいで、居所がつかめなかったからだろう。いずれ向こうから接触を図ってくるはずだ。その時はためらわずに正体を明かすにちがいない。心当たりの人物と直接の面識はないけれど、名前は以前から知っていた。その男にまつわる芳しからぬ評判も。まともな仕事が来なくなり、強請《ゆすり》まがいの隠し撮りで生計を立てているというもっぱらの噂である。

五百万という数字は、宇佐見が個人でまかなえない額ではない。向こうがキャッシュと引き換えに写真の品をよこすなら、喜んで要求を呑《の》むつもりだった。川島伊作の名誉と自分の地位を守るためなら、安い買い物である。

だが、もし要求がそれですまないとしたら……。

もっとカフェインが必要だ。宇佐見彰甚は四本目の缶コーヒーを開けると、今度は一気にあおるのではなく、ゆっくりとなめるように口をつけ始めた。

車内アナウンスが名古屋到着を告げたのは、企画修正案を仕上げて、フロッピーディスクに保存している時だった。身支度を整えて「のぞみ」から降りると、宇佐見は駅前でタクシーを拾い、市の中心部へ走らせた。

中区栄二丁目、若宮《わかみや》大通りに面した白川公園は、緑に囲まれた憩いの場として市民に親しまれている。川島伊作展の舞台となる名古屋市立美術館は、その中にある文化施設のひとつだった。一九八八年四月にオープンした美術館で、モディリアーニの「お下げ髪の少女」を始め、ユトリロ、ローランサン、北川民次《たみじ》、荒川修作《しゅうさく》、河原温《かわらおん》らの作品が収蔵されている。

三角形の敷地に合わせた楔形《くさびがた》の二軸構成と、直線と曲面を大胆に組み合わせた幾何学的デザインは、日本を代表する建築家の手になるものだ。公園の容積・建ぺい率の制限を超えないよう、下層部分は地下に埋め込んで、建物の高さを二階建てに抑えてある。地上階には、大小さまざまな催しに対応できる企画展示室と講堂。上部トップライトに二種類の遮光パネルを装備し、自然光を調節して最適な展示環境が作り出せるようになっている。地階には常設展示室と収蔵庫があるほかに、三層吹き抜けのロビーと屋外の庭園に連なるサンクンガーデンを設けて、地下の圧迫感を和らげる配慮がしてあった。モダンな構成が目を引く一方、西欧と日本の文化、歴史と未来の共生というテーマを打ち出した設計は、「和製シーガル」の異名を持つ彫刻家の追悼展を開く場にふさわしい。アプローチ・グリッドと呼ばれる、鳥居をイメージした格子構造の入口通路を進みながら、宇佐見はあらためて自分の判断の正しさを確信した。

今日は月曜なので、美術館は休館である。職員専用の通用口に回って、身分と用向きを伝えると、初老の守衛が愛想のいい返事で迎えた。

「東京からいらした宇佐見先生ですね。承っております」

訪館者名簿に名前を書いて、入館証を受け取る。

がらんとした吹き抜けに靴音をこだまさせながら、ロビーの空中通路を渡って、フロアの奥にある事務室へ向かった。ドアをノックし、返事を待たずに中に入ると、顔見知りの男性学芸員がひとりで弁当を食っている。宇佐見の顔を見るなり、あわてて箸《はし》を置いて起立した。

「いらっしゃい。今日は遠くから、わざわざご苦労さまです」

「今日の打ち合わせは抜けられないからね。ほかの皆さんは？」

「先生が一番乗りです。お食事はすまされましたか」

「新幹線で着いたばかりでね。コーヒーしか飲んでない」

「会議室にお弁当が用意してあります。お口に合うかどうかわかりませんが」

ありがとうと言って、宇佐見は腕時計を見た。予定の時刻まで、まだ少し間がある。ほかの出席者が集まるまで、企画修正案の文面をチェックしておこう。会議室へ行こうとすると、急に何か思い出したように、学芸員が宇佐見を呼び止めた。

「そういえば、さっき宅配便で『川島伊作展準備委員会』宛ての荷物が届いたんですが」

「準備委員会？　荷物の中身は」

「まだ開封してません。品名は美術品で、ワレモノ扱いになってます」

何だろう？　宇佐見にはそのような荷物が届く心当たりがなかった。準備委員会という名称も、今まで公式に使ったことはない。

「ちょっと見せてくれないか」

学芸員が持ってきたのは、タテ三十センチ×ヨコ三十センチ×高さ五十センチほどのダンボール箱で、業界大手のヤマネコ運輸の送り状が貼り付けてあった。届け先は「名古屋市中区栄二丁目　名古屋市立美術館内　川島伊作展準備委員会」とある。

送り主の欄を見て、あっと声を洩《も》らしそうになった。東京都渋谷区神宮前の住所の下に、思いがけない名前が記されていたからだ。システム手帳にはさんだ写真が頭をよぎる。箱のサイズもどんぴしゃりだ。

中身を見られてはまずい。とっさに宇佐見はそう思った。いきなり美術館に送ってきた理由はわからないが、もし自分の想像通りのものが箱の中に入っていたら――。

「わかった。これは会議室で私が開けてみよう」

「運びましょうか？」

「いや、自分で持っていくよ。きみは食事中だろう」

そう答えたが、学芸員は荷物の中身に興味津々で、会議室までついてきそうなそぶりを示している。なんとか怪しまれないで、彼を遠ざけておく方法はないだろうか。

「そうだ。きみにひとつ頼みがある。今日の打ち合わせのために、回顧展の企画修正案をまとめてきたんだけどね。このフロッピーにデータを入れてあるから、出席者の人数分だけ、プリントアウトしてくれないか？」

フロッピーディスクを学芸員に手渡すと、宇佐見はスーツケースとダンボール箱を両手に抱えて事務室を後にした。はやる気持ちを抑えながら、ダンボールを落とさないように注意して、会議室のドアを開ける。長テーブルに仕出し弁当のケースが並べてあるきりで、中には誰もいなかった。

宇佐見はしっかりドアを閉め、箱をテーブルに置いた。送り状とガムテープを箱からひっぺがして、ダンボールの上蓋《うわぶた》を開ける。はぎ取った送り状はそのまま放置する気になれず、半分に折って上着の内ポケットに隠した。

ダンボールの中にはもうひとつ、発泡スチロールの箱が入っていた。

中箱の蓋を留めたテープをはがしながら、なんとなく変な臭いが洩れている気がした。蓋をどけると、黒いポリ袋で何かがくるまれている。ポリ袋と箱の間には、軟らかくなった冷却剤のパックがぎっしり詰め込んであった。

なぜこんなものが？　宇佐見は首をひねった。緩衝材の代わりだとしても、表面がひんやり湿っているのは妙だ。凍らせたものを入れたのでは、衝撃を弱める役に立たない。箱の中から引き出そうとしてポリ袋をつかんだ感触も、宇佐見の予想を裏切った。石膏の固い手応《てごた》えを感じるはずなのに、もっと柔らかくて、弾力のあるものが入っているようだ。それにこの肉が腐ったような臭いは、いったい――？

息を殺して、おそるおそるポリ袋の口を広げる。次の瞬間、宇佐見はわっと叫んで、その中身をテーブルから床に払い落とした。

それは若い女の首だった。こしらえものではない、正真正銘の生首だ。ばらりと髪を振り乱し、床の上から宇佐見を見上げる凄惨《せいさん》な形相。開かれたままの両眼に光はなく、生前の面影もすっかり失われているけれど、その顔の持ち主には覚えがあった。

何かが指にからみついている。首を払い落とした時、女の頭から抜けた髪の毛だった。指からはずそうとすると、こびり付いた血の臭いがした。胃の中に残ったコーヒーが逆流する。口を押さえながら、宇佐見はうめいた。

「メ、メドゥーサの首――」

第四部 Facts of Life

ところで、ルネサンスと後期ルネサンスにおける両眼の処理の興味深い問題点のひとつは、同一の彫刻家が単純な凸面の目と彫られた目の双方を利用していただろうということであり、言い換えれば、長い時をかけてローマで発展した目の二つの処理方法を彼らが使っただろうということである。ミケランジェロは、自分の彫刻《ダヴィデ》のために彫られた目を利用した。その彫刻においては、ミケランジェロは目のなかの凝視が固定され確定されることを欲したのである。同じことは彼の《モーセ》にも適用されているが、メディチ家礼拝堂のなかの彼の聖母像と他の諸彫像では、眼球には手が入れられていない。同じように、ベルニーニも自分の諸肖像彫刻や諸英雄像において決意と意志の力の表現を、鑿《のみ》で彫られた目によって示したが、一方、自分の諸聖人像や寓意《ぐうい》像のために空白の眼球も使っているのである。こうしてみると、一六三〇年代中頃の明確に古典主義化している時期に、彼も肖像彫刻に空白の目を与えたのは興味深い。

——ルドルフ・ウィトコウアー『彫刻―その制作過程と原理―』

16

日曜日の朝になっても、江知佳は戻ってこなかった。

綸太郎は午前中に車を出して川島邸へ向かい、川島敦志と合流した。前の晩、秋山房枝の電話を受けて、東中野から町田に直行した川島は、そのまま亡兄の家で夜を明かしたという。国友レイカも一緒で、やはり充血した目の下に隈《くま》を作っていた。

江知佳が家を出た時間をたずねると、川島は首を横に振って、

「わからない。誰もエッちゃんが出かけるところを見てないんだ。国友君は来てなかったし、房枝さんも朝から鶴川の自宅に帰っていて、こっちへ戻ってきたのは日が暮れてから。その時はもう家の中は空っぽで、エッちゃんの自転車もなくなっていた」

「秋山さんが留守にしていたのは、いつからいつまでですか？」

朝の九時にここを出て、戻ってきたのは七時過ぎ、と震えぎみの声で房枝が答える。江知佳がいないのは美大の友達と会っているからだと思い、その時はあまり気にしないで夕食の支度に取りかかった。ところが、八時になっても九時になっても、帰ってこない。

「遅くなる日はたいてい外から電話してくるのに、電話の一本もないんです。心配になってエッちゃんの携帯にかけたら、全然つながらなくって。それで、あわてて敦志さんとレイカさんのところに連絡したんですが……」

房枝が急に口ごもったので、レイカが話の続きを引き取って、

「昨日は一日中、成瀬の自宅にこもって、川島の遺稿をパソコンに打ち込んでいたの。だから房枝さんから連絡があるまで、エッちゃんが出かけたことさえ知らなかった。すぐここへ駆けつけて、ほうぼうに電話で問い合わせてみたけど、誰も心当たりがないと」

「ちょっと待って。今の話だと、江知佳さんは昨日、誰か友達と会う予定が？　それとも、外出先を記したメモか何かあったんですか」

綸太郎が念を押すと、房枝は申し訳なさそうにかぶりを振って、

「書き置きはなかったですし、朝あたしが出かける時だって、そんなことは一言も。学校の友達と一緒だと思い込んだのは、一昨日がそうだったからなんです」

「一昨日？　江知佳さんは金曜日に、大学へ行ったんですか」

「十時ぐらいにカメラを持って家を出て、三時前にはさっぱりした顔で帰ってきました。聞いたら、久しぶりに写真科の先輩と話をして、すごく元気づけられたと——ですから昨日も、なかなか帰ってこないのは、友達と話し込んでるせいだろうとひとり合点してしまって」

「カメラを持って？」

「あなたが傘を取りにきた日、エッちゃんがそんなことを言ってたじゃない。シャッターの調子が悪くなったから、カメラの修理をしてくれる店を探してるって」

とレイカが口をはさんだ。木曜日の午後、例のタウンページを手にして、江知佳が部屋から下りてきた時のことである。綸太郎は少し考えてから、

「彼女の部屋を調べさせてもらえませんか？」

川島から許しを得て、レイカと一緒に二階へ上がる。六畳の和室にカーペットを敷き、ベッドと机が置いてあった。窓は障子で、カーテンは吊《つ》っていない。衣類もほとんど押入

にしまっているようで、あまり女の子女の子した部屋の感じではなかった。

江知佳はCDや本を並べたスチールラックにカメラを置きっぱなしにしていた。ゴツゴツした中古の一眼レフで、ずいぶん使い込んだ跡がある。試しにボタンを押すと、スムーズにシャッターが下りた。

「おかしいな。こないだは壊れていると言ったのに」

「学校に行って、写真科の先輩に直してもらったんじゃないの。帰ってきた時、なんだか吹っきれたような顔をしてたのは、わたしも覚えがあるから。フィルムは？」

綸太郎はボディの蓋《ふた》を開けて中を見た。

「空っぽですね。レイカさん、これからちょっとドライブに付き合ってくれませんか」

「ドライブ？」

「江知佳さんの大学まで。キャンパスの学生ラボなら、日曜日でも誰かいるでしょう。道案内をお願いします」

町田街道に沿って八王子方面へ車を走らせ、国道十六号線を経由して柚木《ゆぎ》街道に入る。江知佳の通う駒志野美術大学の鑓水キャンパスは、多摩ニュータウンの西のはずれ、八王子御殿山《ごてんやま》に連なる丘陵の上に造られていた。かつては養蚕業が盛んだった地域で、戦車道路の終点もすぐそばにあるという。

「車がないと不便なところじゃないですか。江知佳さんの通学は？」

「町田からJRで橋本まで行って、美大前行きのバスに乗ればいいのよ。町田の駅前まで自転車で行くから、家を出て四十分ぐらいで来れるんじゃないかしら」

キャンパスは日曜日でひっそりしていた。後期日程が始まったばかりで、まだ学園祭も先のようだが、それでもちらほら学生の姿を見かける。人体模型を運んでいる男女コンビの学生を呼び止めて、学生ラボの場所を教えてもらった。ラボのあるD号棟が半年前から改装工事中なので、写真科の学生はB号棟の裏に建てられた仮設校舎を根城にしているそうだ。人体模型は医学部の授業で使うような精巧な作りで、背中に天使の翼、頭には針金で固定された光輪が付いていた。銀色の光輪は、アルミ箔《はく》のレンジマットに手を加えたものである。

学生ラボが移設されたプレハブの教室は、部屋そのものがマルチスクリーンの立体スクラップブックと化していた。出入りする学生たちが、よってたかってアルバム代わりにしているのだろう。壁といわず窓といわず、何層にも重ね貼りしたモノクロとカラーの写真で、びっしり覆いつくされている。あまりにもいろんなものが写っているせいで、一枚一枚の写真に目を凝らす気にもなれないほどだった。被写体の色と形がことごとく意味を失い、ひと続きの壁紙の模様に溶け出してしまったようなありさまである。

アルバムタイトルが必要だと考えた学生がいるらしい。目につきやすいところに、赤のカラースプレーで“Helter Skelter”と殴り書きしてあった。もっとおせっかいな誰かが、先頭にSの字を付け加えている。

ホームレスの仮収容施設《シェルター》のことね、とレイカがささやいた。

天井から現像済みのフィルムが何本も、蠅取り紙みたいに吊《つる》されている。その下で、レディオヘッドのTシャツを着たなで肩の男子学生がマンガを読んでいた。現像中のランプが灯《とも》っているので、暗室の中に連れがこもっているようだ。綸太郎が声をかけると、なで肩の青年は長机の上に載せた足を床に下ろした。レイカの顔をちらちら見ながら、江知佳のことならよく知っていると言う。

「――昨日？　いや、来てないと思いますよ。一昨日も見かけなかったけどなあ。ちょっと待って、連れに聞いてみるから。フジモリ、ちょっと開けてもいいか」

暗室のドアをノックして応答を待つ。ややあって、背中まで伸びた長髪を後ろでくくったもうひとりの学生が、ドアの隙間から半身になって顔を出した。なで肩の青年の質問に、フジモリと呼ばれた友人はかぶりを振って、

「親父さんの葬式で顔を見たのが、カワシマと会った最後だな。夏休みの前ぐらいから、学校には一度も来てないんじゃないか」

「一昨日の昼間、誰かに中古のカメラを修理してもらったはずなんだけど」

レイカが話に割り込むと、フジモリは首をかしげながら、

「一昨日って金曜日のことでしょう。だったら来てませんよ。一日中ここにいたから、まちがいないですって。カメラはどこかよそで直してもらったんじゃないですか」

「学校以外で？　じゃあ、一昨日から今日までの間、どこかでエッちゃんに会ったり、電

話かメールのやりとりをしてそうな友達に、誰か心当たりはないかしら」

「とりあえず、連絡の取れるやつに聞いてみますわ」

なで肩の青年がすかさず携帯を出して、電話帳に登録した番号に片っ端からかけ始めた。三十分ほど費やして二十人近い相手に問い合わせてくれたが、実のある返事は得られない。大学関係の知り合いは、ここ数日、誰も江知佳と話をしていないようだった。

「つかぬことを聞くけど、江知佳さんに特定の彼氏とかいなかった？」

綸太郎がたずねると、なで肩の青年は、現像をすませて暗室から出てきたフジモリに顎《あご》をしゃくった。フジモリは肩をすくめるようなしぐさをして、

「特定の彼氏？　こっそり付き合ってたら別だけど、たぶんいないと思う。なんか昔、年上の男にひどい目に遭わされたことがあるみたいで、男性不信ってわけじゃないですけど、ガードの堅すぎるところがあったから。春先に親父さんが倒れてからは、オトコと付き合うどころじゃなさそうだったし――それはそうと、あなたが国友レイカさんでしょう？」

話の途中でいきなり名指しされ、レイカははっとした。

「もしかして、エッちゃんがわたしのことを？」

「やっぱり。ときどき話題に出るから、そうかなと思って。あれですよ、早くファザコンは卒業しなよって何度も言って聞かせたたし、本人も頭ではわかってるみたいなんですが……。カワシマのやつ、ひょっとして家出か何かですか」

「だったらいいんだけど。昨日から行方がわからなくなって」

「そうか。でも、きっとすぐ戻ってきますよ。あいつが帰ってきたら、早く学校に顔を出すように伝えといてください。みんな待ってるって」

橋本駅周辺の行きつけのスポットを聞き出して、帰りがけに寄ってみたけれど、江知佳はどこにも姿を見せていなかった。駅前のパーキングエリアに戻り、車のエンジンをかけると、助手席に収まったレイカは大きくため息をついて、

「学校の友達と会っていたというのは、嘘だったのね。じゃあ、エッちゃんは一昨日の昼間、ひとりでどこへ行ってたの？」

綸太郎は返事をしないで車を出したが、小山交差点に差しかかったところで左にハンドルを切った。交通量の多い町田街道から少しはずれた地点で、車を路肩に寄せる。

「──川島さんの家に帰る前に、ひとつ聞いておきたいことが。最近、江知佳さんの体に変調が見られませんでしたか」

「体に変調って、どういうこと？」

「具体的に言うと、妊娠の徴候がなかったか、ということなんですが」

「妊娠？　エッちゃんが？」

レイカは驚くというより、質問の内容にあきれて脱力したような声で、

「あるわけないでしょう。どうしてそんな突拍子もないことを」

「彼女は一昨日の外出先だけでなく、カメラのことでも嘘をついていた。たぶんシャッタ

ーは最初から壊れてなかったんです。カメラの修理というのはとっさに思いついた口実で、あの日タウンページを調べていたのは、もっとほかの理由があったからではないか」

「もっとほかの理由？」

産婦人科の電話番号が並んだページに折り目が付いていたことを打ち明けると、レイカは非難がましい目つきで綸太郎をにらみつけ、

「ミステリー作家って、平気でこそ泥の真似ができる人でないと務まらないのね。でも、それは気の回しすぎだと思う。たまたま、何かの拍子で折れただけかもしれないし」

「それにしては、あまりにもタイミングが合いすぎてる。それともうひとつ、伊作さんの作品が『母子像』の完結編だったということも――」

「ちょっと、変なこと言わないで！」

レイカはいきなり声を荒らげた。綸太郎は一瞬たじろいだが、今にもつかみかかりそうな剣幕から、レイカが頭の中でどんな想像をしたのかすぐに察しがついた。

「ちがいますよ。そういう意味で言ったんじゃない」

「そういう意味って、どういう意味よ」

「『母子像』をリメイクするために、血のつながった親子の間で何かあったんじゃないかと思ったんでしょう？　誰もそんなこと言ってやしないのに」

図星だったらしい。レイカはそっぽを向いて、上気した頬を隠した。

「さっきの学生があんなこと言うから……。でもね、単なる可能性の話としても、ありえ

ないことなのよ。こんなことは言いたくないんだけど、川島は放射線治療と抗ガン剤の副作用で、そっちの方は完全に望みがないとわかっていたから」

「だろうと思いました。すみません、鎌をかけたつもりではなかったんですが」

綸太郎が頭を下げると、レイカは横を向いたまま手を振って、

「謝ることないわよ。ねえ、窓を開けてもいい？」

バッグの中からタバコとライターをつかみ出し、せわしなく火をつけた。高ぶった気持ちを鎮めるように、ふうっと煙を窓の外へ吐き出すと、

「相手が川島でなくても、同じことよ。毎日顔を突き合わせてるんだもの、何かあったらすぐわかる。房枝さんだって、ああ見えて目ざとい人だから、妊娠の徴候を見逃すわけがない」

「伊作さんの病気のことがなければね。みんなそっちに気を取られて、江知佳さんの体調の変化を見過ごしていたら？　金曜日の午後、家に帰ってきた時、彼女は吹っきれたようなさっぱりした顔をしてたんでしょう」

レイカはこっちに顔を向けると、メンソールを効かせた皮肉っぽい口調で、

「どうしてもエッちゃんに妊娠してほしいの？　だけど、それには相手が必要だってことを忘れないで。さっきのフジモリ君だっけ、特定の彼氏なんかいない、春先からオトコと付き合うどころじゃなかったって、そう言ってたじゃない。あの子の話は信用できると思う」

　綸太郎は腕を組んで、シートのヘッドレストに頭を押しつけた。父親の候補者リストの先頭に堂本峻の名前があることを、軽々しく口にすべきではないだろう。気が緩んだのか、レイカはあくびを嚙《か》み殺しながら、窓からタバコの灰を落として、

「『母子像』を引き合いに出すのも、こじつけみたいな気が。だって、川島が人体直取りの作業に着手したのは、先月のことなのよ。その時点で妊娠を確信していたなら、今からあわてて病院を探したりしないでしょう？　一昨日の昼間、エッちゃんがどこへ行ってたにしろ、産婦人科で診察を受けていたとは思えない」

　レイカの指摘は痛いところを突いていた。綸太郎はその話題を引っ込め、江知佳の石膏《せっこう》像について何か聞いてないかたずねた。

「——宇佐見さんの珍説のこと？　それならゆうべ敦志さんから。房枝さんとも話したんだけど、ドライアイスのダミーなんて馬鹿げてる。だって、誰がいつアトリエに入ってくるか、川島にはわからなかったはずなのよ。わたしが行く前に全部気化してしまったら、どうするつもりだったの？　それにいくらカバーがかけてあっても、床に白い煙が洩れていたら、川島の脈を取る時、目に入らないわけがないでしょう」

「なるほど」

　インパネの灰皿でタバコを消しながら、レイカは目をこすってまたあくびをした。金曜日の夜から徹夜で遺稿の整理をしていたせいで、まる二日間まともに寝てないという。

「そんなに無理して大丈夫ですか」

「平気よ、これぐらい。それよりあなたも内部犯行説なんですって？　アトリエで再現実験をした時から、そうじゃないかと思ってたけど。急に姿を消したことといい、石膏像の首を切ったのは、やっぱりエッちゃんのしわざなのかしら」

　綸太郎はかぶりを振って、正直にわからないと答えた。木曜日の段階では、江知佳のしわざだという確信があったが、京王プラザのスイートで、原形を保った顔の雌型の写真を見せられてから、その確信は揺らいでいる。ドライアイスのダミー説をレイカが一笑に付したので、今のところ完全にお手上げの状態だった。

「そういえば、伊作さんの携帯は出てきましたか？　宇佐見さんに聞いても、全然心当たりがないというんですが」

　レイカは返事をしなかった。助手席を見ると、シートベルトを締めたまま、うなだれた無理な姿勢でうつらうつらしている。

　綸太郎はベルトの留め金をはずし、楽な姿勢に直してやった。もうしばらくの間、ここに車を停めておこう。目を覚ます頃には、江知佳が無事に帰ってきているかもしれない。

　夜になっても、江知佳は帰ってこなかった。携帯は相変わらずつながらないままで、どうやら電源を切ってほったらかしにしているらしい。

「万が一ということも考えて、各務順一のところにも電話してみたが、来ていないとけんもほろろの態度だった。今夜中に何の連絡もなかったら、明日の朝一番で捜索願を出そう」

「アトリエの侵入事件についても、被害届を出しますか?」

綸太郎が問いかけると、川島敦志は迷いの吹っきれない表情で、

「その方が警察も本腰を入れてくれそうだが、どうすればいいか決めかねている。万一押し入りが狂言だったら、下手に騒ぎを大きくすることはできない。宇佐見君に顔の雌型の件を確認しようと思って、さっきから京王プラザに電話しているのに、何か取り込んでるみたいで、フロントが取り次いでくれないんだ」

「アトリエの被害届は、もう少し様子を見てからにしませんか。届けを出すのが一週間も遅れたせいで、変に勘繰られても困るし」

とレイカが言った。さんざん考えた末に、川島はしわがれたため息をついて、

「そうだな。その件はとりあえず先送りにしよう。法月君、きみはそろそろ帰った方がいい。後のことは身内で何とかするし、エッちゃんの消息がわかったらすぐ伝えるから」

「わかりました。力になれなくてすみません」

ねぎらいの言葉はなかった。綸太郎は肩身の狭い思いをしながら、川島邸を後にした。

家に帰ると九時を回っていた。

法月警視は出かけたきりで、部屋の留守番電話のランプがちかちか点滅している。メッセージを再生すると、飯田才蔵の声が聞こえてきた。

「——何度かけてもつかまらないんで、用件だけ。堂本が台湾に高飛びしたっていう話は、

やっぱりガセみたいですね。こっちで堂本を見かけた子がいるんです。声をかけたら逃げられちゃったそうですが、とにかくこれを聞いたら、携帯の方へかけてください」

17

死体検案書（要旨）
氏名　氏名不詳・女
生年月日　十五歳〜二十五歳（推定）
死亡したとき　平成十一年九月十八日頃（推定）
死亡したところの種類　その他
死亡したところ　愛知県名古屋市中区栄二丁目（発見）
施設の名称　名古屋市立美術館
死亡の原因
　I直接死因　窒息死
　II影響を及ぼした傷病名等　頭部打撲による脳振盪《のうしんとう》（推定）・頸部《けいぶ》切断（死後）
死因の種類　他殺
外因死の追加事項

傷害が発生したとき　平成十一年九月十八日頃（推定）
傷害が発生したところ　東京都（推定）
傷害が発生したところの種別　その他（不詳）
手段及び状況
後頭部を殴打・気絶させた後、ロープ状のもので絞首。その後、鋸歯《きょし》状の刃物で首を切断・梱包《こんぽう》したうえで、右記美術館宛ての宅配便として発送した。頭部以外は未発見。

右記のように検死する
検死年月日　平成十一年九月二十日
医師　愛知中央医科大学法医学教室　篠原茂幸

＊

二十日月曜日の夕方、綸太郎は川島敦志からの電話で、江知佳と見られる遺体が見つかったことを知らされた。
川島は東京駅の新幹線ホームからかけてきて、これから名古屋へ身元の確認に向かうところだという。よもやと思ったが、情報が断片的なうえに、川島も動揺していて、最初はさっぱり要領を得なかった。そもそも、どうして名古屋なのか？

「愛知県警から直接こっちに問い合わせがあった。詳しいことはよくわからないが、どうも普通でないことが起こってるみたいで――名古屋の美術館に、女性の遺体が入った小包が届いたというんだ」

「小包が？　美術館というのは、伊作さんの回顧展が開かれるところですか」

「たぶんそうだと思う。郵便小包でなくて、宅配便だったかもしれないし、どれくらいの大きさなのかも聞いてない。向こうの担当刑事は、遺体の一部という言い方をしていたが」

遺体の一部という表現から、綸太郎は不吉な連想をした。きっと川島も同じことを考えているはずだが、二人ともそのことには触れなかった。現地で身元が確認されるまで、江知佳の遺体と決まったわけではない。

今から追いかけましょうかと申し出ると、川島はそれには及ばないという。国友レイカが一緒なのだそうだ。そのかわり、東京に残って情報を集めてくれないか、と頼まれた。

「こっちに残って？　どういうことですか」

「問題の荷物は、どうも都内から送られたものらしくてね」

川島は何かが喉《のど》につっかえたようなしゃがれ声でそう告げると、

「遅かれ早かれ、警視庁にも捜査協力の要請があるだろう。今頃、第一報が入ってるかもしれない。そこで頼みというのは、きみの親父さんのコネを使って、詳しい捜査情報をつかんでほしいんだ。万一の場合は、アトリエの件も包み隠さず伝えてもらいたい。こうなるとわかっていたら、けさ捜索願と一緒に、被害届も出しておいたんだが……」

できるだけのことはします、と綸太郎は約束した。それ以上の具体的な指示はなかったが、川島は最悪の事態を想定して、相応の覚悟を決めているようだ。

石膏《せっこう》像の首を切断したことが、江知佳に対する文字通りの殺人予告だったとすると、その事件性をどう処理するかで、捜査のありかたも変わってくる。アトリエへの不法侵入と器物損壊容疑で立件し、同一犯による連続した犯行として、なるべく早い段階で警視庁主導の捜査本部を町田署に設ければ、愛知県警が殺人と死体遺棄事件の合同捜査を指揮するより、地元での捜査活動がスムーズに展開するのではないか。川島は綸太郎の父親を通して、警視庁への非公式な働きかけを求めていると言ってもいい。

「とりあえず、それだけよろしく頼む。向こうでもっとはっきりしたことがわかりしだい、また連絡するから。何かのまちがいで、無駄足になればいいんだが」

祈るようにつぶやくと、じゃあと言って、川島は電話を切った。

「何かのまちがいであってくれれば」

受話器を戻しながら、そうつぶやいたが、気休めにもならなかった。

江知佳が姿を消してからまる二日経っているのに、いっこうに足取りがつかめない。堂本峻の都内での目撃情報（昨夜、飯田才蔵に電話で確認したところでは、本人である可能性は六十パーセントぐらいという話だったが）も、不安に拍車をかけていた。おちおちしてはいられない。すぐに家を出て、警視庁の父親の執務室に直行した。

親父さんは帰り支度を始めていたが、綸太郎の話を聞くと、いぶかしそうに眉《まゆ》をひそめながら、捜査共助課に問い合わせてくれた。二時間ほど前に、愛知県警から殺人と死体遺棄事件に関する通達が来ているという。他殺と見られる変死体の発見現場は、中区栄二丁目の名古屋市立美術館。被害者が東京都在住の人物である可能性が高いので、引き続き情報の交換と捜査への協力を乞《こ》うとあった。

「こっちの人間なんだろう？　どうして名古屋の美術館なんかに」

「先週亡くなった父親の回顧展が、そこで開かれる予定なんです」

法月警視は帰宅するのをあきらめ、執務室に夕食の出前を届けさせる手配をした。

警視庁からの問い合わせに対して、もう少し詳しい情報が共助課に入り始めたのは、午後八時を回ってからだった。発見された変死体は、首の部分から切断された若い女性の頭部であること。それが十九日に町田市内から発送されたヤマネコ運輸の宅配便の中に入っていたこと。さらに宅配便を開封したのが、東京都八王子市在住の美術評論家・宇佐見彰甚と称する人物だということ……。

新しい知らせが届くたびに、状況は絶望的になっていく。第一発見者の名前を聞いて、綸太郎は絶句した。

「ちょっと待て。この宇佐見彰甚というのも、おまえの知り合いなのか」

綸太郎がうなずくと、警視は責任を問うように大きく息を吐いて、

「疫病神め。地道な小説の取材だったんじゃないのか？」

「面目ない。こういう事態になるとは、予想できませんでした」

「馬鹿を言え。おまえが関わるといつもこうだ。その顔つきだと、まだほかにも何か知ってることがあるだろう。こっちが忙しくなる前に話してくれ」

　午後九時半、共助課からの内線連絡で、最悪の予想がついに現実となった。

「名古屋に着いた被害者の遺族二名が、さっき遺体を確認したそうだ。愛知県警は被害者の身元を、十八日から失踪《しっそう》中の川島江知佳と断定した」

　返す言葉もなく、椅子にへたり込んだ息子を尻目《しりめ》に、法月警視は精力的に動き出した。警察庁と公安委員会を皮切りに各方面へ根回しを行い、愛知県警と連携して捜査に当たるため、とりあえず殺人と死体損壊の疑いで、町田署に共同捜査拠点を設ける方針を固めた。愛知県警の担当捜査員が正式な援助要請を携えて、明日上京するという。それを踏まえて、警視庁側の対応の決定も、翌日以降に持ち越されることになった。

　どういうルートを使ったか明かすことはできないが、上層部への熱心な働きかけが功を奏したらしい。警視は一息ついて、県警との協議前に、アトリエへの侵入と石膏像損壊の被害届が提出されれば、明日にでも警視庁主導の合同捜査本部を町田署に設置できそうだ、と請け合った。午前中に受理した捜索願にちょいと手を加えて、美術品損壊と脅迫、ならびに殺害目的の連れ去りという線を強く押すだけでいい。綸太郎は肩をすくめ、実務レベルでの帳尻合わせに関しては、何も聞かなかったことにした。

十一時まで粘ったが、それ以上の新しい動きはなかった。法月警視は吸い殻の山を片付けて、店じまいを宣言した。帰宅すると、留守番電話に川島敦志からの短いメッセージが残っている。綸太郎は名古屋のホテルの番号にかけ直した。

電話に出た川島は、言葉少なに現地での出来事を告げた。すでに知っていることがほとんどだったが、突っ込んだ質問をしても答えられそうな雰囲気ではない。明日帰京したら、その足で町田署へ被害届を出しにいくようにと伝えて、綸太郎は早めに電話を切ろうとした。

「まだ切らないでくれ。ひとつ大事なことを言い忘れた」

川島は空唾《からつばき》を呑み込むような音を立ててから、涙声に悔しさと怒りをにじませて、

「身元確認に立ち会った刑事に、堂本峻という人物に心当たりはないかと聞かれた。宅配便の送り主の欄に、堂本の名前が書いてあったそうだ」

「――死亡推定日時は、十八日土曜日の日中から夜半にかけて。後頭部に、生前加えられた殴打の痕《あと》が見られたが、これは致命傷になっていない。直接の死因は窒息死で、切断された頸部《けいぶ》に索条痕の一部が残っていた」

あくる火曜日の午後三時、昨夜と同じ警視庁の執務室。法月警視はファックスで届いた死体検案書と、その他関係書類の写しをチェックしていた。愛知県警から送信されたばかりの最新情報だという。綸太郎は充血した目をこじ開け、喉のかすれた声で、

「後頭部を殴って気絶させた後、首を絞めて殺したと？」

「検案書でも、そういう所見になっている」

「遺体の頭部が切断されたのは、殺害の直後ですか」

「いや。断面の状態から見て、死後数時間から半日程度を経過してから、鋸歯状の刃物で切断された可能性が高いとある。法医学的な詳細は省くけどな」

事前の根回しと被害届の駆け込み提出（綸太郎は午前中、川島敦志に付き添って町田まで行ってきた）が功を奏して、県警側との協議は、法月警視の思惑通りに運んだ。本日中に、警視庁と愛知県警の派遣捜査員からなる合同捜査本部を、町田署に設置することで、双方が合意に達したのである。県警が初動捜査で得た証拠と情報も、可及的速やかに合同捜査本部に引き継がれることになっていた。

「死後数時間から半日程度か――計画的な犯行だとすれば、殺害現場と切断現場が別の場所なのかも。死亡推定日時も含めて、もう少しタイムテーブルを絞り込めませんか」

「首から下の体が見つからない限り、これが精一杯だろう」

と警視はぼやいた。

「なるべく早く科警研へ遺体を送って、組織分析と模擬実験をしてもらうつもりだが、あまり期待はしていない。犯行後に置かれていた場所の温度条件にもよるし、宅配便の配達過程でどんな影響を被ったか、なかなか特定できそうにないからな」

「それはそうですね。切られた首はかなり腐敗が？」

とたずねたのは、川島の口から遺体の状態を聞くことができなかったからだ。けさ町田署に同行した時も、お互いに黙り込んでいる時間の方が長かった。

「この時期にしては、だいぶマシみたいだ。身元確認の際も支障はなかった。黒いポリ袋で厳重に密封したうえに、ぎっしり冷却剤を詰め込んで、腐敗の進行を遅らせていたらしい」

「臭いで怪しまれないようにしたんだな。容《い》れ物は？」

法月警視は手元の写しを上から順にめくって、目当ての記載を見つけると、

「外側はタテ三十センチ×ヨコ三十センチ×高さ五十センチほどの、表面に印刷のないありふれたダンボール箱だった。ダンボールの内側に、ほぼ同じサイズの発泡スチロールのケース。遺体の頭部を密封したポリ袋と冷却剤は、スチロールの中箱に詰められていた。中箱の蓋はセロハンテープで留めてあって、そこから照合可能な指紋が複数採取されたそうだ」

「遺留指紋が？　犯人のものですか」

「だといいが。むろん、第一発見者の指紋は除外してある。愛知県警から指紋のデータが届きしだい、鑑識のコンピュータで分析する手はずを整えたから、じきに結果が出るだろう」

そこでいったん言葉を切ると、警視はタバコに火をつけた。じわっと煙を吐き出しながら、いわくありげに目を細めて、

「ところで、問題の宅配便を開封した美術評論家の宇佐見彰甚だがね。県警側の情報を総合すると、どうも前後の挙動に不審な点がある」

「不審な点というと？」

「まず荷物が着いた当日に、美術館を訪れていたことだ。おまえに聞いた話だと、彼は被害者ともずいぶん懇意にしていたそうだな。第一発見者である宇佐見の証言がなければ、身元の特定にもっと時間がかかったことは認めるにしても、たまたま遺体の送り先に居合わせたというのは、ちょっとできすぎなんじゃないか」

綸太郎は顎《あご》をなでた。それだけで、疑わしい部類に入るのだろうか？

「金曜日に会った時は、週明けに名古屋へ行く予定だと言ってましたが……」

「うん。新幹線で名古屋に着いて、駅からタクシーで市立美術館に直行したらしい。午後一時から美術館の会議室で、川島伊作展の打ち合わせが行われるはずだった。宇佐見が到着したのは、会議が始まる三十分ほど前」

「遺体入りの宅配便が美術館に届けられたのは？」

「その日の午前十一時。通用口の守衛が荷物を受け取り、事務室に詰めている学芸員に手渡した。送り状の宛名《あてな》は『川島伊作展準備委員会』となっていたので、最初に到着した宇佐見が開封すること自体はおかしくも何ともない。ただ、どうしても引っかかるのは、会議室で遺体を発見した時、宇佐見がひとりきりだったということでね」

「ひとりきりだった？　事務室にいた学芸員は？」

「その場に残って、宇佐見から渡されたフロッピーディスクのデータを印刷していた。悲鳴が聞こえたので、あわてて会議室に駆け込んだら、宇佐見は腰を抜かしていて、床の上に生首が転がっていたという。だから、箱を開けるところは見ていない」

「――宇佐見氏が箱の中身をすり替えた可能性があると？」

綸太郎が目を丸くすると、法月警視は首を横に振って、

「もっと小さいものならともかく、さすがにそれは無理だろう。宇佐見はスーツケース持参で美術館に現れたらしいが、人間の頭が入るサイズではなかったというから。それより妙なのは、ダンボールに貼り付けてあった送り状がはがされて、どこかに消えてしまったということだ。警察が現場に到着した時点では、館内のどこを探しても見当たらなくなっていた」

「送り状が？　でも川島氏は、送り主の名前について聞かれたそうですが」

「それは愛知県警がヤマネコ運輸の名古屋営業所に問い合わせて、着店の控えを調べてから判明したことだ。町田市内から発送された荷物だということも、その時までわからなかった。学芸員はもちろん、宇佐見彰甚も送り状を捨てた覚えはないと供述しているが、発見時の状況を考えたら、誰が嘘をついてるか一目瞭然《りょうぜん》だろう」

「ですね。フロッピーの印刷を頼んだのも、学芸員を遠ざけておくためか」

「しかも宇佐見は、美術館で事情聴取を受けた後、多忙を口実に捜査員を言いくるめて、そのまま逐電《ちくでん》してしまった。被害者の遺族とはすれちがいになったし、愛知県警も彼の行

方をつかんでないそうだ。昨日のうちに、こっちへ戻ってるんじゃないかと思うんだが」

綸太郎もそんな気がした。ダンボールに貼られた送り状を破棄しても、営業所に控えがあることぐらい、考えればわかりそうなものだ。

それでもあえて無茶をしたのは、(a)何かのっぴきならない事情があって、時間を稼ぐ必要が生じたからではないか。(b)箱の中身のすり替えが不可能だとしても、名古屋行きの日程に合わせて、前日に遺体入りの荷物を送ることはできる。

「念のため、宇佐見氏の週末のアリバイを確認しておいた方がよさそうですね。新宿京王プラザのフロントに聞けば、わかるはずです」

法月警視がくわえタバコでうなずくと、デスクのインタホンが鳴った。捜査一課の久能警部の声で、ヤマネコ運輸の町田営業所の聞き込みから、いま戻ったところだという。

「お務めご苦労だった。すぐ報告が聞きたい。ちょうどせがれも来ている」

18

「町田署では今からマスコミ対策に神経をとがらせてますよ。被害者が著名人の娘なのに加えて、宅配便に生首でしょう。こっちも心してかからないと」

執務室のドアを閉めると、久能警部は真っ先にそう言った。

町田営業所(町田市金井《かない》町)の聞き込みには、愛知県警の平松警部補が同道したという。

従業員に話を聞いた後、合同捜査本部が置かれる町田署に警部補を送り届けてから、証拠物件を携えて、久能ひとり帰庁したわけである。

「そいつは覚悟の上だ。本部の立ち上げは八時の予定だったな。本部長の訓示が始まるまでに向こうに着いてないといけないんだが……」

法月警視はせわしなく時計に目を走らせて、

「まだもうしばらく余裕がある。指紋の照合結果がわかるまでここを動きたくないし、今のうちにできるだけ、捜査方針を固めておこう。事情が事情だからといって、合同捜査本部にせがれを紛れ込ませるわけにはいかないからな」

久能は脇に控えた上司の息子に顎《あご》をしゃくって、にやりとする。クリップボードにはさんだコピーをデスクに置くと、あらたまった口調で、

「営業所で押収した送り状の写しです。現物は鑑識に回しましたが、複写式の発店控えですから、送り主が直接記入した面ではないと。指紋は採れそうにないですね」

警視はタバコを消し、老眼鏡のブリッジを押し上げた。送り状の写しを手に取って、記入欄の文字にしげしげと見入りながら、

「筆跡のサンプルが取れるだけで十分だ。で、聞き込みの首尾は？」

「送り状の発店控えを綴《と》じ込んだ台帳を見せてもらい、荷物の形状と預かり時刻を確認しました。名古屋に送られた宅配便は、十九日日曜日の午後四時二十分、町田営業所の顧客カウンターに直接持ち込まれたものです」

「営業所のカウンターに直接？　じゃあ、従業員は送り主の顔を」

「目撃しています。犯行に関与している疑いが濃いので、町田署に寄ったついでに、似顔絵の作成と指紋の採取を手配しておきました。ただ、応対した従業員の証言をまとめると、どうもその人物は変装していたらしいふしがあって」

「変装というと？」

　久能は手帳を広げ、容疑者の特徴を述べた。荷物を持ち込んだのは中年の男性で、黒い野球帽にサングラスをかけ、終始うつむいて顔を隠していた。応対した従業員の記憶では、それまでに来店したことのない客だったという。妙に頰のこけた感じのおちょぼ口が印象に残っているぐらいで、髭《ひげ》やほくろなどの目立った特徴はなかった。営業所の駐車場に車を停めるところは見ていない。

　服装はくたびれた作業着みたいなジャージと、ありふれた紺のジーンズ。長身のスリムな体つきで、足下はサンダル履きだった。店頭では身振りで合図するだけで、荷物を渡したり送料を支払う際も、まったく声を出さなかったらしい。

　送り状は客があらかじめ用意したものではなく、営業所のカウンターに置いてある元払いの用紙の一枚が使われた。容疑者は備え付けのボールペンを左手に握り、その場で必要事項を書き込んだという。

「それは素手で書いたんですか？　それとも手袋か何かを」

　綸太郎が質問すると、久能は首を横に振って、

「手袋は着けてなかったそうです。だから運がよければ、営業所のカウンターに指紋が残っているかもしれない。人の出入りが多い場所なので、選別に時間がかかりそうですが」

「その手間を見越していたか、そうでなければ、意外にずさんな犯行なのかも――ジャージにサンダル履きで歩いてきたようですが、近所の住人ってことはないでしょうね」

「そんなはずはないだろう」

法月警視はわかりきったことをいちいち聞くなという顔つきで、

「近くからやってきたと思わせるために、わざとそういうラフな格好をしたんだよ。付近の路上に車を停めて、営業所まで徒歩でやってきたにちがいない。町田営業所に荷物を持ち込んだのは、被害者の自宅から一番近いところにある店だからで、たぶん営業案内か何かで調べたんだろう。犯人も初めて訪れる場所だったんじゃないか。そんなことより、営業所の顧客カウンターに防犯用の監視カメラがあると助かるんだが」

久能の返事はノーだった。これは同行した平松警部補の意見ですが、とことわって、

「コンビニのレジとかでなく、ヤマネコ運輸の営業所に荷物を持ち込んだのは、防犯ビデオに記録を残したくなかったからでしょう。コンビニや宅配便の取次店では、監視カメラの回ってない店の方が珍しいですからね。容疑者は少しでも足が付きにくいように、町田営業所を選んだのではないかと」

「なるほど。それはいいところを突いてる。名古屋人も侮れないな」

警視は感心しきりだったが、綸太郎はどこかちぐはぐで、腑《ふ》に落ちない感じがした。

堂本峻が江知佳を殺害し、切断した首を名古屋の美術館に送りつけた犯人だとすれば、わざわざ変装して荷物を持ち込んだり、防犯ビデオに映ることを嫌ったりする理由はない。自分の名前で生首の入った宅配便を送ったのは、犯行を誇示するためなのだから。足が付くのを怖れているなら、最初からそんなことはしないはずである。

「――送り状の写しを見せてくれませんか?」

渡されたコピーは、普通に出回っているヤマネコ運輸の送り状の控えだった。容疑者はペンを左手で持っていたというから、筆跡を隠すために利き腕と反対の手で書いたのだろう。ぎくしゃくとひしゃげた感じの、見映えの悪い書体である。

届け先の欄に不審な点はなかったが、送り主の住所を見て、綸太郎は首をかしげた。東京都渋谷区神宮前の住所が記されていたからだ。

「おかしいな。堂本峻の現住所は、西池袋五丁目のはずですよ」

「神宮前には、堂本のスタジオがあるんじゃないですか。資料室のマスコミ名簿でチェックしたら、それと同じ住所が載ってましたが」

と久能が言う。綸太郎はかぶりを振って、

「じゃあ、名簿の方が古くなってます。今は西池袋のマンションで、自宅と仕事場を兼用してるはずだから。現地に足を運んで郵便ボックスを確かめたから、まちがいないですよ」

法月警視もデスクの上に身を乗り出して、綸太郎の手元をのぞき込んだ。

「古いスタジオの住所が書いてあるって？　逃亡を図るため、現住所を隠して時間稼ぎをしようとしたんじゃないか」

「いや、ちがうと思います。ここをよく見てください」

うわずった声を出しながら、綸太郎は送り主の名前を指差した。

「字が汚くてわかりにくいですけど、堂本峻の峻の字が、にんべんの俊になっている。やまへんの峻が正しい名前なんです」

「何だって？」

警視は綸太郎の手から写しをさらった。老眼鏡をかけ直し、じっくりと目を凝らす。

「そう言われたら、にんべんのように見えないこともないが……。筆跡を隠すために無理な書き方をしたせいで、手元が狂っただけなんじゃないか」

「自分の名前を書くんだったら、筆跡を隠す意味はないでしょう。これはひょっとすると、ひょっとしませんか？　この送り状を書いたのは、堂本峻ではないかもしれない」

「——誰かが堂本の名を騙《かた》って、荷物を預けたと？」

執務室のドアがノックされたのは、その時だった。

ノックの主は、捜査一課の仲代刑事だった。捜査資料のファイルを小脇に抱えて執務室に入ってきた仲代は、その場の空気に不穏な臭いを嗅《か》ぎ取ったように、

「指紋の照合結果が出たんですが……。何かまずいところに顔を出しましたか？」

法月警視は老眼鏡をはずして、さりげなく送り状の写しの上に置きながら、

「いや、そんなことはない。で、照合の結果は？」

「ピンポイントでヒットしました。すべてのサンプルを特定することはできませんでしたが、中箱の蓋《ふた》を留めたテープから採取された指紋のひとつが、コンピュータの前歴者リストに引っかかったんです。鑑識の判断では、九十パーセント以上の確率で適合すると」

「でかしたな。指紋の持ち主は？」

「権堂元春、三十七歳。職業はカメラマン。二年前、恐喝の容疑で逮捕されてます。その時は逮捕後に被害者が告訴を取り下げたので、起訴には至っていませんが」

「ゴンドウ・モトハル？　誰だそれは」

警視は狐につままれたような顔をした。いきなり誰だと言われて、仲代も答えようがない。どんな字を書くんだ、と久能が聞き直した。

「権現さまの権に中尊寺金色堂《こんじき》の堂、下は元服の元に季節の春。これは戸籍に載ってる本名ですが、名前がこわもてしすぎると思ったんでしょうね。別に仕事用の通称を使っているようです。そっちは本名から権の字を抜いて、春を音読みに」

「ドウモト・シュンか！」

警視の洩《も》らした安堵《あんど》の声に、仲代は不思議そうにうなずいて、

「本能寺の本に、やまへんの峻です。さっき言ったような事情で、前科こそ付いてませんが、かなりあくどいことをやっていると、その筋では評判の盗撮屋みたいですね」

「だったら今度こそ、刑務所行きにしてやろう。犯人はこいつで決まりだ。送り状の記載と遺留指紋の特定で、堂本に対する逮捕状が請求できる」

「ちょっと待っ――」

綸太郎が口をはさもうとすると、法月警視は身振りでそれをさえぎって、

「いや、鑑識の判断に狂いはない。それともおまえは、愛知県警が採取したテープの指紋が、偽造されたものだと主張するつもりか？」

そんなに単純な話ではない。綸太郎はため息をついて、

「そうは言いませんが、送り状の名前と住所がまちがっているのも事実です。変装して荷物を預けたことといい、犯人の行動には妙にちぐはぐなところがある。今の段階で堂本の犯行と断定するのは、時期尚早でしょう。もう少し慎重に捜査を進めるべきではないかと」

「俺は時期尚早だとは思わない。ちぐはぐなのは、むしろおまえの方じゃないか」

指紋が一致したことで自信を取り戻したのか、警視はきつくたしなめる口調で言った。

綸太郎ははっとして、

「ぼくが？」

「そうだ。こんなことは言いたくないが、おまえが認めたくない気持ちもわかる。川島江知佳の親族から、名指しで堂本の犯行を防いでくれと頼まれたのに、おまえがぐずぐずしている間に、予告された通りのむごたらしい手口で彼女は殺されてしまった。もっと早く

自分が手を打っておけば、彼女は死なずにすんだかもしれない——そういう引け目があるから、無意識のうちに堂本が犯人でない可能性を求めてしまうんじゃないのか？」

引け目があると言われたら、返す言葉がない。綸太郎は固唾《かたず》を呑《の》んで目を伏せた。こうなることを予想できなかったのは、明らかに自分のミスだ。

今朝と同じだった。被害届を出しにいった町田署のロビーで、黙りこくった川島敦志と相対していた時も、無言の視線に責め続けられているような気がして、ずっと顔を上げられなかったからだ。

「だが、それとこれとは話がちがうだろう」

と警視は話を続けた。

「いま何よりも優先しなければならないのは、彼女を殺した犯人を逮捕して、法の裁きを受けさせることだ。おまえのもたらした情報は、そのために十分役に立っている。おまえだって精一杯の努力をしたんだから、不手際ばかりを責めるつもりもない。たしかにもっと早い段階でアトリエの犯行予告を届け出て、警察の保護を受けていれば、こうはならなかったかもしれないが、おまえにストップをかけたのは、そもそも遺族の側の判断だろう。責任を問うなら、自分の都合でそのように仕向けた宇佐見彰甚こそ、真っ先に責められるべきじゃないか。宇佐見が美術館から姿を消したのも、きっとそれが後ろめたかったせいにちがいない。要するに、川島江知佳の死に対して、おまえが必要以上に責任を感じる必要はないということだ」

「警視の言う通り、これからが本当の勝負なんだから、しっかりしてくださいよ」

バトンタッチされたように、久能警部が綸太郎の肩をたたいて発破をかける。

「いつもの名調子はどこへ行ったんですか？　送り状の名前と住所がちがっているのは、万一逮捕された時、誰かに濡《ぬ》れ衣《ぎぬ》を着せられたと言い逃れするために、わざと書き損じたからでしょう。堂本という男は、いかにもそういう姑息《こそく》な手段を弄《ろう》しそうな人物じゃないですか」

綸太郎はやっと顔を上げた。

久能の言うこともひとつの考え方だが、どうしてもしっくり来ない。送り状の名前にこだわっているのは、父親に指摘された理由がすべてではなくて、そのことと関連性のある、もっと重要な事実に手が届きそうな気がしてならないからだった。

だがそれがいったい何なのか、どうしても思い出せない。綸太郎はかぶりを振って、戦略的撤退に甘んじることにした。

「そうかもしれない。写真か何か、堂本の顔がわかるものがありますか？」

「これを。二年前のものですが、たぶん今でも顔つきは変わってないでしょう」

綸太郎の求めに応じて、仲代刑事がファイルの中から写真をよこす。

モノクロの正面写真だった。堂本の顔を見たとたん、目が釘付《くぎづ》けになる。つい最近、どこかでこれとよく似た顔を見たことがあるような気がしたからだ。

おかしいな。綸太郎は首をひねった。話で聞いているだけで、堂本峻とはこれまで一度も会ったことがないはずである。田代周平や飯田才蔵から、顔写真を見せられた覚えもない。

　川島伊作の告別式にこっそり紛れ込んでいて、会場で顔を見かけたのだろうか？　しかし、それはありえないと思った。もし堂本が葬儀会場に姿を見せたりしたら、誰かの目に留まって騒ぎになっていたはずだ。

　綸太郎は写真の顔かたちをしっかり目に焼き付けると、いったん目を閉じて、過去一週間の自分の行動をひとつひとつ思い返す――。

「あいつだ！」

　思わず声を洩《も》らして、立ち上がる拍子に椅子をひっくり返しそうになった。法月警視が何事かとデスクに身を乗り出して、

「どうした綸太郎、その写真に何か心当たりでも？」

「まんまとしてやられた！　ぼくはついこないだ、この男に会ったばかりだ」

　室内の視線がすべて綸太郎に集まった。警視はせわしない口調で、

「堂本に会っただと。いつ、どこで？」

「土曜日の午後、西池袋の堂本のマンションへ偵察に行ったことは話しましたね？　『パルナッソス西池袋』の五〇二号室。オートロックのせいで中に入れませんでしたが、ちょうどそこにいた時ドアが開いて、水商売のおかまみたいななりをした男がロビーに出てきたんです。出がけに五〇一号室の郵便ボックスをのぞいていたから、たぶん顔見知りだろ

うと思って、堂本のことをいろいろ聞いてみたんですが」

「ちょっと待て。おかまみたいななりというのは、女装していたということか」

「そうです」

綸太郎は唇を嚙《か》んで、自分のうかつさを呪いながら、

「服装も派手だったし、異様に化粧が濃いので、妙な気はしたんです。でも、あんまりじろじろ見るのも失礼だと思って……。ぼくの前では隣室の住人みたいなふりをして、適当なことを喋《しゃべ》っていましたが、この写真が本物なら、あれは堂本の変装だったんだ」

法月警視は息子の態度の急変を目の当たりにして、ちょっと鼻白んだように、

「だが、仮にそのおかまもどきが堂本だったとしても、おまえが偵察に来ることは予想できなかったんじゃないのか。たまたま出くわしただけだとしても、自分の家に出入りするのに、どうして変装なんかする必要が？」

「悪い評判の絶えない男だと言ったでしょう。恐喝まがいの写真をネタにヤバい筋といざこざを起こして、逃げ回ってる最中だったんです。わざわざ変装したうえに、見つかる危険を冒して自宅へ舞い戻ったとすれば、よっぽど大事な用があったからにちがいない」

綸太郎の答を聞いて、警視の表情が徐々に険しくなった。

「よっぽど大事な用とは？　堂本に会ったのは、土曜日の午後だと言ったな。それは、被害者の死亡推定日時と重なるじゃないか」

「待てよ。そういえば、あの時――」

土曜日の午後、ロングスカートとピンクのフリルジャケットを身に着けて、堂々とロビーに現れた堂本峻は、ブランド物のトートバッグを持ち歩いていなかったか。バッグの中には、妙にかさばる荷物が入っていた覚えがある。ちょうど人の頭ぐらいの大きさで……。

人の頭？

まさか！

両手で堂本の写真を握りしめたまま、綸太郎は天井を仰いで絶句した。もしあれがそうなのだったとしたら――。

目の前が真っ暗になった。もはや堂本峻の犯行に疑念を抱いている場合ではない。それどころか、自分は取り返しのつかない大失敗をしでかした可能性がある。

土曜日の午後、彼の目の前を通り過ぎたトートバッグの中に、まだ切断されてまもない江知佳の生首が隠されていたのだとすれば。

19

「ぼくの完全な失策でした。あそこで捕まえることもできたのに、たわいない変装にごまかされて、みすみす堂本を取り逃がしてしまった」

九月二十二日、水曜日の朝。父親より一足先に町田の川島邸へ赴いた綸太郎は、リビングのテーブルをはさんで川島敦志と差し向かいに坐《すわ》っていた。この家の敷居をまたぐのは今日で四度目になるけれど、今まででいちばん辛《つら》い訪問だった。すでに手遅れだったとしても、日曜日に来た時は、まだ江知佳の無事を祈ることができたのだから。

血なまぐさい話になるのを嫌って、国友レイカは席を外していた。エッちゃんが撮った写真をアルバムに整理すると言って、二階に上がったきり、ずっと下りてこない。すっかり耳になじんだ秋山房枝の声も、今日は聞こえてこなかった。昨日の午後から具合を悪くして、鶴川の自宅で床に臥《ふ》せっているという。

房枝は川島とレイカの口からじかに聞かされるまで、江知佳が死んだことを認めようとしなかったそうだ。日が落ちる前にタクシーで自宅へ送ったが、実の娘に先立たれたみたいに取り乱して、手のつけようがなかったよ、と川島は痛ましそうにつぶやいた。

「——相手の顔を知らなかったんだろう？　前もって人相だけでも教えておくべきだった。こっちの配慮が足りなかったんだ」

「写真を入手する手間を惜しんだのは、ぼくの手抜かりです。弁解の余地もありません」

綸太郎は乾いた唇を嚙んでうなだれた。目を伏せているのに、川島の視線を痛いほどに感じる。同じまなざしが切断された江知佳の頭部と対面し、そのむごたらしい死に顔を目に焼き付けているのだと思うと、なおさら顔が上げられない。

川島は名古屋から戻った後、東中野の自宅にも帰らないで、旅支度のままここで待機していた。着替えがないから、兄貴の服を着ているという。なにげなく洩らした一言にも、因果な響きがつきまとった。江知佳の死亡を確認したものの、遺体の大部分は行方《ゆくえ》知れずで、切断された頭部も法医鑑定に付されたきり、いつ戻ってくるかわからない。葬式を上げるめどすら立っていないのが現状なのだ。汗ばんだ掌《てのひら》を膝《ひざ》にこすりつけながら、綸太郎はどうにもいたたまれぬ思いに苛《さいな》まれて、いっそう深く頭を垂れた。

川島の口から叱責《しっせき》の言葉は出なかった。そうするかわりに身を乗り出すと、綸太郎の肩に触れながら、苦い薬を水なしで飲み下すように声を詰まらせて、

「すんだことだ。今さらくよくよしても始まらない」

綸太郎を慰めるというより、自分に言い聞かせる口調だった。宇佐見彰甚や江知佳に対する遠慮から、警察への通報を怠り、堂本峻に関する情報を出し惜しんだことを悔やんでいるのだろうか。綸太郎はなけなしの勇気を奮い、やっと顔を上げた。

「きみが堂本の変装を見破ったとしても、たぶんその時はもう手遅れだったにちがいない。だから、そのことで自分を責めても仕方がないんだ」

「それはそうですが、でも──」

「いや。こうなってしまった後から、でもやしかしを言い出したらきりがない。私の前では、二度とそんな口を利かないでほしい」

甘えを許さない態度で、川島が言う。綸太郎はうなずいて、やりきれない後悔と自責の念を胸の内に押し込めた。

川島は充血して濁った目をそらし、タバコを口にくわえた。ライターの炎をじっと見つめながら、必要以上に時間をかけて火をつける。言いたいことなら川島の方がずっとたく

さんあるはずなのに、自分の弱さに流されまいとして、口にすることを禁じているにちがいない。それが川島なりの線の引き方なのだと、綸太郎は思った。

たっぷり吸い込んだ煙を吐いてから、川島がおもむろに口を開く。

「堂本が台湾へ高飛びしたという話は、やっぱり嘘八百だったんだな」

「ええ。航空各社に問い合わせたところ、九月八日の台湾行きの便に、該当する人物は搭乗していなかったそうです。念のため、九日以降の乗客名簿にも当たってもらいましたが、出入国のいずれの便にも、堂本峻ないし権堂元春という名前はありませんでした」

綸太郎は気を取り直して、捜査の最新情報を伝えた。非公式のスポークスマンとしてふるまうことは、法月警視も了解済みである。捜査本部と遺族の間で、スムーズに意思の疎通が行われるよう、自分から志願した役回りだった。

「変名を使っていれば別ですが、おそらく一度も国外には出ていないでしょう。それともうひとつ、十三日の午後七時頃、新宿駅で堂本らしき男を見かけたという目撃情報があります。堂本と面識のある中国人ホステスがたまたま人込みの中で出くわして、ドーモトサン？　と声をかけたら、相手は知らん顔をしてそのまま姿を消したらしい。未確認の伝聞情報なので、その男がまちがいなく堂本本人だったかどうか、はっきりしたことは言えませんが」

飯田才蔵から電話で聞いたことを話すと、川島は確信を深めるように、

「十三日というと、先週の月曜日――ちょうど房枝さんが駅前で堂本に似た男を目撃した

のと同じ日じゃないか。日暮れまでに犯行の下見をすませて、町田から新宿まで、小田急線の急行なら四十分ぐらいで行けるだろう。両方とも堂本本人と見て、まちがいあるまい」

「だとすれば、四谷の潜伏先に帰るところだったかもしれません。いずれにせよ、堂本は先週の半ばまで、山之内さやかの部屋を引き払っていなかったと思います」

「だろうな。その山之内という女も、堂本の共犯と考えた方がいい。殺害に関与しているかどうかは別として、何も知らないということはありえないよ。高飛び云々《うんぬん》の話だって、きみと田代君が部屋に訪ねてくるのを察知して、あらかじめネタを仕込んでおいたようなふしがある。いきなりその場でこしらえた話にしては、辻褄《つじつま》が合いすぎているから」

「たぶんそうでしょう。さやかには、堂本をサポートする個人的な理由もありますし」

同意しながら、内心忸怩《じくじ》たる思いだった。川島は最初にその話を聞いた時から、海千山千の女に言いくるめられただけではないか、と疑っていたのだから。

綸太郎もさやかの言うことを真に受けたわけではなかったが、同じ日に京王プラザで宇佐見彰甚と意見を交換したのがまずかった。宇佐見があれほど自信たっぷりに石膏《せっこう》像の首の存在を否定しなければ、もっとちがった対応をしていただろう。

責任転嫁をするつもりはないけれど、あれで判断が狂わされたのも事実である。それを思うと、あらためて宇佐見が恨めしかった。

「それなら一刻も早く、女の身柄を押さえた方がいいんじゃないか?」

「堂本が連絡を取ってくる場合に備えて、山之内さやかには昨日から見張りをつけて泳がせています。ただ、捜査本部の判断によっては、今日にでもさやかの部屋に踏み込んで、事情聴取を行うかもしれません。タイミングの見極めがむずかしいんですが」

川島は一応の理解を示しながら、切れ目なく新しいタバコに火をつけて、

「西池袋のマンションの家宅捜索はすんだのか？　宅配便の荷物から堂本の指紋が採れたなら、捜査令状を取るのに支障はないはずだが」

「昨夜のうちに所定の手続きを踏んで、『パルナッソス西池袋』のスタジオ兼住居への立ち入り捜査が行われました。台湾行きは作り話でしたが、堂本がトラブルを起こして組関係者に追い回され、ほぼ一か月近く、自宅に寄りつけなくなっていたのは、まぎれもない事実のようです。室内には、最近の生活痕跡《こんせき》がまったく見当たらなかったうえに、留守番電話に大量の脅迫メッセージが残されていたと――」

「そんなことはどうでもいいよ。私が聞きたいのはもっと大事なこと、遺体の残りの部分があったかどうかだ」

川島がじれったそうにタバコを唇から離し、返事をせかした。綸太郎は浮かない顔で首を横に振り、

「江知佳さんの遺体は見つかりませんでした」

「見つからなかった？」

顔をしかめた拍子に、くわえ直したタバコの先から灰が落ちる。川島は膝の上にこぼれた灰をぞんざいに払い落として、

「でも、犯行現場は堂本のマンションで決まりなんだろう?」

綸太郎は神妙な面持ちで、もう一度首を横に振りながら、

「それも雲行きが怪しくなってきました。鑑識が室内をくまなく調べたんですが、遺体の一部はおろか、被害者の遺留品や血痕《けっこん》とおぼしきものすら出てこなかったので」

「そんな馬鹿な。風呂場《ふろば》で遺体を切断して、後からきれいに水を流したとか、そういうことではないのかね」

「いいえ。浴室も含めて、水回りはしばらくの間、使用された様子がありません。証拠湮滅のためにあわてて部屋を掃除した跡はないし、首を切る道具や防水シートの類も見当たらない。ぼくが会った時、堂本はトートバッグのほかにかさばる荷物を持っていなかったので、マンションの外で血まみれの品を処分することもできなかったはずです。ですから、現時点の鑑識の判断では、『パルナッソス西池袋』で遺体の切断が行われた可能性はきわめて低い。それどころか、そもそも江知佳さんが堂本の部屋で殺されたかどうかも疑わしいと」

「まさか」

「まだそうと決まったわけではないですが、今日これから鑑識が来て、江知佳さんの指紋のサンプルを採ることになっています。堂本の部屋から検出された本人以外の指紋と照合

すれば、はっきりした結論が出るでしょう。もしどれとも一致しなかったら、被害者は一度も『パルナッソス西池袋』に出入りしていないということに——」

「ちょっと待ってくれ」

川島は手をかざし、綸太郎をさえぎった。見るからに当惑したそぶりである。

「結論を出す前に、もう一度きみの話を整理させてくれ。エッちゃんの死亡推定日時は、十八日土曜日の日中から夜半にかけて。そして遺体の首が切られたのは、殺害から数時間ないし半日ほど経ってからと推定される、ということだったな」

「そうです」

「きみが西池袋のマンションで、女装した堂本と話をしたのは、同じ日の？」

「午後一時二十分ぐらいだったと思います。川島さんが代々木の専門学校に出かけて、講師陣の打ち合わせに参加していた頃です」

綸太郎の言い方を聞いて、ピンと来たらしい。川島はちょっと眉《まゆ》をひそめて、

「——ひょっとして、警察は私のアリバイまで調べているのか？」

「すみません。ぼくが親父さんに頼んだんです」

「ということは、私も容疑者リストに入っていたわけだ。見損なったとは言わないけれど、いくらなんでも杓子《しやくし》定規にすぎやしないか」

「滅相もない。言い訳に聞こえるかもしれませんが、川島さんを疑ったわけではないんです。こうやって捜査情報を明かせるのは、ぼくが特別のお目こぼしを受けているからで、

親父さんの了解を得るためには、どうしてもアリバイの確認が必要でした。その点に関しては、いずれ父から説明があると思います」

「だったらいいんだが。少しひやっとしたよ」

川島は大人の対応をした。黙っていればわからないことをきちんと打ち明けたので、不快感を抱くまでには至らなかったようだ。

「話がそれてしまったが、問題は死亡推定時刻と首の切断時刻のインターバルだ。土曜日の朝、房枝さんがここを出たのは、午前九時。エッちゃんもすぐ家を出て、その直後のかなり早い時間帯に殺害されたとしよう。そうすると、最大で四時間弱のタイムラグがあるから、午後一時までに首の切断が終わっていたとしても、法医学的な矛盾は生じない。きみと出くわした時、堂本はちょうど人間の頭が入るぐらいのバッグをぶら下げていたんだろう？　その中にエッちゃんの首を隠して、きみの目をやり過ごし、堂々とマンションから持ち出したとすれば、やはり遺体の切断現場は、堂本の部屋以外に考えられないということになる」

「ぼくも最初はそう思いました」

と綸太郎はいったん相槌《あいづち》を打ってから、

「しかし鑑識の報告を聞くと、あのバッグの中に江知佳さんの首が入っていたということはありえない。いや、もしあるとしても、堂本がマンションに立ち寄る前から、別の場所で切断した首を持ち歩いていたとしか、考えようがないんですが……」

燃えつきたタバコのフィルターを指にはさんだまま、川島は両腕をからませて、

「だとしたら、ますます不可解だな。組関係者に追われて身を隠してたんだから、よほど差し迫った理由がない限り、網に引っかかる危険を冒して自宅に立ち寄ったりはしないだろう。首を切るためでなければ、堂本は何をしに自分のマンションへ行ったんだ？」

「どうしてもそこが解せないんです。江知佳さんの首を持ち歩き、わざわざおかまの変装までして、自分の部屋に帰らなければならない理由とは、いったい何だったのか」

綸太郎が遅疑逡巡《しゅんじゅん》するのを見かねたのか、川島は組んでいた腕をするっとほどき、吸い殻を灰皿の中へ落として、

「だからといって、そんなに神経質にならなくてもいいんじゃないか？　アトリエの殺人予告といい、被害者の首を切って宅配便で送りつける猟奇的な手口といい、堂本の犯行は常人の理解が及ばない異常者の犯行そのものだ。プロファイラーを気取るわけではないが、服装倒錯とか、遺体の一部を記念品のように持ち歩いたりするのだって、その手の異常者にありがちな行動パターンだろう」

「それはそうです。警察の捜査方針も、その線でまとまりつつあるようですし」

「だったら、最初からそういうものだと割り切って、細かいことにこだわらない方がいい。犯行現場がどこであろうと、宅配便の指紋が一致している以上、エッちゃんを殺して首を切ったのが、堂本のしわざだという事実は動かせないんだから。きみの前でこんなことを言うのもあれだが、本人を捕まえて締め上げれば、洗いざらい白状するのは目に見えてい

る」

「そうだといいんですが、実はもうひとつ解せないことが」

論太郎が弱気を洩《も》らすと、川島は釈然としない面持ちで、

「まだ何か妙なことがあるのか？」

「犯人と見られる男が、金井町にあるヤマネコ運輸の町田営業所に荷物を持ち込んだことは、もうご存じですね？　カウンターで応対した従業員の証言を元に、容疑者の似顔絵を作らせたんですが、でき上がった絵が堂本とは似ても似つかない顔で――」

「その似顔絵というのを見せてくれないか」

論太郎はこのために持参したコピーをテーブルに置いた。川島は似顔絵を手に取って、頬のこけた人相に目を凝らしながら、

「たしかに堂本とは、だいぶ感じがちがうな。しかし似顔絵といったって、帽子とサングラスで、ほとんど顔がわからないじゃないか。似てる似てない以前の問題だろう」

「そうとも言えないんです。似顔絵の人相がちがいすぎるので、念のため目撃者の従業員に堂本の顔写真を見てもらったら、明らかに別の男だと」

川島はライターに手を伸ばし、無意識のしぐさみたいに蓋《ふた》を開け閉めして、

「顔の特徴を覚えられないように、メーキャップでごまかしたのでは？」

「でも女装していた時は、後からすぐ見分けがつきましたよ。あれだけ濃い化粧をしていたのに、人相そのものは変えられなかったんです」

「それなら誰か別の男に頼んで、荷物だけ送らせたんだろう。堂本自身が危ない橋を渡る必要はないんだから。荷物の中身を告げずに、相応の口止め料を握らせれば、それぐらいのことをしてくれる身代わりはいくらでも見つかるさ」

そう言って、川島は不毛な議論を打ち切るように新しいタバコに火をつけた。

堂本が身代わりを立てた可能性はいちがいに否定できない。法月警視も川島と同じことを言って、似顔絵の問題にケリを付けようとしている。しかし身代わりを立てるなら、送り状に自分の名前を書かせるのは矛盾してないだろうか？　綸太郎は疑念を拭《ぬぐ》い去れずにいたが、濡《ぬ》れ衣を主張するための姑息《こそく》な手段だと言われれば、議論はそこまでである。

川島はひとしきりタバコを吹かしてから、ふと妙案を思いついたような顔で、

「――さっきのマンションの件だがね、堂本が西池袋に現れたのは、ひょっとすると、きみと遭遇するのを見越したうえでの陽動作戦だったかもしれないぞ」

と言い出した。

「陽動作戦？」

「警察の注意をそっちに引きつけるためのさ。山之内さやかは事前にきみの訪問を知り、台湾行きの話で煙に巻こうとした。堂本本人もきみに対して同じことをした可能性がある」

綸太郎は小首をかしげて、

「どういうことですか」

「堂本は何らかの方法できみを西池袋におびき寄せ、女装した格好とこれ見よがしにふくらませたバッグをきみの目に印象づけた。後から、バッグの中にエッちゃんの首が入っていたと思い込ませるためだ。しかし、犯行現場は『パルナッソス西池袋』とはまったく別の場所で、バッグの中身も首ではなかった。殺害と遺体の切断作業は、きみが堂本を見送った午後一時半より後に行われたのではないだろうか」

「でも、どうしてそんな手の込んだことを？」

「犯行時刻を実際より前にずらして、偽のアリバイをこしらえるためだろう。堂本は土曜日の午前中のアリバイを用意してるんじゃないか」

目撃者の先入観を利用した時間差トリックということか。川島にお株を奪われた格好だったが、綸太郎は即座に首を横に振って、

「面白いアイディアですが、それは無理な相談です。ぼくが堂本のマンションへ偵察にいったのは、府中から帰る電車の中で急に思いついたことですから。堂本があらかじめぼくの行動を予想して、西池袋に先回りするなんて芸当はできっこありません」

「本当にそうだろうか？　ひょんなきっかけから、即席のプランを実行した可能性もある。堂本のマンションに向かう前、誰かにそのことを話した覚えはないか」

「誰かに？　新宿駅から田代周平に電話をかけたぐらいですが――」

自分の答にはっとして、綸太郎は息を呑《の》んだ。

仮に田代が堂本峻と密《ひそ》かに通じていたとすると、川島の言うアリバイ工作にも実現可能

性が出てくる。電話をした後、すぐに田代が堂本に知らせれば、綸太郎が立教大学の周辺でうろうろしている間に、『パルナッソス西池袋』に先回りできたかもしれない。先週の金曜日、さやかの部屋を訪問した時もそうだ。堂本がタイミングよく姿を消すことができたのは、あらかじめ田代がこちらの目的を知らせていたからではないだろうか？

堂本峻に対する田代の態度は、最初からどこか煮えきらないものだった。表向きは不仲を装いながら、裏で手を結んでいるとしたら、こちらの動きはほとんど筒抜けである。

だが、よりによって田代周平が——？　いや、そんな馬鹿なことはありえない。高校時代からの後輩に裏切られているとは思いたくなかった。堂本峻が西池袋のマンションに舞い戻ったことには、何かもっと別の理由があるはずだ。

表の道路に車の停まる音がした。玄関のチャイムが鳴って、来客を告げる。

「ごめんください。警察の者ですが」

法月警視の声だった。

20

川島邸に到着したのは、鑑識を主体にした最小編成の捜査班だった。随行した久能警部によると、町田署の合同捜査本部では、昨夜から厳重な報道管制が敷かれているらしい。マスコミに嗅《か》ぎつけられるのを警戒して、ここへ来る時間帯を慎重に選んだうえに、わざわざ目立たない車両を用意したという。

二十日月曜日、名古屋市立美術館で女性の「遺体の一部」が見つかった事件は、昨日からTVや新聞で報道されていたが、台湾中部地震や与党総裁選のニュースが紙面を埋めつくしているせいで、今朝の朝刊には、具体的な続報はほとんど出ていない。被害者が先日急逝した川島伊作のひとり娘であることはもちろん、「遺体の一部」が切断された生首だということも、まだ伏せられていた。

父親の知名度に加えて、江知佳にはモデル経験がある。そうでなくても、死体の首を切り離し、梱包《こんぽう》して宅配便で送るという常軌を逸した犯行なのだ。事実を公表したとたん、興味本位のマスコミが寄ってたかって事件をオモチャにするのは、避けられない見通しだった。生前の江知佳の写真と並んで、「急逝した前衛彫刻家の美人令嬢、バラバラ死体に！」という見出しの躍るさまが、いやでも目に浮かぶ。

「そうなる前に少しでも時間を稼いで、容疑者の身柄を押さえ、できるだけ証拠を固めておきたい。それが捜査本部の一致した見解なんですが――」

リビングに通されるなり、法月警視はあわただしい口調で状況を説明した。

「名古屋でなく、町田署に合同捜査本部を設置したことが、在京メディアの臆測《おくそく》を呼びましてね。午後の記者会見で、被害者の氏名を公表せざるをえなくなりました。それ以上の引き延ばしは、かえって捜査に悪影響をもたらすという判断で」

「午後というと？」

「今のところ、三時以降をめどに。今朝の記者発表を受けて、マスコミの目はヤマネコ運輸の町田営業所に集中していますが、今夕にもレポーターやカメラマンが大挙してこの家に押し寄せてくる可能性が高い。われわれもできる限り対策を講じますが、遺族の皆さんも今からそのつもりで、覚悟しておいた方がいいでしょう」

「わかりました」

川島は緊張した面持ちでうなずくと、同席しているレイカを目で指して、

「当分の間、彼女と分担して番をするつもりでしたが、取材攻勢に耐えられなければ、よそへ避難するかもしれない。その時は警察の方で、見張りの人をよこしてくれませんか」

その点はご心配なくと請け合って、警視は傍らの久能警部に顎《あご》をしゃくった。久能は値踏みするように、川島とレイカにかわるがわる目を向けながら、

「宅配便の遺留指紋と照合するために、亡くなったお嬢さんの指紋を採取したいのですが。できれば毛髪のサンプルも。江知佳さんの部屋に案内していただけますか」

それならわたしが、とレイカが立ち上がる。久能は鑑識班とカメラマンを促し、レイカを先頭に二階へ上がっていった。人員を絞っているので、アトリエは後回しになるようだ。リビングに残ったのは、法月警視と川島敦志、それに綸太郎の三人だけになった。

「――一服してもかまいませんか？」

先に切り出したのは、川島の方だった。警視は快諾し、手持ちのライターで火を貸すと、

自分もタバコを出して同じように吸い始める。たちまち、同病相憐《あわ》れむの図になった。

事情聴取という場では異例のふるまいだが、被害者の遺族との壁を取り払うため、あえてそうしているにちがいない。川島にも、その含みは通じているはずである。綸太郎はしばらくの間、オブザーバーに徹して、自分から口を出さないことにした。

「国友レイカさんでしたね」

話のきっかけをつかむように、警視は階段の方へ目をやって、

「亡くなった伊作さんの秘書をされていたそうですが。せがれの話だと、一時期はお兄さんとの間に、再婚話も持ち上がっていたとか」

「ええ。でも、その時はエッちゃんが反対したので、じきにその話もお流れに――ここ半年ほどは、だいぶ風向きが変わっていたようなんですが」

川島は不憫《ふびん》そうに頬をすぼめた。警視は他意のない、やんわりした聞き方で、

「伊作さんの死期が近いと知って、こっちへ越してきたんですか？」

「いや、今でも成瀬のマンションに。ここからだと目と鼻の先で、ほぼ毎日のように行き来していましたが、同居したことはありません。他人の目を気にしてというより、エッちゃんに配慮したせいだと思います」

「そうすると、内縁にも当たらない不安定な身分ですね。立ち入ったことをうかがいますが、伊作さんは亡くなる前、彼女の身の振り方について、遺言か何かで具体的な指示を？」

川島はタバコをつまんだ指を宙に泳がせるようにして、

「遺産とか法的な地位のことですか？　それはなかった。兄の方から死ぬ前に籍だけでもと持ちかけたことはあるようですが、国友君が首を縦に振らなかったそうで。ですから、法的には兄ともエッちゃんとも関わりのない、赤の他人ということになります。当人にとって、そういう手続きにどれほどの意味があるかというと、また別の話になりますが」

「奥さんと離婚してずいぶんになるそうですが、亡くなった伊作さんとお嬢さんのほかに、この家で暮らしていたのは？」

「家族はその二人きりで、あと秋山房枝さんという家政婦さんがおります。週に四日、鶴川の自宅から通っているので、国友君と同様、同居人とはいえませんが、ここで働くようになってからもう十年以上になる。兄が死んだ後もずっと泊まり込んで、家の中のことを取り仕切ってくれているし、私なんかよりずっと身内に近いでしょう」

「その秋山さんという方はどちらに？　今日は見かけないようですが」

昨日の午後から、と川島はさっき綸太郎が聞いたのと同じ話を繰り返して、

「この十日あまり、葬式やなんかでずっと気が抜けなかったうえに、自分が朝から家を空けなければ、エッちゃんは無事だったのではないか、と気に病んでいるようで。生きている最後の姿を見たのは、房枝さんなんです」

「そのように聞いてます。秋山さんの自宅の住所は？」

川島は鶴川の公団アパートの住所を教えた。法月警視はタバコをボールペンに持ち替え、

に答えてもらうことになりますが」

手帳にアドレスを控えながら、

「秋山さんの体調は回復しているでしょうか？　鶴川にも捜査員を送って、いくつか質問に答えてもらうことになりますが」

「これからすぐですか？　まあ一晩経ってることだし、何とか話はできるんじゃないかな。相当参っているようですから、無理をさせないと約束してもらえれば」

「もちろん、その点は配慮します」

警視は携帯で捜査本部を呼び出し、秋山房枝の住所を告げた。

川島も席を立って、リビングの電話から鶴川にかける。房枝の夫に事情を話し、これから警察が聴取に向かうことを伝えるためだ。迷惑をかけているのを何度も詫《わ》びて、やっと用件をすませると、川島は一度首をひねってから席に戻り、

「昨日に比べると、房枝さんもだいぶ落ち着いたみたいです。ただ、何か言い漏らしたことがあるようで、しきりに宇佐見君から連絡がないかと気にしてるらしい。どんなことでも気がねしないで刑事さんに話すように、とご主人に伝えておきましたが」

「宇佐見君というのは、美術評論家の宇佐見彰甚氏のことですね」

と警視が念を押した。川島は気がかりな顔でうなずいて、

「月曜日から、まったく連絡が取れないんです。遺体を見つけたのは宇佐見君だというのに、名古屋へ身元確認にいった時はすれちがいだったし、こっちに戻ってからも居場所がわからない。何度も電話したんですが、八王子の自宅にも帰ってないみたいで」

「東京に戻っている可能性が高いと思うんですが、まだわれわれも彼の足取りをつかんでおりません。事件に直接関与しているかどうかは別として、宇佐見氏の行動には不審な点が多い。秋山さんの供述で、何かわかるといいんですが――」

その声にかぶさるように階段を下りてくる足音が聞こえた。法月警視は話を中断して、入口の方へ注意を向ける。リビングに国友レイカが入ってきた。

「もう終わりですか、鑑識の作業は？」

警視がたずねると、レイカは目の中にもやがかかったような顔つきで、

「まだ少しかかりそうですが、わたしがいると邪魔みたいなので」

言い訳がましく聞こえたのは、その場にいたたまれなくなって下りてきたからだろう。場所ふさぎになるより、江知佳の遺品に鑑識の手が触れることに抵抗があるにちがいない。

綸太郎は席を移動して、もうひとり坐《すわ》れるスペースを作った。レイカは腰を下ろし、テーブルの上の灰皿を見つめたが、自分のタバコに手をつけようとはしない。

「上で刑事さんに聞いたんですけど、エッちゃんの自転車が見つかったそうですね」

レイカがなにげなく口にした一言に、川島は思いがけない顔をして、

「自転車が？　どこで」

と警視に質問をぶつけた。もちろん、その話は綸太郎も初耳である。

今朝の捜査会議中に飛び込んだニュースらしい。親父さんは頭を掻《か》きながら、これからその話題に移ろうと思っていたんですが、と前置きして、

「今朝早く、警ら中の町田署員が玉川学園前駅付近の駐輪場で、捜索願の出ている自転車を発見しました。防犯登録番号が届け出と一致したので、江知佳さんのものにまちがいないでしょう。ただちに捜査員を差し向けて、駅周辺の目撃情報を集めているところです」

「――玉川学園前か」

とつぶやいて、川島は鳥が餌をついばむように小さく頭を前に振り、

「だとすると、小田急線に乗った可能性が出てきますが。それとも、エッちゃんの足取りをごまかすために、犯人がわざとそこに放置したんでしょうか?」

「いや、たぶん江知佳さん本人が置いていったものでしょう。未確認情報ですが、発見された自転車は、どうも十八日土曜日のお昼頃からそこに放置されていたらしい」

「土曜日の昼、ですか」

「そうです。午後一時前後に、駅前で江知佳さんらしき女性を見かけた人物もいるとか。時間的に見て、犯人が江知佳さんを殺害した後、捜査を攪乱《かくらん》する目的で駅前に乗り捨てていったというより、彼女自身がその日の昼過ぎに家を出て、玉川学園前駅まで自転車で乗りつけたと考える方が自然ではないかと思います」

法月警視は説明しながら、それとなく綸太郎に目配せした。まだ裏は取りきれていないようだが、この段階で遺族に伝えるからには、かなり信憑《しんぴょう》性の高い情報なのだろう。

午後一時前後に、玉川学園前駅付近で江知佳が目撃されたということは、殺害時刻はそれ以降でなければならない。いうまでもなく、一時二十分頃、西池袋のマンションに現れ

た堂本峻が、トートバッグの中に江知佳の首を入れて持ち歩くことは不可能だ。

綸太郎はそれで少し肩の荷が下りるような気がした。もうひとつ明らかになったのは、さっき川島が示唆した時間差トリックを利用して、堂本が土曜日の午前中のアリバイを申し立てても、まったく意味をなさないということである。

「お昼から出かけたとすると、急な呼び出しでも受けたんでしょうか。捜索願と一緒に、携帯の交信記録を調べる同意書にサインしましたが、そっちの方から何か手がかりは？」

川島は当てにしていたみたいだが、警視は残念そうに首を横に振って、

「電話会社に要請して、江知佳さんの携帯の交信記録を出してもらいましたが、一週間前までさかのぼっても、犯行と関連しそうな不審な通話は存在しませんでした。こちらのお宅の固定電話も同様で、土曜日の日中は、発信・受信いずれの記録も残っておりません」

「携帯本体の行方は？」

「土曜日の午後からずっと電源を落とした状態で、発信地の特定は不可能です。おそらく足が付くのを怖れて、犯人が処分してしまったのではないかと」

二人のやりとりの途中で、レイカがふと眉《まゆ》を寄せた。何か気になることでもあるのか、唇に指を当てて考え込んでいるふうだったが、警視はそのしぐさを気にも留めないで、

「せがれに聞いた話だと、江知佳さんは失踪《しっそう》する前日の金曜日にも、自転車でどこかへ出かけていたそうですね。まずその日のことから、詳しく話を聞かせていただけませんか」

「あ、はい」

水を向けられて、レイカは居ずまいを正した。何か考えていたとしても、その考えは具体的な形をなす前に雲散霧消してしまったようである。

「——なるほど。大学へ行くと言って家を出たのに、江知佳さんはキャンパスに姿を見せていなかった。ところが日曜日に部屋を調べてみたら、壊れていたはずのカメラが直っていたと。それで彼女の行動に疑問を感じたわけですね」

「ええ。どうしてエッちゃんがそんな嘘をついたのか、よくわからないんですけど」

レイカは自分の見聞きしたことを細大漏らさず答えたが、綸太郎が持ち出した妊娠の疑いについてだけは、おくびにも出そうとしなかった。頭からありえないことだと信じているので、その件は警察はおろか、川島にも伝える必要はないと判断したらしい。

もちろん、綸太郎はタウンページの折り目のことを父親の耳に入れていた。被害者の妊娠を知られないために、遺体の首から下を切断した可能性があるからだ。ただしこういう結果になってしまってから、遺族の前であけすけにその疑いを口にすることは、いささか抵抗がある。法月警視はボールペンの尻《しり》で顎《あご》の先を突きながら、彼女が嘘をついたと決めつけるのはどうでしょう、と真顔でうそぶいた。

「写真科の先輩に直してもらったのでなければ、カメラ店に修理に持ち込んだ可能性もあります。前日にタウンページで修理先を探していたんでしょう?」

「でもその時は、あんまりピンとこないと言ってましたけど」

「次の日になってから、気が変わったのかもしれない。事件と関係があるかどうかわかりませんが、念のため市内のカメラ店に問い合わせてみましょう。川島さん、こちらのタウンページをお借りできますか？　何か印でも付けてあればいいんだが」

川島は立ち上がって、何の疑いも抱かずに電話台のタウンページを手渡した。警視はページをめくり、なにくわぬ顔で折り目の付いている箇所を確認する。町田署に持ち帰って、該当ページに掲載されている産婦人科の病院すべてに捜査員を送り、江知佳が診察を受けにきていないか、カルテをチェックする手はずになっていた。

レイカはこちらの魂胆を見抜いているはずだが、どうせ骨折り損になると踏んでいるのか、綸太郎を軽くにらみつけただけで、表立った抗議はしなかった。ちょうど階段にどやどや足音がして、鑑識技官らが下りてきたせいもある。

「ちょっと失礼。やっと部屋の調べが終わったようだ」

法月警視はタウンページを手に席を離れ、リビングの外で鑑識の石塚班長、それに最後に下りてきた久能警部と額を集めて、ひとしきり申し合わせを行った。それがすむと、配下の者たちを玄関から庭へ送り出し、自分ひとりがリビングに戻ってきて、

「引き続きアトリエの現場検証と、石膏《せっこう》像の検分に移ります。事情聴取の方はいったん休憩にして、お二人にも検証に立ち会っていただきますが、よろしいですね」

川島とレイカは顔を見合わせるようにうなずいて、ソファから腰を浮かせた。

綸太郎も二人に従ってリビングを後にする。部屋を出がけに時計を見ると、午前十一時

を回ったところだった。

「アトリエに最後に人が出入りしたのは、いつですか」

靴に履き替えて庭へ回りながら、警視が聞いた。先週の水曜日、兄の告別式の後に、と川島が答えると、レイカはすぐにそれを訂正して、

「木曜日の午後にもう一度、法月さんが窓から。わたしと房枝さんも立ち会いましたが、その後は誰も中に入ってません。宇佐見さんがアトリエの鍵《かぎ》を持っていったきりなので、普通にドアから出入りができないんです」

「宇佐見氏が鍵を？　それはいつから」

「先々週の土曜日、密葬がすんでからずっと」

「鍵のスペアはないんですか」

「ありません」

警視はアトリエのドアをにらみつけ、弱ったなという顔で顎をなでた。前に綸太郎がそうしたように、窓ガラスの割れ目から手を突っ込んでクレセント錠を外し、窓を乗り越えて中に入ることは可能だが、鑑識の立場からすれば、あまり窓の周辺に手をつけたくないだろう。侵入事件からかなりの日数が経過し、第三者が証拠物件を「汚染」しているのが明らかでも、できる限り原状に近い形で、鑑識作業を行うことが望ましいからである。

「ドアを開ける鍵がないそうだが、なんとかならないか？」

地面に膝《ひざ》を突いてドアの鍵穴を調べている石塚班長に、警視が打診すると、

「なんとでもなりますよ。簡単なシリンダーですから。ちょっとした知識と道具さえあれば、素人でも五分で開けられるようなやつです」

石塚は眼鏡のレンズ越しににやっと笑って、部下に七つ道具を持ってこさせた。彼の言葉に誇張はなかった。アトリエのドアは五分足らずで開いてしまった。

「堂本峻は、札付きの盗撮カメラマンということだったな」

警視は舌を巻きながら、後ろに控えた久能警部を振り返って、

「盗み撮りのポイントを確保するために、ちょくちょく空き巣の真似をしてるかもしれない。ピッキングの手口を身に付けてなかったか、いちおう確認しておいてくれないか」

「了解。二年前の調書をチェックしてみます」

綸太郎は唇を噛《か》んで、かぶりを振った。父親の勘が当たっていれば、アトリエの侵入事件に関するこれまでのロジックを、一から洗い直さなければならないことになる。窓ガラスを割って偽装工作を施したのが江知佳のしわざだとしても、それ以前に堂本がドアのロックを解除してアトリエに侵入し、石膏像の首を切断して持ち去った可能性が生じるからだ。

江知佳の像には最初から首がなかった、という宇佐見彰甚の主張にも、今となってはほとんど信が置けなくなっていた。モデルの顔から取った雌型の写真と称するものを見せられただけで、この目で実物を見たわけではない。雌型の頭部がそのまま残っていることを確認したくても、肝心の宇佐見の行方すらわからないのだから。

「その石膏像というのは、どこにあるんですか？」

アトリエの戸口に踏み込んだところで、石塚班長がけげんそうに問う声が聞こえた。白いキャンバス地のカバーがかけてあるやつです、と川島がドアの外から呼びかける。

「でも、そんなものは影も形もありませんよ」

「そんなはずは。ちょっと見せてください」

川島はカメラマンを押しのけて、アトリエの中をのぞき込んだ。

すぐに叫びともうめきともつかない声が、川島の喉《のど》から洩《も》れた。

「やられた！」

「どうしたんです、川島さん？」

綸太郎も我慢できなくなって、アトリエに飛び込んだ。川島はあんぐりと口を開けたまま、戸口に立ちすくんで、床の上を指差している。

「——なんてことを。房枝さんが言いたがってたのは、このことだったのか」

川島が指を向けた先には、何もなかった。

首のない江知佳の像は、キャンバス地のカバーごと、その場から持ち去られていた。

アトリエから持ち出されたのは、江知佳の像と支えの椅子だけではなかった。作業台の上に放置されていた石膏ガラ——分解された雌型の残骸《ざんがい》も、きれいさっぱりなくなっている。

どんな理由でそうしたにしろ、ひとりの人間の手に負える作業ではないな、と綸太郎は思った。堂本峻が単独で、もう一度盗みに入ったと考えるのは、さすがに無理だろう。

「では、石膏像を持っていったのは、宇佐見氏のしわざだと？」

すっかり当惑した法月警視の質問に、川島は真っ赤な顔でうなずいて、

「そうとしか考えられません。アトリエの鍵を持ってるのは、彼だけなんですから」

「だとしても、いったいいつの間に？　アトリエへの侵入と器物損壊で被害届を受理した直後から、こちらの判断で家の周りに監視要員を配置しておいたんですが、そのような出入りの報告は受けていません」

「たぶん昨日の朝早く、私と国友君が名古屋から戻る前に先回りしたんでしょう。被害届を出すより前ですから、ここにいたのは房枝さんだけだった。彼女ひとりでは、宇佐見君を止められるわけがない」

管轄の調整をしている間に、警察の動きが後手に回ったことになる。警視は苦虫を噛みつぶしたような顔で腕を組んだ。おもむろに顎をしゃくって、久能警部に意見を求める。

「朝イチで運搬作業に取りかかったとすれば、前の晩からトラックや人手を用意していたことになります。宇佐見彰甚が名古屋の美術館から姿を消したのは、その日のうちにこっちへとんぼ返りして、その手配をするためじゃないでしょうか」

「俺もその意見に賛成だ。今頃、秋山房枝が詳しい話をしてるかもしれない。鶴川に連絡して聞いてみてくれないか」

久能は捜査本部を呼び出し、鶴川の公団アパートへ事情聴取に向かった捜査員の名前と携帯の番号を聞き出した。すぐその番号にかけ直し、聞き込みの成果をたずねる。

久能はずいぶん長いこと、向こうと話していた。その間、川島はいらついた足取りでアトリエの中を歩き回り、タバコに火をつけようとして鑑識技官に制止された。レイカは床の上にしゃがみ込んだきり、身じろぎひとつしない。

通話を終えて、久能がやっと携帯を閉じた。いまいましそうにかぶりを振ると、

「やはり宇佐見彰甚の差し金です。昨日の朝九時過ぎ、いきなり宇佐見の使いと名乗る運送業者のトラックがやってきて、アトリエの石膏像をどこかへ運び去ってしまったらしい」

九時過ぎか、と警視は舌打ちして、

「宇佐見本人は？」

「ここには来ていません。そのかわり、ちょうど業者が着く頃を見計らって、宇佐見から電話がかかってきたらしい――故人の遺作を保護するために、自分が差し向けた人間だから、心配する必要はない。名古屋で顔を合わせた際に、川島さんと国友さんからもちゃんと了解を得ている、と太鼓判を押されたそうです。秋山房枝は二人が認めたことならと承知して、業者が石膏像を運び出すのを止めませんでした」

「それはハッタリです。名古屋では彼の顔も見ていない」

川島が言わずもがなのことを口にした。法月警視は、承知していますという顔をして川

島をなだめると、伝言ゲームの続きに戻り、

「宇佐見が来なかったとすると、アトリエの鍵は誰が？」

「業者の人間が、宇佐見から鍵を預かっていたようです。だからどっちみち、秋山房枝に彼らを止める手だてはありませんでした。どこへ運ぶのかたずねても、後から依頼主が保管場所を通知することになっていると繰り返すばかりで、何も教えてもらえなかったと」

「それで宇佐見から連絡がないのをずっと気にしていたんだな。気の毒に。で、石膏像を持っていったのは、どこの何という業者なんだ？」

「わかりません。来たのは三人組の男だったそうですが、無名の零細業者という感じで、ユニフォームも着ていなかった。そのわりに、美術品の扱いには慣れていたようです」

「無名の零細業者か。荷物の預り証ぐらい、置いていかなかったのか」

久能が返事をする前に、屈んで話を聞いていたレイカがはじかれたように立ち上がって、

「預り証だったら、キッチンにそれらしい紙切れが。何だかわからないので、冷蔵庫に磁石で留めておきましたが」

「それにちがいない。お手数ですが、取ってきてもらえますか」

警視の求めにうなずくと、レイカは久能を引き連れてアトリエから出ていった。川島はげっそりした表情でため息をつき、胸の前で両手をぎくしゃくと動かしながら、

「房枝さんを責めないでください。大事なことを話しそびれていたのは、自分の落ち度を隠そうとしたわけではないんです。昨日は本当に取り乱していて、それどころじゃなかっ

た。責任があるとすれば、むしろこの私です。もっと早く、アトリエの事件を警察に届けていれば、こんな形で何もかも台無しにするようなことはなかったのに」

「いや。秋山さんはもちろんですが、あなたまで自分を責めることはない。被害届を出しそびれたのだって、宇佐見彰甚がそう仕向けたからでしょう。名古屋での行動といい、意図的に捜査を妨害しようとしているふしがある。このところの彼の言動について、川島さんはどうお考えですか？　今の時点での率直な意見をうかがいたいのですが」

警視の問いかけは、うわべほど甘いものではなかった。川島はこぶしを口に当て、顔中の筋肉を引きつらせた。ややあって、こぶしの下からうめくような声が洩れる。

「宇佐見君が兄の一番の理解者だったということだけは、今でも疑いたくないんです。ひょっとすると、彼の頭の中は十一月の追悼展のことでいっぱいなのかもしれない。警察が石膏像を証拠として押収したら、せっかくの目玉作品が公開できなくなるでしょう。そうなることを危ぶんで、気が焦ったあまり、後先考えずに乱暴なふるまいに及んだのでは？」

川島は宇佐見を弁護しようと努めたが、とても本気でそう考えているとは思えない顔つきだった。警視は不満そうに身を揺すりながら、

「たしかにそれもひとつの考え方ではありますが……。おまえはどう思う、綸太郎？」

「ぼくですか」

綸太郎の頭の中では、もうひとつの考えがまとまりつつあったが、それを口にする前に、

レイカと久能警部が母屋から戻ってきた。

法月警視は証拠保全用のビニールに収められた預り証を手にすると、老眼鏡をかけて書面の記載に目を通した。読み終えてから、川島と綸太郎にも見せる。「各種美術展覧会・陳列および輸送業務」を請け負う「有限会社　アオイ美術」が発行したもので、川島もレイカも知らない業者だったが、渋谷の事務所の住所と電話番号が印刷されていた。

「預り証だけ見ると、まっとうな会社のようですが」

「法に触れるのを承知のうえで、宇佐見の依頼を引き受けた可能性もある。至急事務所に問い合わせて、石膏像の保管場所と依頼主の居所を調べるよう、捜査本部に伝えてくれ」

久能は預り証を受け取って、また携帯を開いた。

「――現場検証は中止しますか。それとも、このまま石膏像抜きで？」

待機していた石塚班長がしびれを切らして指示を仰いだ。法月警視はため息をついてから、現場指揮官の威厳を失うまいとするように、

「できる限りやってみてくれないか。肝心の石膏像を持っていかれたのは痛手だが、賊の侵入方法や切断に用いた道具なんかを調べておかないとな。川島さん、国友さん、アトリエの中で何か以前と変わっていることに気づいたら、どんな細かいことでも遠慮なく言ってください。おまえもだ、綸太郎！　宇佐見彰甚や『アオイ美術』の連中が、ほかにも妙なことをしてないか、見落としがないようにせいぜい目を光らせておくんだ」

鑑識班が作業を終えたのは、午後一時半を回った頃だった。班長の石塚はアトリエを引き揚げる際、現場の保存状態が予想以上に悪く、収穫はほとんどゼロに等しいとぼやいた。

鑑識のバンを見送ってから、法月警視が川島とレイカの両名に事情聴取の再開を告げる。

徒労感を引きずりながら母屋のリビングに引き返すと、一同がソファに落ち着く暇もなく、久能警部の携帯が鳴り始めた。

町田署の合同捜査本部からだった。応答する久能の表情が一気に引き締まるのを見て、何かあったのか、と警視が聞いた。

「山之内さやかのマンションを監視中の宮本刑事から、今しがた本部に緊急連絡が。堂本峻らしき男が現れたので、職質をかけようとしたところ、スキを見て逃走したと。あわてて追跡したものの、取り逃がしてしまったそうです」

21

四谷四丁目の山之内さやかのマンション「シティハウス四谷」にただならぬ動きがあったのは、午後一時過ぎのことだった。

現場に居合わせたのは、昨夜から張り込みを続けていた捜査一課の仲代・宮本の両刑事。

四谷保健所の裏手に停めたワンボックスカーからマンション周辺を見張っていたところ、監視対象のさやかが「シティハウス四谷」から外に出てきた。

見るからに人目を気にしながら、さやかは新宿通りでタクシーを拾い、皇居方面へ向かったという。普段着の目立たない服装に、紫外線よけのサングラスをかけ、今にもはち切れそうなボストンバッグを肘《ひじ》にぶら下げていた。夜の仕事の出勤には時間が早すぎるし、ボストンには着替えの服が詰まっていそうな感じだった。

堂本峻から緊急の連絡が入って、どこかでひそかに落ち合うよう指示されたにちがいない。仲代刑事はただちに車を出して、タクシーを追跡することにした。もちろん、尾行に当たったのは仲代だけで、宮本刑事は車を降りてその場に残った——さやかの行動が監視の目をそらす陽動作戦だった場合に備えるために。この判断は妥当だったが、監視チームが二分されたせいで、一時的にガードが甘くなったことは否定できない。

十五分ほど後、今度はフルフェイスのヘルメットをかぶった男がエントランスに姿を見せ、マンションの駐輪場に停めてあったミニバイクを路上に出した。アロハシャツに短パンというラフな格好だったため、見張りに残った宮本刑事は最初、マンションの住人だと思って、男を見逃しそうになった。堂本がさやかの部屋に立ち寄ることばかり頭にあって、中から出てくる人間にはさほど注意を払っていなかったせいである。

不審を抱いたきっかけは、交通法規の無視だった。「シティハウス四谷」の前の道路は南進のみの一方通行になっている。ところが、アロハシャツの男はミニバイクを逆進の方向に向けて、平然とシートにまたがった。あいつ、ここに住んでるんじゃないのか？　そう気づいた宮本刑事が路上に飛び出し、職質をかけようとすると、男はあわててエンジンを吹かし、宮本の制止を振り切って、そのまま富久町《とみひさちょう》方面へ走り去った。

男を見失った時刻は、午後一時二十分。ヘルメットをかぶっていたせいで、顔は確認できなかったが、身長や体つきは手配書に記された堂本峻の特徴と一致していた。さやかを尾行するために、監視車両を移動したのが裏目に出たことになる。

ただちに非常線が張られたが、今のところ堂本らしき男は網に引っかかっていない。


「――富久町方面か。抜け道を通って、そこらへんにバイクを乗り捨て、歌舞伎町にでももぐり込まれたら、絶対に見つかりっこないな」

捜査本部から入ってきた情報を整理すると、法月警視は口惜しそうに頬をへこませた。捜査情報が洩《も》れないよう、川島敦志と国友レイカにはリビングから出てもらい、別室で待機させている。論太郎はばつの悪い思いをしながら、ため息交じりの声で、

「堂本がマンションの中から出てきたということは、『シティハウス四谷』の監視を始める前からずっと、さやかの部屋に隠れていたわけですね。やれやれ、堂本には裏をかかれっぱなしだ。まさか同じ場所に居坐《いすわ》っているとは思いませんでした」

「手をこまねいてないで、さっさと女の部屋に踏み込んでおくべきでしたね」

久能警部がぼそっと洩らした。警視は苛立《いらだ》たしそうに綸太郎を顎《あご》で指して、

「もとはといえば、おまえがさやかの芝居を鵜呑《うの》みにしたのが悪い。そのせいでこっちまで、さやかの部屋に堂本はいない、という予断を持たされてしまった。宮本刑事の対応が

遅れたことを、一方的に責められやしないよ」

「面目ない。ぼくの判断ミスでした」

　こうやって頭を下げるのは何度目だろう？　綸太郎は自分のへぼ探偵ぶりに愛想を尽かしかけていたが、それでも何とか気力を奮い起こして、

「それにしても、堂本の行動は理解に苦しみます。宅配便で送った荷物に指紋を残したのは、不注意によるミスだとしても、江知佳さんを殺害した後も、山之内さやかの部屋から動かずにいたのは、自殺行為としか思えない。今回はうまいこと逃げ延びましたが、いずれ捜査の目が『シティハウス四谷』に向けられることぐらい、事前に予想できなかったのか。堂本は事件が起こる前からぼくの動きを察知して、常に先手を打ってきました。当然、ぼくと警察のつながりに関しても、十分承知していたはずなんですが」

「さやかの部屋に居坐っていたのは、ほかに行き場がなかっただけじゃないか？」

　とぶっきらぼうに警視が指摘した。

「自殺行為といったらその通りだし、逃亡の手口だって運を天に任せるようなものだが、勝算がなかったわけでもあるまい。おまえと田代君が一度そこを訪れているから、向こうも盲点を突くつもりだったんだろう。実際、堂本の狙い通りに事が運んだわけだから」

「だとしたらよけいに、今この段階で隠れ家を放棄して、姿をさらす必要はありませんよ。本気で盲点を突くつもりなら、さやかの部屋に身をひそめて、ほとぼりが冷めるまで待つ方が、まだしも筋が通ってるんじゃないですか？　それに限らず堂本の行動は、一から十

まで支離滅裂でちぐはぐなところが多すぎる。いったい何が狙いなのか、よくわからない」

　綸太郎が首をかしげると、警視はじれったそうにかぶりを振って、

「それこそおまえの勘繰りすぎだ。そもそもやつは、石膏《せっこう》像の首を切って持ち去ったり、モデルの娘を殺して生首を美術館に送りつけたりするような、頭のいかれた輩なんだよ。筋の通った行動を求める方が、どだい無理というものさ」

　法月警視は、川島と同じように決めつけた。再三にわたって堂本に裏をかかれた手前、父親への反論は控えたけれど、どうしてもその見方には首肯できないところがある。

　綸太郎が把握している堂本峻のイメージは、頭のネジがはずれた猟奇殺人者というより、もっと現実的で、計算高い小悪党というものだった。だからこそ、仮に石膏像の首を切り、江知佳を殺害したのが堂本だとしても、そこには何らかの功利的な計算が働いているはずだという確信がある。常人の理解を拒む、倒錯した異常心理の出る幕ではないと。

　もちろん堂本峻という人物が、ある種の反社会性人格障害者の類型に該当することは否定できない。しかし過去の逸脱行動のパターンを見る限り、堂本は常に引き際をわきまえ、致命的な一線を越えることを回避してきた。江知佳にストーカー行為を働いた時は、川島伊作の圧力でいったん手を引いているのだし、山之内さやかの義父に対する恐喝事件でも、最終的に罪に問われないよう、うまく立ち回っているからだ。

にもかかわらず、今回の一連の犯行に関しては、堂本らしからぬ無謀なふるまいが目立

ちすぎている。どうしてもちぐはぐな印象が拭《ぬぐ》いきれないのは、そのせいだった――。

「どっちみち、今ここでそんなことをゴチャゴチャ言っても始まらない」

綸太郎の瞑想《めいそう》は、警視の一喝で断ち切られた。

「犯行に関与しているかどうかは別として、山之内さやかが堂本の逃亡に手を貸したのは明らかだ。さやかを取っかかりに、堂本の行き先を突き止めよう。さやかが拾ったタクシーを尾行しているのは、仲代刑事だったな。まだ女に張り付いているんだろう?」

「そのはずです」

と久能が言った。女を見失ったという報告は入っていない。

「女がマンションを出てから、三、四十分は経つだろう。堂本を逃がすための陽動作戦なら、そろそろ四谷に戻る頃合いだ。今から部屋に先回りして、帰りしなのさやかを締め上げてやろうじゃないか。いや、ちょっと待て」

もう一度腕時計に目をやると、法月警視はちっと舌を鳴らして、

「町田署で記者会見があるのを忘れていた。今すぐにでも四谷へ駆けつけたいところだが、いったん捜査本部に戻らないと。会見は三時開始の予定だが、その前に打ち合わせがある。事情聴取も途中で放り出したままだ」

「だったら、私が四谷へ直行します。向こうで仲代と合流して、山之内さやかをとっちめてやりますよ。ついでに息子さんをお借りしていいですか」

「綸太郎を?　そうだな。こいつが一緒なら、女も言い逃れはできまい。もし口を割らな

いようだったら、任意同行で引っ張ってくれ。車はここに来たやつを使うといい」

「了解。警視はどうします」

「俺はもう少しここで話を聞いて、時間が来たらせがれの車で本部に戻る。自転車の確認やなんかで、外の二人も町田署に出頭してもらう必要があるから、迎えを呼ぶより、おまえのポンコツの方が人目につかなくていいだろう」

さっそく名誉挽回《ばんかい》のチャンスが回ってきた。綸太郎は久能のはからいに感謝しながら、父親が差し出した手の中にポンコツのキーを落として、

「じゃあ、お父さん。記者会見ではせいぜいうまくやってください」

「大きなお世話だ。おまえの方こそ、今度は女になめられるんじゃないぞ」

久能の運転で四谷四丁目に着いたのは、午後二時二十分。四谷保健所の裏手にグレーのワンボックスカーが停まっている。少し離れた路上に駐車すると、二人は周囲に注意を払いながら監視車両に近づいた。

運転席の仲代刑事に目で合図して、久能が後部シートにすべり込んだ。綸太郎も乗車してドアを閉める。連れの顔を見て、仲代は心得た表情をこしらえた。エンジンもエアコンも切ってあったが、中は暑くない。助手席に私服の若い刑事が坐っていた。捜査一課の宮本刑事と紹介される。髪を染めているので、言われなければ、警察官とはわからないだろう。

宮本はしゅんとして上司に失態を報告した。久能はむっつりした態度で、

「事情は聞いている。後で始末書を出してくれ。次からは同じミスを繰り返さないように。その件は以上だ。今の状況は？」

「監視対象は十分ほど前に帰宅しました。中に入ったきりで、動きはありません」

山之内さやかは小一時間ほど、でたらめにタクシーを走らせていたが、結局どこにも停まらずに、振り出しの地点へ戻ってきたという。最初から尾行がつくことを予想していたらしく、タクシーの中でもずっと後続車を気にしているふうだった。

仲代は一時五十分過ぎに、携帯の呼び出しに応じるさやかの姿をリアウィンドウ越しに確認している。その直後、タクシーは進路を変え、寄り道せずに四谷に戻った。

「――一時五十分過ぎか。堂本が富久町方面へ逃走したのが一時二十分だから、無事に逃げおおせたことを電話で伝えたにちがいない。さやかはおとりの役目をまっとうして、ほっと胸をなで下ろし、すぐに自宅へ戻ることにしたんだろう」

久能の言葉に、車中の全員がうなずいた。仲代は「シティハウス四谷」の三階の窓に視線を張りつけたまま、武者震いみたいに肩を上下させて、

「捜査本部の指示は？」

「法月警視からゴーサインが出た。これから部屋を訪ねて、さやかに話を聞く。協力的でなければ、町田署まで同行してもらうことになる」

「そう来なくっちゃ。分担は？　法月さんも一緒に行きますか」

「もちろん。中の様子がわかるし、彼女には借りがあるのでね」

宮本刑事が車に残り、久能と仲代、それに綸太郎を加えた三人で、さやかの部屋に乗り込むことになった。打ち合わせをすませて、「シティハウス四谷」へ向かう。


「またあなたなの？」

さやかは思いのほかあっさりとドアを開け、齧歯類《げっしるい》を思わせる顔に疎ましそうな表情を浮かべた。古着のジーンズにざっくりしたサマーセーターを着ているが、目元のきっぱりしたメイクのせいで、人なつっこい印象は薄らいでいた。おとりの役目を果たすべく、出かける前に気合を入れようとしたのだろう。

「小説家の法月さんだったかしら。今日は田代さんは一緒じゃないのね」

「へえ、ちゃんと覚えててくれたんですか」

「一度会った人の顔と名前は忘れないの。で、そちらのお二人は？」

さやかは店の客をあしらうように、とぼけた口調で言った。久能が警察手帳を示して、自分たちの素性を告げる。

「山之内さやかさんですね？　ちょっとお話をうかがいたいんですが、お部屋に上がってもかまいませんか」

刑事の訪問を知らされても、さやかは動揺しなかった。仲代の顔をじろじろ見つめて、納得しているふうである。直接対決も時間の問題、と心の準備をしていたにちがいない。

「散らかってますけど、どうぞ」

三人を中へ通すと、さやかは不自然なほどさりげないそぶりで時計を見た。時間がかかるんでしょうか、と媚《こ》びを売るように久能に問いかける。

「だいぶかかるかもしれませんね。あなたの答え方にもよりますが」

「そう。もうじき出勤の時間なので、お店に電話してもいいですか」

久能が許可すると、さやかは携帯で勤め先のマネージャーを呼び出し、今日は私用で遅れますと断りの電話を入れた。ひそかに堂本に連絡しているのではないかと会話に聞き入ったが、怪しげなやりとりはなかった。なんとなく開き直っているようなところもある。手を伸ばせば届く場所に、ふくらんだボストンバッグが置きっぱなしになっていた。

さやかは携帯を切って、その場にきちんと坐り直した。間にテーブルをはさんで、久能と綸太郎も腰を下ろす。仲代はひとり戸口の壁に寄りかかって、不慮の動きに備えた。

「それで、今日はいきなり何のお話ですか」

「一時間半ほど前に、そこのボストンを持ってタクシーでお出かけになりましたね。どちらへ何をしにいかれたのか、聞かせてほしいのですが」

打ち合わせの通りに久能が切り出すと、さやかは大っぴらにため息をついた。仲代の方へ流し目を送るようなしぐさをしてから、ふいにたちの悪い笑みを浮かべて、

「回りくどい質問はやめにしませんか？　あたしがどこに行ったのか、聞かなくてもわかってるくせに。あっちの刑事さんがずっとタクシーを尾《つ》けてたんだから」

「なるほど。念のため、鞄《かばん》の中を見せてくれませんか」

さやかはボストンバッグを引き寄せ、これ見よがしにファスナーを開けた。中身はエスニック柄のカバーをつけた羽根枕がひとつきりだった。鼻白んだそぶりにかこつけて、久能が横目でこっちに合図する。綸太郎は質問のバトンを受け取って、

「だったら、単刀直入に聞かせてもらおうか。今から一時間ほど前、堂本峻と思われる男がこのマンションから出てきた。駐輪場のミニバイクに乗ると、表で張り込んでいた刑事の制止を振り切って、富久町方面へ走り去ったそうだ。要するにきみは、部屋に匿《かくま》っていた堂本を逃がしてやるために、おとりの役を買って出たんだろう?」

「言ったでしょ。そこまでわかってるんなら、わざわざ聞かなくてもいいじゃない」

悪びれたふうもなく、さやかは平然とうそぶいた。容疑者の逃亡に手を貸したことを、隠し立てするつもりはないようだ。

「――ということは、堂本峻がここに隠れていたことも否定されないわけですね」

久能が念を押すと、さやかは飽き飽きしたような顔で首を縦に振った。

「いつからですか?」

「先月の末から。そのことは先週、こちらの法月さんに話した通りです。何の前ぶれもなく、鞄ひとつ抱えていきなり転がり込んできて。ちょくちょく部屋を空けることはありましたが、それから一か月というもの、ほぼ毎日ここで居候の暮らしを」

「じゃあ、今月の八日にここを引き払って、台湾へ飛んだというのは?」

「あれは嘘です」

その嘘に振り回された当人が目の前にいるのに、さやかはいけしゃあしゃあと答える。

「先週の木曜日だったかしら、あたしが夜勤明けで帰宅したら、堂本が手回りの荷物をまとめていて。これから二、三日中に、法月綸太郎か、田代周平という人物が自分を捜しにくるかもしれない。もしそいつらが姿を見せたら、これこれこういう事情で、俺は台湾に高飛びしたことにしてくれないか、と頼まれたんです。うまいこと連中を追っ払ったら、携帯に連絡をくれと言い残して、夜が明ける前にどこかへ行ってしまった。そしたら、さっそくその晩、知り合いの飯田さんからメールが来て、堂本に会いたがってる人がいると——」

「ぼくらが来るのを承知のうえで、あんなでたらめを？　すると、店の帰りに変な二人組にあとを尾けられたというのも、まことしやかな作り話だったのか」

綸太郎はひと回り大げさなリアクションで食ってかかった。その場にひとり間抜けなカモのいる方が、さやかの口も軽くなるはずだから。

「あたしの芝居はまんざらでもなかったでしょう。本当は小劇団の女優になりたかったのよ。イメクラのコスプレだって、最初は演技の練習のつもりで入ったんだから。堂本はこの一件が片付いたら、知り合いの劇団にあたしのことを紹介してくれるって言ってたわ」

「あれが芝居だったとすると、芸能事務所とトラブルを起こして、ヤクザまがいの連中に追いかけられていたという話も当てにならないな」

「それはマジな話よ。最初は本気でびびってたから。でも、あたしのところまで怖いお兄さんが来たり、どうこうってことはなかった。写真をネタに揺さぶってみたけれど、向こうの方が一枚上手で、門前払いを食ったようなものじゃない？　肝を冷やして逃げ回ってるという噂が広まれば、事務所のメンツも立ったはずだし。小物は小物らしく、しばらく鳴りをひそめていれば深追いはしないってことで、ケリが付いたんじゃないかしら」

「小物は小物らしくか。いったん雲隠れした堂本がここへ戻ってきたのは？」

「金曜日の夕方。あなたたちが帰った後、そのことを伝えたらすぐに」

「土曜日は？　堂本はまたどこかへ出かけなかったか」

「お昼ぐらいに出かけたみたいね。あたしは寝てたから出ていくところは見てないけど、一時過ぎに起きた時にはもういなかった」

ちょうど西池袋のマンションで、綸太郎が女装した堂本にいっぱい食わされた頃である。ピンクのフリルジャケットとロングスカートに心当たりがないか、さやかに聞いてみると、勤め先から借りてきたものだという。

「女装マニアのお客さんのリクエストで、LLサイズの女物一式を常備してるの。変装用の衣装を用意してほしいと頼まれて、適当に見繕ったやつなんだけど、まさか本当に人前で着るとは思わなかった。あんな格好で表を歩けるなんて、変なところで度胸があるのね」

「あんな格好で？　ひょっとして堂本は、女装したままここへ帰ってきたのか」

「そうよ。勤めに出る間際だったから、土曜日の四時前だったと思う。あたしの目の前で化粧を落として、これはもう使わないから店に返してくれ、と脱いだ服をよこしてね。どこで何をしてたのか問いつめたけど、にやにやするばかりで、全然教えてくれなかった」

へぼ探偵を出し抜いて、さぞかしいい気になっていたにちがいない。綸太郎は両手で宙に四角い形を描きながら、

「四時前に帰ってきた時、堂本はこれぐらいのトートバッグを持ってやしなかったか？」

「いいえ。その時は手ぶらだったわ」

「土曜日の午後に限らず、堂本がちょうど人の頭が入るぐらいの荷物をここへ持ち込んだり、きみに保管を頼んだりしたことは？」

さやかは立て続けに首を横に振った。そのサイズに見合った別の品（ダミーの羽根枕とか、クッションとか）を、堂本がこの部屋から持ち出したこともないという。綸太郎は頭の中に取消線を引いて、腕を組んだ。待ちかまえていたように、久能が質問を引き継いで、

「土曜日の午後四時以降、あなたが帰宅する翌日未明まで、堂本はひとりだったことになりますね。その間どこで何をしていたか、ご存じですか？」

「ずっとここにいたはずです。変装用の衣装を手放したんですから。それにあたしが帰宅したのは、もっと早い時間でした。前の晩から体がだるかったんですけど、お店に着いてから生理が始まって。仕事にならないので、その日は早退させてもらいました。帰ってきたのは、八時過ぎだったと思います。堂本はＴＶを見ながら、カップラーメンを」

「あなたが留守にしている間、堂本以外の誰かがこの部屋にいた形跡は？」

「ありません。来客があれば、部屋の様子で気づいたはずです」

さやかの答にためらいはなかった。久能はうなずくふりをして、仲代に目配せする。

「――お話し中ですが、ちょっとトイレを貸してもらえませんか」

「どうぞ。そこのドアがそうです」

指示されたドアを開けて、仲代は中へ入った。部屋の間取りから見て、浴槽・洗面・トイレの三点ユニットのはずである。そこで首の切断作業が行われた痕跡《こんせき》がないか、仲代がこっそりチェックしている間、久能はそしらぬ顔で質問を続けた。

「あくる日曜日ですが、堂本は午後から外出しませんでしたか？」

「その日はどこにも。ずっと部屋にこもってました」

久能は顔をしかめて、まちがいないかと念を押した。ヤマネコ運輸の町田営業所に、サングラスと野球帽で顔を隠した男が現れ、江知佳の生首が入った荷物を預けたのは、十九日日曜日の午後四時二十分のことである。

「まちがいありません。あたしは前の日から続けて体調がすぐれなかったので、お店を休んで家で横になってました。一日中ここにいたから、堂本が外出しなかったのはたしかです。お店のマネージャーに確かめてもらってもいいですよ」

さやかはイメクラの連絡先とマネージャーの氏名を告げた。さばさばした口調で、嘘をついているようには見えない。堂本の携帯番号を聞かれると、それも素直に答えた。

水を流す音がして、トイレから仲代が出てきた。当てがはずれたような面持ちで、そっと首を横に振る。浴槽やシャワーカーテンに、めぼしい痕跡は見当たらないようだった。

久能は頬をすぼめると、懐から折りたたんだ紙を出し、広げてさやかに見せた。

「この似顔絵の男性を知りませんか」

さやかは無言で似顔絵に見入っていたが、じきにかぶりを振って、

「見覚えはないです。帽子とサングラスがなかったら別かもしれないけど……。この男が、川島江知佳という人を殺した犯人なんですか？」

綸太郎ははっと身を硬くした。さやかが自分から尻尾《しっぽ》を出したからだ。

「ちょっと待って。どうしてきみがそのことを？」

「どうしても何も、さんざんTVで言ってるじゃないですか。名古屋の美術館で、若い女性の遺体の一部が見つかったって。新聞にもそう出ていたし」

「マスコミの報道では、被害者の名前はわからないはずだ。まだ公表されてないんだから」

「それがどうしたっていうの？　名前は堂本が教えてくれたのよ」

「堂本が？　それはいつ、どういう状況で」

さやかの返事に食いつくように、久能が色めき立ってたずねると、聞かれた方はいっこうに物怖じしない、あっけらかんとした口ぶりで、

「昨夜、というか日付は今日になるけど、あたしが勤めから帰ってきたら、部屋の灯《あか》りを

消したまま、堂本が寝ないで待ってたんです。彼が言うには、月曜日に名古屋の美術館で女の死体が見つかったらしい。夕刊の記事を読んだだけで、詳しいことはわからないけど、殺されたのはたぶん、川島江知佳という娘だと思う。下手をしたら、自分がやったことにされかねないって、パニックの一歩手前みたいな感じでした」

「下手をしたら？　堂本は自分が殺したと打ち明けたんじゃないですか」

「まさか。ろくでもない男だけど、人を殺せるような心臓はありません」

さやかは真顔で久能の決めつけを一蹴《いっしゅう》すると、

「そうでなければ、あんなに急に態度が変わるもんですか。こんなことになるなんて、俺の見込みが甘かったと、見境なく自分に当たり散らしていたかと思うと、あたしが帰り道で刑事に尾行されなかったか、この部屋も誰かに監視されてるんじゃないかと、今度はそれが気になって、一時もじっとしてられないありさまで。自分でやったことなら、もっと前からびくびくしていたはずで、いきなりあんなふうにうろたえたりしませんよ」

身も蓋《ふた》もない言いようだったが、筋書き通りの台詞《せりふ》を喋《しゃべ》っているのでなければ、それなりに説得力がある。久能はいったん正面突破をあきらめて、

「なるほど。それであなたをおとりにして、ここから逃げる算段を？」

「そうです。堂本がそうしてくれとあたしに頼みました」

「ヘルメットとミニバイクは？」

「あたしのものです。バイクはだいぶガタが来てるから、乗り捨ててもかまわないと」

「わかりました。言うまでもないことですが、あなたのしたことは、犯人蔵匿、もしくは事後共犯の罪に触れる疑いがあります。捜査本部で正式な供述をしてもらうため、これから町田署の方まで同行願えますか？　もちろん、あなたには弁護士を呼ぶ権利が――」

「供述はします。でも、弁護士はいらない」

さやかはきっぱりと久能の告知をはねつけて、

「だって、堂本はその子を殺してないですから。あたしだってバカじゃない、彼が犯人だったらとっくに気づいてます。やってもいない殺しの濡《ぬ》れ衣《ぎぬ》を着せられそうだと思ったから、あの人を逃がす手伝いをしたのよ。無実の人をかばうことが、どうして罪になるわけ？」

「しかしですね」

となだめすかすように久能が言う。

「これはマル秘情報ですが、名古屋の美術館で見つかった死体入りの箱から、堂本の指紋が検出されたんです。あなたもよくご存じのように、堂本は二年前、恐喝容疑でパクられたことがある。その時採った指紋と、箱の蓋を留めたテープの遺留指紋がぴったり一致しました」

「それはきっと、何かのまちがいよ！」

「まちがいどころか、動かしようのない事実です。山之内さん、あなたは義理の父親とのトラブルで堂本に借りがあるから、やつに逆らえないのかもしれないが、むやみに重罪犯に肩入れしすぎると、あなた自身が損をすることになりますよ」

脅しとも取れる文句に、さやかはやさぐれた感じのため息をついた。それがきっかけで腹をくくったように、梃子《てこ》でも動かない覚悟を声に含ませて、

「昔の義理があることは認めます。でも、それとこれとは話が別なの。あたしは自分が泥をかぶってまで、彼をかばうつもりはないし、どうせバレることだから言ってしまうけど、堂本はその江知佳っていう娘をダシにして、誰かからお金をせびり取ろうとしてるみたいだった。ここんとこ、妙な動きをしてたのもそのせいだと思う。だけど、彼がその子を殺すなんてことは絶対にありえない。金蔓《かねづる》の娘を手にかけたって一文の得にもならないし、あたしの知ってる堂本はそんな大それたことのできる男じゃないんだから」

久能はそっけなく肩をすくめると、出かける準備をするようさやかを促した。嘘つき女を見る目ではなく、男の嘘を真に受けて身を滅ぼす女を憐《あわ》れんでいるような顔つきで。

だが、さやかはさやかなりに、人を見る目があるのではないだろうか。女の直感、と言ってもいい。少なくとも、綸太郎が堂本の一連の行動に感じたちぐはぐさと、さやかの供述にはいちいち符合するところがある。ひょっとしたら――。

「出かける前にもうひとつだけ。被害者の女性をダシにして、堂本が金をせびり取ろうとしている相手というのがどこの誰なのか、具体的な心当たりはありませんか？」

綸太郎がそれまでのつっけんどんな口調をあらためると、さやかは身支度する手を止めて、頭をそらすようなしぐさをしながら、

「心当たりと言われても、ほとんど何も知らないのよ。堂本はあたしのパソコンを使って、ネットで下調べをしてたみたいなの。ブラウザの閲覧履歴が全部消してあって、それでピンと来たんだけど、はっきり確かめたわけじゃないから。ただ、今日の夕方か夜にでも、その相手とこっそり会う約束をしてるんじゃないかと思って」

「今日の夕方か夜に？」

「たぶん。じきにまとまったお金が手に入るようなことを言ってたし、危険を承知でここから逃げ出したのも、今日中にアポがあるせいじゃないかしら」

久能が喉仏《のどぼとけ》を引っ込ませて、仲代に顎《あご》をしゃくった。仲代は携帯を片手に、急いで部屋の外へ出ていく。綸太郎はテーブルをまたいで、さやかに詰め寄りながら、

「江知佳さんのことを、金蔓の娘と言いましたね。堂本がそう言ったんですか？」

さやかは及び腰になってうなずいた。

「お金のこともそうだけど、事件を知ってパニックになった堂本が口をすべらせたのよ。俺は川島江知佳に関して、すごい秘密をつかんでる。それがこっちの最後の切り札だって」

「すごい秘密？　どういう秘密ですか」

「ちょっと待って、今ちゃんと思い出すから——あの子の母親は、本当の母親じゃない。父親は川島伊作だが、江知佳を産んだのは、十何年か前に自殺した妹の方だって」

第五部 Level Five

ギリシャの目は、その仕上げられ彩色された状態では、頭部に途方もない強度を与えているが、イタリアの彫刻家たちは、彩色されない空白の眼球が感受性や思いやりといった漠然とした思考態度の表現にふさわしいと見ていた。この場合は、なにかを見定めるよりは、むしろ虚空をみつめる方が求められた。この表現はたしかにキリスト教美術の図像の多くの主題にふさわしいし、表現力があるからである。しかし、王が自分の将軍たちの一人に命令を下しているように見えるような表情を意図した《ルイ一四世の肖像》の場合のように、ベルニーニが真に王侯らしい凝視を求めたとき、彫られた目はきわめて重要であった。

——ルドルフ・ウィトコウアー『彫刻—その制作過程と原理—』

22

町田署の玄関前は、大勢の報道陣でひしめき合っていた。捜査本部の記者会見はとっくに終わっているはずだから、夕方のニュース中継を控えて陣取り合戦の真っ最中だろう。

午後四時を回ったところで、たぶん今頃、南大谷の川島邸周辺にも、続々と中継車が集まっているにちがいない。綸太郎はげんなりして、助手席の窓ガラスを指ではじいた。事件がマスコミの注目を集めるのは予想されていたことだが、あまりにも報道が過熱すると、今後の捜査に支障をきたす怖れもある。

「このまま正面に付けますか？」

ブレーキを踏みながら、宮本刑事が上司の判断を仰いだ。久能は山之内さやかと並んで、リアシートに収まっている。任意同行を求めたので、手錠の出番こそなかったが、押し寄せた報道陣の数を見て、さやかもようやく事の重大さを実感したらしい。さっきまでのふてぶてしい態度はどこへやら、窓から顔を隠して、神経質に爪の甘皮を嚙《か》み始めた。

「表で騒ぎになると面倒《めんどう》だ。まだ参考人をカメラにさらしたくない。本部に連絡して、裏の通用門を開けてもらおう」

宮本はいったん町田署の前を通り過ぎ、無線で司令室を呼び出した。仕出し業者みたいな符牒《ふちょう》で到着を告げると、報道陣の目につかないよう道路を大回りして、車を敷地の裏に付ける。ゲートが開くのを待って、脱兎《だっと》のごとく通用口から署内に駆け込んだ。

中で待機していた婦人警官にさやかの身柄を引き渡し、事情聴取の手続きをする。さやかはすねたようなふくれっ面で精一杯の抗議を示しながら、取調室へ連れていかれた。

「ご苦労だった」

法月警視がわざわざ下りてきて、久能と宮本にねぎらいの言葉をかける。

「四谷保健所裏の監視ポイントに、仲代を残してきました。至急バックアップを」

「それならもう手配した。堂本が四谷に舞い戻る見込みはありそうか」

「ほとんどないでしょうね。やつの足取りに関する情報は？」

「花園神社の近くでミニバイクが見つかったが、それっきりだ。完全に逃げられた」

「三時の記者会見は無事に切り抜けたんですか？」

綸太郎がたずねると、警視は仏頂面でうなずいて、

「マニュアル通りに粛々と進めたよ。もちろん容疑者に関しては、まだ何も公表していない。とりあえず情報を小出しにしてしのいでいるが、あまりのんびりと構えてはいられないな。表の人だかりを見ただろう」

「早くもスクープ合戦が始まってるみたいですね」

「会見前より人数が増えてる。被害者の身元を発表したとたん、このありさまだ。まったく先が思いやられるよ。おまけに四谷で一度しくじっているからな。一刻も早く堂本の身柄を押さえないと、厄介なことになるかもしれん」

愚痴を聞かされて、宮本刑事が肩身の狭そうな顔をした。警視は軽く顎をしゃくって、

「いや、訓示めいたことは後回しだ。まず四谷で得られた情報について、詳しい報告を」

「川島さんたちはどこに？　もう帰宅させましたか」

法月警視はかぶりを振った。二人ともひと通りの聴取がすんだばかりで、今は休憩がてら、二階の応接で待たせているという。

「じゃあ、ぼくはそっちに顔を出してきます。何かあったら呼んでください」

応接室はタバコの煙で充満していた。テーブルに缶入りの緑茶が申し訳程度に置いてあるばかりで、ほかに気のまぎれそうなものは見当たらない。川島もレイカもすっかり消耗した表情で、話をしていた様子もなく、ただ漫然とソファに坐《すわ》って、ため息の数を吸い殻の本数に換算し続けているようだった。

四谷から戻ってきたことを伝えると、川島は背中をずり上げながら、いがらっぽい声で、

「なんだかさえない顔をしているな。まだ堂本の所在はつかめないのか」

「逃走に使ったバイクが見つかっただけで、本人の行方はさっぱり。そのかわり、山之内さやかをしょっぴいてきたんですが」

「例の嘘つき女だな。共犯の容疑で逮捕したのか？」

「まだ参考人扱いです。逃亡に手を貸したことは認めているものの、堂本は犯人じゃないと頑強に言い張っているので」

「どうせ同じ穴のムジナと決まってるのに、往生際の悪い女だな。だが、本職の刑事に絞られたら、いずれ尻尾《しっぽ》を出すだろう。洗いざらい白状するのも、時間の問題か」

川島の希望的観測には答えずに、綸太郎はレイカへ目を向けて、

「玉川学園前で見つかった自転車は？」

「エッちゃんのだった。さっき聞いた話だと、土曜日の一時頃、自転車で駅まで行ったのはまちがいないみたい。何人も目撃した人がいるそうだから」

「その時間で確定か。彼女は駅からどこへ?」

「小田急線の上りの電車に乗ったんじゃないかって。でもそこから先は」

わからないと言うかわりに、レイカは首を横に振った。

時間といい、足を向けた先といい、堂本の動きとシンクロしているのが気にかかる。犯行のあった土曜日だけではない。その前日、江知佳がカメラを持って出かけた金曜日の日中にも、堂本はさやかの部屋を留守にしている。綸太郎と田代の訪問をやり過ごして、その日の夕方、四谷へ戻ってくるまでの間、どこで何をしていたのかわからないのだ。

「――つかぬことを聞きますが、先週の月曜日、川島さんの家に行きましたか?」

「先週の月曜っていうと、十三日ね。その日はお昼前に一度顔を出して、午後からは新宿で人と会ってました。どうしてもはずせない仕事の打ち合わせで、表向きは、川島が死んだことをキャンセルの言い訳にできなかったから」

「なるほど。川島さんもその日の夕方は、東中野の自宅にいたはずですね。そうすると、房枝さんが買い物に出ている間、江知佳さんは家でひとりきりだったことになる」

「きみの言う通りだが、それがどうかしたのか? 先週の月曜日といえば、房枝さんが町田の駅前で、堂本を見かけた日じゃないか」

川島はいぶかしそうに小鼻をふくらませた。綸太郎はできるだけ慎重な口ぶりで、

「その時から二人が示し合わせて、何度も接触していたような気が。江知佳さんは頻繁に堂本と連絡を取り合っていたかもしれない。山之内さやかの供述によると、堂本は先週の

水曜日、告別式があった日の深夜の時点で、ぼくと田代が四谷のマンションに来ることを予想していたらしいんです。川島さんに彼の身辺調査を頼まれたのは、同じ日の晩ですから、どう見ても情報の流れが速すぎる。でも、伊作さんの書斎でその相談をした時、江知佳さんが廊下で立ち聞きしていて、その夜のうちに依頼の内容を堂本に洩《も》らしたとすれば、レスポンスの早さにも説明がつきます——土曜日の午後、彼女が黙って家を出たのも、堂本に電話で呼び出され、小田急線で池袋方面へ向かったとしたら？」

「エッちゃんと堂本が？　馬鹿馬鹿しい、万にひとつもありえない話だ」

川島は愚問を却下するように腕を払い、憮然《ぶぜん》とした面持ちで言葉を継いだ。

「数年前ならいざ知らず、今の二人にそんな接点があったはずはない。だいいち電話しようにも、警察の調べで通話記録のないことが証明されてるんだから」

「そのことなんですが、レイカさん。あれから伊作さんの携帯は出てきましたか？」

「いいえ。わたしもそれは気になってたんだけど……。でも、アトリエの石膏《せっこう》像を無断で運び出したのと一緒で、やっぱり宇佐見さんのしわざじゃないかしら」

「その疑いは捨てきれませんが、江知佳さんが父親の携帯を隠したということも考えられる。紛失した携帯に、堂本の電話番号が登録されているのを見たことは？」

レイカは頰に手を当て、どっちつかずのようにかぶりを振った。携帯の電話帳をのぞき見したことはないけれど、堂本の番号が登録されていてもおかしくないという。

川島伊綸太郎のにらんだ通りだった。娘へのストーカー行為を力ずくで排除した後も、川島伊作は第三者を介して、定期的に堂本峻の身辺に探りを入れ、有形無形の圧力をかけ続けていたふしがあるようだ。だから、また何か不穏な動きがあった時、堂本に対してじかに警告を発するために、川島が自前のホットラインを確保していた可能性もないとは言えない——実際にどうこうするんじゃなくて、魔除けのお守りみたいなつもりだったと思うけど。

レイカは口ごもりながら、そう打ち明けた。

「そのことはまだ警察に話してないですね？」

「ええ。生前の川島を貶《おとし》めるような気がして、なかなか言い出せなくて」

「気持ちはわかりますが、万一ということもある。伊作さんの携帯の番号を知らせて、過去一週間の交信記録を調べてもらった方がいい。川島さんも、同意書にサインしてくれますか」

「どうしてもと言うなら、そうするがね」

川島はタバコの吸い口を嚙《か》みしだきながら、不快の念をありありと浮かべて、

「それでも、きみの臆測《おくそく》を受け入れることはできんな。元ストーカーと内通していたなんて、言いがかりにもほどがある。きみは知らないかもしれないが、執拗《しつよう》ないやがらせが続いて、当時のエッちゃんは壊れてしまう寸前だった。あの頃のいまわしい記憶が、そう簡単に薄れるものか。何年経っても、堂本の声を聞くだけでおぞましさに身がすくんだはずだ。よりによって父親が死んだ直後に、そんな天敵みたいな相手とコンタクトを取るわけがないだろう」

「その逆だったかもしれません。自分を守ってくれる父親がいなくなったからこそ、たったひとりで天敵に立ち向かい、過去のトラウマを克服しようとしたのでは？　少なくとも、告別式の日の江知佳さんはそんなふうに見えました」

「それも臆測だよ。きみの話は〝かもしれない〟ばかりで、さっきから堂本を擁護してるようにしか聞こえない。いったい、どっちの味方なんだ？　殺されたエッちゃんか、それともストーカーの盗撮カメラマンで、猟奇殺人者の堂本峻か」

川島は憤慨して綸太郎に詰め寄った。それはさすがに言いすぎでは、とレイカが取りなすように割って入り、

「法月さんの言うことにも、一理あると思うんです。川島がいなくなって、エッちゃんは何もかもひとりで抱え込もうとしてるように見えたから。だけど、堂本と示し合わせていたというのは、少しちがうんじゃないかしら」

「少しちがうというと？」

「彼女には彼女なりの考えがあって、堂本に気を許したわけじゃない。エッちゃんは切断された石膏像の首を取り戻すために、自分から堂本に近づいて、相手を懐柔するつもりだったと思いませんか？　大事な父親の形見を奪い返すのが目的だったとすれば、不自然な行動にも説明がつくし、個人プレーが裏目に出たからといって、エッちゃんを責めることはできない」

「そういう意味なら、こっちもとやかく言うつもりはないんだが」

川島はいったん矛を収めたが、承服しかねる表情に変わりはなかった。タバコを灰皿でもみ消すと、ものものしいそぶりで腕を組みながら、

「だとしても、やはりエッちゃんの行動は腑《ふ》に落ちないな。堂本から石膏像の首を取り返すのが目的なら、どうして私たちに相談してくれなかったのか。ひとりで渡り合うには危険すぎる相手だということぐらい、エッちゃんが一番よく知っていたはずなのに」

「誰にも相談できない理由があったのかもしれません」

と綸太郎は言った。今までのやりとりは、これから話すことの前振りにすぎない。

「山之内さやかを締め上げたら、聞き捨てならないことを洩《も》らしたんです。堂本は江知佳さんに関するすごい秘密をつかんでいて、それをネタに誰かを強請《ゆす》るつもりらしいと」

「――すごい秘密？」

川島は目尻《めじり》をぎゅっと絞り、固唾《かたず》を呑《の》むように喉《のど》を上下させて、

「それはエッちゃんの昔の写真のことか。兄貴が全部ネガを処分させたはずだが、まだ隠し持っていたのがあったんだな」

「そうじゃありません。秘密というのは、江知佳さんの出自に関わるものです。川島伊作の娘を産んだのは、十六年前に自殺した妹の方だと、堂本が口走ったそうですが」

「まさか」

とつぶやいて、レイカが川島の顔を見つめる。だが、肝心の川島の反応は、湿った去年の花火みたいにつれないものだった。ぽかんとした表情をこちらに向け、開いた口がふさ

がらないというように首をすくめて、

「結子さんがエッちゃんの産みの親だって？　馬鹿も休み休みにしてくれないか。そんなことがあるわけないだろう」

「そうでしょうか。前に川島さんが言ってたじゃないですか——律子さんという人は、伊作さんと別れた後、娘のことはいっさい知らんぷりで、大きくなった江知佳さんの顔すら見たことがない。あまりにも無責任で、母親としては失格ではないかと。彼女の母親が律子さんでなかったとすれば、娘に対していっさい母親らしい配慮を示さなかったのも、しごく当然のふるまいだったことになる」

「それはきみの勘繰りすぎだよ。山之内さやかの嘘に振り回されて、痛い目を見たばかりじゃないか。きみともあろう者が、どうしてそんな根も葉もないでたらめを真に受けるかな」

川島は苛立《いらだ》ちや不信を通り越して、ほとほとあきれ果てたように嘆息した。

さやかの言うことを鵜呑《うの》みにできないのは、綸太郎も身にしみてわかっている。それでもこの件に関しては、簡単に引き下がれない根拠があった。

「根も葉もないと決めつけられるかどうか。さやかの言う通りだとすると、江知佳さんが誰にも相談できないで、堂本の言いなりになってしまった理由も想像がつくんです。伊作さんの告別式で、彼女が各務順一に突きつけた台詞《せりふ》を覚えていませんか？」

「——どうしてもあの人に確かめたいことがある。血を分けたひとり娘からの頼みだと伝えてください、というやつか」

「江知佳さんの母親が律子さんではなく、妹の結子さんだったとすれば、あの台詞にも裏のメッセージが込められていた可能性があります。あえて血を分けたひとり娘という言い方をしたのは、正反対の事実を匂わせて、各務順一の反応をうかがうためだったのでは？」

「それはきみの勘繰りすぎだよ」

川島は聞き飽きたように、さっきと同じ文句を繰り返して、

「エッちゃんがどういうつもりであんなことを言ったのか知らないが、きみが考えてるようなことでないのだけは確かだ。どんなに理屈をこね回しても、事実の裏付けがなければ、机上の空論にすぎない。エッちゃんの母親は、律子さん以外にありえないんだから」

「それは本当に、まちがいのない事実ですか？」

「くどいな。私がこの目で見たと言えば、信じてくれるかね。エッちゃんが生まれたのは一九七八年の秋で、兄貴と仲たがいする前のことだから、産院へ見舞いにいったこともある」

「川島さんが会った妊婦は、姉の律子さんにまちがいありませんでしたか？」

「当たり前だ。いくら血のつながった姉妹でも、日頃からよく知ってる人間を見まちがえたりはしないよ。ロスマクの小説じゃないんだから。当時、結子さんとはそんなに親しいわけじゃなかったが、産院へ見舞いにいった時、たまたま彼女も姿を見せていたしね」

「結子さんも、産後のお見舞いに？」

「そうだ。二人そろってる場面を目の当たりにしたら、姉妹の区別はおのずと明らかになる。誰が見たって、子供を産んだのは律子さんの方だ。結子さんは自分のところも早く子供がほしいと、ずいぶん姉の出産をうらやましがっていたな。夫の各務は来てなかったが、たしか新婚まもない頃だったと思う。各務夫婦は、その年の春に式を挙げたはずだから」

「二人が一緒にいるところを。そうですか」

出産直後に姉と妹が普通に顔をそろえていたなら、偽装妊娠や赤ん坊のすり替えが行われた可能性はほとんどない。綸太郎が肩を落とすのを見て、川島は駄目を押すように、

「だから、まちがいないと言ってるじゃないか。そもそもエッちゃんが律子さんの娘でなければ、『母子像』連作だってこの世に存在しなかっただろう。宇佐見君に確かめてみるといい。あれはまぎれもなく、律子さんの直取り像だと答えるに決まってるから。もしそうでないとしたら、兄貴は新婚の人妻をたびたびアトリエに連れ込んで、つごう九体の全裸の妊婦像をこしらえ、それを自分の妻と偽って堂々と世間の目にさらしたことになる。そんな非常識なことをして、誰にも悟られないということがあるものか」

川島の確信はびくともしなかった。綸太郎は完全に疑いを捨てたわけではなかったが、これ以上たずねても、水掛け論になるばかりである。

「わかりました。ついては、さやかの供述が根も葉もないでたらめであることを確認するために、江知佳さんが産声を上げた産院がどこだったか、教えてくれませんか？」

とたんにレイカの目つきが鋭くなったのは、タウンページに付けられた折り目のことが頭に引っかかっていたからだろう。まだそのことを知らされていない川島は、綸太郎の質問を文字通りに受け取って、

「場所はたしか、成瀬駅のこっち側だったから、南成瀬のあたりだと思う。名前は覚えてないんだが、産婦人科の病院ではなくて、もっとこぢんまりした感じの助産院だった。記憶が不確かで申し訳ない、なにしろ二十年前に一度行ったきりなんでね。そういえば、助産婦さんが少なくなったせいで、しばらく前に廃業したという話を聞いた覚えがある。房枝さんに聞けば、名前ぐらいは知ってるかもしれないが」

23

「――南成瀬の助産院？」

法月警視は眉《まゆ》を寄せながら、すげなくかぶりを振って、

「いや、タウンページから拾ったリストにそういうのはなかった。助産関係の施設は、産婦人科の病院と別見出しになっているから。秋山房枝には助産院の名前をたずねてみるが、しばらく前に廃業したところなら、タウンページにも掲載されてないだろう。どっちみち、被害者が実の母親に関する手がかりを求めて、自分の生まれた産院を訪ねたとは考えられんな。それに比べれば、本人の妊娠説の方がまだしも見込みがある」

「そう決めつけるのは早すぎやしませんか」

と綸太郎は一歩も引かない構えで言った。

「彼女を取り上げた助産婦がまだ現役なら、南成瀬の助産院がつぶれた後、町田市内の産婦人科病院に移って、今でもそこで働いているかもしれない。江知佳さんは、自分を産んだ母親が戸籍に記されている通りの人物かどうか、出産に立ち会った助産婦を探し出して、当時の記憶を確かめようとしたんでしょう。木曜日にタウンページを調べていたのも、そのせいだと思います。産院リストのチェックは、どれぐらいかかりそうですか？」

「さっき取りかかったばかりで、今のところめぼしい報告は来ていない」

返事をしながら、警視はむぞうさにタバコに火をつけた。捜査本部の置かれた町田署の大会議室は、終日禁煙が建前なので、上のフロアの喫煙スペースに避難してきている。立場上、綸太郎も大っぴらに本部へ出入りするわけにはいかないから、立ち入った相談は煙のカーテンの内側で、という取り決めがしてあった。

「折り目の付いたページは大半が広告なんだが、念のため見開きと裏面も調べるとすると、一日や二日で全部つぶしきれるかどうか。電話で問い合わせるだけでは心許《こころもと》ないし、病院の聞き込みに人手を集中するわけにもいかんのでね」

「今夜のニュースを見て、病院の方から届け出てくれると助かるんですが」

「こっちもそれを期待してる。だからといって、おまえの肩を持つ気はないけどな」

と警視はしっかり釘《くぎ》を刺して、

「さっき取調室をのぞいてきたが、山之内さやかの話は当てにならんよ。被害者の本当の母親が、十六年前に自殺した叔母《おば》だったなんて。どうしてそんなたわごとを真に受けるのか、俺にはさっぱり理解できない」

「たわごとでしょうか。前に川島さんから聞いた話だと、各務律子は五歳の時を最後に、ただの一度も江知佳さんの顔を見てないというんですよ。伊作氏の訃報《ふほう》に接した時も、血を分けた娘に会おうとしなかった。それどころか、彼女が失踪《しっそう》したことをとうに知らされているはずなのに、未《いま》だに安否を気づかう連絡すらありません。前夫に恨みがあるとしても、実の母親にしては、娘に対してあまりにも薄情すぎるんじゃないですか」

綸太郎が食い下がると、警視はぶっきらぼうに肩を揺すって、

「自分でお腹を痛めた娘でないとしたら、そうした態度にも説明がつくと？　しかし、血のつながった親子でもそういう例は世間に腐るほどあるし、今や母親の子殺しだって珍しくないご時世だ。下手に母性愛なんて口走ろうものなら、フェミニスト団体の格好の攻撃目標にされちまう。だいいち川島敦志は、その可能性を否定したんだろ？」

「馬鹿も休み休みにしろ、と一蹴《いっしゅう》されましたよ。でもここだけの話、川島さんの発言にもかなりバイアスがかかってるような気が。前にそのへんのことを聞いたら、現在の各務夫妻のことをずいぶんあしざまに言ってましたからね。そのせいで二十年前の記憶が、後から上書きされてもおかしくはない」

「バイアスか。あしざまというと、具体的にはどんなことを？」

「それがだいぶ込み入った話になるんですが」

綸太郎は告別式がすんでから、亡兄の書斎で川島敦志が吐露した生臭い因縁話を、自分なりに整理して父親に聞かせた。（a）一九八〇年代の初め、インサイド・キャスティングの新作を発表しなくなった時期から、おしどり夫婦で有名だった川島伊作と律子夫妻の間に、すきま風が吹き始めたこと。（b）同じ頃、相模原市上鶴間の歯科医院経営に行き詰まっていた各務順一と、律子の妹である結子の夫婦関係も冷えきっていたこと。

いずれが先かはっきりしないけれど、その頃から（c）川島伊作と各務結子、（d）各務順一と川島律子の間に、それぞれ不倫の関係が始まったらしい。（e）たすき掛けにもつれた四角関係の葛藤《かっとう》に苦しんで、各務結子が車の排ガスで自殺したのが今から十六年前、一九八三年の七月のことである。

（f）妹の自殺からまもなく、川島律子は夫の伊作と別居、その年の暮れには離婚が成立した。律子は娘の親権も放棄して、年明けとともに単身渡米する。（g）やもめになった各務順一は、医院の売却代金と妻の死亡保険金を借金の返済に充て、審美歯科の勉強をするためにアメリカへ留学。（h）二人は渡米前から示し合わせていたようにアメリカで再婚し、二年後の八六年に帰国。各務順一は、府中市で「かがみ歯科クリニック」を開業した――。

「示し合わせていたように、か」

法月警視はタバコの煙をぱっと吐き出し、得心が行ったように口をはさんだ。

「要するに川島敦志は、兄の伊作がまんまと二人にはめられたと考えているんだな。各務順一と律子は前からできていて、お互いの借金やしがらみを帳消しにするため、川島伊作と結子が不倫の関係に陥るよう仕向け、さらに結子を自殺に追い込んで、死亡保険金と再婚可能な身分をいっぺんに手に入れた、と。もしそうなら、一石二鳥——いや、二人ともそれぞれの配偶者とさっぱり手が切れたんだから、一石三鳥の計画ということになるか」

さすがに親父さんは察しが早い。綸太郎は相槌《あいづち》を打ちながら、

「実際にそういう計画があったかどうかは、藪《やぶ》の中ですけどね。土曜日に府中へ行って、歯のクリーニングがてら、各務順一に鎌をかけてみたんです。突っ込んだ話になる前に冷たく追い返されましたが、当事者には当事者なりの言い分があるみたいで」

「そりゃそうだろう。どだい白黒つくような話じゃないが、どっちの肩を持つかは別として、川島敦志がさやかの発言を肯定するわけがないということはわかった——仮に川島江知佳が、各務結子と川島伊作の間にできた婚外子だったとすると、すでにその頃から二人は公然と肉体関係を持っていたことになる。数年前から不倫関係が続いていたなら、各務順一と川島律子が被害者同盟を結んで二人に意趣返ししようとするのも、無理からぬところだ。川島・結子ペアの側に立って、各務・律子ペアを一方的に非難することはできない」

「バイアスと言ったのは、そういう意味です。だから川島さんの証言だけを根拠に、さや

かの発言内容を否定することはできません」

「だとしても、それが積極的な事実の証明になるわけじゃない」

と警視は掌《てのひら》を返すように突き放した態度で、

「むしろ俺は、ますますさやかを信じられなくなったよ。妹の結子が産んだ娘を嫡出と偽るためには、妻の律子はもちろん、各務順一も二人の関係を黙認していることが前提だ。だが、そんな理不尽な関係をサポートしなければならない理由が、各務・律子ペアの側にあったとは思えない。結子が川島伊作のお妾《めかけ》さんで、各務が経済的な見返りを受けていたというならまだ理解できるが、それなら各務だって、借金で首が回らない時に、金蔓《かねづる》の結子によけいなプレッシャーをかけて死なせたりはせんだろう」

「そのへんの説明が足りないことは、ぼくも認めます。それでも一応、神奈川県警に問い合わせて、各務結子の自殺に関する当時の調書をチェックしてもらえませんか？　自殺の背景にある四角関係について、何か興味深い事実が出てくるかもしれないですし」

「やれやれ、おまえはそうやって、またぞろ俺の評判を落とすつもりだな。捜査管轄をめぐって、愛知県警の寝首を掻《か》くようなことをやらせたうえに、今度は神奈川県警の縄張りにちょっかいを出せという。向こうが気を悪くするのは、目に見えているんだが」

警視はため息をついて、ブツブツこぼした。

「まあ、その件に関してはおまえの注文通り、ちゃんと通達を出しておくよ。自殺教唆の疑いがあるとしても、とっくに賞味期限切れの案件だから、今さら揉《も》めることはないだろう。それでさやかの供述もおじゃんになるはずだ。被害者の本当の母親が各務結子であるという可能性は、現実問題としてほとんどゼロに等しいんだから」

「可能性は低いかもしれませんが、けっしてゼロじゃない。ぼくがさやかの伝聞情報をたわごとと切り捨てられないのは、伊作氏が亡くなった後の江知佳さんの奇妙なふるまいと、いちいち符合する点があるからなんです」

「いちいち符合する点だって？」

警視はけげんそうに首をかしげた。綸太郎はさっき応接室で口にした疑問点（勘繰りすぎの一言で、川島に却下されたが）を繰り返してから、

「告別式での謎めいた台詞《せりふ》と、堂本峻との度重なる接触。一連の不可解な言動から察するに、江知佳さんは父親の死と前後して、自分の出自に疑いを抱くような出来事に遭遇した可能性があります。堂本はその疑惑に便乗する形で彼女を意のままに動かし、棚ぼた式の強請《ゆすり》を企てたのではないでしょうか？」

「それはおまえの想像だろう。さやかの発言と結びつけるのは、根拠のない飛躍にすぎん」

綸太郎は父親の顔に視線を据えたまま、左右に首を振って、

「根拠ならありますよ。亡くなった伊作氏は江知佳さんをモデルにして、石膏《せっこう》直取りの遺作を完成させたんですから。問題の石膏像は、一九七八年に発表された『母子像』連作の二十年越しの完結作品で、そのコンセプト自体が江知佳さんの出生時にまでさかのぼる。

作者の死後、何者かがアトリエに侵入し、その首を切断して持ち去ったことといい、今回の事件の核心を故人の遺作が占めているのは明らかです」

「利いたふうなことを。事件の核心も何も、それは堂本がモデルの殺害を予告するためにしでかしたパフォーマンスじゃないか。名古屋の美術館に、被害者の生首を送り付けたこと対になってるんだから」

「そんな単純な話ですむかどうか。これはそんじょそこらの血迷ったストーカー殺人とは、わけがちがうと思うんです」

綸太郎は用心深く自分の考えを述べた。ここで法月警視を説得できなければ、事件の早期解決はおぼつかない。

「あの首には何かがある——それこそ堂本が強請のネタとして、最後の切り札だと口をすべらせずにはいられないほどの何かが。宇佐見彰甚が何と言おうと、ぼくは石膏像の首が実在することを確信しています。そうでなければ、犯行のあった土曜日の午後、堂本が女装までして西池袋のマンションに立ち寄る必要はありません」

「西池袋のマンション？　それはつまり、切断された石膏像の首が堂本の部屋に隠されていたということだな」

「そうです。午後一時に、玉川学園前で生存が確認されている以上、ぼくの見かけたトートバッグの中身が、江知佳さんの生首だったということはありえない。だとすれば、荷物のサイズから見て、切断された石膏像の首が入っていたと考えるしかないでしょう。そうすると、堂本が人目に姿をさらす危険を冒して、西池袋のマンションに戻った理由も絞られる。土曜日の昼までは『パルナッソス西池袋』の自分の部屋に石膏像の首を保管していたが、何らかの必要に迫られて、至急それを取りにいかなければならなくなったということです」

「——何らかの必要に迫られて、か」

警視は新しいタバコをくわえると、やっとその気になったように坐《すわ》り直して、

「石膏像の首が急に入り用になったのは、堂本の目論《もくろ》んだ強請に関係があると？」

「おそらく。ぼくが思うに、堂本峻は石膏像の顔に表現された何かを見て、江知佳さんが各務結子の娘であることに気づいたのではないでしょうか？　だとすると、石膏像の首を切断して持ち去ったのは、芝居がかった殺害予告などではなく、強請のネタを確保するためだったことになる。さやかの発言がこの推測を裏付けているのは、言うまでもありません」

「石膏像の顔に表現された何かというと、具体的な心当たりでも？」

「具体的にどういうものか、まだ想像もつきませんが。ただ、江知佳さんの像は、オリジナルの『母子像I』と左右対称のポーズが付けてあるんです。ちょうど鏡に映したように」

「鏡？　左右対称のポーズは、各務という姓を意味してるということか」

法月警視はタバコに火をつけるのも忘れ、徐々に説得されかかっているように、真顔で

つぶやいた。綸太郎はうなずいて、

「オリジナルの『母子像』連作は、妊娠中だった当時の律子夫人をモデルにした直取り作品という名目になっています。だから最初は、各務姓に変わった元妻への未練を忍ばせたポーズかと思ったんですが、今は単刀直入に各務結子のことを指していると考えた方がしっくり来る。それだけじゃありません。『母子像』の由来が二十年越しのフィクションだったとすれば、死を覚悟した伊作氏が、連作の完結作品という形を借りて、娘の出自に関する真実を明らかにしたい、と望んでもおかしくはない。そういう強い動機があったからこそ、江知佳さんをモデルに指名し、残り少ない命を削るようにして、ずっと封印していた石膏直取りの新作を手がける決心がついたのではないでしょうか？」

「フム。考えられないことではないが、残された者にとっては迷惑な話だな。そういう厄介な秘密は人知れず墓場に持っていくのが、先立つ者のエチケットだろう」

「伊作氏が筋金入りの前衛彫刻家でなければね。もちろん、そういう秘密が明るみに出ると、『母子像』連作の芸術的価値が揺らぐことは避けられませんが。『母子像Ⅰ〜Ⅸ』という作品は、故人が手がけたインサイド・キャスティングの代表作で、十一月に名古屋市立美術館で催される追悼展でも、展示のメインになるような最重要アイテムです。今になってそのモデルが別人だったと知れたら、川島伊作というアーティストに対する評価も、いっぺんに地に墜《お》ちてしまいかねない。そのような事態を望まない人物がいるとすれば……」

「宇佐見彰甚か」

と吐き捨てるように言って、警視はぐいと唇をゆがめた。

「アトリエから運び出された石膏像の行方はつかめましたか？」

「まだだ。渋谷の『アオイ美術』に捜査員を送ったら、社長が雲隠れしていてね。従業員を問いつめたところ、川島邸から美術品一式を運び出したことは認めたが、依頼主の許可がない限り、預かった荷物の保管先は教えられませんの一点張りで、それ以上は何を聞いても取りつく島がない。挙げ句の果てに、顧問弁護士と称する輩まで呼び出して、なんのかんのと難癖をつけ始めたものだから、いったん引き下がるしかなかったそうだ。いま押収令状を取る手配をしているが、あれはどう見ても、裏で宇佐見が入れ知恵してるにちがいない」

「そこまでするとなると、尋常じゃないな。宇佐見本人の足取りは？」

そうたずねると、警視はますます渋い顔つきになって、

「相変わらず行方不明だ。月曜日にこっちへ戻ってるのはまちがいないんだが、連絡を取ろうにも梨のつぶてでね。どうやら本気で警察を出し抜くつもりらしい——ただ、宇佐見が犯行の片棒を担いでる可能性はないな。京王プラザのフロントに問い合わせて、アリバイを確認したのでね。先週の土日は、ホテルから一歩も外に出てないようだ。よっぽど〆《しめ》切《きり》が立て込んでたと見えて、編集者との打ち合わせも、すべて館内の飲食施設で片付けている」

「なるほど」

綸太郎はうつむいた顔の前で、両手の指を組んだり離したりした。江知佳の殺害に直接関与していないとしても、宇佐見彰甚の行動は明らかに常軌を逸している。

「ひとつ気になることが。川島邸のアトリエから運び出されたのは、首のない石膏像だけでなく、作業台に放置されていた石膏ガラまできれいさっぱりなくなっているんです」

「ん？　石膏ガラというと」

「仕上げの段階でバラバラに分解された雌型の残骸《ざんがい》です。石膏ガラを科警研に持ち込んで、根気強くつなぎ合わせれば、首が切断される前の石膏像を復元することができる。だから、宇佐見彰甚がいちばん怖れているのは、石膏像の顔に表現された何かが人目に触れることなんじゃないか。そう考えると、切断された石膏像の首を介して、堂本峻と宇佐見彰甚の間に太い線が結ばれることになります」

「堂本が強請ろうとしている相手は、宇佐見にほかならないというわけか。そういえば、山之内さやかも、堂本が危険を冒して『シティハイツ四谷』を脱出したのは、今日中に誰かと会う約束があるからではないか、と言ってるようだな」

「さやかの話には、ちゃんと整合性があるということですよ」

父親の口ぶりに手応《てごた》えを感じて、綸太郎はいっそう声に力を込めた。

「堂本の狙いが強請なら、江知佳さんを殺すメリットはありません。何らかの手ちがいで彼女を死なせてしまったとしても、あんなふうに自らの犯行を誇示する必要はない。行動の自由を狭めるだけで、何の足しにもならないですから。言い換えれば、江知佳さんを殺害し、死体の首を切断して名古屋の美術館に送り付けた犯人は、堂本峻ではない！」

「――待て。そう先走るな」

法月警視はいがらっぽい声でたしなめると、

「おまえの主張にそれなりの説得力があることは認める。だが、ここで話したことはすべて、仮説の域を出ないということを忘れるな。堂本の犯行を否定する根拠は、さやかの口から出たあやふやな伝聞情報だけだ。被害者の本当の母親が、十六年前に自殺した各務結子だったかどうか、まずその点を確かめなければ話にならない」

「それはそうです」

「だったら、次に打つ手もおのずと決まってくるはずだ。ほら」

警視は思わせぶりな言い方をして、肩をめぐらせた。その先に目をやると、久能警部が気ぜわしそうにこっちへやってくるところだった。

「顔を見ないと思ったら、こんなところで油を売ってたんですか。さっきから本部長が血相変えて、警視を探してますよ。どうも四谷の件がマスコミに洩《も》れたようで」

久能が持ってきた悪いニュースに、警視は顔をしかめて、

「それはまずいな。やつの身柄を押さえるのが一番の薬だが、新しい動きは？」

「堂本の行方に関する有力な手がかりはありません。山之内さやかから聞き出した携帯の

番号を電話会社に知らせて、交信状態をモニターさせてるんですが、最寄りの基地局から足が付かないよう、ずっと電源を切ってるみたいですね。そのかわり、堂本の携帯の通信記録をチェックしたら、興味深い事実が判明しました」

「携帯の通信記録から？」

「被害者の父親が生前使っていた携帯電話の番号が、過去二週間の記録の中に何件も出てきました。今しがた国友レイカから、紛失していると申告があったばかりのものです。法月さんからそうするように言われたと聞きましたが」

綸太郎はうなずいて、よしと言った。これで江知佳と堂本峻がひそかに連絡を取り合っていたことが証明されたことになる。真相解明への大きな一歩。

「──いや、まだそう断定することはできないぞ」

綸太郎の判断に対して、警視は慎重な姿勢を示した。

「強請《ゆすり》の件を考慮すれば、宇佐見彰甚が堂本と連絡を取るために、故人の携帯をくすねた可能性もある。両方の記録を突き合わせてみないと、結論は出せない。紛失した川島伊作の携帯の通信記録は、これからすぐ入手できるのか？」

「今日中には無理みたいです」

久能はもどかしそうに言った。遺族の同意書があっても、電話会社のシステムと担当者のシフトの兼ね合いで、通信記録が出せるのは、明日の午前中になるという。レイカが申告をためらったせいで、タイムラグが生じてしまったことになる。

「なら仕方がない。それともうひとつ、調べておくように頼んだことがあったはずだが。せがれにも教えてやってくれないか」

「各務順一・律子夫妻の自宅の住所ですね。歯科医師会の名簿に当たって、府中市美好《みよし》町のマンション『パームライフ分梅《ぶばい》』に住んでいることがわかりました。京王線と南武線が交わる分倍河原駅の近所になります」

「分倍河原というと、新田義貞が北条泰家の大軍を破った古戦場のあるあたりだな」

とっくに手配済みのやりとりに、綸太郎は目を丸くして、

「お父さんも人が悪いな。さやかの話をまるで信じてないようだから、こっちがせっつかないと、各務夫妻のことも無視するつもりなのかと思いましたよ」

法月警視はにやりとすると、吸いさしのタバコを灰皿にねじ込んで、

「警察のやることを見くびるんじゃないぞ。たとえ無駄な手間だとわかっていても、足を使ってひとつひとつつぶしていくのが捜査の基本だからな。俺はこれからせがれと一緒に、府中まで遠出をしてくるよ。人員の割り当ては堂本の捜索で手一杯だし、何より頭に血が上った本部長の相手をするのは、ごめん被りたいのでね」

24

法月警視は、宮本刑事を運転手に指名した。四谷での失態が外に洩れたとなると、彼を

捜査本部に残しておくのは心許ない。ミスを引きずらないよう、新しい任務を与えて奮起を促す心づもりもあるのだろう。宮本は町田市街を流して、マスコミの追跡車両が張り付いていないことを確認してから、鎌倉《かまくら》街道を北上した。

多摩ニュータウンの団地を通り抜け、夕映えの色に染まった多摩川を越えて府中市に入る。京王線の中河原駅北で鎌倉街道を離れ、中央自動車道の高架下をくぐった。このあたりが分倍河原と呼ばれるのは、武蔵野《むさしの》台地のハケ（崖）下を多摩川が流れていた頃の名残でね、と警視が見てきたようなことを言う。分梅という地名は、分倍の別表記で、各務夫妻の住んでいる美好町までその名を取った通りが伸びている。

「パームライフ分梅」は分梅通りの西、緑地に囲まれた静かな住宅街の一角を占めていた。八階建ての高級分譲マンションで、ステータスを誇示するためなのか、地下駐車場のオプションが付いている。敷地に沿って仰々しいフェンスが張りめぐらされ、コーナーごとに防犯用の赤外線センサーが設置してあった。周囲に人影はまばらで、穏やかな生活《パーム・ライフ》をかき乱すレポーターやカメラマンの姿はどこにも見当たらない。

「被害者の母親の所在は、まだ嗅《か》ぎつけられていないようだな」

ほっとしたように警視が洩らした。真っ先に肉親のインタビューを取りにくるはずのマスコミが、所在の確認すらできないでいるのは、現在の各務律子に関する情報が極端に乏しいせいだろう。各務順一と再婚してアメリカから帰国した後、過去の人間関係へのアクセスを完全に遮断して、ひっそりと隠遁《いんとん》生活を送ってきた証《あかし》でもある。

マンション前の舗道に法月警視と綸太郎を落とすと、車は府中駅方面へ走り去った。

「かがみ歯科クリニック」の監視の任に就くために。時刻は午後六時二十分、すでに夕方のニュースで、切断された遺体の身元が報道されている頃合いだった。各務順一が仕事の合間に、被害者の氏名を漏れ聞いてもおかしくない。妻の身を案じてクリニックの診療を切り上げ、帰宅を急いだ場合には、警視の携帯に宮本から一報が入ることになっていた。足止めするには及ばないとしても、各務がいるといないとで、こちらの出方も変わってくる。

「——各務夫妻には、子供はいないんだったな。夫婦の二人暮らしってことか?」

路上でタバコに火をつけながら、警視がたずねる。綸太郎はかぶりを振って、

「たしか夫の母親が同居してるはずです。前に川島さんがそんなことを」

兄の訃報《ふほう》を伝えた際、電話に出た相手がそうだったと聞いた覚えがある。各務律子が対人恐怖症とパニック障害で、人前に出ることさえままならないというのが本当なら、主婦の仕事のほとんどを姑《しゅうとめ》が肩代わりしているのだろうか?

五分ほどして、宮本から連絡があった。「かがみ歯科クリニック」は通常の診療を続けており、ナンバーを割り出した各務の車も医院の駐車場に置いてあるという。法月警視は携帯灰皿にタバコをねじ込んで、じゃあ行こうかと声をかけた。

各務夫妻はなかなかいい暮らしをしているらしい。大理石をふんだんに使ったエントラ

ンスの天井には、大手警備会社のロゴ入り監視カメラが設置されていた。オートロックの内扉は、水族館の水槽に引けを取らない厚さの防犯ガラスで、ずらりと並んだ集合ポストと宅配ボックスにも、一個一個ちゃんとした鍵《かぎ》が付いている。堂本峻や山之内さやかのマンションとは、セキュリティひとつ取っても、金のかけ方がちがうというわけだ。

夫妻の住居は最上階の8—A室だった。カメラ付きインタホンのコンソールに部屋番号を打ち込むと、スピーカーを通してひび割れぎみの女の声が響く。

「どちらさまですか」

「各務さんのお宅ですね。警察の者ですが、少々おたずねしたいことがありまして」

「何とおっしゃいました？　もう少し大きい声で言ってくれませんか」

耳が遠いのだろうか。法月警視は声を張り上げるかわりに、インタホンに顔をくっつけるようにして、ゆっくりと同じ口上を繰り返した。

「——警察の？　何か身分を証明できるものがありますか」

わずかに返事の間が空いたが、落ち着き払った対応である。警視がカメラのレンズに向けて身分証を掲げると、

「拝見しました。それで、どういうようなご用件なんでしょうか」

「ここで申し上げるのはちょっと……。TVのニュースをご覧になっていれば、ご想像がつくと思いますが。よろしければ、お部屋にうかがってもかまいませんか」

警視の読みは当たった。スピーカー越しでもはっきりとため息とわかる音の後に、声の主

は用心深い口調で、

「うちでお役に立てることは、何もないんですけどねえ。ことがことだけに、しょうがありませんか。ちょっと待ってください、今ドアを開けますから」

顔の見えない相手に警視が一礼すると、オートロックが解除された。

エレベーターホールで昇りのボタンを押し、B1の駐車場から上がってきたケージに乗り込んだ。監視カメラがないのは、居住者のプライバシーを優先したためだろうか。ホールから中が見通せる防犯窓と、緊急通報用のモニターホンがその分をカバーしている。

8―A室はエレベーターを出てすぐの部屋だった。あらためてブザーを鳴らすと、薄墨色のおかっぱ頭に、幅広のデザイングラスをかけた年配の婦人がドアを開けた。

ゆったりしたスウェットの上下にスニーカー履きで、ジョギングか、犬の散歩にでも出かけるようないでたち。腰や背中はしゃんと伸びているけれど、年齢にサバを読むため、頬のたるみと皺《しわ》にずいぶん手を加えた跡があった。

「お出かけのところをおじゃましましたか？」

「いいえ、どこにも。屋外のウォーキングは、もっと涼しくなってからでないと。今はいくらでもいい機械がありますし、運動なら家の中で十分」

呼気に混じって、漢方の煎《せん》じ薬みたいな甘ったるい匂いが漂った。不健康な太り方をしているのは、糖尿の気があるからかもしれない。

廊下のドアの向こうから、もうひとり別の女の話し声が聞こえてくる。内容はさっぱり聞き取れないが、自分の声が玄関まで洩れていることに気づいてないらしい。綸太郎は父親と顔を見合わせたが、出迎えた女性はその声を無視して、家の中に自分ひとりしかいないようにふるまっていた。腰をかがめて、客の前にスリッパを並べながら、

「――順一の母で、各務タエ子と申します。そちらは？」

「申し遅れました。警視庁の法月です。こっちは同じく、せがれの綸太郎」

同じくというのは苗字《みょうじ》のことなのだが、各務夫人は親子二代の警察官と誤解したようだ。誤解を訂正するかわりに、綸太郎はなにくわぬ顔で頭を下げ、スリッパに足を突っ込んだ。

リビングに通されると、夫人が女の声を無視した理由がわかった。ボリュームを上げたTVの音声が、だだっ広いリビングの隅々まで行き渡っている。外資系の保険会社のCMだった。画面と相対する位置に、サイドバー付きの電動ウォーカー。今はいくらでもいい機械があると言ったのは、これのことだろう。

夫人はリモコンでTVの音を消したが、映像はそのままにしておいた。部屋の照明が省電力モードになっているらしく、ワイド画面が妙にまぶしく見える。活字を読むには足りないぐらいの明るさで、TVが発する光の加減によって、人の顔色も微妙に変化した。各務夫人は夜行性動物みたいに、明るいところを避けて歩いている。

「そちらのソファにおかけになってくださいな。今、冷たいお茶を」

出された飲み物は、なんとも言えない味がした。通販でしか手に入らない健康茶の類で、

警視はにおいを嗅《か》いだだけで遠慮することに決めたようだ。さっそく本題に入ろうとすると、各務夫人に先を越された。

「殺されたお嬢さんのことで、律子さんに会いにいらしたんでしょう？　どこのチャンネルもそのニュースで持ちきりですから。でもね、せっかくお越しいただいたのに、あいにくですけど、嫁ならここにはおりませんよ」

「ここにはいない？」

「信州の保養施設へ静養にいかせました。お世話になってるカウンセラーの先生から、そうするように勧められて」

警視が二の句を継げないでいると、夫人はそれ見たことかというように、

「最初にそう申し上げたでしょう、何もお役に立てないと。それはそうと、やりかけのウォーキングを続けてもいいかしら。毎日決まった量の運動をこなさないといけないので。音は静かだから、話のじゃまにはならないはずですよ」

眉間《みけん》に皺《しわ》を刻んだまま、警視は押し殺したため息をついて、

「どうぞご随意に」

夫人はいそいそと電動ウォーカーに駆け寄った。スピードを最低速にセットすると、サイドバーを支えにしながら、這《は》うようなペースで歩を刻み始める。鼻から吸う・吸う、口から吐く・吐くの四歩一呼吸式のリズムに従って。まさかこういう展開になろうとは、法月警視も予想してなかったにちがいない。笑えないコントに付き合わされているような気

がしたが、綸太郎はじれったいのを我慢して、父親に対応をまかせた。

「――いくつか教えていただきたいことが。歩きながらで結構です。律子さんが静養にいかれたのは、いつですか？」

「先週の火曜日に。その前の週末に（スッスッ、ハッハッ）、嫁の前夫が病死したことはご承知かしら」

「彫刻家の川島伊作氏のことですね」

「あの人でなしが！」

各務夫人はいきなりサイドバーに掌を打ちつけ、吐き捨てるように言った。

「息子夫婦は（スッスッ、ハッハッ）、あの男にひどい仕打ちを受けたことがありますの。まだ二人が一緒になる前ですが（スッスッ、ハッハッ）、一生消えない傷を負わされたようなものだわね」

「息子さんの前の奥さんと浮気して、自殺に追い込んだと聞いていますが」

「それだけじゃありません。亡くなった結子さんという人はね（スッハッ、スッハッ）、今の嫁の実の妹だったの。あの男ときたら、よくもそんなあさましい真似が……」

夫人はしわがれた息をつくと、よろけそうになった足をしっかり踏み直して、

「あたしなんか、死んじまってざまあみろと思ってますけど（スッスッ、ハッハッ）、律子さんにしてみたら、一度は夫婦の契りを交わして、娘まで儲《もう》けた相手ですよ。あたしらみたいに、くたばってせいせいしたとか（スッスッ、ハッハッ）、そんなに簡単に気持ち

の整理がつくことじゃないでしょう」

「伊作氏の訃報を知って、律子さんが動揺したということですか」

「そう申しませんでしたっけ？　あたしも悪かったんですけどねぇ（スッスッ、ハッハッ）。向こうの遺族から電話でそのことを聞かされて、つい当人に話してしまったの。そうしたらいっぺんに具合が悪くなって（スッスッ、ハッハッ）。律子さんは心に傷を負った人だから、こっちも気をつけるようにしてたんですが、その時はついうっかりしてて。何年も落ち着いていたのに、あたしがよけいなことをって、息子にもずいぶん叱られましたよ」

「具合が悪くなったというと、どういう状態に？」

「動悸《どうき》やら息切れやら（スッスッ、ハッハッ）、今はパニック障害っていうんですか。普通は人込みやエレベーターの中で起こるんですが、今回は特にひどくて。うちの中にいても、ひっきりなしに不安の発作が（スッスッ、ハッハッ）。本当に今にも死ぬんじゃないかっていうぐらい、深刻な症状で……。あたしの連れ合いも最後は心臓だったけど、あれに比べたらずっとましでしたよ。いくら神経のせいだといってもね。娘に心臓をもぎ取れるといって（スッスッ、ハッハッ）、脂汗を流しながらのたうち回るんです。それが一、二時間おきに来るんだから、本人も家族も身が持ちませんよ」

「娘に心臓を？　それは江知佳さんのことですか」

「そうなんでしょう」

各務夫人は眼鏡の下のたるんだ頬をわずかに引きつらせながら、

「むずかしいことはよくわかりませんが、カウンセラーの先生がそうおっしゃるんだから。日曜日に息子が診療所へ連れていったら（スッスッ、ハッハッ）、とにかく前の夫の係累から、できるだけ離れた土地にやりなさいと。先生が信州の保養施設を手配してくださって、先週の火曜日からそちらの方に滞在しております」

「律子さんはひとりで信州へ？　そんな状態だと、移動も大変だったんじゃないですか」

「病院を休んで（スッハッ、ハッスッ）、息子が車で送っていきました。電車には乗れませんからね」

「なるほど。信州の何という保養施設ですか」

「それは勘弁してください。あたしが息子に怒られます」

夫人は目を釣り上げて、警視の問いをつっけんどんにはねつけた。

「だって行く先を教えて、刑事さんがあっちへ顔を出したりしたら（スッハッ、スッハッ）、せっかく遠くに行かせた甲斐《かい》がないじゃありませんか。亡くなったお嬢さんのことはお気の毒だと思いますけど（スッハッ、スッハッ）、もうすっかり縁の切れた他人ですし、そっとしといてやってくださいな。ただでさえ、前の夫が死んで動揺してるっていうのに、今度は自分の娘が殺されただなんて……。そんな怖ろしい知らせが耳に入ったら、律子さんは二度と正気に戻れなくなりますよ（スッハッ、スッスッ）。そんなことにでもなったら、あなたが責任を取ってくれるんですか。それを思えば、先週のうちに向こうへやって正解だったわね。もし嫁がここにいて（ハッハッ、スッスッ）、こわもての刑事さんやら、下品なレポーターみたいな人種が押しかけてこようものなら――」

「おっしゃることはよくわかります」

と警視は息の乱れた相手をなだめて、

「でしたら、カウンセラーの先生の名前を教えていただけませんか？　律子さんの精神状態について、専門的なアドバイスを求める必要がありますので」

「先生の？　ええと、あの人は何というお名前でしたかね」

各務夫人は芝居がかったしぐさで、何度も首をかしげると、

「すみませんねえ、ここまで出かかってるんですけど（スッハッ、スッスッ）。歳を取ると、何でもないことを度忘れしてしまって。もうじき息子が帰ってきますから（スッスッ、ハッハッ）、そっちに聞いてくれませんか」

法月警視は急に徒労感に襲われたように肩を落とし、むっつりと黙り込んだ。質問がとぎれたのを見て、各務夫人は電動ウォーカーのスイッチを切る。床の敷物の上にだらしなく横坐《よこずわ》りになると、スニーカーを脱いで左右の足のマッサージを始めた。

「ひとつうかがってもいいですか」

手詰まりになった父親に代わって、綸太郎が口を開いた。

「さっきお話に出た結子さん、亡くなった前の奥さんのことですが、そもそも順一さんと知り合ったのはどういうきっかけで？」

「息子と結子さんのなれそめですか。律子さんではなくて？　それだったらよくある話で、最初は医者と患者の関係でした。もう二十年以上前のことになりますかねえ。あたしの連れ合いがまだ元気で、相模原市で歯医者をやってた頃ですから」

カウンセラーの名前を度忘れしても、二昔も前のことなら記憶に濁りはないらしい。各務夫人は上気した頰に魔女めいた笑みを浮かべ、唇に噴き出した汗の粉をなめながら、

「上鶴間の各務歯科といったら、その当時は地元でも評判の歯医者でしたの。順一はひとりっ子だったから、最初から家業を継がせると決めておりましてね。苦労して歯科大へやって、二十五の時から父親の手伝いを。そりゃあもう、若い女の患者さんには、たいそう人気があったものですよ。親のひいき目を抜きにしても。結子さんがうちに来るようになったのは——結婚したのが、順一が二十八の時で、昭和五十三年の春でしたから、息子目当てで通院し始めたのは、その前の年の初めぐらいからでしょうか」

「結婚前の結子さんは何をしていたんですか」

「あの人は相模大野《さがみおおの》の結婚式場に勤めてたの。その道のプロみたいなものですよ。先にちょっかいを出したのは息子の方だと思うけど、それより先に向こうがさんざん色目を使ったんでしょう。後からいろいろ考えると、うまく立ち回ったのは結子さんの方じゃないかしら」

夫人の言い方には、毒が含まれているようだった。年月の経過によって薄れるどころか、かえって濃縮されていくような性質の。

「うまく立ち回ったというと？」

「順一は開業医の二代目で、当時は病院も繁盛しておりましたのでね。結子さんが玉の輿《こし》に乗るつもりでいたのは、見え見えでしたよ。じきに当てが外れることになるんですけど。まあ、母親のあたしからしたら、正直な話、最初の嫁は疫病神みたいものだったから」

「――疫病神？」

　綸太郎が聞きとがめると、各務夫人はそらぞらしく口に手を当てて、

「あらあら、つい口がすべってしまって。死んだ嫁のことを悪く言ったりしたら、罰が当たります。今のはくれぐれも、息子には内緒にしておいてくださいな」

「お姑さんの目から見て、結子さんはどういう女性だったんですか？」

「ひとことではうまく言えませんよ」

　レンズの下の狡猾《こうかつ》そうな目が、引き絞られたように細くなった。

「順一がコロリと参ったぐらいだから、ぱっと見は派手な美人でしたけどね。あの人はまあ、ずいぶん勝ち気で、見栄っ張りなところがあって。人が手に入れたものを見ると、見境なく自分も欲しくてたまらなくなってしまうというか……。律子さんが後添えに来てから、なんとなくわかったんですよ。きっと小さい時から、姉に対抗意識を燃やしてばかりいたせいで、あんなふうに育ったんじゃないかと。ひがみ根性とまでは申しませんが、後から律子さんと比べると、どうしてもそういうアラが見えてきて」

　ずいぶん律子さんの肩を持つんですね、という文句が喉《のど》まで出そうになったが、綸太郎

はどうにか自制して、

「そういえば、結子さんには浪費癖があったんじゃないですか？」

「浪費癖、ですか。たしかにお金に関して、だらしないところはあったわね。身内の恥になりますから、それ以上のことは申し上げにくいんですけど――」

マナーモードにした携帯の振動音が、思わせぶりな返事をさえぎった。

法月警視の懐から出た音だった。ちょっと失礼とことわって、老眼鏡をかける。着信メールをチェックすると、無言でこっちへ顎《あご》をしゃくった。

綸太郎は目でうなずいた。各務順一が帰宅の途に就いたという合図だ。携帯と老眼鏡をしまいながら、警視は軽く咳払《せきばら》いして、

「話の途中ですが、ちょっと急用でお暇《いとま》しなくてはなりません。帰る前にあとひとつ、聞いておかなければならないことが。堂本峻、もしくは権堂元春という男をご存じですか？」

各務夫人は横坐りの姿勢のまま、肩をすくめるようなしぐさをして、

「そんな人は知りませんが。どういう方ですか？」

「以前、川島江知佳さんにしつこくつきまとっていた男で、いわゆるストーカーというやつですな。われわれは、この人物が江知佳さんを殺害した犯人とにらんでるんですが、その堂本が被害者の母親に関して、妙なことを口走っていたらしい」

「妙なこと？　律子さんのことで何か？」

夫人はいぶかしそうに眉をひそめた。すっかり縁の切れた他人だと言ったわりに、無関心ではいられないらしい。警視は首を横に振って、

「われわれが入手した情報によると、江知佳さんは律子さんの実子ではなく、自殺した妹の結子さんと川島伊作氏との間にできた娘だというんです。堂本はそのことをネタにして、誰かを強請《ゆす》ろうとしているふしもある。本当にそのような事実があったのですか？」

いきなり喉を締めつけられたみたいに、各務夫人は口をつぐんだ。

目を見開いたまま、その場に固まってしまう。音のないTVの映像が色を変えながら、こわばった顔を照らし出した。ゆがんだ走馬燈の影を投じるように。

やはり図星だったのか？　そう思ったのもつかの間、夫人の鼻から断続的に息が洩れ始めた。ふっふっという音に合わせて、かさついた唇がめくれ上がっていく。

笑っているようだった。

「――何かおかしなことでも言いましたか」

警視が問いつめると、夫人はやっとわれに返ったようにかぶりを振り、

「おかしいことなんて、何もありませんよ。ただ、息子夫婦が今の話を聞いたら……。いえ、それよりも死んだ結子さんのことがつくづく哀れになってねえ」

「どういうことです？　答えにくい質問かもしれませんが、堂本の考えていることが事実なのかそうでないのか、はっきりさせてくれませんか」

各務夫人の表情がきつくなった。床の敷物に手をついて、スウェットで包んだ体をくね

らせるように居ずまいを正すと、

「結子さんが母親だなんてとんでもない。その男は何か勘違いしてるんでしょう。あの子は正真正銘、律子さんがお腹を痛めて産んだ娘ですよ。初めから血のつながりがなかったら、律子さんだってこんなに心を痛めなくてもすんだのに」

「本当にそれでまちがいありませんか」

「わかりきったことを何度も言わせないでくださいな。あたしが言うのも変ですけど、少なくとも江知佳さんについては、結子さんの不実を疑うことはできませんもの。そんなに気になるなら、昔の記録でも何でも調べてみたらどうかしら」

にべもない返事である。だが、各務夫人の言葉は単なる否定ではなかった——尊大な言い回しの裏側に、まだ明かされていない家族の秘密が貼り付いている。綸太郎はそう確信して、側面から父親を援護した。

「少なくとも江知佳さんについては、とおっしゃいましたね。それはいったい、どういう意味です？　彼女の母親が律子さんにまちがいないとしても、自殺した結子さんを哀れに思う理由が、まだほかにあるんじゃないですか」

「——ありますよ」

夫人は腹の底から絞り出すような低い声で、

「その堂本という男の言ったことは、半分だけ当たっておりますから。どこかで聞きかじったことを早呑《の》み込みして、自分流に話を作り替えてしまったんでしょう」

「半分だけ？　それは十六年前、結子さんが伊作氏と関係を持っていたことですか」

「そのことは最初に申し上げたんではなかったかしら？　でも、それだけじゃありませんの。お恥ずかしい話ですが、あの人は不義の子まで宿していたんです——江知佳さんとは別の、生まれなかった赤ん坊のことですけどね」

「結子さんは自殺した時、妊娠していた？」

「そう。お腹の中に、川島の子をね」

各務夫人はあやうい目つきでうなずくと、唐突にスッスッ、ハッハッと呼吸のリズムを刻み始めた。そう命じられたわけでもないのに、よろよろと床の敷物から立ち上がる。

「どうしました？　気分でも悪いんですか」

法月警視の呼びかけは、夫人の耳に届いていなかった。呼吸のサイクルがどんどんせわしなくなって、吸気と呼気の帳尻《ちょうじり》が合わなくなったのだろう。大きく胸を震わせると、息の定まらない独白が口からあふれ出た。

「——ガス自殺した車の中に、不倫を告白した遺書と一緒に、産婦人科の診察券が残されていたのよ。行政解剖が行われて、妊娠三か月であることがわかったの……。川島の子を身ごもったと知って、どうしたらいいかわからなくなったんでしょう」

思わず目をそむけたくなるほど、痛々しい形相である。

冷めたスープの表面を脂の被膜が覆うように顔色を失って、年老いた義母の仮面を維持することすらできなくなっていた。半白のおかっぱのウィッグが傾いでいることにも、気づいていないらしい。人間の可聴音域をはずれたところで、心の結び目がほどける音が聞こえたような気がした。

「夫を問いつめたら、結子を抱いたことを認めたわ……。あの子は困った妹だったけど、自分で自分の命を絶たなければならないほど、悪いことをしたわけじゃない。遺書にもそう書いてあった、最初は力ずくで、次からは脅されたせいだと……。悪いのは全部、あいつなのよ！　川島伊作――わたしの夫だった男が、妹を無理やりはらませて殺したのよ」

急に玄関から物音がして、独白はとぎれた。

各務夫人ははっと息を呑《の》んで、廊下の方へ振り返った。ほとんど同時にリビングのドアが開き、血相を変えた男が飛び込んでくる。

各務順一だった。

「ニュースを見て急いで帰ってきたんだ。律子？　律子！」

白目をむいてその場にくずおれる妻の体をかろうじて抱き支えてから、各務はようやく来客の姿に目を留めた。

「きみだったのか。家内が人前に出られないと言った理由が、これでわかっただろう」

彼の顔に浮かんでいるのは、怒りよりも羞恥《しゅうち》に近い表情だった。

「なんとか眠らせました。あまり薬に頼りたくないのですが、ほかに手だてがない」

夫婦の寝室から出てきた各務順一は、沈痛な面持ちでそう告げた。法月警視は同情的なしぐさを示すと、言いづらそうに顎《あご》をしゃくって、

「奥さんは人前だと、いつもあんなふうに？」

「いや、今が一番よくない状態です。最近ようやくありのままの自分と折り合いがつけられるようになって、もうずっとあれも出なくなってきたんですが」

「——ひょっとして、乖離《かいり》性の多重人格のようなものですか」

「それはちがいます。病的なふるまいに見えるかもしれませんが、本人はちゃんと芝居だと自覚してますから。他人の目を怖れているだけで、精神そのものは正常です。こんな騒ぎに巻き込まれるまでは、ずっと調子もよかったのに……」

各務は急に口ごもり、見るからに釈然としない顔つきになって、

「それにしても、話していておかしいと思わなかったのですか？　家内だってもう若いとはいえない歳ですが、私の母親で通せるほど老け込んではいませんよ。いくらカツラや老け顔のメイクでごまかそうとしても、刑事さんが見れば一目瞭然《りょうぜん》でしょうに」

「申し訳ない。あなたのおっしゃる通りです」

25

警視はしおらしく各務に頭を下げて、

「実は玄関で顔を見た時から、律子さんの変装だと承知していました。奥さんが精神的な問題を抱えていることは事前に聞いていたので、スムーズに話がうかがえるよう、あえて見て見ぬふりをしたんです」

「あえて見て見ぬふりを？　じゃあ見破られているのも知らずに、律子は——」

引きつった頬に赤みが差し、胸が大きく波打ったが、各務はかろうじて自制を保った。感情的摩擦による静電気を逃がすように電動ウォーカーのサイドバーをつかむと、背中を丸くしてふうっとため息をつく。かぶりを振りながらこちらへ向き直った時は、すっかり腹をくくった表情になっていた。

「律子の心の問題で、刑事さんを責めてもしょうがありません。土曜日にきちんと事情を説明しておくべきだったのに、変に隠し立てしようとしたのが裏目に出てしまった」

各務順一は自嘲《じちょう》ぎみにそう洩らして、綸太郎の方へ目をやった。

「かっとなって、追い返すような真似をしたのは悪かったと思ってる。だが、あの時はきみがまっとうな人間かどうか、その場で判断できる材料がなかった。患者のふりをして根掘り葉掘り聞こうとするから、たちの悪いいやがらせと決めつけてしまったんだ。後からインターネットで名前を検索して、身元のしっかりした人物であることを確かめたけれど、あらためて連絡を取る気にはなれなかった。その筋から一目置かれている専門家だとしても、そっとしておいてほしい気持ちに変わりはなかったのでね」

「患者のふりをしたのは、フェアではありませんでした。ですが、あなたも偽電話を口実に雲隠れしたでしょう？　どっちもどっちということで、その件は帳消しにしませんか」

「──偽電話？」

綸太郎の申し出にまぶたを狭めると、各務はふいに場ちがいな笑みを浮かべて、

「ああ、あれか。きみの言う通り、その場しのぎの小細工だったよ。施療室から逃げ出すためのね。こういうことになるとわかっていたら、あんな対応はしなかったんだが」

肩をすくめるようなしぐさをして、サイドバーにもたれかかる。講和成立と見なして、法月警視が言った。

「いくつか確認させてください。奥さんの具合が悪くなったきっかけは、川島伊作氏の訃《ふ》報《ほう》を聞いたことですね？」

「そうです。向こうの遺族から電話で知らされた時、とっさに姑《しゅうとめ》のふりで応じたらしい。それであれのスイッチが入ってしまった。ただそうなってからも、薬で不安の発作を抑えて、どうにかしのいでいたんですけどね。今朝までは外見もいつも通りだった。刑事さんたちが来た時には、もう義理の母親になりきっていたんですか」

「だと思います。夕方のニュースで、事件のことを知ったそうですから」

「律子がそう言ったんですか？　だったら、あれがぶり返しても仕方がない。姑のふりをするのは、自分の存在を消すための隠れ蓑《みの》なんです。そうならないように、私も気を配っていたつもりですが、よりによって自分の娘が殺人事件の被害者になるなんて──」

「でも、江知佳さんが失踪《しっそう》したことは知らされていたんでしょう?」

綸太郎が指摘すると、各務は渋い顔でうなずいて、

「知っていたよ、私はね。日曜日に向こうの家族から、問い合わせの電話があった。たまたま私が出たからよかったようなもので、家内には一言も伝えなかった。告別式で彼女と交わした口約束もそうだが、話せば動揺するのがわかっていたから」

「黙っていたのはまずかったんじゃないですか。だいいち、あなたは仕事で平日は家を空けている。もしあなたの留守中、江知佳さんが母親に会うために、直接ここへ訪ねてきたらどうするつもりだったんです?」

「こっちもそのことは考えた。だからマンションの管理人に彼女の特徴を伝えて、もしこういう娘が訪ねてきたら、事情を話してお引き取り願うようにと言づけておいたんだ。エントランスに防犯カメラがあるのを見ただろう? ここはセキュリティが売りのマンションだから、常駐の管理人がモニターで人の出入りをチェックしている。それで心配ないと思ったんだが、まさかTVのニュースに彼女の名前が出るとは」

各務はつけっぱなしになっていたTVの画面をにらみつけてから、リモコンを探して電源を切った。照明のスイッチを明るい方に切り換えると、長丁場になることを覚悟したのか、ダイニングから自分用の椅子を持ってきてそこに腰を据える。

「管理人に江知佳さんの特徴を伝えたのは?」

「告別式の次の日だから、先週の木曜日だったと思う。正確な日にちは、帰りに下で確認

するといいよ。結局、彼女からは何の音沙汰《おとさた》もなかったわけだが」

綸太郎は鼻から息を抜いて、父親の方へ頭をめぐらせた。法月警視は額の生え際を掻きながら、もぞもぞと体を揺り動かして、

「質問が前後しますが、母親のタエ子さんはまだお元気ですか」

「いや、八六年に病没しました。去年、十三回忌の法要を」

「ん？　ひょっとすると、あなたと律子さんが渡米中に亡くなられたんですか」

「ええ、帰国する二か月ほど前に。ひとりで日本に残しておくのは心配でしたが、アメリカへついてくるのをいやがりましてね。急なことで死に目にも会えず、親不孝をしました」

心残りのように言い添えた各務に、警視は抜け目ない視線を投げかけて、

「では、律子さんがお姑さんと同居したことはないんですね」

「そういうことになります。今の家内は、母のことはほとんど知りません」

「そのわりにはタエ子さんになりきって、前の奥さんと反りが合わなかったようなことをずいぶんほのめかしていましたが」

「律子がですか？　家内はどんなことを話したんです」

先刻のやりとりをかいつまんで聞かせると、各務は眉《まゆ》を寄せながら腕を組んで、

「──疫病神、ですか。律子がそんなことを」

「何か思い当たるふしでもあるのですか」

「まあね。律子の打ち明け話は、そんなにまちがっていませんよ。前の妻と姑の関係がぎくしゃくしていたのも事実です。母は最初の嫁を財産目当てと決めつけていたし、結婚してからもろくなことがなかったですから。ただ、律子がそういうことを言ったのは、姑らしくふるまうためではなくて、律子自身の妹に対する本音が洩《も》れてしまったせいでしょう」

「本音というと？」

各務順一は頬をすぼめ、眼鏡のブリッジに指をあてがってしばらく考えにふけった。おもむろに寝室のドアの方へ顔を向けると、喉《のど》に何かつかえたようなしゃがれ声で、

「律子は今でも死んだ妹のしたことを許せないでいるんです。本人にたずねても、けっしてそのことは認めないと思いますが」

「十六年前、結子さんが川島伊作氏と不倫の関係を持ったことですか？　妹は自殺するほど悪いことをしたわけじゃない、悪いのは全部伊作氏の方だと、奥さんが断言するのをさっき聞いたばかりなんですが」

「それはそうでしょう。誰よりも責めを負うべきなのは、あの男にほかならない。しかし律子にとっては、前の夫を責めるだけですむ問題ではないんです。形はどうあれ、血を分けた妹に夫を奪われたことになるんですから……」

各務は妙に歯切れの悪い言い方をした。法月警視は相手の立場を慮《おもんぱか》るように、

「デリケートな問題に触れていることは、こちらも十分承知しています。自殺した結子さ

ん の遺書には、無理やり関係を強要されたと書いてあったそうですね。その結果、彼女が伊作氏の子供を身ごもってしまったことも、先ほど奥さんの口から」

「お聞きになったのですか」

プライドを傷つけられたのか、各務はぎこちなく目をそらしながら、

「たしかに結子の遺書には、そう書いてありました。公表されませんでしたが、死後、妊娠の事実が明らかになったことも、十六年前の警察の調書に残っているはずです」

「それが事実なら、結子さんは一方的な被害者でしょう。律子さんが妹のことを許せないと思うのは、筋ちがいではありませんか？」

「どうでしょう。律子が遺書の記述を額面通りに受け取っているかどうか、私には自信がないんです。事実がそうだとわかっていても、あんなことになる前から、実の姉妹の間で、お互いにしかわからない、感情的なかけひきのようなものがあったとすれば——」

「感情的なかけひき？　姉と妹の間でですか」

「律子がそう言ったんでしょう？　小さい時から姉に対抗意識を燃やしていたと。実際、結子にはそういうところがありました。なんというか、一種の上昇志向みたいなものですが、後から考えると、あれは姉に対するコンプレックスの裏返しだったのかもしれない。私と結子が知り合った頃、律子は前衛彫刻家のパートナーとして、美術界では有名人になっていたはずですから。ただ、当時の私にとって、芸術家の川島夫妻は別世界の住人だったし、義理の姉夫婦と深い付き合いもなかったので、結子がそういうコンプレックスを抱

えていることに、なかなか気づいてやれませんでしたが」

「聞くところによると、結子さんには浪費癖があったとか。それも律子さんに対するコンプレックスが原因だったんでしょうか？」

各務は歯ぎしりするように口許《くちもと》をゆがめ、浪費癖か、とつぶやくと、

「そういう面はあったかもしれません。ですが、結婚した当初はそんなに派手好きな女というわけでもなかった。金遣いが荒くなったのは、もう少し後になってからです」

「何かきっかけでもあったのですか」

恨みがましい吐息が各務の口から洩れた。無言のまま眼鏡をはずして、眉間《みけん》を指で揉《も》みしだく。気持ちの整理をつけるために時間を稼ぐしぐさだった。半開きになった唇の間から、トレードマークの白い歯が見え隠れする。だが、前に見た時ほどの輝きはなかった。

頭を締めつける拘束具のように眼鏡をかけ直すと、各務はようやく答えた。

「結子は子供がほしかったんですよ」

「――子供が？」

綸太郎は父親と顔を見合わせた。各務が核心に触れようとしているのを察して、質問を代わるよう、警視が目で合図する。

「最初からその予定だったんですか」

「それはどうかな。もともと結子はそんなに母性的なタイプではなかったし、出産や育児

は面倒《めんどう》臭いと思っていたようだ。ところが、ちょうど結婚した年に、今の家内が江知佳さんを産んだ。町田の助産院へ見舞いにいって、ずいぶん母性本能を刺激されたらしい」

綸太郎はうなずいた。その話なら、川島敦志から聞いたばかりだ。

「といっても、その時点ではまだ、結子は子作りに積極的ではなかったよ。体の線が崩れるのがいやなので、子供を産むとしても、当分先にするつもりだと言っていたから。結子の気が変わったのは、律子の夫が妊娠中の妻をモデルにした石膏像を発表したせいだ」

「それは『母子像』連作のことですね？」

いちいち聞き直すまでもない。「母子像」が人々の境遇に落とした影を追いかけているようなものである。題名が出たのをきっかけに、各務の目つきが遠くなった。

「あの作品が公開されたのも同じ年、一九七八年の暮れのことだ。結子と一緒に新宿の美術ホールまで、『母子像』の展示を見に足を運んだのを覚えている。まだ新婚気分の抜けきらない頃だった。当時はかなりセンセーショナルな話題を呼んだらしいが、私は正直言って、ああいうもののよしあしがさっぱりわからなくてね。どこがいいのか全然ピンとこなかったけれど、結子はものすごい衝撃を受けたようだった。血を分けた姉がモデルになってるんだから、無理もないか。列をなした律子の像を目の当たりにすると、それっきり会場を出るまで、一言も口を利かなかった。体の具合が悪くなったのかと思ったぐらいだ。帰りがけにぽつりと、あたしたちも早く子供を作りましょう、と洩らした時の顔は今でも忘れられないな。眠っていたはずの何かに、いきなり火をつけられたような表情だった

――」

寝室に通じるドアの向こうから、苦しげな女のうめき声が聞こえた。ちょっと失礼しますと言って、各務は席を立ち、妻の様子を見にいく。

今度は前ほど時間をかけずにリビングへ戻ってきた。夢でうなされたみたいなので、心配はいりませんという。綸太郎は軽く咳払《せきばら》いして、中断した話の続きを促すべく、

「――前の奥さんとの間にお子さんはいませんでしたね。結子さんが望んだのに、子供ができなかったのは、何か理由が？」

「たぶん、私のせいだろうな。本を読んだり、人に聞いたりしていろいろ試してみたんだが、どうやら子供のできない体質だったみたいでね。病院で検査したわけではないけれど、私の方に欠陥があったんだろう。結子の側に問題がなかったことは、死んだ時に証明済みだから」

ためらいがちの返事だった。たしかに彼の言う通りである。それ以上各務のプライドを傷つけても得るところがないので、綸太郎は子供の話題から離れた。

「結子さんに浪費癖が現れたのは、いつ頃からです？」

「結婚して二、三年経ってからのことだった。最初はインテリアに凝る程度のおとなしいものだったが、じきに宝石やら毛皮やらをローンで買い漁《あさ》るようになってね。子供ができない寂しさを紛らわせるための代償行為だとわかっていたから、私もつい見て見ぬふりをしたんだ。それがよくなかった」

「結婚して二、三年というと、八〇年から八一年ぐらいですか」

「そのくらいだな。それだけならまだしも、運の悪いことに、八〇年の夏、今でいう脳梗《のうこう》塞《そく》で親父が急死してしまった。私がちょうど三十の時だ」

「脳梗塞で？　律子さんは心臓だと言ってましたが」

「それはちがう。律子が知ったかぶりをしたんだろう。まだ還暦前の働き盛りだったが、仕事のしすぎが体にこたえていたようだ。うちの病院が繁盛していたのも、親父ひとりの働きにかかっていたんだな。私はいつまでたっても若先生扱いで、患者の信頼を得るまでには至ってなかったから。結婚してからというもの、独身の女性患者も目に見えて減っていたしね。歯医者が乱立して、生き残り競争が激しくなる時期と重なっていたのも、不運だった。上鶴間の同じ町内に、最新の設備を備えた歯科医が相次いで開業したんだよ。こっちは昔ながらの町の歯医者の流儀が染み込んでいるから、技術では太刀打ちできない。新規の客はもちろん、親父についていたなじみの客まで、どんどんそっちに奪われてしまう始末だった」

「病院の経営に行き詰まったということですね？」

各務の表情が硬くなった。審美歯科医として成功した今でも、当時のことを悔やんでいるのだろう。鼻からふっと息を抜くと、ことさらおどけるような身振りを交えて、

「文字通り、ジリ貧というやつだ。追いつめられて、焦っていたんだろう。あちこちから多額の借金をして、古くなった病院の建物を改装し、最新式の設備も導入したんだが、そ

れがかえって裏目に出てね。一度離れた患者を呼び戻すことはできなかったし、結子の浪費癖もエスカレートするばかりで、経済的にも逼迫《ひっぱく》した状態に陥ってしまった。そんな台所事情もあって、結子が自殺する前の年から、家の中ではいさかいが絶えなかったよ。向こうにしてみれば、玉の輿《こし》のつもりで嫁に来たのに、借金を抱えてにっちもさっちも行かなくなってきたんだから、イライラが募るのも無理はない。子供でもいれば、少しはちがっていたかもしれないが」

「なるほど。それで結子さんは、姉の夫に近づいた？」

ストレートな聞き方をすると、各務順一は即座に首を横に振って、

「いや、結子はけっしてそんなつもりではなかったんだ。その年の暮れ、私はもちろん、姉にも内緒で、川島伊作に金策の相談を持ちかけたのが、そもそもの始まりだったらしい。結子は結子なりに、冷えきった夫婦関係を改善しようとしてたんじゃないか。さっき話したことと矛盾するかもしれないが、律子が心の底でどう思っているとしても、私はやはり前の妻に裏切られたとは思いたくない。弱みにつけ込んで関係を迫ったのは、川島の方なのだから……。後から知ったことだが、ちょうどその前後から川島はスランプに陥って、律子との関係もぎくしゃくしていたそうだ」

八二年の暮れといえば、「サングラス事件」を契機に、川島伊作がインサイド・キャスティングの作品に行き詰まりを感じていた時期と重なる。川島はスランプから抜け出すために、妻の妹の肉体を利用しようとしたのだろうか？

だが、川島敦志はもっと別の見方にこだわっていた——二人は同じ境遇にある被害者どうしだったのではないか、と。前回、各務と話した際、激しい拒絶反応を引き出した問いだが、どうしてもそれだけは確かめておかなければならない。

「当時は律子さんも、上鶴間の病院に足しげく通っていたそうですね?」

さりげなく水を向けると、各務はいぶかしそうに目を細めて、

「ん? ああ、たしかにそうだが、身内だから別におかしくはないだろう。上鶴間は相模原市内といっても、境川《さかいがわ》をはさんで町田のすぐ隣りだし」

「それはそうです。気を悪くしないで答えてほしいのですが、結子さんと伊作氏が不倫の関係を持つ以前、あなたと律子さんの間に、男女の関係があったりはしませんでしたか?」

また逆鱗《げきりん》に触れるのではないかと思ったが、各務は冷静な態度を保ちながら、

「前にもそんなことを聞かれたな。あの時はかっとして、ずいぶん乱暴な言い方をしたが、話した内容そのものは真実だよ。結子が自殺する以前に、今の家内と親密な間柄になったことはない。あくまでも医者と患者の関係だった。これだけは誓ってもいい」

口調は穏やかだが、一歩も譲らない回答である。各務は続けて、

「あんなことがあってからすぐ、自殺した妻の姉と再婚したんだから、そういうふうに邪推する人間がいても不思議ではないが——川島の弟だけじゃないよ、口さがない連中はどこにでもいる。だが、私と律子が一緒になったのは、あんな不幸があったからこそなんだ。

私はどうしても結子を恨むことができなかったし、その気持ちは律子だって同じだ」

「しかし律子さんは、妹に対する疑いを捨てきれなかったのでは？」

「だとしても、前の夫への憎しみに比べたら、そんな迷いは二の次でしかない。私たちは、死んだ結子も含めて三人とも、川島伊作という男の醜いエゴの犠牲者だと思ってる。私以上に、律子の負った傷が深いことは言うまでもないが」

「伊作氏と離婚した直後、律子さんが渡米したのは、その傷を癒《いや》すために？」

綸太郎の問いに、各務はやりきれない面持ちでうなずいて、

「夫の非道なふるまいが、妹を自殺に追いやったと知って、律子は耐えがたいショックを受けた。本人に会ったからわかると思うが、家内は感受性が強すぎて、その分精神的に脆《もろ》いところがある。江知佳さんのことだってそうだ。母親らしいことをしてやれなかったのは、自らお腹を痛めた娘に、川島の血が流れていることがどうしても許せなかったからなんだ。単身アメリカへ渡ったのも、それまでの生活と完全に手を切って、自分自身を立て直すため――だが、たとえ遠い異国に脱出しても、精神の地獄からは逃れられない……。ひょんなことからロスで再会した時、律子は薬物中毒に陥って、廃人の一歩手前の状態になっていた」

「律子さんが、アメリカで薬物中毒に？」

初めて聞かされる話に、綸太郎は目を丸くした。各務はいっそう暗い顔になって、

「驚くのも無理はない。そのことは、誰にも知られないようにしていたから――上鶴間の

病院を売り払い、結子の死亡保険金と合わせて借金を返してから、私は審美歯科の勉強のために、本場のロスへ留学していたんだがね。結子の姉と再会したのは、たまたま向こうに共通の日本人の知り合いがいたおかげで、ちょっとした偶然だった。いつどこでというのは、差し障りがあって言えないが、ガリガリに痩《や》せこけて、半分死人のような顔色だったよ。ちょうどカーペンターズの妹みたいな感じで、薬に手を出したのは、結子の死に顔がどうしても頭から離れないせいだというんだ。私には律子の気持ちがよくわかった。自分もそうだったから……。結子を死なせてしまった罪ほろぼしに、義理の姉を救ってやらなければならない。そう決心して、律子を現地の更生施設に入れさせた」

「すぐに回復したんですか？」

「まる一年がかりで、どうにか薬とは縁が切れたがね。心にぽっかり穴が開いたような状態は相変わらずで、数週間おきに拒食期と過食期を繰り返していた。大事には至らなかったが、何度か自殺を図ったこともある……。私は審美歯科のカリキュラムをひと通りすませて、もう一度日本で一旗揚げるつもりでいたが、そんな状態で律子をアメリカに残しておくことはできなかった。向こうにいる限り、いつまた薬の誘惑に負けるかわからないのだから。一緒に日本へ帰ってやり直そうというのが、私から律子へのプロポーズだった」

各務順一は眼鏡を覆い隠すように手をかざして、ひとしきりかぶりを振った。自己憐憫《れんびん》のしぐさに似ていたが、彼の真意がどうなのかはわからない。

「帰国してからも、しばらくは深刻な抑鬱《よくうつ》状態が続いたよ。部屋に閉じこもって、何日も出てこないことがざらだった。過食がたたって、別人のように太ってしまってね……。今はもう一時期ほどではないけれど、昔の律子を知る人間が会っても、すっかり面変わりして見分けがつかないんじゃないか。醜形恐怖とまでは言わないが、本人もずっとそのことを気に病んでいる。かつては美術界で名を知られたモデルだったから、よけいにね。江知佳さんはもちろん、昔の知り合いと会いたがらないのは、そのせいもあるんだ」

「義母のタエ子さんになりすますのも、同じ理由から？」

「だと思う。少しずつ表に出られるようになってからも、自分の顔を人目にさらすことを怖れていた。私はなるべく外に連れ出すように心がけていたが、それだけはどうしても譲ろうとしない。ヴェールをかぶったりマスクをつけたりと、いろいろやってみたけれど、かえって目立つばかりでね。私の母親になりすますというのも、最初は苦肉の策だった。ところが、律子にとっては、その扮装《ふんそう》がいちばん心理的負担のかからないものだったらしい。老母とその息子なら、始終一緒に行動してもそれほどおかしくないし、何より高齢の女性に扮するだけで、魔法みたいに他人の目が気にならなくなるというんだ」

「そういえば、姥皮《うばかわ》という昔話がありますね」

　と綸太郎は相槌《あいづち》を打ちながら、

「継母に家を追い出された娘が、外見を老婆の姿に変える着物を手に入れる——律子さんの行動は、それに類したものじゃないでしょうか？」

「継母か。そういう分析は専門外だから、何とも言えないが、死んだ妹の後妻という立場が、律子の負担になっていたのかもしれない。その負担から逃れるために、あえて姑のふりをしていたのだとすればね。私はむしろ、薬物中毒の後遺症で、著しく容色が衰えたという思い込みのせいではないかと思っていたが……。実際の年齢より一段と老けた格好をすることで、傷ついた自尊心をカバーしてるんじゃないかと。ここ数年、ずっと調子がよくて、めったにあれが出なくなったのも、律子が年齢的に落ち着いてきたことと無関係ではないだろう。今度の騒ぎで、また昔に逆戻りしてしまったが」

各務は唇を噛《か》んで、そのまま黙り込んだ。精根尽き果てたようにうなだれて、ひとしきり自分の爪先《つまさき》を見つめていたが、ふいに顔を上げると、法月警視に向かって、

「家内が江知佳さんに会うことを拒み続けた理由は、これでおわかりいただけたでしょう。十六年前の出来事についても、説明は尽くしたつもりです。たしかに彼女は律子のひとり娘ですが、これだけ時間が経った今では、もう赤の他人と変わらない。ですから今日限りで、律子のことはそっとしておいてくれませんか？　もしマスコミの連中がここを嗅ぎつけて、直接取材でも要求しようものなら、律子の精神は取り返しのつかないダメージを受けてしまう。ただでさえ、よくない状態がぶり返しているんです。面白半分に世間の目にさらされでもしたら、また自殺でも図りかねない。女房に自殺されるのだけは、もう二度と勘弁してほしいんだ」

「お気持ちは痛いほどわかります」

法月警視は棒のように背筋を伸ばし、極端に抑揚の乏しい口調で言った。

「私の家内も同じ死に方をしましたから。記者発表については、できるだけ慎重を期すことを約束しましょう。そのかわり、お暇する前にもうひとつだけ」

「――まだ何か足りないことが？」

戸惑いながら聞き返した各務に、警視はいきなり足下をすくうような口ぶりで、

「念のため、契約していた生命保険の会社名を教えていただけませんか？　今のお話だと、前の奥さんが自殺してくれたおかげで、多額の負債を清算できたようにも聞こえたので」

わざと無神経な質問をぶつけたのは、相手の反応を見るためだろう。各務も即座にその意図を察したらしく、自制を利かせた冷笑的な声に切り換えて、

「私を挑発して、尻尾《しっぽ》を出さないか試しているんでしょう？　そんなことをしても、時間の無駄だと思いますが。生命保険というのは、父親の死後、上鶴間の病院の改装費用を借り入れた際に、契約の条件として、半ば強制的に加入させられたものですから」

「借り入れの条件として？　奥さんも一緒にですか」

「ええ、お互いを受取人に指定して。お恥ずかしい話ですが、たちの悪い金融業者に足元を見られ、私だけでなく、結子名義の保険にまで、高額の掛け金を払わされる羽目になってしまった。それが八一年のことです。結子があういう死に方をした時は、自殺特約の期限も切れていて、滞りなく保険金が下りたんです。さすがに満額とは行きませんでしたが。もし私と律子が示し合わせて、保険金目当てに結子を自殺させたとお考えでしたら、それはまるっきり見当ちがいだ。喜んで保険会社の連絡先をお教えしますよ。調査部に問い合

わせれば、何の不正もなかったことが明らかになるはずですから」

26

一階の管理人室に寄って、中年の管理人に江知佳の写真を見せ、各務順一の話を確認した。被害者の足取りが消えた十八日土曜日の午後、およびその前日の日中に、彼女とおぼしき人物の来訪は目撃されていないという。

「エントランスの監視ビデオをご覧になりますか」

と管理人が申し出たが、法月警視はそれには及ばないと判断した。マスコミの取材で迷惑を被るようだったら、町田署の捜査本部に連絡してくださいと言い残し、二人は「パームライフ分梅」から外へ出た。

八時を回って、表はすっかり夜になっていた。法月警視はやけに湿っぽいため息をつくと、我慢していたタバコに火をつけた。しばらくそこに立ち止まって、何か考えごとでもするように煙を吹かしている。

「さやかの爆弾発言は、完全に不発と決まったようですね。律子さんの言う通り、江知佳さんが各務結子の娘だと決めてかかったのは、堂本の早とちりだったにちがいない。彼女の出自に疑問の余地がなければ、『母子像』のモデル問題と切断された石膏《せっこう》像の首に関する推論は、根拠を失ってしまうことになる。あれはぼくの勇み足でした」

綸太郎が反省の弁を口にすると、警視は肩をすくめるようなしぐさをして、

「勇み足は勇み足だが、まだあきらめるのは早いんじゃないか。各務結子を妊娠させて自殺に追い込んだことに、川島伊作が罪の意識を持っていたとすれば、切断された石膏像の首に堂本や宇佐見彰甚を誤解させるような表現が紛れ込んでもおかしくはないだろう。母親に関する疑惑が堂本の早とちりだったとしても、強請《ゆすり》の線そのものが消えるわけではないし、被害者本人がその思い込みを真に受けてしまった可能性だってある。実の母親がずっとあんな状態で、娘の存在をなかったことにしたがってるんだから」

自分の考えていたことを先に言われて、綸太郎は目を丸くした。

「お父さんの言うことにしては、物分かりがよすぎるんじゃないですか。それとも、各務夫妻の話に何か引っかかることでも？」

「大したことではないけどな。律子夫人は自殺した妹に気を許せないところがあって、遺書の内容を額面通りに受け取ってないかもしれないという。にもかかわらず、前夫の川島伊作に対する憎しみは、それによって左右されるものではないと、各務順一はずいぶん強調していただろう？　各務の話は前半と後半で、妙に嚙《か》み合わないところがあるような気がしてね。感情的なしこりに筋を通そうとしても、始まらないのはわかっているんだが」

「ぼくもそれは気になりました。というか、どうしてあそこで、律子さんが妹の行為を許せないことをわざわざ打ち明ける必要があったのか？　そこが解せなくて」

「――気になることはもうひとつあるが、そっちは神奈川県警から返事が来るまでお預け

にして、今日のところは引き揚げよう」

タバコを携帯灰皿にねじ込むと、話はそれっきりにしてさっさと歩き出した。表の路上に覆面車が待機している。警視は車に乗り込みながら、運転席の宮本刑事に、

「本部に新しい動きは？」

「堂本の行方に関して、目新しい情報はありません。宇佐見彰甚の足取りも不明です。そのかわり、民間から情報提供の申し出が。内容は未確認ですが、警視を名指しにした通報があったと、さっき本部から連絡がありました」

「俺を名指しで？　通報者の素性は聞いたのか」

「田代周平と名乗って、携帯電話の番号を告げたそうです。お知り合いですか？」

「せがれのな」

と応じて、警視は自分の携帯を取り出した。

「番号を控えていたら教えてくれ。こっちからかけてみる」

すぐに回線がつながった。法月警視と田代周平は、まんざら知らない仲でもない。挨拶《あいさつ》もそこそこに、警視が緊急の用向きをたずねる。田代の返事に耳を傾けてから、いま一緒にいるから本人に代わると言って、こっちへ携帯をよこした。

「おまえに話があるらしい。七時のニュースで、事件のことを知ったそうだ」

目でうなずいて、受け取った携帯を耳に当てる。

「もしもし。ぼくだ」

「田代です。やれやれ、やっとつかまえた」

「七時のニュースで、事件のことを知ったんだって？」

「江知佳さんの名前を聞いて、心臓が止まるかと思いましたよ」

田代は胸苦しそうに息を継ぐと、不慮の衝撃に実感が追いつかないような口ぶりで、

「遺体の首を切って、宅配便で名古屋へ送ったそうですね。今でもまだ人ちがいの可能性はないかと——あれは本当に彼女だったんですか」

「残念だが、本当に本当なんだ」

綸太郎は少し言いよどんだ。日曜日の夜、江知佳の行方がわからなくなったことを電話で知らせたきり、田代にはその後の出来事を伝えていない。江知佳が殺された日の午後、西池袋のマンションでみすみす堂本を取り逃がしたことも。

「すまないことをした。実は二日前からわかっていたんだが、捜査の都合で報道管制が敷かれていたものだから」

「いや、そんなことで責めるつもりは……。それより、今どこです？　その前から連絡を取ろうとしてたんですが、自宅にかけてもずっと留守だし、留守電に伝言を吹き込んでも梨のつぶてだったので。捜査本部の記者会見の映像に、お父さんがちらっと映ってるのを見て、急いで町田署に電話したんです。先輩も一緒なんじゃないかと思って」

「悪かった。今朝から一日中、あちこち飛び回ってたんだ。今は府中にいる」

「府中？　だったら京王線で一本だ。これから新宿まで出てこられますか。堂本の件で、

「飯田才蔵が耳寄りな情報を仕入れたらしくて」

「飯田が？　ひょっとして、やつの居場所を押さえたか」

「だといいんですけど、まだはっきりしたことは。とにかく法月先生を連れてきてくれ、大事な話だからの一点張りで。ぼくもさっき仕事を切り上げて、新宿へ移動中なんですが、今から府中を出るとすると、八時半はきついですね。四十五分にアルタ前でどうです」

「わかった。そこで合流しよう」


府中駅に送ってもらい、自分だけ車を降りる。京王線の特急で新宿まで二十分。東口へ出るのにもたついて、五分遅れでアルタ前に着くと、巨大スクリーンの下で田代周平と飯田才蔵が待っていた。飯田の黄色い坊主頭と顎鬚《あごひげ》キューピーさんみたいな風貌《ふうぼう》は、路上をびっしり埋めつくした人込みの中でもよく目立つ。

田代は暗い顔で綸太郎を迎えた。電話の声から想像した以上に、江知佳の死がこたえている感じだ。やっぱり堂本の、と言いかけて、歩道の人だまりを意識したように口ごもる。

　飯田才蔵は先週と同じサファリジャケットを身にまとい、右眼に眼帯を付けていた。前に会った時は、たしか左眼を患っていたはずだが。

「これですか。こっちはよくなったんですが、今度は反対側がやられちゃいまして」

むず痒《がゆ》いのをこらえるように、鼻の頭に皺《しわ》を寄せた。田代の沈んだ表情と対照的に、気持ちが高ぶっておちおちしていられない様子である。

「耳寄りな情報を仕入れたって？　堂本の足取りに関することか」

綸太郎がたずねると、飯田はシッと指を口に当て、アルタビジョンを目で指した。スポットニュースのアナウンサーが、名古屋市立美術館で見つかった切断死体の身元が判明したことを告げている。江知佳の写真が大写しになり、スクランブル交差点で信号待ちをしていた人々がいっせいにスクリーンを仰いだ。

アナウンサーは、犯行に先立って、被害者をモデルにした彫刻作品が何者かに切断されていた事実を伝え、町田署に捜査本部が移管されたのは異例の措置だと付け加えたが、容疑者に関するコメントは出なかった。田代のすげない反応から、七時台のニュースと代わり映えしない内容だとわかる。宅配便を送った男の似顔絵の公開もまだだった。

「立ち話だと誰に聞かれるかわからない。安全な場所に移動しましょう」

画面がCMに切り替わると、飯田が促した。ワシントン靴店の角で曲がり、靖国通りの信号を渡る。安全な場所というのは、区役所通りに面したカラオケボックスのことだった。ビルから目と鼻の先に怖いお兄さんたちの巣窟《そうくつ》があるのは、勘定に入っていないようだ。

「防音設備だけじゃないんです。ワイヤレスマイクが混線しないよう、部屋ごとに電磁波シールドが施してあるから、盗聴対策にはカラオケボックスが一番なんですよ」

それを鵜《う》呑みにして墓穴を掘ったケースも知っていたが、いちいち揚げ足を取るのも大人げない。ロビーでは、モーニング娘。の最新シングルが大音量で鳴り響いていた。飯田は情報収集のため、よくこの店を利用しているらしい。いつもの部屋で、と慣れた口で言うと、日本語のたどたどしい女店員がマイク一式の入ったケースをよこす。

飯田はエレベーターの中で、「LOVEマシーン」のサビを口ずさんだ。娘。たちとそのスタッフは、ニッポンの未来についてずいぶん楽観的な見通しを立てているけれど、ノストラダムスの予言が当たらなかったことのほかに、何か明るい材料はあるのだろうか？

五階のトイレの向かい、壁の煤《すす》けた物置みたいなブースに入り、ドリンクを注文する段になって、昼から何も食べていないことを思い出した。メニューを広げ、腹にたまりそうなものをまとめて持ってこさせたが、後のことを考えてアルコールは控えておく。

「――山之内さやかがしょっぴかれたらしいですね」

ブースから店員が出ていくと、飯田が探りを入れるように切り出した。綸太郎は紙おしぼりの封を切りながら、

「早耳だな。まだ公表されてないはずだが、どこでその話を？」

「さやかの店の同僚から。今日の午後一時過ぎ、四谷保健所の裏でちょっとした立ち回りがあって、このへんまで非常線が張られたという情報も入ってますけど」

「四谷保健所の裏で？　さやかのマンションがあるじゃないですか」

田代もピンと来たようだ。四谷での失態は、すでにマスコミに洩《も》れている。耳寄りな情報を提供する見返りに、捜査の内情を聞き出そうとする魂胆は見え見えだったが、しばらく飯田に付き合ってやることにした。こっちも話しそびれていることがある。

「立ち回りっていうのは大げさだが、非常線が張られたのは事実だ。四谷で張り込んでい

た刑事が、マンションから出てきた不審者に職質をかけようとして、取り逃がしてしまった。その不審者というのが堂本で、ずっとさやかの部屋に隠れていたんだ」

「灯台下暗し、か。あんなことをしでかしたのに、まだ四谷にいたなんて」

「警察がさやかの身柄を押さえるのに同行して、当人に聞いたことだからまちがいない。台湾行きの話も、堂本に頼まれて嘘をついたと白状した。町田の件で目を付けられているのを事前に察して、よそへ避難したらしい。その日の夕方には、部屋に戻っていたそうだ」

「事前に察して？　まさかおまえがあの女に――」

田代ににらみつけられて、飯田は縮み上がった。

「とんでもない。よけいなことは一言も喋《しゃべ》ってませんよ」

「彼のせいじゃない。堂本が雲隠れしたのは、木曜日の早朝だった。こっちの目的が筒抜けになっていたとしても、もっと別の筋からだと思う」

「別の筋から？」

田代がいぶかしそうにこっちへ視線を移す。綸太郎はかぶりを振った。江知佳が堂本と通じていたことをここで口にするつもりはない。かわりに、さやかの供述のあらましを伝えた。みだりに捜査情報を洩らすわけにはいかないが、堂本峻の動きに関しては、入手した情報の一部を明かしてもかまわないと、別れ際に法月警視から了解を得ている。

土曜日の午後、「パルナッソス西池袋」で女装した堂本にまんまと出し抜かれたことを打ち明けると、田代は自分の落ち度のように歯嚙《はが》みして悔しがった。

「クライアントの相手なんかしてないで、西池袋まで付き合うべきだった！　ぼくが一緒だったら、どんな格好をしてようと一目で見破れたはずなのに。その時やつの首根っこを押さえておけば、江知佳さんがあんなむごい殺され方をすることも……」

それはこっちの言う台詞《せりふ》だと、今度は自分がなだめる役に回った。田代の悔しがりようを見て、かりそめにも、堂本と内通しているのではないかと疑ったことを後悔する。蚊帳《かや》の外に置かれたのが面白くなさそうに、飯田が下唇を突き出した。

「田代さんが手一杯でも、こっちにひと声かけてくれればよかったのに。顔だけなら、ボクが見てもわかったはずですから」

「――それで思い出した。ついでにちょっと、見てもらいたいものがある」

野球帽とサングラスを付けた似顔絵を出して、二人の前に広げた。日曜日の午後、ヤマネコ運輸の町田営業所に、名古屋市立美術館宛ての宅配便を持ち込んだ男。

「こいつが江知佳さんの遺体を？　でもこの似顔絵だと、帽子とサングラスをはずしても、堂本とは似ても似つかない」

と田代が首をひねる。飯田の反応も鈍かった。

「本人ではないだろう。応対したヤマネコ運輸の従業員は、堂本の写真を見て別人だと請け合った。さやかもその日は外出してないと主張している。送り状には堂本の名前が書かれていたが、住所は神宮前の古いアドレスで、しかも堂本峻の峻の字がにんべんの俊になっていた。誰かが堂本の名前をかたって、濡《ぬ》れ衣《ぎぬ》を着せようとした可能性も否定できない」

「だけどそれこそ、堂本の思うツボじゃないですか」

田代は頭ごなしに決めつけるような言い方をした。

「宅配便の荷物を出すぐらい、手間賃を渡して誰かほかの人間に頼めばすむことでしょう。中身は教えないで、わざと名前と住所を書きまちがえるよう、言い含めておけばいい」

「それはそうだ。捜査本部でも、堂本の偽装工作と見なしている。似顔絵を持ってきたのは、そのためでね。堂本の周辺にこれとよく似た男がいれば、話は早いんだが――」

綸太郎は飯田の方へ顎をしゃくった。眼帯を付けていない方の目を似顔絵から上げると、飯田は黄色い頭をひとめぐりさせて、

「うーん。こういう人相のやつは、見かけた覚えがないなあ。頬のそげ方なんか、クスリでもやってそうな感じですけどね。行きずりのジャンキーに金を渡して、物騒な荷物を預けたんだとしたら、そろそろ噂のひとつやふたつは出てくるかもしれません」

「そうか。この似顔絵は持っていっていいから、念のため少し嗅《か》ぎ回ってくれないか。警察も聞き込みに歩いているはずだが、蛇の道は蛇というから」

「了解。めぼしいところに、片っ端から当たってみます」

「ちょっと待った。もういっぺん、こっちに見せてくれ」

似顔絵をたたんでポケットに収めようとするのを、いきなり田代が制した。飯田の手か

ら紙をさらって、あらためてその顔に見入る。何事かとたずねると、田代はもどかしそうに顎《あご》を動かしながら、

「いま急にどこかで見たことがあるような気がして。どこの誰だか思い出せないんですが、鼻の格好になんとなく見覚えがある」

「鼻の格好？」

「顔に細工をしてるんだろうな。人相をごまかすために。それでもうひとつ印象が定まらないんですが、こういう鼻の形をした男に会ってるはずなんです。わりと最近に」

頭を掻《か》きむしり、目隠しするみたいに顔をこすった。プロのカメラマンとして、数多くの被写体に接している男の言うことだから、当てになるはずだ。固唾《かたず》を呑《の》んで見守ったが、田代はひとしきり頭を抱えたあげく、ギブアップしたように天井を見上げて、

「——だめだ。ここまで出かかってるのに、どうしても思い出せない」

「無理に思い出そうとしなければ、何かの拍子でぱっと浮かんだりしないか？」

「だといいんですけどね。仕事で撮った写真に写り込んだ人物かもしれない。帰りに事務所に寄って、最近のネガをチェックしてみます」

ため息をついて、似顔絵を飯田に返した。飯田はもう一度、男の顔に目を凝らしてから、紙をたたんでポケットにしまう。ひとつ咳払《せきばら》いをすると、眼帯の紐《ひも》に指を引っかけながら、妙にもったいぶった口調で、

「被害者の身元は、二日前からわかってたそうですね。だけど名古屋で遺体が見つかった

にしては、身元の特定が早すぎる。ひょっとして宅配便の封を開けたのは、川島家の身内か、江知佳さんと親しい関係者の誰かだったりしませんか」

「親しい関係者というと、たとえば？」

質問で切り返すと、飯田は眼帯を付けていない方の目でウィンクして、

「美術評論家の宇佐見彰甚。川島伊作展のキュレーターを務めている人物でしょう」

「やけに鋭いな。警視庁はもちろん、愛知県警もそのことは発表してないはずだが」

「宇佐見彰甚が江知佳さんの遺体を？　本当ですか」

とまどいを隠せない声で田代が言った。綸太郎はうなずいて、

「ちょうど回顧展の打ち合わせで、名古屋へ出向いていたんだ。送り状の宛名《あてな》が『川島伊作展準備委員会』となっていたので、彼が届いたばかりの荷物を開けた。ところが宇佐見は、死体発見直後に美術館から姿を消して、まる二日というものどこにいるのかわからない。それどころか、伊作氏のアトリエから江知佳さんの直取り像を勝手に持ち出して、どこかに隠してしまった。警察は今も石膏《せっこう》像と宇佐見の行方を捜している」

「――宇佐見彰甚は都内にいますよ」

飯田が自信たっぷりに口をはさんだ。

「どうしてわかる？」

「今日の午後、宇佐見と会ってるんで。耳寄りな情報っていうのは、そのことですよ」

「なんでそれを早く言わないんだ！」

27

飯田の話によると、今からおよそ九時間ほど前、世話になっている雑誌の編集者に電話でたたき起こされ、企画の打ち合わせをするからすぐ出てこい、と命じられたそうだ。寝ぼけまなこをこすりながら、指定された西新宿の喫茶店へはせ参じたが、いつまでたっても編集者が姿を見せない。携帯にかけても、向こうは知らんぷりだった。

いきなり呼びつけておいて、すっぽかしとはどういうことだ？　飯田がひとりでむくれていると、背中合わせの席から黒縁眼鏡に開襟シャツの男が声をかけてきた。

「よろずジャーナリストの飯田才蔵君だね」

くだんの編集者から飯田のルックスを教えられていたらしい。初対面の相手だったが、どこかで見たような顔である。男は自分の席に飯田を呼び寄せると、美術評論家の宇佐見彰甚と名乗って、実は折り入って相談があるのだがと持ちかけた。

「堂本峻というカメラマンの人となりについて、いろいろ聞きたいことがある。それ相応の謝礼は出すから、こちらの質問に答えてくれないか？」

飯田はごくりと唾《つば》を呑んだ。

宇佐見は出版社のコネを使って、面会をセッティングさせたという。飯田に声がかかったのは、たまたま共通の編集者とつてがあったせいだった。狭い業界である。即席の裏情報を仕入れるのに、手頃なソースは限られているということだ。

「――まあ、こっちも顔の広いのだけが取り柄ですからね。法に触れるようなあこぎな商売はしてないし、向こうも人畜無害だと踏んだんでしょう。持って回ったアポの取り方といい、こそこそして落ち着かない態度が気になったんですが、すんなり本名を出したので、その時はまさか、警察に追われているとは思いもよらず」

「田代と付き合いがあることを知らなかったのかな？」

「知ってたら、ほかを当たってますよ。だいぶ浮き足立ってる感じだったから、そこまで見極める余裕はなかったんじゃないかな」

「なるほど。それで、宇佐見にどんなことを聞かれたんだ？」

「例の盗撮フィルムで、芸能事務所を強請《ゆす》ろうとした一件について。アングラ系のライターなら、どこの事務所のどのタレントが狙われたか、誰でも知ってることですけど、お堅い評論家の宇佐見先生はそういう下世話なネタに疎かったみたいで。ものすごく切羽詰まった顔で、盗撮騒ぎの顛末《てんまつ》を根掘り葉掘り聞かれました。ヤクザまがいの連中が血眼になって堂本の行方を捜してるそうだが、具体的にはどこのどういう組織に追われてるのかって」

「ひょっとして、組の名前を教えたのか」

論太郎が眉《まゆ》をひそめると、飯田は悪びれたふうもなく、

「組事務所が看板に掲げてる、表向きの法人名だけですよ。教えちゃいけないって法もな

いでしょう。そこらへんはもう公然の秘密ってやつだし、こっちが情報料を吹っかけたわけでもないのに、宇佐見先生がこれ見よがしにキャッシュをちらつかせるもんですから。携帯の使用料とか、パソコンのローンなんかでお金が出ていくばっかりで、眼医者の診察料だって馬鹿にならない額なんです」

鼻をむずむずさせながら、眼帯の上からまぶたのあたりをそっとなでる。田代がすっかりあきれた顔で、

「おいおい、それは口止め料というんじゃないか」

「そういえば、なんかそんなことを言ってたかもしれないな。こっちも睡眠不足がたたって、あんまりちゃんと聞いてなかったんですけどね」

飯田は耳の遠い老人みたいにすっとぼけたことを言うと、

「まあそれはそれとして、宇佐見彰甚と別れた後、町田署の記者会見のニュースが飛び込んできて、これはどう考えてもただごとじゃない。とにかく聞かれた内容が内容ですから、彼と会って話したことを、一刻も早く法月さんの耳に入れないとまずいんじゃないか。そう判断して自宅に電話を入れたんですが、何度かけても全然つかまらなくって、それで居場所を知ってそうな田代さんに連絡を」

最後は恩着せがましい言い方になったが、田代は問答無用のつれない口ぶりで、

「後出しジャンケンみたいな真似をしたくせに、一刻も早くが聞いてあきれる。昼間に宇佐見氏からたっぷりせしめたようだから、ここのショバ代は全部そっち持ちでいいな？」

「ちょっとそんな、ケチなことを言わないでくださいよ」

「いや、ここの払いはこっちで持つよ」

とやかく言うような額ではない。綸太郎は飯田の顔を立ててやって、

「それより、宇佐見彰甚と話した時間と場所は？」

「声をかけられたのが一時半で、それから小一時間ほど。場所は国際通りの『ロビンソン』という店でした」

綸太郎は慎重を期した。赤の他人が宇佐見になりすましていた可能性を考慮して、男の外見を詳しく説明させる。飯田が答えている最中に、田代の携帯が鳴った。女房からだ、と所帯じみた文句を口にして、そそくさとブースから外へ出ていく。にやにやしながら田代の後ろ姿を見送ると、飯田は鬼の首でも取ったように顎髭《あごひげ》をなでて、

「相変わらずの恐妻家ですねえ。あれで奥さんにはちっとも頭が上がらないんだから」

飯田才蔵が描写した人物は、宇佐見にまちがいなかった。山之内さやかが見抜いた通り、堂本はおそらく今夜中に、宇佐見彰甚と接触して逃走資金を巻き上げるつもりだろう。宇佐見があわてふためいて、反撃の材料を手に入れようとしたのはそのせいだ。しかし、西新宿の店を出た後の宇佐見の行き先について、飯田からは何の手がかりも得られなかった。

恐妻家の田代が戻ってくる前に、もうひとつ聞いておきたいことがある。綸太郎は前から気になっていた疑問を飯田にぶつけた。

「――田代と堂本の間には、過去に何か因縁でも？　あいつは堂本のこととなると、人が変わったような物言いをするんだが」

「あれ、知らなかったんですか」

と言いながら、飯田はまた物欲しそうな顔になって、

「だけど、その話をしたら田代さんは怒るだろうな。今度こそ本当に、愛想を尽かされてしまうかもしれない。いや、法月さんがわざわざ府中くんだりまで出かけた理由を、ほんのサワリだけでも聞かせてくれたら、ボクも話すのにやぶさかではないんですが……」

田代から聞き出したのだろう。油断も隙もないとはこのことだ。綸太郎は中野坂下のファミレスで目にしたシーンを思い出し、無言で飯田の向こう脛《ずね》を蹴《け》っ飛ばした。

「あ痛てっ！　ひどいな、法月さんまで」

「府中のことは二度と聞くな。それで？」

柄にもなくすごんでみせると、飯田は眼帯をしてない方の目に涙をためながら、あっさり降参のポーズをして、

「二年ほど前、田代さんが埼玉県警の広報室からの依頼で、生活安全課の非行防止ポスターを撮ったことがあるのはご存じですか？　当時、人気上昇中だったＭ・Ｈという若い女性タレントがモデルになったやつですけど」

そういえば、前に田代からそんな話を聞いた覚えがある。清涼飲料水のＣＭでブレイクした十八歳のＭ・Ｈと、初顔合わせの撮影現場ですっかり気が合って、警察のポスターに

使うのがもったいないぐらいのいい表情が撮れたらしい。彼女とはもっと別の媒体で、じっくり仕事がしてみたいですね、と田代もずいぶん高く買っていたのだが……。

「そのポスターは、埼玉県警にボツにされたんじゃなかったか？　一時期そのことで、田代が再三ぼやいていたような記憶がある。よんどころない事情でお蔵入りになったと言うだけで、ボツになった理由は話してくれなかった――その後、M・Hの噂も聞かないな」

「それなんですよ。実はポスターが公開される直前、アイドルおたくの間に、M・Hの中学時代の秘蔵カットと称する写真が出回りましてね。無名時代のお宝ショットみたいなものならどうってこともなかったんですが、よりによってそれが無修正の全裸写真だった。どこから見ても、えげつないロリコンヌードというシロモノで」

「どうしてそんなものが？　首だけすげ替えたアイコラ写真だったんじゃないか」

「アイコラだったら、あんな騒ぎにはなりませんよ。タネを明かせば、まるごと別人だったんですけどね。ただし別人といっても、血のつながったM・Hの妹だった」

「血のつながった妹？」

「姉より四つ年下で、当時現役の女子中学生だったそうです」

飯田はドアの方へ目をやるたびに、だんだん巻き舌っぽい口調になって、

「ちょうど援助交際がブームになってた頃でしょう。街で会ったカメラマンの口車に乗せられて、あられもない写真を撮られちまったらしい。本人は最後まで自分の写真と認めなかったようですが、どうもタレント活動をしていた姉に対するヒガミにつけ入られたふし

があって。いかんせん、身内の嚙《か》んでる不祥事なんで、Ｍ・Ｈとしても大っぴらに、流出した写真はニセモノですと公言できない弱みがあった。そうなると、さすがに埼玉県警も二の足を踏まざるをえない。非行防止ポスターに採用されたモデルにロリコン写真疑惑が出た時点で、すでに面目丸つぶれなわけで。広報室が大あわてで配布されたポスターを回収し、その話はお流れに。Ｍ・Ｈも仕事を干されちゃって、まもなくタレント活動を休止しました。だいぶ精神的に参ってたようです。自分のせいで、妹がさらし者になったようなものですから」

「なるほど。最初から狙い撃ちだったとすると、そのロリコン写真を撮ったカメラマンが、堂本峻だったというわけか」

聞くまでもない問いである。飯田才蔵はこっくりとうなずいて、

「本人は絶対に口を割らないでしょうが、問題の写真を見て、田代さんはすぐピンと来たそうです。駆け出しの頃からコンテストや企業のコンペなんかで、しょっちゅうカチ合っていたライバルどうし、仕事を取ったり取られたりみたいなことも、一度ならずあったみたいで。そのせいで、堂本はずっと田代さんを目の敵にして、ことあるごとに足を引っ張ろうとしたらしい。埼玉県警の依頼でＭ・Ｈを撮るという話を聞きつけて、ムラムラと悪意をかき立てられたんでしょうね。ちょうど堂本の仕事が下り坂に差しかかっていた時期で、Ｍ・Ｈの所属事務所と別件で揉《も》めてたという噂もありますし、そんなでよけいに鬱憤《うっぷん》がたまっていたかもしれない。山之内さやかの義父を脅してパクられたのは、それ

から半年後の――」

　綸太郎が感想を述べる暇はなかった。話の途中でいきなりドアが開いて、話題の主がブースに戻ってきたからだ。

　飯田はビクッとして話しやめ、許しを乞《こ》うように両手を顔の前にかざした。田代はそれには見向きもしないで、保留にした携帯をこっちへよこしながら、

「先輩に電話です。お父さんから」

　緊急事態のようですよ、と真顔で付け加えた。捜査本部に動きがあった際は、田代の携帯にリダイヤルするよう言ってある。田代と入れちがいに無人の廊下へ出ると、防音のドアを閉めてから保留ボタンを解除した。

「もしもし、お父さん？」

「綸太郎か。まだ一緒でよかった。そっちの首尾は？」

「宇佐見彰甚の足取りに関して、耳寄りな話を聞いたんですが」

「宇佐見の身柄ならこっちで確保した。今、牛込《うしごめ》署に来ている」

「牛込署に宇佐見が？　本当ですか」

「まちがいなく本人だ。さっき面談して確かめた。だが、宇佐見だけじゃない。堂本峻が飯田橋《いいだばし》に現れた。上映中の映画館で宇佐見と密会するつもりだったらしい。二時間ほど前、神楽坂《かぐらざか》で出入りがあってな」

「神楽坂で？　堂本を逮捕したんですか」

「いや。おまえは新宿にいるんだろう？　詳しいことはこっちで説明するから、とにかく牛込署まで来てくれ」

宇佐見確保の情報が洩《も》れると厄介だ。綸太郎は田代に耳打ちして、飯田才蔵の足止めを頼んでから、自分の行き先は告げずにカラオケボックスを後にした。まだ電車の動いている時間だったが、靖国通りで流しのタクシーを拾い、南山伏《みなみやまぶし》町の牛込警察署へ直行する。

牛込署の玄関前でタクシーを降りたのが、午後十一時前。半分以上の窓にまだ煌々《こうこう》と灯《あか》りがついている。受付で名乗ると、刑事課の部屋へ案内された。法月警視は参考人の扱いをめぐって、牛込署員と対応を協議している最中だという。

「おお、やっと来たな」

息子の顔を見て、警視はにやりとした。朝から働きづめの一日だったが、まだまだ店じまいとはいかないようだ。打ち合わせの続きを久能警部に任せると、綸太郎を促して部屋を出、廊下の先の喫煙スペースを目指した。さっそくタバコに火をつけて一服しながら、

「まったく、近頃はどこもかしこも禁煙で困る」

「どこもかしこもって、今日はそれで何十本目ですか」

「忘れた。どっちみち、あと一時間で明日のカウントになる」

「やれやれ。宇佐見彰甚は？」

「今、事情聴取中だ。といっても、身柄を拘束したわけじゃない。とりあえず身の安全を

確保するためだと言ってある」

「身の安全というと、堂本に襲われでもしたんですか」

「いや。安全確保というのは建前で、町田署へ移送して正式な供述を取る前に、こっちで片を付けてしまおうと思ってね。狙われたのは宇佐見でなく、堂本の方なんだ。やつは今回も、すんでのところで難を逃れたみたいだな。つくづく悪運の強い男だよ」

「どういうことです？　神楽坂で何があったんですか」

ひっきりなしに煙を吐きながら、法月警視は次のように説明した。

飯田橋の名画座「銀鈴《ぎんれい》ホール」に、手配中の堂本峻と見られる男性客が現れたのは、午後八時過ぎのことである。『レッド・バイオリン』（フランソワ・ジラール監督）と『ファイアーライト』（ウィリアム・ニコルソン監督）の二本立てがかかっていて、観客の数は総勢二十人足らず。騒ぎが起こったのは、後者の最終上映回の真っ最中だった。

ホール職員の目撃談によれば、男性客が入場券を買ってレンガ壁のロビーに入ったとたん、上映中の場内から組員風の男たちが飛び出してきて、口々に怒号を発しながら周りを取り囲んだという（ロビーを見張っている者がいて、仲間に合図したようだ）。男性客はとっさに身を翻して、映画館から外に逃げ、神楽坂方面へ走り去った。組員風の男たちも跡を追ったが、どうやら巻かれてしまったらしい。

「——というのも、それからしばらくの間、逃げた男の行方を捜し回る組員風の男たちが神楽坂周辺で目撃されているからだ。『銀鈴ホール』の支配人が一一〇番通報して、牛込署員が現場に駆けつけた時は、すでに堂本峻も、組員風の男たちも姿を消していたが」

「『銀鈴ホール』に現れた男が、堂本峻であることにまちがいありませんか」

綸太郎が念を押すと、警視はいかめしい分別顔でうなずいて、

「入場券を売ったホール職員の目撃証言が、手配書の特徴と一致した。しかも組員風の男たちは、堂本の名前を連呼しながら、映画館を出ていったそうだ。牛込署から町田の捜査本部に騒ぎの第一報が入ったのが、九時過ぎのこと」

今から二時間前、ちょうど新宿のカラオケボックスに入店した頃である。田代が主張した通り、店の払いは飯田才蔵に持たせるべきだった。

「身柄を押さえたということは、宇佐見も『銀鈴ホール』に？」

「もちろん。ホールに駆けつけた牛込署員が職員や居合わせた観客に事情を聞いている最中、後生大事にアタッシェケースを抱えた不審な男がこっそり出ていこうとするので、もしもしと呼び止めたら、それが宇佐見彰甚だったというわけだ。堂本の手配書と一緒に、宇佐見の顔写真と特徴を記したファックスを各署へ送っておいたのが幸いした」

「ロビーの騒ぎに気づかなかったのか。アタッシェケースの中身は？」

「手の切れるような札束が五つ——五百万円の現金だった」

綸太郎はひゅうっと口笛を吹いて、

「思った通りですね。宇佐見彰甚は堂本に脅されて、裏取引の約束をしていた」

「たぶんな。映画館で密会とは、ずいぶん古風なやり口だが」

「取引のネタは？　ぼくの想像通りなら、堂本は現金と引き換えに、切断した石膏《せっこう》像の首を持ってきたはずですが」

「ホール職員の証言だと、来た時から手ぶらだったそうだ。少なくとも、石膏像の首が入るような荷物は持ってなかった」

「手ぶらか。待ち伏せしていた組員風の男たちの素性は割れたんですか？」

「まだだ。しかし、当たりは付いている。例の盗撮事件のゴタゴタで、堂本を追い回していたやつらだろう。連中がどうやって立ち回り先を突き止めたのかはわからんが」

「自力で突き止めたんじゃなくて、組事務所に密告した人間がいるとしたら」

「──密告？　どこの誰が」

飯田才蔵から聞いた話を伝えると、警視はキナ臭そうに小鼻をふくらませて、

「堂本を追ってる組関係者のことを宇佐見が調べていた？　なるほど。だとすると、宇佐見が自分で密会の場所と時間をばらした可能性が高いな。自分の手は汚さずに、血気にはやった連中をそそのかして、堂本を始末させるつもりだったということか」

「飯田を呼び出したタイミングから見ても、その線で決まりでしょう。ですが、宇佐見の狙いはそれだけではないかもしれない。今の話で、ひとつ腑《ふ》に落ちない点があるんです」

「腑に落ちない点というと？」

「組関係者の手を借りて堂本の口を封じるつもりだったら、大金を用意して『銀鈴ホール』にやってくる必要はないでしょう。危険な場所に自ら出向いてきたのは、何かほかの

思惑があったからではないか」

法月警視は顔をしかめて、引き絞るように喉《のど》の肉をつまんだ。

「宇佐見が自分から網の中に飛び込んできた可能性があると？　だが、何のために」

「わかりません。しかしいきなり行方をくらましたうえに、無理を承知でアトリエの石膏像を隠匿したぐらいですから、彼の目論見《もくろみ》も一筋縄ではいかないはず。向こうの思惑に乗せられないよう心してかからないと、足下をすくわれるかもしれませんよ」

聴取室の宇佐見彰甚は、ふてくされたような顔で綸太郎を迎えた。何日も予定外の外泊を強いられたせいか、着ている服が汗じみてよれよれになっている。やつれて精彩を欠いた表情の中で、黒縁眼鏡のレンズ越しにこっちを見据える目だけがぎらついていた。

「ありがたい。恩に着るよ」

綸太郎が差し入れた缶コーヒーを、宇佐見は貪《むさぼ》るように飲んだ。聴取に当たっていた牛込署員とのやりとりをすませて、法月警視が部屋に入ってくる。

宇佐見は軽く会釈して、居ずまいを正した。立場が危ういことをわきまえているからだ。警視は控えの席に坐《すわ》って足を組むと、綸太郎に顎《あご》をしゃくった。

「——月曜日から連絡が取れないと思ったら、堂本峻と秘密の取引をしようとしていたそうですね。先週の金曜日はすっかり煙に巻かれましたが、もう同じ手には乗りませんよ」

「先週の金曜日？」

　宇佐見は唇を手の甲で拭《ぬぐ》い、皮肉っぽい目つきで綸太郎を見た。

「ドライアイスのダミーとか、鏡に映ったメドゥーサの首とか、手の込んだ理屈をでっち上げて、ぼくに誤った先入観を植え付けようとしたでしょう。江知佳さんの石膏像には、最初から首がなかったのだと」

「なんだ、そのことか。いや、私はけっして煙に巻くつもりではなかったんだ。先週までは真剣にそう思っていたし、そうでないと明らかになった今でも、あの解釈には未練がある。だが悔しいけれど、きみの考えが当たっていたようだ」

　本心なのか、しらを切っているのか、判然としない口ぶりである。相手のペースに巻き込まれないよう、綸太郎ははやる気持ちを抑えて、

「ぼくの考えというと？」

「忘れちゃ困るな。お通夜の後、江知佳さん自身が石膏像の首を切断したと言ったのは、きみじゃないか。こないだは短絡的にすぎると決めつけたが、まちがっていたのは私の方だった。川島先生の遺作には、ちゃんと首があったんだから。そうとわかった以上、彼女のしわざと認めるしかないだろう。おそらく江知佳さんは、堂本峻に脅されてやむをえず、自分がモデルになった石膏像の首を切り離したにちがいない。そしてその首をやつに渡した——堂本に命令されてやったことだとすれば、彼女の理不尽な行動にも説明がつく」

　自分とは別の道筋をたどって、同じ結論に達したということか。だが、まだ宇佐見の本心は読みきれない。綸太郎は慎重にポーカーフェイスを保ちながら、

「江知佳さんが堂本に――？　いきなりそんなことを言われても、はいそうですかと認めるわけにはいきませんね。具体的な証拠があるというなら別ですが」

「証拠ならあるさ。これを見てくれ」

宇佐見はそう言って、椅子の背にかぶせた上着の内ポケットから一通の封書を出した。表書きは八王子の住所で、宛名は「宇佐見彰甚様」となっている。

余分な指紋を付けないでくれよ、と法月警視に注意され、綸太郎はハンカチを用意した。消印は十六日の午前中、新宿郵便局の管内――おそらく四谷で投函《とうかん》されている。裏に差出人の名前はなかった。

封筒をさかさまにして口を広げると、中から一枚の写真が落ちてきた。ややピントのぼけた手札判のカラー写真で、首のところから切られた女の頭部が写っている。

色は抜けるような白。

生身の人間の顔ではなく、石膏でできた塑像の一部だった。両のまぶたがしっかり閉じられているのは、モデルの顔から直取りしたインサイド・キャスティングの特徴である。なめらかに型抜きされた顔立ちは、殺された江知佳に生き写しだった。

「写真の裏も見てくれないか」

と宇佐見が促した。綸太郎が写真をひっくり返すと、印画紙の裏に赤ボールペンの走り書きで、こう書いてあった。

宇佐見彰甚殿
写真の品の保管料として、貴殿に五百万円を請求する。
詳細は追って連絡のほど――。

28

「その写真を見るまで、私は本当に、川島先生の遺作には首がないと信じていた。何度も言うようだが、きみを煙に巻くつもりなどなかったんだ」

宇佐見彰甚はため息交じりに、さっきと同じ台詞《せりふ》を繰り返した。前より少しだけ本当らしく聞こえたが、綸太郎はそっけなく鼻から息を抜いて、

「とてもそうとは思えませんが。金曜日に見せられた顔の雌型の写真、あれだってあなたが偽造したものではないんですか？」

「そう疑われても仕方ないけれど、あれは正真正銘の本物だ。密葬の後、私が自分の手でアトリエから回収したもので、直取りの作業は一度しかやってないと江知佳さんが言ったから、雌型はそれだけしかないと思い込んでしまったんだ。完成した作品に首がないと考えるのは、当然じゃないか」

「それはわかります。でもそうすると、勘定が合わない。顔の雌型は手つかずで、型抜きに使用した形跡もないとすれば、どうしてこの首が存在するんですか？」

語気を強めると、宇佐見は苦笑しながら自嘲《じちょう》的な口ぶりで、

「私がうかつだったということさ。まなざしによる石化と首の切断——自分の解釈に夢中になっていたせいだろうな。消去法の条件をきちんと吟味しないで、都合のいい結論に飛びついてしまった。冷静に頭を働かせていれば、抜け穴があることに気づいていたはずなのに」

思わせぶりな言い回しに、綸太郎は眉《まゆ》をひそめて、

「抜け穴？　江知佳さんが嘘をついていたとでも」

「そうじゃない。前にも言ったように、私が直取り作業について聞いたのは、石膏《せっこう》像が完成するより前のことだった。川島先生が亡くなった後ならともかく、存命中に江知佳さんが嘘をつく理由はないだろう。その時点で、堂本に脅されていたとは思えないしね」

綸太郎はうなずいた。父親が生きている間なら、堂本に脅されたとしても、江知佳はそれをはねつけたはずだ。彼女の心境に変化が生じたのは、川島伊作の死後のことである。したがって、型を取る工程をやり直した可能性を考慮する余地はない。

「——しかし、たとえ直取りが一度しか行われなかったとしても、彼女の顔の凹凸を写し取った雌型がたったひとつしか存在しないということにはならない。面倒を厭《いと》わずに、型抜きの作業を何度も繰り返せば、雌型の複製を作ることはけっして不可能ではないからだ」

「、、、、」

「雌型の複製？」

半信半疑で問い返すと、宇佐見はもっともらしくかぶりを振って唇をなめた。

「私が見過ごしていたのは、そこなんだ。気づいてしまえば単純なことだが、オリジナルの雌型から雄型を抜き、その雄型をモデルの頭部に代用するだけで、新しい雌型のコピーをいくらでも作ることができる。もちろん石膏ガーゼを用いた直取り法だと、複製を作るたびに布目から生じる微妙なテクスチャーが変わってしまうし、型抜きの作業を繰り返せば、ダミーとなる石膏雄型の表面劣化や損傷は避けられないだろう。だから、ひとくちに複製と言っても、オリジナルの完全なコピーは望めない。むしろそれぞれ肌合いの異なる別バージョンと呼ぶべきものだが、後からでき上がった雌型どうしを比べてみても、どれが江知佳さんのオリジナルの雌型で、どれがダミーの雄型から再転写したコピーかということは、そう簡単に見分けられないんじゃないか。要するに、アトリエに残っていた未使用の雌型は、そうした複製のひとつだった可能性が高いことになる」

宇佐見はひとりで納得しているふうだが、綸太郎は釈然としなかった。わかったようなわからないような説明で、性急な抽象論の域を出ていない。

「たしかにそうやって、雌型の複製を作ることはできるかもしれません。でも、どうして川島さんがそんな手間のかかることをしたのか、今度はその理由がさっぱりわからない」

「――私にだってわからないよ」

宇佐見は投げやりな返事をしてから、いきなり掌《てのひら》を机に打ちつけて、

「だが、川島先生の考えがどうであれ、顔の雌型がもうひとつ存在したことを認めなけれ

ば、この写真の説明がつかない。そこに写っているのは、江知佳さんの石膏像から切り落とされた首以外の何物でもないからだ」

この調子だと、水掛け論になりかねない。綸太郎は糸口を求めて、もう一度写真に目を凝らした。じきにおかしなことに気づいたが、考えをまとめる前に法月警視が肩をたたいた。席を替われという合図だ。

法月警視はネクタイの結び目に指を差し込みながら、宇佐見と差し向かいに坐《すわ》った。すぐには口を開かずに、封筒の宛名と写真の裏の走り書きを念入りにあらためる。宇佐見は固唾《かたず》を呑《の》んで、質問を待ちかまえた。

「この手紙が届いたのは？」

「日曜日の午後です」

「日曜日というと、十九日ですか」

宇佐見が神妙にうなずくと、警視はおやっという顔をして、

「変ですね。封筒の消印は、十六日の午前中に新宿郵便局の管内で投函《とうかん》されたことになっている。郵便事故でもない限り、八王子なら翌日に着くでしょう」

「今のは私の言い方がまずかった。自宅に着いたのは十七日ですが、先週の後半はずっと家を空けていたので。新宿の京王プラザに自主カンヅメで、それから一度も帰宅していません。そのことは彼がよく知っているはずですが」

宇佐見はよどみなく答え、控えの席に退いた綸太郎を目で指した。相槌《あいづち》を打って返したが、捜査本部で確認済みのことである。警視は百も承知で、鎌をかけているのだった。

「八王子の自宅には帰ってないとおっしゃる。なら、この手紙はどうやって？」

「日曜日の午後、家内にホテルのフロントまで届けさせました。翌日の朝、追悼展の打ち合わせで名古屋へ向かう用事があったものですから。旅行の荷物なんかと一緒に、留守中に届いた私宛ての郵便物もまとめて」

「その中にこれが混じっていたわけですね」

宇佐見が首を縦に振る。警視は何も書かれていない封筒の裏面を示して、

「これには差出人の名前がない。宛名の筆跡に見覚えは？」

表に返された封筒の文字に、宇佐見はお義理のような一瞥《いちべつ》をくれた。さっきから机に肘《ひじ》をついて、もどかしそうに両手の指をくっつけたり離したりしている。

「ありません。ただ、中の写真と脅しの文句で、おおよその見当は」

「誰ですか？」

宇佐見は神経質なしぐさを止め、また綸太郎の顔を見た。茶番じみた表情で小さく肩を震わせると、喉《のど》の奥から声を絞り出すように、

「堂本峻。以前、江知佳さんにつきまとっていたカメラマンのしわざではないかと」

「ほう。ということは、あなたも前から彼と面識が？」

「いや、本人とは一度も。仕事柄、コンテストやら何やらで、写真を見たことは何度もあ

りますが……。技術的にはそれなりのレベルだとしても、志が低いという印象に尽きる。カメラマンとしては、致命的な弱点です」

宇佐見は手厳しい評価を下した。法月警視は顎《あご》をなでながら、薄い同意の笑みを洩らして、

「なるほど。志が低いというのは、言い得て妙かもしれない」

「たしか恐喝容疑で、逮捕歴があるんじゃないですか。その筋では前から悪評の絶えない人物だったので、本人と近づきになりたいとは思わなかった。そもそも付き合いのある相手なら、こういう不作法な手紙を送ってきたりしないでしょう」

「付き合いがないのに、どうして差出人が堂本だと？」

「写真を見ればわかります。そこに写っているのは、殺された江知佳さんをモデルにした石膏像ですから。まぎれもなく、川島先生の遺作から切り落とされた首に相当する部分です」

「川島先生の遺作というのは、あなたが『アオイ美術』という運送業者に命じて、故人のアトリエから勝手に持ち出した、顔のない裸婦像のことですね」

当てこすりめいた聞き方が気に入らなかったのだろう。宇佐見は眼鏡のブリッジを指で押し上げると、つっけんどんな口調で、

「ノーコメント。その件については、弁護士を呼んでくれるまでお答えできませんね」

「そうですか。では、後ほど町田署の方でじっくりうかがいましょう。先ほどの質問に戻

りますが、この写真の首が問題の石膏像から切断されたものだとして、それが堂本峻の手元にあるとあなたが考えた根拠は？」

真綿で首を絞めるように問いを重ねると、宇佐見は椅子に深く坐り直しながら、わざとらしく咳払《せきばら》いして、

「堂本峻という男は、数年前カメラマンとして江知佳さんと知り合い、彼女に惚《ほ》れ込んだあまり、ストーカーまがいの異常な行動を取るようになったと聞いています。その時は川島先生がしかるべき手を打って、なんとか撃退したそうですが……。当時のいきさつについては、とうに調べがついているのではないですか？」

大筋のところは、と警視は認めた。

「ところが、川島先生が亡くなったとたん、堂本はまた性懲りもなく、江知佳さんの周囲をうろつき始めたらしい。十三日の夕方、ハウスキーパーの秋山房枝さんが町田の駅前で、彼とよく似た男を目撃したそうですから」

「十三日というと、先週の月曜日ですか。伊作氏が亡くなったのは――」

「十日の金曜日。アトリエへの侵入工作が発覚したのが翌日の午後で、男の姿が目撃されたのは、その翌々日のことになる。弟の川島氏は当初から、堂本が石膏像の首を持ち去ったのではないかと疑っていましたが、この写真と恐喝じみた要求を目にして、私も切断された首が彼の手元にあることを確信したわけです。というのも、ストーカー行為を封じ込めるため、川島先生はかなり強引な手段に訴えたようで、堂本はその時の仕打ちをずっと

根に持っていたふしがありましてね。逆恨みもいいところですが、先生の訃報《ふほう》を知って、堂本はようやく仕返しの機会が到来したとほくそ笑んだにちがいない」

「仕返しのために？　そうすると、日曜日にこの手紙を受け取った時点で、あなたは恐喝の主を特定していたことになる。その時すぐ、警察に届けようと思わなかったんですか」

揚げ足を取るような問いに、宇佐見はちょっと顔をしかめて、

「詳細は追って連絡のほど、そう書かれていたので、次の連絡が来るまで、早まった動きはすべきでないと判断しました。警察に届けたのが裏目に出て、石膏《せっこう》像の頭部が行方知れずにでもなったらどうします？　それにこの一件が表沙汰《ざた》になれば、川島先生や江知佳さんの名誉に傷がつくかもしれない。そんなことになるぐらいなら、私の一存で支払いの要求に応じた方がいいのではないかと思って」

「しかし、いきなり五百万は大金でしょう」

「たしかにそうですが、けっして払えない額ではない。それで川島先生の遺作を完全な形に復元できるなら、安いものです——いや、正直なところを打ち明けると、なるべく事を穏便にすませたいという気持ちはありましたよ。追悼展の期日も迫っていたし、金で片が付くならそれに越したことはないと」

「わからないとは言いませんが、やはりまちがった選択だったのではないですか。その時点で警察に届けたからといって、江知佳さんの命が救えたわけではないとしても」

法月警視は咎《とが》めるような目つきをしながら、しゃがれた吐息を洩《も》らして、

「それで、堂本から次の連絡があったのは？」

「一昨日の月曜日、八王子の自宅に二通目の封書が。その手紙に、現金引き渡しの場所と日時が指定されていたんです」

「自宅に？　しかし名古屋で姿をくらました後、あなたは家に帰ってないのでは」

「そうです。だから、手紙の実物は見ていない。月曜日の夜、家に電話して、よんどころない事情で二、三日帰れないかもしれないと伝えました。その時、金曜日に届いたのと同じような差出人不明の封書が来てないか、家内に聞いてみたんです。あるという返事だったので、すぐ中身をファックスで送らせました」

「どこでファックスを受け取ったんですか？」

「――渋谷にある『アオイ美術』の事務所で」

気まずそうに目を避けながらの返事だった。警視は苦りきった面持ちで、そのファックスを見せてくれませんかと言った。

宇佐見はさっきと同じ上着のポケットから折りたたんだ受信紙を取り出して、机の上に広げた。送信させたのは中身の一枚だけで、封筒の分はないという。警視は老眼鏡をかけて、ひとしきり内容を確認すると、お裾分《すそわ》けみたいに受信紙を綸太郎へ回した。

タウン誌から切り抜いたか、コピーするかしたような飯田橋周辺の略地図がプリントされている。「銀鈴ホール」を示す地点に、薄い灰色の線で×印が付いていた。白黒のファックスなので判別しがたいけれど、実物では一通目と同じ赤ボールペンの線らしい。

そこから矢印を引っ張った先の余白に、同じ灰色の文字でこう書いてあった。

宇佐見彰甚殿
九月二十二日（水）、午後八時。飯田橋「銀鈴ホール」にて。
館内客席まで、保管料を現金で持参のこと。

＊

法月警視はおもむろに質問を再開した。

「この手紙が八王子のお宅に着いたのは、二十日の月曜日だとおっしゃいましたね。封筒の消印が何日付けになっていたか、電話で奥さんに聞いていませんか？」

「聞きましたよ。十八日の午後、府中で投函されたものらしいと。一日空いたのは、次の日が日曜で配達が休みだったからでしょう」

「土曜日の午後に、府中で？　その封筒は捨てずに保管してありますか」

宇佐見は首を横に振った。夫人に命じて、中身と一緒に処分させたという。堂本の犯行日の足取りを固める物証がフイになったと知って、警視は落胆の色を隠さなかったが、宇佐見の言う通りなら、それだけでも欠けていたピースを埋める重要な手がかりになる。

「――消印に関しては、奥さんに確かめさせてもらいます。名古屋市立美術館から姿を消した後、『銀鈴ホール』に現れるまでのあなたの行動についてうかがいましょう。『アオイ美術』の事務所へは、名古屋から直行したんですか？」

「そうです。あんなことがあって、追悼展の打ち合わせどころではなくなってしまったので。愛知県警の事情聴取から解放された後、宿泊予定だった名古屋のホテルをキャンセルして、夕方の新幹線でこっちへとんぼ返りしました」

「渋谷の事務所に着いたのは、何時頃？」

しばらく思案してから、宇佐見はノーコメントと答えた。内密の相談を終えて事務所を去った時間についても、即答は得られない。故人のアトリエから石膏像を持ち出すことが捜査妨害に当たるかどうか、前もって弁護士に助言を求めていたのではないだろうか。

「月曜日の夜は、どこに泊まったんですか」

「お茶の水のビジネスホテルに偽名で。とりあえず今夜の分まで三連泊の予約を入れて、かさばる荷物は置いてきました。指定された取引の場所が映画館ですから、大きな旅行鞄《かばん》をぶら下げていくわけにはいかない」

宇佐見が抜け抜けと答える。警視は苦虫を嚙《か》みつぶしたような顔で、

「昨日と今日の二日間、ずっとお茶の水のホテルに？」

「ほとんど部屋に閉じこもって、TVのニュースばかり見ていました。外出したのは今日の午後、自分名義の複数の銀行口座から、ATMで五百万円の現金を引き出した時だけです。警察が私の行方を探してるんじゃないかと思うと、気軽に表へ出る気にはなれなかっ

た。『銀鈴ホール』に行くまで誰とも会いませんでしたし、携帯の電源も切っていました」

「美術館を去った時点から、手配されていると自覚していたわけですか。だとしたらよけいに、あなたの行動は解せませんね。そもそもどうして急に、身を隠すような真似を？」

「堂本との取引を邪魔されたくなかったからです」

宇佐見は開き直って、身も蓋《ふた》もない返事をした。

「殺人事件の捜査が本格化すれば、行動の自由が制限されるでしょう。身動きが取れなくなる前に石膏像の首を取り戻さないと、川島先生の追悼展がぽしゃってしまうのではないか？　そんな不安に駆られて、じっとしていられなくなり……。変わり果てた江知佳さんの顔を見て、パニックに陥ったせいかもしれません。無事に首を取り返したら、その足ですぐこちらの警察に出頭するつもりでしたが」

「そんな説明で納得できると思いますか」

警視はかぶりを振って、威圧するように宇佐見を見据えると、

「最初の手紙を見た時点で、警察に知らせなかったことは不問に付しましょう。しかし月曜日の午後からの行動は、常軌を逸してやしませんか？　江知佳さんの生首を発見する前に、あなたは送り状に記された堂本の名前を目にしているはずだ。差出人がわからないように送り状をはがしたのも、パニックに陥ったせいですか？」

「あれはほんの出来心で、時間を稼ごうと――」

そう口走ってから、宇佐見はしまったという顔をした。警視はにやりとしたが、すぐに

その笑みを引っ込めて、

「出来心ね。だがアトリエの石膏像を切断し、首を持ち去ったのが堂本のしわざだとすれば、これは予告殺人の一種と受け取るほかない。さっきあなたが指摘したように、彼は川島伊作氏と江知佳さん親子に対して、理不尽な恨みを抱いていたのですから。追悼展の準備を進めている名古屋の美術館に、江知佳さんの生首を送り付けたのも、同じ動機から発した復讐《ふくしゆう》行為だ。名前に傷がつくどころか、彼女は命を奪われたうえに、見るも無惨なバラバラ死体にされてしまった。そのことが明らかになった段階で、事を穏便にすませたいなどと悠長なことは言ってられなくなったはずです。にもかかわらず、あなたは堂本の要求通り、五百万円の現金を用意して、指定の場所へひとりで出かけていった」

「私にはそうするほかなかった。川島先生の遺作を完全な形で世に出すために」

同情を乞《こ》うしぐさをしながら、さっきと同じ泣き言を繰り返す。警視は突き放すようにまたかぶりを振って、

「それは答になってないのでは？　二通目の手紙を受け取った時点で警察に通報し、取引の現場に網を張りさえすれば、堂本の身柄を押さえられたはずだ。そうすれば、何の支障もなく、石膏像の首を取り戻すことができたでしょう。あなたがそうしなかったのは、堂本を警察の手に渡したくない別の理由があったからではないですか」

宇佐見彰甚は顔をそむけるように、無言で首を横に振った。肉付きのいい体がどんどん萎《しぼ》んでいくようである。矢継ぎ早に警視がたたみかけた。

「そのように考える根拠は、ほかにもある。あなたはこの二日間、お茶の水のホテルに閉じこもって誰にも会ってないと言ったが、それは嘘でしょう。なぜかというと、今日の午後、西新宿の喫茶店で、あなたと会って話をしたという人物の証言を得ているからです。ライターくずれの何でも屋で、名前は何と言うんだっけ、綸太郎?」

「――よろずジャーナリストの飯田才蔵」

どうしてそれを、と宇佐見がつぶやいた。綸太郎はすっと立ち上がり、机に寄りかかって、蒼白《そうはく》になった美術評論家の顔をのぞき込みながら、

「世間は狭いものですよ、宇佐見さん。情報提供者と会う前に、相手のことをよく調べておくべきだった。飯田才蔵という男は、カメラマンの田代周平に借りがあって、頭が上がらないんです。田代とは、蓬泉会館で名刺を交換したでしょう? ぼくの高校の後輩で、事情通の飯田を紹介してくれたのも、同じ田代周平なんですよ」

宇佐見の唇がうごめいて、声にならない悪態の文句を形にするのがわかった。今さら自分の手抜かりを悔やんでも始まらないのに。

「初対面の飯田を編集者経由で呼び出して、堂本のことをたずねたそうですね。あなたは彼の口から、堂本を追い回している暴力団の事務所名を聞き出した。彼と落ち合うはずだった『銀鈴ホール』に組員風の男たちが現れて、大騒ぎになったことはすでにご存じでしょう? 幸か不幸か、堂本はかろうじて逃げ延びたようですが、待ち伏せされていたとこ

ろを見ると、誰かが取引の場所を密告したふしがある。組事務所に匿名の電話をかけたか、ファックスでも流すかしたんでしょう。組の連中は、獲物を探すのに前ほど熱心ではなかったみたいですが、せっかくのタレコミを放っておく手はない。追われている本人がそんなことをするはずはありませんから、密告したのは、宇佐見さん、あなたしか考えられない。自分の手を汚さずに、堂本の口をふさぐためで、最初から取引に応じるつもりなんかなかったんでしょう？」

「ば、馬鹿なことを言わないでくれ。仮にも私のような、まっとうな人間が——」

宇佐見はがたがた震えながら、必死になって否定した。綸太郎は耳も貸さずに、

「あなたの目的は、切断された石膏《せっこう》像の首を取り戻すことではなく、堂本峻の口を封じることだった。だとすれば、堂本があなたに要求した五百万円も、石膏像の首の代価ではなく、沈黙を約束することの代価だったのではないか？　目撃者の証言によれば、『銀鈴ホール』に現れた堂本は手ぶらだったそうです。取引の現場に石膏像の首を持参しなかったのは、現金の支払いが恐喝者に対する口止め料だったことを示唆しています」

「そんなのはこじつけだ」

宇佐見は悪あがきのように言った。

「切断した首は駅のコインロッカーにでも預けてあって、現金と引き換えに鍵《かぎ》を渡すつもりだったんじゃないか。だいいちどちらの手紙にも、はっきり保管料と書いてある」

「それは言葉の綾《あや》というものですよ、宇佐見さん。コインロッカーというのは悪くない考

えですが、きっとどこの駅を探しても、石膏像の首は見つからないでしょう。五百万円の支払いが口止め料だったことを示す、のっぴきならない証拠があるからです」

「のっぴきならない証拠だって？」

「そう。あなたが見せてくれた、この写真ですけどね」

綸太郎は石膏像の首の写真をつまみ上げ、宇佐見の目の前に突きつけると、

「よく見てください。この写真はピントがぼけている。いかにも素人じみた撮り方で、とてもプロのカメラマンが撮ったとは思えない。ところが、堂本峻は志が低いとしても、技術的にはそれなりのレベルの持ち主だ。そう言ったのは、あなたじゃないですか」

宇佐見は返す言葉もなく、目を見開いたままごくりと唾《つば》を呑《の》み込んだ。

「この写真を撮ったのは、あなたでしょう。堂本が恐喝の手紙を出したのは事実だとしても、中身は後からすり替えたものだ。二通目の手紙は、奥さんに命じて封筒と中身を処分させたのに、最初の手紙でそうしなかったのは、すり替えた中身を証拠として提出する際、実際に郵送された封筒が必要だったからです。支払う気のない大金を抱えて『銀鈴ホール』へやってきたのも、警察に身柄を保護されるのが本当の目的だった。堂本との取引を既成事実化して、この写真が本物であると捜査本部に認めさせるために……。だとすれば、ここに写っている石膏像の首はどこで手に入れたのか？　雌型の複製というのは、なかなかもっともらしい説明でしたが、さっきも言ったように、死を目前に控えた伊作氏がそんな手間のかかることをするわけがない。そうすると、首の出所はひとつしか考えられませ

ん」

「ちょっと待て。おまえのスピードは速すぎる。俺にはついていけないぞ」

目を白黒させながら、法月警視が悲鳴を上げる。綸太郎はにやりとして、

「宇佐見さん。あなたは前に、アトリエで回収したオリジナルの顔の雌型を、知り合いの石膏技術者に預けたと言ってましたね。その雌型を使えば、江知佳さんの顔を写し取った石膏の首をこしらえるのは、簡単なことだ。この二日間、あなたが身を隠していた本当の理由はそれでしょう。石膏技術者の工房で、首の型抜き作業に立ち会っていたんじゃないですか？」

宇佐見彰甚は身じろぎひとつしなかった。メドゥーサの首を目の当たりにして、自らも石と化してしまったように。どんな言葉よりも雄弁な、肯定の返事にほかならない。

「そういうことか。策士、策に溺《おぼ》れるというやつだな」

と警視が言った。綸太郎はうなずいて、先を続ける。

「この写真が後からこしらえた偽物なら、裏に書かれた赤ボールペンの脅し文句も、あなたが堂本の字を真似て引き写したことになる。だとしても、堂本がこれと同じような写真を送り付けてきたのは、まちがいないでしょう。もちろん、もっとできのいいプロの写真だったはずですが……。宇佐見さん、もうごまかしは通用しませんよ。本物の写真に何が写っていたのか、正直に話してくれませんか」

宇佐見はまなざしの魔力から逃れようとするように、じりじりと天井を仰いだ。しばら

くのけぞった姿勢で歯を食いしばっていたが、やがて、唇の間から嗚咽《おえつ》の息が洩《も》れた。

「何もかもおしまいだ。追悼展も、私の評論家生命も……」

「宇佐見さん？」

綸太郎が声をかけると、宇佐見は金縛りが解けたようにがっくりうなだれて、

「きみの言う通りだ。堂本が送ってきた写真には、たしかにこれと同じような石膏像の首が写っていた。まちがいなく、川島先生の遺作から切り落とされたものだ。だが、本物の写真にはあってはならないもの、あってはならないものが写っていた」

「――あってはならないものとは？」

法月警視も身を乗り出す。宇佐見は意を決したように顔を起こした。

「最初に目にした時は、自分の目が信じられなかった。けれど、あれはまぎれもなく、川島先生の手になるオリジナルだ。切断面どうしを比べれば、残された首から下の部分と完全に一致するだろう。首のない石膏像を持ち出して隠したのは、鑑識の調査でそのことが発覚するのを怖れたからだ。分解された雌型の残骸《ざんがい》から、切断された顔の部分が復元される可能性を考えて、作業台の石膏ガラもすべて回収させた。危ないところだったよ。石膏ガラの中には、いちばん肝心なピースが、原形を保ったままで残っていたんだから」

「いちばん肝心なピースというと？」

「モデルの眼を写し取った部分だ。堂本の写真に写っていたオリジナルの首は、江知佳さんの顔にそっくりだった。彼女の顔ではありえない、たったひとつのちがいを除けば」

「たったひとつのちがい？　眼を写し取った部分の？」

「『目』の表現がはらむパラドックスだよ。川島先生には、そうしなければならない必然性があった。だが、われわれ凡人の目から見ると、それはおぞましい犯罪にほかならない」

畏《い》怖《ふ》と嫌忌。二つの矛盾する感情が、宇佐見彰甚の顔を引き裂いた。

「石膏像の顔はまぶたを閉じていなかった――両眼を開けていたんだ」

第六部　Eyes Wide Open

この完成の二カ月前にベルニーニは、眼球の上の虹彩を黒チョークでしるした。これらのしるしがなにを意味するのかと聞かれたとき、ベルニーニは、「作品が完成したとき、黒いしるしに鑿を入れよう、その結果生じる影が目の瞳孔を示すだろう」と言った。そのように制作工程の途中で、ベルニーニは目に彩色をするリアリステックなアルカイック期の工夫に一時戻った。その後彼は黒色のしるしに幾度も手直しをし、最後のポーズをとる王の臨席のもとに最終の手直しをした。この修正の後に、ベルニーニは胸像が完成したと宣言した。虹彩と瞳孔の刻みは工房で為されることになっていたからである。ベルニーニの終始一貫した関心は、眼差《まなざし》に向けられていた。眼差の固定と確定は、実際に、この胸像のもっとも目立つ特徴のひとつなのである。

——ルドルフ・ウィトコウアー『彫刻―その制作過程と原理―』

29

「用件ハ、四件デス」

発信音。

「法月さんだね。あんたに伝えたいことがあって、土曜日にもらった番号にかけてみた。名乗らなくても、西池袋と言えばわかるだろ？　あの日は自宅に隠しておいたブツを府中まで届けるように頼まれて、そいつを取りに寄ったところでね。鉢合わせしたのは偶然だが、俺のことを嗅ぎ回っているのは知ってたよ。あんたの阿呆面《あほづら》を拝んでから、二時半に分倍河原の駅前で彼女と会った。でも、殺したのは俺じゃない」

「九ガツ二十二ニチ、ゴゴ十一ジ四十一プン」

　発信音。

「俺だ。途中で切れたから、もう一度入れておくよ。彼女を殺したのは、俺じゃない。持っていったブツを渡してすぐに別れた。ブツっていうのは、例の首のことだ。それだって、彼女にしばらく預かってくれと頼まれただけで、元の作品には指一本触れてない。伝えたかったのはそのことさ。親父の彫刻の首を切り離したのも、彼女のしわざだ。俺はやってない」

「九ガツ二十二ニチ、ゴゴ十一ジ四十二フン」

　発信音。

「宇佐見先生にも念を押しといてくれないか。あれはまっとうな保管料の請求で、恐喝でも何でもない。訴えないと約束してくれたら、今夜のことはチャラにしてやるって。俺はもうこの件からは手を引いて、しばらく地下に潜るつもりだ。俺のことを探しても時間のムダだよ。彼女を殺した犯人は、府中にいるんだから。言いたいことはそれだけだ。じゃあな」

「九ガッ二十二ニチ、ゴゴ十一ジ四十三プン」

発信音。

「もう一度だけ聞いてくれ。これが最後だ。とっておきのネタをあんたに教えるよ。俺はもう手を引くことにしたからな。川島江知佳の本当の母親は、十六年前に自殺した各務結子という女だ。直取り像の眼を見ればわかる。あいつは出生の秘密を知ったために、母親のふりをしていた姉の律子と各務順一の夫婦に殺された。それがこの事件の真相だ。わかったな」

「九ガッ二十二ニチ、ゴゴ十一ジ四十六プン」

発信音。

「用件ハ、以上デス」

「——律子さんは潔白だ。あんたのネタは使えない」

再生がすんで静かになった電話に向かって、綸太郎はそうつぶやいた。

＊

九月二十三日木曜日、秋分の日。綸太郎は堂本峻からのメッセージをダビングすると、電車を乗り継いで町田署の合同捜査本部へ出かけた。そういえば、川島邸で車のキーを親父さんに渡したきり、まだ返してもらってない。

牛込署で夜を明かした法月警視は、証拠湮滅《いんめつ》の容疑で勾留《こうりゅう》した宇佐見彰甚を伴い、朝一番で捜査本部に帰投していた。午前中は宇佐見の取り調べに立ち会い、午後から中野区江《え》古田《ごた》にある石膏《せっこう》技術者の工房へ出向いて、川島伊作のアトリエから持ち出された石膏像の本体その他を押収する予定だという。江古田の工房に像の本体を運ばせたのは、目を閉じた江知佳のバージョンで欠けた頭部を補い、故人の遺作を公開可能な形に「復元」するためだった。

午前の捜査会議が終わって、外回りの人員が出払い、本部は閑散としていた。ダビングしたテープを聞かせると、警視は腕時計を指差しながらあきれた顔で、

「もう十一時だぞ。メッセージが吹き込まれてから、半日近く経ってるじゃないか。どうしてもっと早く、留守電をチェックしなかったんだ?」

綸太郎はぼそぼそと釈明した。牛込署から帰宅したのが午前二時、そのまま電池が切れるようにベッドに倒れ込んだので、目が覚めるまでメッセージランプが点滅していることにも気づかなかった。昨日はとりわけハードな一日だったからである。

警視はちっと舌打ちして、カセットデッキのイジェクトボタンを押すと、

「おまえに当たってもしょうがない。こいつは科警研に回して、音声を分析させるよ。公衆電話を使ってるみたいだから、かけた場所が特定できるかもしれない。今となっては、

気休め程度の手がかりにしかならんだろうが」

「これはこれで、捜査の足しになりますよ。石膏像の首の動きが明らかになったんですから。堂本が江知佳さんから首を預かったのは、十三日月曜日の午後——房枝さんが町田の駅前で、彼の姿を目撃した日のことでしょう。それから十八日の土曜日まで、首は堂本の部屋に置かれていた。午後一時過ぎ、女装した堂本はぼくの目をかすめてマンションから首を持ち出し、二時半に分倍河原の駅前で、その首を江知佳さんに渡した。彼女が玉川学園前から小田急線で登戸《のぼりと》まで行き、JR南武線に乗り換えて分倍河原へ向かったとすれば、二時半には余裕で間に合ったはずです。殺害されたのは、堂本と別れてからではないでしょうか？」

「——やつが嘘をついてなければの話だけどな」

警視は慎重に留保を付けた。

「土曜日の二時半、彼女に会ったというのが本当かどうか、分倍河原駅の周辺で目撃者を捜してみよう。堂本のなりなら、人目についたはずだ。だとしても、各務夫妻の動機に関して、堂本は致命的な誤解をしている。彼の告発が的外れだということは、おまえが一番よく知ってるんじゃないか」

綸太郎は殊勝な顔でうなずいた。

江知佳の本当の母親は、自殺した各務結子だったのではないか？　堂本の思惑に反して、宇佐見彰甚はその問いを一笑に付した。宇佐見は川島伊作展のキュレーターとして、「母子像」連作と当時の律子夫人に関する証言や資料を整理しており、その中には「母子像I〜IX」の制作プロセスを記録した貴重なスナップも含まれている。それを見れば、律子夫人が江知佳の母親であることは一目瞭然《りょうぜん》で、偽装妊娠やモデルのすり替えを疑うのはナンセンスだという。

「堂本の勘違いのせいでずいぶん振り回されたが、宇佐見彰甚はとっくに真相を察してるみたいだな。はっきり口に出さないだけで、犯人の目星も付いているようだ」

そう言って、警視は肩をすくめるしぐさをした。綸太郎はかぶりを振って、

「無理に彼の口をこじ開ける必要はないですよ。堂本が見落としたポイントを押さえれば、江知佳さんが殺された理由も、おのずと明らかになる。すでに結論は出ています。あとは事実の裏付けさえあれば——」

言い終わらないうちに、警視の携帯が鳴った。

久能警部からだった。警視はひとしきり報告に聞き入っていたが、急に目の色が変わった。ちょっと待ってくれと久能に告げて、こっちへ顔を向けると、

「各務結子の自殺に関する詳細を確認するために、神奈川県警の相模原南署に派遣した。上鶴間の事件は、南署の管轄になるのでね。十六年前の調書を見せてもらったら、気になる記述が目に留まったそうだ」

「気になる記述というと？」

「調書の中に、各務結子が妊娠検査を受けた産科医の名前があった。町田市鶴川の『松坂

産婦人科医院』。知人に出くわすのを避けるため、あえて地元を離れたところを選んだんだろう。彼女を診察したのは、院長の松坂利光という人物らしい」

「町田市鶴川の？　だとすると、例のタウンページにも」

「たしかに同名の病院が載っていた。住所も鶴川だ。犯行前日の被害者の行動の空白部分が、埋められるかもしれない。久能警部はこれから鶴川へ向かうが、南署からだとここに寄っても大した回り道じゃない。せっかくだから、おまえも一緒に行ってみるか？」

「もちろん」

町田市の北東部、川崎市との県境寄りに位置する鶴川団地は、高度経済成長期に発展した首都圏のベッドタウンのひとつである。私学のキャンパスが点在しているせいか、学生の姿も多い。近隣の町村と合併して市に昇格する以前、鶴川村と呼ばれていた地域で、人口が密集しているわりに、ほんの少し足を延ばせば、そこかしこで田園風景に行き当たる。八〇年代には、小田急線の鶴川駅前を中心に再開発が進められたが、かつての鶴川村の面影を消し去ることはなかったようだ。助手席の窓から見える風景も、川島邸のある南大谷や町田の中心街に比べると、バブル前ののどかな郊外の雰囲気を思い出させるものだった。

車は鶴川団地前と表示の出ている交差点に差しかかった。まっすぐ北上すると、秋山房枝が病身の夫と暮らしている公団アパートがあるという。久能警部は交差点を右折し、団地を背にして鶴川二丁目の個人住宅地へ車を進めた。

「あの建物じゃないですか」

助手席から綸太郎が言った。バス通りに面して、「松坂産婦人科医院」という目立つ看板が出ている。病院の駐車場に車を停めて、二人は表玄関へ向かった。

祝日で外来は休診日だが、妊婦の入院施設があるので、無人ということはない。玄関のインタホンから来意を告げると、通用口に回るよう指示された。

「警察の者です。以前、こちらの病院で診察を受けたことのある女性に関して、院長の松坂先生におたずねしたいことがあるのですが」

面会専用の受付で、久能が用向きを伝える。応対した事務の女性は、オフィスの壁に貼ったスケジュール表を確かめながら、

「ただいま院長は、お昼の回診中です。面会はその後にしていただけますか?」

久能はうなずいて、ロビーで待たせてもらいますと言った。

二十分ほどしてから、白衣にサンダル姿の男性医師が現れた。年格好は四十手前、笑い皺《じわ》の目立つふくよかな面相と対照的に、引き締まった筋肉質の体格で、動作もきびきびしている。お産に付き合うのは、体力勝負なところがあるからだろう。女性が多いと思われがちな職業だが、実際は産婦人科医の大半が男性というのもうなずける。

「お待たせしました。院長の松坂です。こちらへどうぞ」

院長本人とは思わず、綸太郎は久能と顔を見合わせた。もっと年配の男性を想像してい

たからだ。目の前の人物が松坂利光だとすると、十六年前の時点では、せいぜい二十代前半だったことになる。それでは若すぎて、計算が合わないのではないか？

院長室のソファに腰を下ろすと、松坂は友好的に切り出した。

「当院で診察した患者さんについて調べにいらしたそうですが、それは何か刑事事件に関係したことなのでしょうか？」

「そうです。南大谷に住んでいた彫刻家のお嬢さんが、先週の土曜日、何者かに殺害された事件はご存じですか？」

「もちろん。ワイドショーとかは見ないんですが、ここ数日、TVはその話題で持ちきりでしょう。うちの看護婦たちも、寄ると触ると事件の話ばかりですよ。妊婦に悪い影響を及ぼすと困るので、あまり騒ぐなと注意してるんですが、まさか地元であんなことが起こるとは」

分別臭い口調で嘆いてから、院長はやにわに表情を硬くして、

「そんな大それた事件と、うちの病院に関わりが？　弱りましたね。ご承知のように、われわれには守秘義務というものがあって、診療行為を通じて知った患者さんに関する秘密をおいそれと洩《も》らすわけにはいかないんですが」

「その点については、あまり神経質にならないでください」

久能は相手の警戒を解くように、ざっくばらんな態度で、

「今日おうかがいしたのは、殺人事件と直接関係する事柄ではなくて、被害者の叔母《おば》に当

たる女性の過去の受診歴を知りたいからです。今から十六年前、一九八三年の七月に、相模原市の各務結子という女性がこちらで検査を受け、妊娠が判明した直後に自殺しています。その際、神奈川県警の捜査員がカルテを確認しにきているのですが、覚えていませんか」

「——十六年前?」

松坂院長は拍子抜けしたみたいに、ソファの背にもたれかかった。

「それでしたら、私には答えようがないですね。義父に聞いてもらわないと」

「義父?」

「松坂利光。私の前の院長ですよ」

松坂院長は体をねじって、後ろの壁に掛かった写真の額へ頭を振り向けた。角張った黒縁眼鏡をかけ、顎《あご》のがっちりした白髪の熟年男性が写っている。目の前の現院長とは、まったく血のつながりを感じさせない顔だった。

「私は入り婿なんです。妻と見合い結婚して、松坂の籍に入りました。引退した義父の跡を継いで、この病院の院長になったのが三年前。もちろんそれ以前から、副院長待遇で長くここにおりましたが、さすがに十六年前には、妻と知り合ってすらいなかった。たぶんその頃は、新米の研修医だったと思います」

院長の代替わりか。道理で計算が合わないわけである。

「先代の松坂院長は、まだお元気なのですか?　今はどちらに」

久能の問いに、現院長は苦笑いしながらうなずいて、

「カクシャクたるものですよ。鶴川六丁目の分譲マンションで、優雅な隠居暮らしをしています。ただひとつ気がかりなのは、昨年、義母が亡くなりましてね。私たち夫婦と同居してくれとせがんでも、本人はちっともその気がないようで。義父とはもうかれこれ十年以上、うまいこと付き合ってきたつもりですが、向こうもいろいろ、義理の息子に気を遣っているのでしょう。ちょくちょく妻が顔を出してますし、まだまだ老け込む歳ではないですから、今すぐどうこうということではないんですけどね」

「そのマンションの場所を教えていただけますか？」

「お安いご用です」

白衣のポケットからボールペンを出すと、メモ用紙にマンションへの道順を示す地図を書き始めた。達筆とはいえないが、目印のはっきりしたわかりやすい地図である。肩の荷が下りたのか、松坂院長は気のおけない口調で、地図を肴《さかな》に雑談を始めた。

「ちょうどこのへんに、『仮面ライダー』のロケで使われたお化けマンションというのが建ってましてね。建物は取り壊してもう残っていませんが、本郷猛役の藤岡弘がバイク事故で大怪我したのも、そのあたりだそうですよ」

「あなたもこの土地で育ったんですか」

同世代の綸太郎が口をはさむと、松坂院長は照れたような顔をして、

「いや、今のは見合いの席で、妻から聞いた話です。私は小田原の出身なんですが、いい

歳をして、それを聞いた時は羨《うらや》ましくってね。さっそくデートにかこつけて、鶴川団地の方まで探検に行きました。あのへんはあのへんで、戦前に軍事施設があったか何かで、未《いま》だに幽霊や怪談の類が跡を絶たないそうですが……」

途中まで言いかけて、ふと何か頭に浮かんだように上の空な目つきになる。

「——そういえば、幽霊で思い出したんですが、看護婦たちが何だかそんな話をしていたな。川島江知佳さんでしたっけ、殺された彫刻家のお嬢さんの名前は」

「そうですが、その噂というのは？」

「彼女とよく似た若い女性が、先週ここへ訪ねてきたというんです。真っ昼間で、ちゃんと足も付いてたと。今度みたいな地元の事件にからんで、病院に妙な評判が立つと困るから、そんなデマを流してはいけないと、しっかり釘《くぎ》を刺しておきましたが」

「被害者とよく似た女性がここへ？」

久能は穏やかな表情を引っ込めて、ぐいと膝《ひざ》を乗り出した。

「ちょっと待ってください。どうしてその情報を知らせてくれなかったんですか。川島江知佳という女性が来院してないか、捜査本部から問い合わせがあったはずですが」

詰問されるとは思っていなかったらしい。松坂院長はちょっと及び腰になりながら、

「ああ、そうか。昨日の午後、刑事さんが調べにきたことは、私も承知しています。ただその時は、そういう名前の患者さんが診察を受けにきていないか、と聞かれただけなので、対応した職員もノーと答えるしかなかった。来院したという記録は残ってませんから」

「しかし、被害者を目撃したというなら――」

「本人とは思えないんですけどね。噂に火がついたのは、刑事さんが帰った後、たぶん夕方のニュースで写真が公開されてからなんです。顔の似た人ぐらいいるでしょうし、その手の噂をいちいち真に受けていたらきりがない。どこの病院でもそうでしょうが、都市伝説みたいなもので、看護婦たちは暇さえあればそんなお喋《しゃべ》りばかりしてますよ。遊び人で有名な男性タレントの付き人が、中絶手術を受けた女性を車で迎えにくるのを見たとか……」

「真偽はこちらで判断します。先週というのは、いつのことですか」

「弱ったな。今朝ナースステーションで小耳にはさんだだけで、私も詳しいことは」

松坂院長は途方に暮れた顔をする。久能がその顔にじっと視線を注いで、

「当直の看護婦さんに聞いて、噂の出所を確かめてもらえませんか」

「わかりました。聞いてもムダだと思いますが」

院長は渋りがちに承知して、内線でナースステーションを呼び出した。

「――ああ、きみでいいよ。けさ聞いた噂について、ちょっと確かめたいことが……。そう、その話だ。それは、誰が最初に言い出したことなんだ？　いや、別に怒ってやしないさ。今、警察の人が来ていてね。洩れるも何も、うっかり私が口をすべらせてしまって……。事務の河合君か。彼女は今日、出勤してるんだっけ？　そうか、ありがとう」

まだ半信半疑の表情で内線を切ると、入り婿の産婦人科医はため息をついて、

「彼女を見かけたのは、看護婦ではなくて、受付の事務員だそうです。今日は出勤しているので、じかに話を聞いてみましょう」

事務の河合君というのは、面会専用の受付で最初に話をした女性のことだった。二十代の後半で、フルネームは河合直美という。

「ちょっと聞きたいことがある。南大谷の彫刻家のお嬢さんが殺された事件のことで。先週、被害者とよく似た女性が訪ねてきたというのは、本当かね？　きみが受付で話をしたと、看護婦たちの間で噂になってるみたいだが」

松坂院長がやんわり問いつめると、河合直美はばつが悪そうに喉《のど》に手を当てて、

「おかしなことを言い出して、すみませんでした。でも、その件に関しては、わたしの思い過ごしだったということで――」

「謝ることはない。こちらの刑事さんが、その女性について聞きたいそうだ。思い過ごしかもしれないが、万一ということもある。詳しいことを教えてくれないか」

河合直美は神妙な面持ちでうなずいた。院長に代わって、久能が質問を引き継ぐ。

「あなたがその女性と話をしたのは、いつですか？」

「先週の金曜日です。十七日の午前中の診療時間に」

久能がこっちへ目配せした。綸太郎も片目をつぶって応じる。江知佳が失踪《しっそう》する前日の空白部分を埋める取っかかりがついた。

「その女性は診察を受けにきたんですか。それとも、入院患者の見舞いに?」

「どちらでもありません。わたしは初めて見る顔でした。患者さんではないというので、用向きをたずねると、『十六年前にこちらの産院でお世話になった者ですが、院長の松坂先生はいらっしゃいますか』と聞かれて」

「十六年前に世話になったと?」

「はい。十六年前といえば、先代の院長先生の時代になります。先生は三年前に引退されて、今は息子さんが跡を継いでおりますが、と答えると、『前の院長先生のお宅は?』という質問が返ってきました。ずっと町田を離れていたそうで、久しぶりにこっちへ来たついでに、どうしても昔のお礼がしたいのだと。手土産のケーキの箱みたいなのを持っていたので、つっけんどんにするのも悪いと思って、鶴川六丁目のマンションのことを教えてあげたんです。でも、後から落ち着いて考えると、どう見ても二十歳を出たぐらいで、十六年前にここで生まれた人のようには……。そのことはしばらく忘れていたんですが、昨日TVのニュースで殺された女の人の顔を見て、ちょうど歳も近いし、感じが似ているのを思い出して」

江知佳の写真を示し、あらためて確認を求める。河合直美は迷いのない態度で、

「ええ、やっぱりこの人です。ここに来た時は、眼鏡をかけて、髪型と服装をもっと野暮ったくしてましたが、小顔でスタイルのいい、きれいな子でしたから」

変装というほど大げさなものではないにせよ、江知佳は自分の素性を伏せておきたかっ

たようだ。久能が写真をしまう間に、綸太郎はもうひとつ質問を追加した。

「彼女は名前を名乗りましたか？」

「はい。たしか、各務悦子さんと」

松坂利光は鶴川六丁目のマンションにいた。義理の息子が電話で伝えていたらしく、エントランスのインタホンを鳴らすと、飛びつくように応答があった。

「警察の方ですな。お待ちしておりました」

オートロックを解除してもらい、エレベーターで三階まで上がる。院長室の写真で顔を見た老人が部屋のドアを開けて、二人を迎えた。とうに還暦を過ぎているだろう。現役時代の写真に比べると、すっかり髪の量が減って、顔も痩《や》せていたが、身のこなしに年寄りじみたところはなかった。角張った黒縁眼鏡のかわりに、チタンフレームの遠近両用眼鏡をかけている。

「独居老人のわび住まいで散らかっておりますが、どうか気になさらずに」

部屋の主の言葉は、謙遜《けんそん》ばかりでもなかった。ダイニングキッチンはきれいに片付いていたが、書斎からあふれ出した本の山がリビングの床を占領している。その大半が、明治時代の自由民権運動に関する研究書と古い文献のようだ。

「――お恥ずかしい。引退してからは、すっかり郷土史家が本業になってしまいました。鶴川村というのは、北村透谷の義父として知られる石阪昌孝や、後に政友会の代議士として活躍した村野常右衛門を筆頭に、武相困民党の指導者を数多く輩出しておりましてね。私の父方の先祖が、やはり民権運動に参加していたそうですが」

「困民党というのは、秩父《ちちぶ》の方ではないんですか？」

論太郎が生半可な質問をすると、松坂老人はしたり顔でかぶりを振って、

「知名度では秩父困民党に一歩譲りますが、同じ時期、武蔵・相模地域の農村でも、それに負けないぐらいの盛り上がりがあったのですよ。野津田《のづた》町へ行けば、村野常右衛門が建てた道場跡に自由民権資料館というのがあります。ですが、そんな話を聞きにこられたわけではありますまい。娘婿から殺人事件の捜査だと聞いておりますが」

「そうです。彫刻家の川島伊作さんのお嬢さんが殺害された事件で」

「川島さんというと、たしか南大谷に住んでいる方ですね。地元の名士ですから、名前は聞いたことがあります。お嬢さんが殺されたのですか、なんともお気の毒に」

ずいぶん浮世離れしたことを言う。久能警部は念を押すように、

「ご存じありませんでしたか。父親の伊作氏も先日亡くなったばかりなのですが」

「亡くなられた？　申し訳ない。新聞もTVもほとんど見なくなってしまったので、世間の出来事には疎いのですよ。それでその事件について、私が何か」

「先週の金曜日のことですが、こちらのお宅に若い女性が訪ねてきませんでしたか」

老人はいったんうなずいてから、壁のカレンダーに目をやって記憶を再確認する。

「それなら覚えています。各務悦子さんという方でしょう？」

「この女性ですか」

久能は江知佳の写真を見せた。松坂利光はレンズ越しにしげしげと目を凝らして、

「たしかにこのお嬢さんです」

と言った。

30

「立ち話も何ですから、どうぞおかけになってください」

テーブルの上を片付けながら、松坂利光は二人に椅子を勧めた。図書館の分類ラベルが付いた郷土史の文献や新聞の切り抜き、使い古されたノートなどを積み重ねた中に、カラフルな表紙のムック本が紛れ込んでいる。自炊のためのレシピ集だった。

「ご自分で料理もされるんですか？」

綸太郎がたずねると、松坂老人は照れ隠しのように目尻《めじり》を下げて、

「去年、連れ合いを亡くしてから、必要に迫られましてね。今どき男子厨房《ちゅうぼう》に入らず、なんてしみったれたことは言ってられないし、いざ自分で台所に立ってみると、これはこれで気晴らしになる。男やもめになってからというもの、娘は顔を見るたびに、心配だからこっちへ越してらっしゃいと言うんですが、私だってまだまだそんなに老け込む歳じゃない。いずれ娘夫婦の世話になる日が来るのは避けられないとしても、もうしばらくの間、

気ままなひとり暮らしを満喫しようと決めておりますよ」

家族以外の来客が珍しいのか、松坂老人は嬉々《きき》とした表情で打ち明けた。刑事から写真を見せられたのに、各務悦子と名乗った娘がここ数日来、世間を騒がせている猟奇殺人の被害者だということに思い至った様子もない。

頭と耳はしっかりしているのだが、老人特有の固定観念に縛られて、自分と関わりのない事柄には、なかなか想像力が及ばないようである。こう察しが悪いと、逆に事実を告げるタイミングがむずかしい。金曜日の出来事をありのまま語ってもらうには、先入観を与えないに越したことはないのだが……。

隣りに坐った久能警部がこめかみを指で突き、次の台詞《せりふ》を切り出しかねていると、

「何か冷たいものでも」

と言いさして、松坂利光はキッチンの冷蔵庫をのぞきにいった。ペットボトルを引っぱり出して、コップと一緒に持ってくる。精一杯のもてなしのつもりかもしれないが、どこかピントがずれている感は否めなかった。リビングの散らかりように比べて、流しや食卓がわりときれいに片付いているのも、娘がちょくちょく出入りして、頑固な老父の面倒《めんどう》を見ているからではないか、と綸太郎は思った。

年齢のせいばかりでなく、もともと融通の利かない気質の持ち主のようである。久能はこのままなし崩し的に話を進めていくことにしたらしい。出された麦茶に口をつけると、さっそくですが、と居ずまいをあらためて、

「各務悦子と名乗る女性が来た日のことを、詳しく話していただけますか？」

松坂老人は揉《も》み手をしながらうなずいた。しわぶきをひとつ聞かせてから、

「先週の金曜日は、朝から家を空けておりました。散歩がてらふと思いついて、大蔵町《おおくらまち》の鶴川図書館まで足を伸ばし、調べものをしていたのです。それというのも、松方正義が大蔵卿《きょう》の時代に実施したデフレ・増税政策について、いささか腑《ふ》に落ちない点があったものですから」

「松方正義が大蔵卿の時代に？」

久能がけげんな顔をしたのを見て、松坂老人は解説の必要を感じたようだ。

「――先ほど申し上げたように、私は産婦人科医院の院長職を退いてから、先祖ゆかりの武相困民党に関する郷土史研究に打ち込んでおりまして。そもそも、明治十六、七年に激化した困民党運動というのは、西南戦争後の国内インフレ解消を至上目的としたいわゆる松方デフレと、官業払い下げ政策のダブルパンチによって負債を抱え込んだ農民層が、返済条件の緩和を求めて引き起こしたものです。およそ百二十年前のことになりますが、まさに歴史は繰り返すという格言の通り、不動産バブルがはじけた現在の構造的不況にも相通じるものがあるわけで」

「はあ、そういうものですか」

「当時、武相銀行というのが、この地域の経済を牛耳っておりました。明治十五年、青木勘次郎なる人物が原町田村に興した私立銀行なのですが、昔の資料を繙《ひもと》いてみると、これ

がかなりあこぎなことをしていたらしい。借金の滞納は、耕作地の喪失とルンペン化を意味しておりますから、農民層の危機感もひとしおだったはずです。明治十七年八月、高利の取り立てによって追いつめられた農民たちは、債権者との実力交渉に打って出るべく、八王子との境にある御殿峠、今の東京工科大のキャンパスのあるあたりに集結して、大規模な騒擾《そうじよう》事件を引き起こしました。これが世に言う『御殿峠事件』であります」

ハリセンの音でも聞こえてきそうな調子で、ひとくさり熱弁を揮《ふる》ってから、ようやく聞き手が困惑していることに思い至ったようである。われに返った松坂老人は、気恥ずかしそうに額をぴしゃぴしゃたたいて、

「これはしたり。わざわざ足を運ばれたのに、つまらぬ講釈ですっかり閉口させてしまったようですな。金曜日の話でした。そんなこんなで、鶴川図書館には昼過ぎまでいたでしょうか。参考文献を借りてきた帰りに、団地の商店街で昼食をすませて、ここへ戻ってきたのが午後二時前のこと。そうしたところが、下の玄関のロビーで見ず知らずのお嬢さんに、松坂先生でしょうか、といきなり声をかけられまして。さっきの写真とはちがって、眼鏡をかけていたはずですが、その場で各務悦子という名前を聞かされたのです」

「午後二時前、ですか？」

久能は時刻を確認して、手帳に書き留めた。江知佳が鶴川二丁目の「松坂産婦人科医院」に現れたのは、その日の午前中。六丁目のマンションまで徒歩で移動しても、そんなに時間はかからないはずだから、かなりのタイムラグがある。

「最初はたちの悪い訪問販売か、宗教の勧誘かとこっちも身構えましたが、顔を見るとだいぶ前から私の帰りを待っていたようで。待ちくたびれたのか、ずいぶん思い詰めた表情をしておりました。病院の受付で住所を聞いて、まっすぐここまで足を運んだものの、インタホンを鳴らしても返事はないし、オートロックで中の様子もわからないしで、途方に暮れていたんだそうです。朝の散歩が思いのほか長引いて、各務さんには悪いことを」

エントランスで何時間も待っていたのは、どうしてもその日のうちに、先代の院長をつかまえたかったということか。松坂利光の気さくな口ぶりから、アポなしで訪ねてきたにもかかわらず、初対面の江知佳に好印象を抱いたことがわかる。

「彼女の用向きは？」

「十六年前に私が診察した各務結子という女性について、確かめたいことがある。少し時間を割いてもらえないか、と言うんですな。もちろん普通なら、見ず知らずのお嬢さんを簡単に部屋に通したりはしないのですが、各務結子という名前には、なんとなく聞き覚えがありましてね。そう思って彼女の顔をじっくり見直すと、現役時代の記憶と重なる面影がある――」

松坂老人は思わせぶりに、そこでいったん言葉を切った。久能はわざとオーバーなリアクションを示して、

「顔に見覚えが？　まさかとは思いますが、ひょっとして先生ご自身が、医師として彼女の誕生に立ち会ったということでしょうか。病院で応対した河合直美さんによると、彼女

は十六年前、当時の院長だったあなたに世話になったことがあるらしい。そのお礼がしたいからと言って、ここの住所を聞き出したそうですが」

「――私が？　いや、それは河合君の勘違いじゃないかな。だいいち、彼女は十五、六には見えなかった。面影に見覚えがあると言ったのは、本人と面識があるという意味ではなくて、顔立ちのよく似た女性のことを思い出したからなのです」

老人はものものしく喉《のど》のしゃがれを払った。親指と中指で眼鏡のフレームを押し上げると、現役時代を懐かしむような目つきになって、

「たびたび話がそれますが、こう見えても産婦人科医というのは、つくづく因果な商売でしてね。実情を知らない連中ほど、妙な羨《うらや》ましがり方をするものですが、長く現場で妊婦さんたちと接していると、そういうエロチックな幻想からいちばん遠い世界だということが身にしみてわかる。なんとも即物的というか、特になりたての頃は、女性に対する無邪気な思い込みを、次から次へと木っ端みじんに打ち砕かれるような毎日でね。その証拠に医者と名の付く男の中で、産婦人科医の浮気率がいちばん低い、という統計があるのをご存じですかな？」

「なるほど。そういうものかもしれませんね」

「ですから正直な話、患者さんの顔なんかいちいち覚えてはいられない。何百人、何千人という妊婦を見てくると、珍しい症例の場合は別ですが、近所の八百屋のおかみさんだろうと、美人コンテストの一等賞だろうと、診察台の上に乗ってしまえば、どれもこれも一

緒です。腰から上の見てくれに惑わされて、惚《ほ》れたの腫《は》れたの言い出すような男には、この商売はとても務まらない。ところがそういう患者さんの中でも、一度見たらどうしても忘れられない顔というのがある。たぶん刑事さんならわかってもらえるはずですが、そういう顔というのは、単純に美醜の問題ではないんですな。本人が背負った業であるとか、切るに切れない縁《えにし》であるとか、前後のいろんな事情がからみ合って、記憶の根っこにしっかりしがみついてしまう」

「前後のいろんな事情というと？」

久能がそれとなく水を向けると、松坂老人は落ちくぼんだ目を細めて、

「ご承知のように、産婦人科の敷居をまたぐ患者さんは、母親となる喜びに満ちあふれている人ばかりではありません。子宝に恵まれないご夫婦もいれば、望んではいない赤ん坊を身ごもって、途方に暮れた女性もやってきます。昔に比べてずいぶん大っぴらになったとはいえ、やはり男女の秘めごとに関わることですから、家族にも言えない悩みを抱えて、こっそり診察を受けにくる女性が後を絶たない。医者として現役だった頃は、さっき申し上げたのとはちがう意味で、人間どうしの営みの暗い側面というものをずいぶん目の当たりにしました」

「ということは、各務結子という女性もそうした悩みを抱えていたと？」

「ええ。そのことを見抜けなかったのが、今でも悔やまれてならないのですが……」

松坂老人は息を詰まらせると、眼鏡をはずして目の周りをごしごしこすった。老人斑《はん》の

浮き出た肌に、毛細血管が破れたような赤みが差す。うめき声とともに眼を開いたが、視線はあらぬところをさまよい、はずした眼鏡をかけ直そうともせずに、

「——彼女を診察したのはたった一度きりで、交わした言葉も多くはなかった。各務さんはひとりで妊娠検査にやってきて、陽性という結果が出ると、その場で中絶を希望されました。配偶者の同意が必要なことを説明すると、夫には話せない、婚外子だからという返事がかえってきたんです。歯を食いしばって涙をこらえているのを見て、気の毒に思いましたが、こちらとしても、軽々しく脱法行為を認めるわけにはいかない。家族とよく相談して、どうするか決めてから、日をあらためてもう一度ここへ来るように、と言い聞かせるだけで精一杯でした。生前の彼女に会ったのは、その日が最初で最後です。一回の受診で病院を変える患者さんは、特に中絶を希望される方の場合、さほど珍しくありませんが、各務さんの場合はそうではなかった……。数日後、相模原市の警察から問い合わせがあり、自宅のガレージで排ガス自殺したことを知らされました。遺書と一緒に、うちの病院の診察券が見つかったそうです。忘れもしない、昭和五十八年の七月のことでした」

松坂老人は淡々と事実を述べた。医師の守秘義務について言及しなかったのは、十六年前、警察の事情聴取に応じた際、同じ内容を明かしたことを覚えているからだろう。

「先週の金曜日、各務悦子と名乗って訪ねてきた女性にも、今の話を？」

「しました。もしやと思ってたずねると、彼女の姪御《めいご》さんだというので、十六年前の罪ほろぼしではありませんが、こちらも思い出せる限りのことを。昔の記録に当たって、もう

少し突っ込んだ質問にも丁寧にお答えしたんですが……。いや、ちょっと待ってくださらんか」

もう少し突っ込んだ質問というのが気になったが、その内容を確かめる前に、話している本人の表情が曇った。疑念が降って湧いたように、頭をぐらぐらさせている。

「どうかしましたか」

「おかしいな。いま気づいたんですが、苗字《みようじ》の同じ叔母と姪どうしで、あんなに顔が似ているのは変ではないですか？　各務というのは、結婚後の姓なんだから」

久能はかぶりを振ってその問いをスルーした。松坂老人は眼鏡をかけ直し、尻《しり》に火がついたように椅子から立ち上がって、

「ええと、あれはどこへやったかな。彼女が来た日に書庫から引っぱり出して、その後、元に戻した覚えがないから――」

やもめ暮らしで身に付いた癖なのか、大きな声で自問自答しながら、部屋中に散らかった本の山を手当たり次第に調べ始めた。何か探しものですか、と久能が問いかけると、老人は柄にもなくあたふたした様子で、

「当時の診療日誌をね、手元に残してあるんです。個人的に付けていた備忘録で、各務さんを診察した日のことも、それから後のあれやこれやについても、つぶさに記録してあります。十五年以上過ぎた古いカルテは処分してしまいましたが、昔の日誌を見れば、記憶の抜けを補うことができる。あのお嬢さんが訪ねてきた時も、それを出して細かいところ

を確認したのですが……。彼女が帰ってから、肝心の日誌をどこへやったかわからなくなって」

「日誌というのは、これじゃないですか」

　綸太郎は落ち着き払って、古びたノートを差し出した。表紙に万年筆で「昭和五十八年後半」と書いてある。何のことはない。松坂老人が麦茶を出してくれた時、テーブルからどけた本の中に混じっていたものだった。

「こんなところに。お手を煩わせてすみません。昔のことならちゃんと覚えていられるのに、ごく最近のこととなると、妙に物忘れがひどくなって」

　松坂老人は立ちっぱなしで、受け取ったノートのページをめくった。指が覚えていたのだろう。すぐに目当ての記述を見つけると、黙って文字を目で追い始めた。見る見るうちに、その目つきが厳しくなる。顔いっぱいによもやという表情が広がり、老人は過去の自分の手に襟首をつかまれたように頭をのけぞらせた。

「刑事さん。さっき写真を見せてもらう前に、彫刻家の川島伊作氏のお嬢さんが殺された事件を調べている、とおっしゃいませんでしたか。そのお嬢さんの名前は？」

「川島江知佳さんといいます——悦子ではなく。殺されたのは、先週の土曜日です」

「私が会った翌日に？　では、あれがその江知佳さんだったのですか」

　久能が無言でうなずいてみせると、松坂利光は沈痛な面持ちで唇を噛《か》みしめた。自分のうかつさを呪うように、何度もかぶりを振りながら。

「――彼女が殺されたことを、今日まで知らずにいたとは！　申し訳ありません。私がもっと早く気づいて、警察に届けるべきだった」

「名前を偽っていたのは、被害者の方です。先生が責任を感じる必要はありません。とりあえず、お坐《すわ》りになってください」

老人は久能の忠告に従った。へたり込むしぐさに、あらためて年齢を感じる。

「江知佳さんを殺した犯人は、まだ捕まってないのですか？」

「残念ながら。しかし、捜査が行き詰まっているわけではありません。金曜日の被害者の言動について、もう少し話を聞かせてもらいたいのですが」

私でお役に立てるなら喜んで、と松坂老人が請け合った。情報を伏せていたことで、気を悪くした様子はない。久能は礼を述べてから、さっそく口調をあらためて、

「備忘録に当たって、突っ込んだ質問に答えたとおっしゃいましたね。江知佳さんは具体的にどのような質問を？」

「私が十六年前に診察した女性が、まちがいなく叔母の各務結子さん本人であったかどうか、確かめたがっているようでした。彼女に聞かれるまでもなく、患者さんの身元に関しては、診察時に保険証を預かって、きちんと本人確認しております」

「保険証を？」

松坂老人は黄ばんだページを指でなぞりながら、杓子《しゃくし》定規にうなずいて、

「——と申しましても、妊娠検査と中絶手術には、健康保険が利かないのですが。そのことを伝えると、各務さんはずいぶん口惜しそうな顔をしていました。お金のことではありません。できることなら身元を明かさずに、検査を受けたかったからでしょう。実際、保険証を出さずに、名前を偽って受診される患者さんもおりますから。病院によっては、必要事項をいっさい記入せずに、まっさらの保険証を返すところもあるそうです。各務さんのように、人知れずお腹の子供を処分したがっている人は、産婦人科のスタンプが押されるのを嫌いますのでね。私のところでも、患者さんの方からどうしてもという申し出があった場合、必要事項の記入をあえて省略することがありました。もちろんケースバイケースですし、そういうことばかりしていると、てきめんに行政から指導が入るんですが」

「住所が相模原市になっていたことに、不審は抱かなかったのですか？」

「事情が事情ですから。地元で噂にならないよう、町田の病院を選んだということぐらい、いちいち聞かなくてもわかります。珍しくない話で、保険証にもおかしなところはなかった。国保の患者さんで、加入者はご主人の各務順一さん名義でした。上鶴間で歯医者を開業していた人らしいですね。奥さんが自殺された後、病院を閉めて渡米されたそうですが」

「今は日本にいます。府中に移って、審美歯科医院を」

久能はそれ以上のことを口にしなかった。松坂老人は心残りのようにうなだれて、

「そうですか。結局、各務さんのご主人には一度も会っておりません。お葬式に出られれ

ば、せめてお悔やみと謝罪を申し上げたかったのですが、密葬ということだったので」

きれいごとの台詞《せりふ》ではなく、松坂老人は本当にそうするつもりだったらしい。久能警部は相槌《あいづち》を打ちながら、手帳のメモをチェックして、

「生前の彼女に会ったのは、一度きりだとおっしゃいましたが、生前の、と限定されたのは、各務さんの死後、遺体の確認に立ち会ったということでしょうか?」

「お察しの通りです。自殺の動機の裏付け捜査で、妊娠検査のカルテを見るために、神奈川県警の刑事さんが病院へやってきました。その時こちらから志願して、遺体と対面させてもらったんです。まちがいなく、各務結子さんでした――私がもっと慎重な対応をしておれば、あんなふうに死に急ぐこともなかったでしょうに。彼女の顔が忘れられないのは、生きている本人と会ってから日を置かずに、冷たい死に顔を見てしまったせいかもしれません」

松坂老人は額に汗をにじませながら、ぶるっと身震いした。久能が目をそらすようにして、こっちへ合図する。綸太郎は質問のバトンを受け取って、

「話を戻しますが、妊娠検査というのは、具体的にどんなことを?」

「――最初に患者さん本人に問診して、尿検査をします。今は市販の妊娠検査薬が手軽に入手できるようになりましたが、判定の精度は別にして、基本的にはあれと同じ仕組みです。各務さんは陽性の反応が出たので、引き続き内診とエコー検査を行いました。エコー検査というのは、超音波を子宮に当てて、その反射波から胎児の影を画像にするものです。

カルテと一緒にエコー図も神奈川県警に提出して、行政解剖の所見と照合してもらいました」

「胎児の影が、解剖所見と一致したわけですね。その前の内診というのは？」

松坂老人は咳払《せきばら》いすると、ほんの少し肩をすくめるようなしぐさをして、

「診察台の上で下着を脱いでもらい、膣《ちつ》に指を挿入して、子宮の入口を触診します。これが産婦人科医の敷居を高くしている一番の元凶ですが、触診の際、しばしば子宮ガンが見つかることもある。各務さんには、出産の支障になるような異常は認められませんでしたが」

「なるほど。問診ではどういった質問を？」

「最後の生理が始まった日にち、過去の妊娠経験、病歴やアレルギーの有無などについて。私が診察を行った時点では、各務さんは妊娠三か月を迎えておりました」

「過去の出産経験は？」

さりげなく問いかけると、松坂老人はおやっという顔をして、

「そういえば、江知佳さんもそのことにこだわっていたようですな。初産だと答えたところ、本当にそれでまちがいないかと、しつこく聞かれましたから」

「江知佳さんも？　初産だったというのは、確かなことなんですか」

「ええ。本人が問診に対してそう答えていたし、妊娠線も見られなかった。もちろん個人差がありますから、それだけで出産経験の有無を見分けることはできませんが、内診を行

った際、過去に会陰切開を縫合した感触が得られなかったので、経産婦ではないと」

綸太郎は聞き慣れない言葉にとまどった。

「何のことですか、そのエインセッカイというのは？」

「膣と肛門《こうもん》の間の筋肉を会陰といって、陰に会うという字を書きます。分娩《ぶんべん》時には、妊婦の会陰に胎児の頭部の圧力がかかり、この部位が薄く引き伸ばされる格好になる。無理していきむとこの筋肉が裂け、ひどい時には括約筋や、直腸の粘膜にまで傷が広がることがあるんです。分娩後、ただちに縫合すれば、通常は後遺症を残しませんが、雑菌に感染したり血腫《けっしゅ》が生じたりすると、縫合部が開いて治癒に日数がかかることもある。そのような重度の裂傷を予防するため、分娩の際にあらかじめメスで会陰を切っておくのが、産科のセオリーです。これが会陰切開と呼ばれるもので、ずいぶん乱暴に聞こえるかもしれませんが、そうした方が縫合の痕《あと》がきれいにふさがるし、出産後の性生活に支障を来すことも避けられる」

「それは昔から、どこでも普通に行われていることですか？」

そんなつもりはなかったが、産科医としてのプライドに抵触する質問だったらしい。松坂老人は日頃から不満を募らせていたように目をむいて、

「私が現役だった頃にはね。助産院では別ですが、以前はどこの病院でも、あらかじめ会陰を切開するのが常識だった。ですから、会陰縫合の痕がない患者さんなら、十中八九、初産であると判断してまちがいないわけです。ところが、近頃はだいぶ風向きが変わって

いるようで、いくら合理的な根拠があるにせよ、女性の性器にメスを入れるなどけしからん、という声が強くなってきた。実を言うと、うちの娘婿も会陰切開には慎重論者で、副院長時代から、お義父《とう》さんのやり方は古いと、ことあるごとに意見されていたのです。今はその方が患者さんの受けもいいみたいで、病院経営という意味では、あいつの言うことにも一理あるんだが」

こんなところで愚痴っても仕方がないというように、元院長は口をつぐんだ。松坂利光が娘夫婦との同居を渋っている一因は、そこらへんの意見の衝突を引きずっているせいかもしれない。だが、綸太郎の注意を引いたのは、それとは別のことだった。

「今の話ですが、助産院では会陰切開をしないものなんですか?」

「江知佳さんにも同じことを聞かれましたよ。答はイエスです。助産婦の資格では、患者にメスを入れることはできない。ああいうところでは、会陰が裂けないように日頃からマッサージをしたり、分娩にたっぷり時間をかけることで、何とかしのいでいるんです。それでも完全に裂傷を防げるわけではない。出産というのは人それぞれで、どんな患者さんでも常に自然分娩が望ましいとは言えません」

「――では仮に、各務結子さんが以前、助産院で出産したことがあり、その事実を故意に隠していたとすれば、あなたが気づかなかった可能性もありうる、ということですね」

ぶしつけな問いに、松坂老人はだんだん旗色が悪くなってきたような顔つきで、

「まあ、そういうことがないとも言えない。切開の有無にかかわらず、産科医の判断とい

うのは、問診時の患者さんの回答によって左右されるものですから。その段階で故意に嘘をつかれたら、見立てが狂うのはやむをえない。医者としても対応のしようがありませんな」

「ごもっとも。江知佳さんに対しても、今と同じ答を？」

松坂利光は小鼻をふくらませてうなずいた。

そろそろ引き揚げる潮時のようだ。久能が暇《いとま》を告げると、松坂老人は名残惜しそうな顔をした。そわそわと体のあちこちを動かして、こちらの注意を引こうとしている。思い出したように日誌のページを開いて、熱心に眼鏡の角度を調整した。

「まだ何か言い落とされたことでも？」

「ひとつだけ。江知佳さんが帰った後、この日誌を読み返しているうちに、ふと思い出したことがありまして。彼女にはそのことを話していないのですが……」

「というと？」

松坂老人はしゃがれたうなり声を洩《も》らすと、自信のなさそうな口ぶりで、

「ささいなことで、ひょっとしたら私の勘違いかもしれません。各務結子さんが涙をこらえながら、お腹の赤ん坊が夫の子でないことを打ち明けてから、筋の通らないことを口走った記憶があるんです。義理の弟に手込めにされた、という意味のことを」

綸太郎は体を硬くした。

「――義理の弟に！　彼女はまちがいなくそう言ったんですか？」

「たぶん。後で刑事さんが事情聴取にこられた時、そのことを話したんですが、聞きちがいだろうと言われましてね。各務さんの遺書には、彼女の姉の夫だった彫刻家の川島伊作氏との不倫が告白されていたそうで、義兄と関係を持ったというのを、私が勝手に義理の弟と思い込んだだけではないか、と。嗚咽《おえつ》めいた声で、はっきりと聞き取れませんでしたし、私の記憶も少しあやふやでしたから、それ以上の異議は唱えなかったのですが……」

「ちょっと待ってください。各務さんが自殺した後、保険会社の調査員が先生のところにも来たはずです。その時、今の話をしなかったのですか？」

「触れませんでした。私がよけいなことを言って、残されたご主人に迷惑をかけたら、ますます恨まれると思ったからです。ところが先日、久しぶりに当時の日誌を読み返したら、やはり自分の耳が正しかったような気がしましてね。年寄りの繰り言かもしれませんが、今になってそのことが引っかかって仕方がないんですよ」

31

川島江知佳の殺害および死体遺棄容疑で、各務順一とその妻に対する逮捕状が執行されたのは、九月二十七日、翌週の月曜日のことである。

綸太郎は逮捕の現場には立ち会わなかった。町田署の捜査本部にも、週末から顔を出していない。書斎に引きこもって、書きかけの長編のプロットと格闘していたからだ。本部に連日泊まり込みで詰めている法月警視が、各務夫妻の取り調べに関する最新情報を電話で報告してくるのを除けば、公的な権限のない綸太郎にとって、事件は先週の段階で終わっていた。

いや、本当はすっかりケリが付いたわけではないのだが……。

仕事の遅れを口実に捜査本部から遠ざかり、自宅の電話もずっと留守設定にしているのは、川島敦志と顔を合わせたくないせいだった。松坂利光が口にした義理の弟という言葉が、脳裏《ぜんぽう》にしがみついて警告を発し続けている。川島に会って、十六年前にさかのぼる事件の全貌を解き明かすことに、まだどうしても踏ん切りがつかない。

犯人逮捕のニュースが流れた月曜日の夜から、川島敦志は何度も電話をかけてきて、話がしたいと繰り返しメッセージを残していた。スピーカーから川島の声が聞こえてくるたびに、綸太郎は受話器に手を伸ばしかける。だが、それを持ち上げて応答する心の準備ができていないことに気づくと、息をひそめてその声をやり過ごすばかりだった。

田代周平から電話がかかってきたのは、同じ週の木曜日、九月も終わりの午後だった。電話は留守設定になっていたが、メッセージを吹き込む声を聞いて、綸太郎はキーボードを打つ指の動きを止め、急いで受話器に飛びついた。

「なんだ、そこにいたんですか。もう午後の三時ですよ。いくら夜型の生活に戻ったからって、この時間まで寝てるというのは――」

「とっくに起きて、仕事をしていたよ。留守電にしてるのは、マスコミから取材申し込みの電話が殺到して、いちいち断るのが面倒臭いからだ。町田の事件に関わっていることを、誰かが洩らしたらしい。おかげでこっちはいい迷惑だ」

「告げ口したのは、ぼくじゃありませんからね」

実際は殺到と言うほどのことはないのだが、田代は真面目に取り合って、

「でも、マスコミの連中がイライラするのもわかります。犯人が逮捕されてから三日も経つのに、動機も含めて詳しい情報がさっぱり出てこないんだから。堂本峻は行方知れずのままだというし、あいつが今度の事件にどう関与しているのかもわからない。捜査本部の方で、何か都合の悪いことでもあるんですか？」

「いや、そんな心配はいらないよ」

と綸太郎は太鼓判を押してから、

「ただちょっと背景が入り組んでいるので、裏付け捜査にも時間と手間がかかる。江知佳さん殺しの公判だけでなく、十六年前の事件で二人を追起訴するため、今から証拠を固めておく必要があって、よけいに慎重になってるんだよ」

「十六年前の事件で、追起訴するために？」

田代は持っている携帯ごと、こっちの耳にかじりつきそうな声を出した。

「まったく先輩ときたら、秘密主義もたいがいにしてくださいよ。脅しをかけるつもりはありませんが、ぼくだって今度のことに関しては、まるっきりの部外者でもない。どうし

て江知佳さんがあんなことになったのか、教えてもらう権利はあるはずだ。今わかってる範囲でいいですから、きちんと説明してくれませんか？　そうでないと、おちおち夜も眠れやしない」

「他言しないと約束してくれたら、こっちも説明するのにやぶさかではないさ。だけど、とにかく事件の背景が入り組んでいるものだから。電話で話せる内容じゃない」

「誰も電話で聞きたいなんて言ってませんよ。事件の背景が入り組んでいようといまいと、先輩の話が長くて回りくどいことぐらい、こっちは承知のうえですから」

　憎まれ口をたたいてから、田代は猫なで声に切り換えて、

「実は今、近所からかけてるんです。撮影の仕事で多摩川遊園に来ていて、今は休憩時間なんですが、次のテイクがすんだら今日は上がりなので。六時ぐらいにそっちへお邪魔してもいいですか？　晩飯のリクエストがあれば、行きがけに何か買っていきますけど」

　やれやれ。最初から押しかけてくるつもりだったのか。

　今日は都合が悪いと言って、断ることもできるのだが。どうしようか迷っていると、田代が追い討ちをかけるように、

「もしよければ、賑《にぎ》やかしにもうひとり、ゲストを連れていってもかまいませんか」

「連れがいるのか？」

「誰とは言いませんけど、先輩に会いたがってる人が。せっかくの機会ですから、一緒に行ってもいいでしょう？」

それを聞いて、真っ先に思い浮かんだのは、久保寺容子の顔だった——いや、久保寺じゃない。滝田容子だ。少しだけ考えるふりをして、綸太郎はＯＫの返事をした。

「じゃあ、六時に」


午後六時を回ってから、ドアチャイムが鳴った。

玄関の扉を開けにいくと、田代周平がテイクアウトの中華と缶ビールの入った袋を提げて、戸口でにやにやしている。田代の隣りにいるのは、黄色い坊主頭、寝起きのキューピーさんみたいな顔にとんがった顎鬚《あごひげ》を生やした男——飯田才蔵だった。

綸太郎が無言でドアを閉めようとすると、飯田はとっさにサンダルの爪先《つまさき》を差し込んだ。閉まりかけた扉に足をはさまれて、悲鳴を上げる。

「ひどいなあ。そんなに邪険にしないでくださいよ。ボクだって今度の一件では、ずいぶんお役に立ったじゃないですか」

眼の病気は完治したのか、今日は眼帯を付けていなかった。なれなれしい態度は相変わらずだが、飯田の情報が役に立たなかったといえば嘘になる。綸太郎はドアノブから手を離すと、田代のにやにや顔をきっとにらみつけ、

「賑やかしのゲストが聞いてあきれる。他言無用だと言ったじゃないか」

「その点はご心配なく。レコーダーも家に置いてきて、今日はクリーンな体ですよ」

飯田が胸を張ってアピールする横で、田代は笑いをこらえながら、

「どうしても先輩の口から、じかに事件の真相を聞きたいと泣きつかれましてね。ここで聞いた話は絶対に外へ洩《も》らさせませんから、大目に見てやってください」

「大目に見てやってくれと言われてもね」

「それともあれですか、ぼくが誰かほかのゲストを連れてくると思ってたんですか？　そういえば、さっきは仕事中だと言ってたわりに、妙にこざっぱりした格好をしてますね。髭《そ》も剃りたてでしょう。いったい全体、誰が来ると期待していたのやら……」

田代の当てこすりに、綸太郎はたじたじとなって、

「わかったから、それ以上言うな。ビールがぬるくなる前に、二人とも上がってくれよ」

＊

「——今度の事件の引き金になったのは、いうまでもなく、亡くなった彫刻家の川島伊作氏が死の間際に完成させた人体直取りの石膏像《せっこう》だった。この遺作は、ひとり娘の江知佳さんがモデルになった唯一の作品であると同時に、二十一年前、伊作氏が当時の妻だった律子さんをモデルにして制作した『母子像』連作の完結編と位置づけられていた。そのことは、江知佳さんがモデルになった遺作のポーズが、連作の第一号である『母子像Ⅰ』のポーズを鏡像反転させたものだったことからもわかる。もちろん血のつながった母と娘でも、それぞれの肉体は異なるものだから、二つの像は完全な左右対称になっていなかったけれ

ど、伊作氏の意図は明らかだった。江知佳さんをモデルにした石膏直取りの遺作に『母子像』という名前を与えることが、彼のコンセプトを実現するための必要条件だったことは想像に難くない」

ビールと春巻を空きっ腹に詰め込んでから、綸太郎は説明に取りかかった。田代と飯田は箸《はし》を動かすのも忘れて、話に聞き入っている。

「しかし後から振り返ってみると、この命名については、ひとつだけ腑《ふ》に落ちないことがあった。オリジナルの『母子像』、すなわち律子さんをモデルにした七八年の連作は、そのタイトルにふさわしい内実を備えている。律子さんは当時、お腹の中に江知佳さんを身ごもっていたからだ。ところが、江知佳さんをモデルにした遺作の方は、かつての連作の手法と造形をそのまま引き継いでいたとしても、文字通りの意味で『母子像』と呼ぶことはできない——そこに写し取られているのは、娘の江知佳さんひとりの肉体でしかないのだから」

「ちょっと待ってください」

田代周平が早合点して、さっそく横槍《よこやり》を入れる。

「だとしたら、江知佳さんは父親の彫刻のモデルになった時点で、誰かの子供を身ごもっていたというんですか。彼女の遺体の首が切られたのもそのせいだった——つまり、妊娠を示す肉体的な特徴を警察の目に触れさせないために、首から下の部分をどこかに隠さなければならなかったと？」

綸太郎はきっぱりと首を横に振って、

「いや、それは短絡的思考というものだ。たしかにぼく自身、その可能性を検討しなかったわけではないが、生前の江知佳さんに妊娠の徴候は見られなかった。彼女の遺体の首が切られたのも、そんな単純な理由からではない。もっと込み入った事情があるんだ」

「でも、彼女は殺害される前日、町田市内の産婦人科医院を訪ねていたそうですが」

どこから聞き込んできたのか、飯田才蔵がまだ公表されていない情報を口にする。綸太郎は飯田のフライングを目でたしなめてから、

「産婦人科へ行ったのは、事実だよ。ただし江知佳さんは、妊娠検査を受けにいったんじゃない。もっと別の目的があったんだ」

「別の目的っていうのは？」

「それについては、後から話す。物事には順番というものがあるのでね。『母子像』という命名の疑問点に関してはひとまず措《お》いといて――事件の取っかかりになったのは、江知佳さんをモデルにした石膏像の首が何者かに切断され、どこかに持ち去られてしまったことだった。叔父《おじ》の川島敦志氏は、伊作氏の死をきっかけに、堂本峻によるストーカー行為が再燃したのではないかと懸念して、ぼくに相談を持ちかけたが、現場のアトリエを調べてみると、外部の人間が石膏像の首を切った可能性は低かった。細かい説明は省略するけど、アトリエに残された侵入者の痕跡《こんせき》は偽装工作の疑いが濃厚で、状況は明らかに内部の犯行を示唆していたからだ。切断が行われたと見られる十日金曜日の深夜（故人の通夜が

営まれた日）から、翌日にかけてのタイムテーブルを検討した末に、ぼくは早い段階で、石膏像の首を切り離してアトリエから持ち出したのは、江知佳さんのしわざとしか考えられないという結論に達した。

ところが、この推論を宇佐見彰甚にぶつけてみたところ、彼はあっさりそれを否定して、故人の遺作には最初から首がなかったと主張した。伊作氏自身が密《ひそ》かに用意したドライアイスの塊を削って頭部のダミーを作り、息が絶える直前に、カバーをかぶせて頭があるように見せかけた――江知佳さんは首の不在を伏せるために、切断行為を偽装したにすぎないのだと」

「ドライアイスのダミー？　死ぬか生きるかっていう修羅場で、そんな子供だましの仕掛けに頼ったりするものですか」

田代があきれたように口をとがらせる。飯田才蔵も同感のようだった。綸太郎はため息をつきながら、つい言い訳じみた口調になって、

「ドライアイスの仕掛けだけなら、こっちも真に受けはしなかっただろう。ただ、宇佐見彰甚の熱のこもった主張には、ぼくみたいな素人の反論を封じる理論的な迫力があってね。伊作氏をスランプに追い込んだ目の表現のジレンマと、メドゥーサの首の見立てというレトリックに引っかかって、あやうく彼のトンデモ説に説得されてしまうところだった。もっともそれを言うなら、誰よりも宇佐見本人が自分の妄想に酔っていたんだが……。いずれにせよ、『不在の首』説は事実とはかけ離れたもので、それからまもなく、宇佐

見は自分の誤りを目に見える形で突きつけられることになる。ひょんなことから事件に介入した堂本峻が、切断された石膏像の首の写真を宇佐見の許《もと》に送りつけてきたからだ。堂本が介入した経緯は後で触れることにして、その写真を見た時、宇佐見は自分の目が信じられなかったという。なぜかというと、石膏像の首は、両のまぶたが開いた状態で成形されていたからだ」

「――両のまぶたが開いた状態で？」

飯田才蔵がさっぱり要領を得ない表情で言った。綸太郎はにやりとして、法月警視が捜査本部から送ってきたファックスを二人の前に差し出しながら、

「宇佐見彰甚が隠し持っていた写真を押収して、画像を拡大したものだ。ファックスだから細部がかなり不鮮明だけど、何が写っているかはわかるだろ？　鑑識で元の写真を調べてもらったが、トリック撮影やネガに細工したものではないということだった」

田代周平はファックスを手に取り、じっと目を凝らした。

無言でかぶりを振ったのは、写真の構図に堂本峻の手癖を見出したからだろう。ややあってファックスから目を上げると、田代は声に感傷的な響きを含ませて、

「元の写真がよく撮れていることは否定しませんよ。顔の骨格や表面の起伏の具合が、江知佳さんに生き写しですから。それに、たしかに両目が開いている――でもどうしてこれが、そんなに驚くべきことなんですか」

「目は口ほどにものを言うってやつさ」

綸太郎はビールで喉《のど》を潤し、二人の聞き手に軽く顎《あご》をしゃくって、

「石膏《せっこう》直取り彫刻というのは、ガーゼに水で溶いた石膏を染み込ませたギプス用の包帯を、モデルの体の表面にじかに貼り付けて、型を取るんだ。しかし、生身の人間のむき出しの眼球を石膏で型取りしようものなら、モデルは失明を免れない。だから伊作氏の作品はもちろん、人体直取り彫刻の元祖であるジョージ・シーガルの作品でも、あらゆる人物が目をつぶった状態になっている。たったひとつの例外もなしに、だ」

初めて江知佳と会った日に教えてもらった話を口にすると、飯田才蔵はぎょっとして目を覆った。指と指の隙間から、おそるおそるファックスの画像をのぞき込んでいる。ずっと眼の病気で眼帯をしていたせいで、よけいにおぞましさが募ったにちがいない。

「──ああ、気持ち悪い。今、『アンダルシアの犬』っていう映画を思い出しましたよ。カミソリでむき出しの眼球を切り裂くやつ。開けっぱなしの目玉にギプス用の包帯を貼り付けて、じっと固まるのを待つなんて、ホラー映画も顔負けの残虐シーンじゃないですか」

「だけどぼくが会った時、江知佳さんの眼は何ともなかったはずですよ」

田代は首をひねりながら、冷静に指摘した。

「だいいち、完成した石膏像のまぶたが開いた状態になってるからといって、型取りをした時も、モデルが目を開けていたとは限らないんじゃないですか？　この写真の首は、直取りした雌型にもう一度石膏を流し込んで、雄型を抜いたものでしょう。それなら普通に

目をつぶって取った顔の雌型に、後からそこだけ手を加えて、まぶたが開いた状態に修正すればいい。川島さんにとっては、それぐらい朝飯前のことだと思うんですが」

綸太郎はうなずいて、たしかにその通りだと言った。

「実際、江知佳さんに聞いた話だと、スランプに陥りかけていた頃、伊作氏はそれとまったく同じことを試みたことがあるらしい。どんなにポーズを工夫しても、必ず目をつぶっている直取り彫刻のたたずまいが、敬虔《けいけん》な〝祈り〟という紋切り型の解釈に結びつけられてしまうのを嫌って、あえて目の開いているバージョンを試作したそうだ。ところが、そうしてでき上がったものは、オリジナルの肌合いや質感を台無しにしただけの、見るも無惨なシロモノだった。仕上がりに絶望した伊作氏は、その場で試作品を粉々にたたき壊したばかりか、それを機に石膏直取りの彫刻をいっさい手がけなくなってしまったという――ここが肝心なところだ。一度でもそういう絶望を味わった芸術家が、自分の命と引き換えに最後の作品を残そうと決意した時、かつてと同じ屈辱的なふるまいを繰り返そうとするだろうか？」

「なるほどね。先輩の言いたいことはよくわかります。少なくとも、ぼくが川島さんだったらそんなことはしない」

商業カメラマンというより、ひとりのアーティストの顔になって、田代が同意した。飯田も異議を唱えるつもりはないようだ。綸太郎は二人の顔を交互に見やりながら、

「――だとすれば、伊作氏はどうやってこの写真の首を作ることができたのか？　生きた

モデルの顔から型取りしたものではなく、また後から雌型に手を加えたものでもないとしたら、残された可能性は、たったひとつしか考えられない」

「わかった。デスマスクだ！」

いきなり膝《ひざ》を打ってそう叫んだのは、飯田才蔵だった。

「死体のまぶたをこじ開けて、その上から石膏ガーゼを貼り付ければ、目の開いた状態で直接型を取ることができる。モデルは死んでるんだから、石膏が乾いて固まるのを待つ間、苦痛を感じて暴れたり、わめき散らして抗議することもない」

「ご名答」

綸太郎が首を縦に振ると、田代は文字通り目を丸くして、

「まさか。口で言うのは簡単ですが、本当にそんなことができるんですか」

「遺族の協力さえあればね。密葬を行う前に、デスマスクを作成する時間を取ってもらうだけでいい。普通は亡くなった直後に型取りをするものだが、場合によっては、顔面の死後硬直が解けてから行うこともあるそうだ。ワセリンか石鹸《せっけん》液か、あらかじめ界面活性作用のある潤滑剤を塗布しておけば、眼球を著しく損傷することもないだろう。米国式の遺体保全処置技術《エンバーミング》を参考にして、硬化剤のようなものを眼球に注入した可能性もある。伊作氏は石膏直取り技法の権威だったから、そこらへんのノウハウに関しては、ずっと前から研究を重ねていたはずだ。型をはずす時、眼球を傷めたとしても、後から葬儀屋にこっそり修正してもらえばすむことだしね。デスマスクを作る際、ささいな手ちがいが生じた

と喪主が言えば、手数料を上乗せするぐらいで、葬儀屋の方だっていちいち咎《とが》め立てはしないと思う」

「そう言われても、簡単に納得はできないな」

田代は眉間《みけん》に皺《しわ》を刻むと、ものものしく腕を組んで、

「技術的なことはそれでよしとしましょう。だとしても伊作氏は、肝心の死んだモデルをどこから調達したんですか？　手に入る死体なら、誰でもよかったわけじゃない。だってこの写真の首は、頭の骨格から顔立ちの細部に至るまで、江知佳さんと瓜《うり》二つなんですから」

「もちろん、それがいちばん重要なポイントだ。両目を開いたデスマスクのモデルを特定するためには、あらためて最初の疑問に戻る必要がある——ひとり娘の江知佳さんをモデルにした作品に、伊作氏が『母子像』という名前を付けようとしたのはなぜか？　という疑問に」

「母親と娘の像か……。待てよ」

と田代がつぶやいた。半信半疑の表情で、視線をわずかに揺らしながら、

「——ひょっとすると、石膏像の顔の部分は、江知佳さんの本当の母親から型取りしたものだったということですか」

「伊作氏の遺志からすれば、そうとしか考えられない」

綸太郎は目でうなずいて、両手の指を組み合わせた。

「宇佐見彰甚の供述によれば、故人のアトリエには、江知佳さんの顔の雌型だけが手つかずの状態で残されていたという。つまり、母と娘の二人のモデルから取った雌型を使って、石膏像の首のすげ替えが行われたことになる。首から下の部分は、まちがいなく娘の江知佳さんの肉体を忠実に写し取ったものだが、切断された首から上の部分は、彼女の母親の死体から取ったデスマスクを雌型として流用したものだった。アイコラの3D版みたいなものさ……。

首を切った人間の死体に、別人の首をくっつけたりしたら、たとえそれが血のつながった親子であっても、現代の法医学者の目を欺くことはできない。しかし、二人のモデルから別々に直取りした石膏型を巧妙につなぎ合わせて、母の顔と娘の肢体が同居する一体の裸婦像をこしらえたとしても、そのからくりは制作者にしかわからないだろう。なぜなら石膏の塑像というものが、もともとパーツの継ぎ合わせによって作られているからだ。モデルがひとりだろうと複数だろうと、完成した作品はパッチワークであることから逃れられない」

話の途中で、田代がじれったそうにかぶりを振った。

「いや、ぼくが聞きたかったのは、そういうことじゃないんです。TVのワイドショーで仕入れたゴシップネタから推測するに、江知佳さんの本当の母親というのは、殺人容疑で逮捕された今の各務夫人――元の川島律子さんではなくて、十六年前に遺書を残して自殺した彼女の妹だったということですか？」

天敵と思考回路が似ているようだ。綸太郎は皮肉な笑みを浮かべて、

「石膏像の首を手に入れた堂本峻も、それと同じ結論に飛びついた。眼を見ればわかると言ってね。だが、その考えはまちがってる。叔父《おじ》の敦志氏は、江知佳さんが生まれた南成瀬の助産院へ律子さんの見舞いにいったことがあるというし、宇佐見彰甚を問いつめたら、そんなことはありえないと一笑に付されたよ」

「敦志さんはともかく、宇佐見の言うことは真に受けられないんじゃないですか」

「もちろん、宇佐見が嘘をついてないとは言いきれない。だが、彼にとってそうするメリットはないんだ。もしどちらかマシな方を選べと問われたら、宇佐見は迷わずに堂本の誤った結論を支持しただろう。そうすることができなかったのは、事態が取り返しのつかないところまで来てしまい、どうにも手の打ちようがなかったからだ。それだけじゃない。もし妹の結子さんが江知佳さんの本当の母親だったと仮定すると、そこにはひとつ、大きな矛盾が生じる」

「矛盾というと？」

「十六年前、彼女が自殺した理由は、姉の夫である川島伊作氏と不倫の関係を結び、婚外子を身ごもったせいだということになっている。だが、仮に江知佳さんの母親が結子さんだったとしても、父親が伊作氏であることに変わりはないだろう。そうすると、彼女が不倫相手の子供を身ごもったのは、それが二度目だったことになる。数年前に起こったことを繰り返しただけなら、結子さんがいきなり動揺して、命を絶つ理由はどこにもない。ま

た仮に夫の各務順一が、妻にかけた生命保険金欲しさに態度を豹変《ひょうへん》させ、自殺に追い込むようなプレッシャーをかけたとしても、江知佳さんが自分の娘であることを公にすると居直って、結子さんは夫からの圧力をはねのけることができたはずだ——したがって、妹の結子さんが江知佳さんの母親だったとは考えられない。彼女はまぎれもなく、川島伊作氏と律子さんの間に生まれた娘だ」

「なるほど。言われてみれば、たしかにその通り」

飯田才蔵がもっともらしく口をはさんだ。田代は生意気な子分の顔をぐいっと脇へ押しやると、頭がこんがらがってムキになった子供みたいに鼻息を荒くして、

「先輩の言ってることは、まるっきり筋が通りませんよ。だって、さっきそうとしか考えられないと言ったばかりじゃないですか。石膏《せっこう》像の顔のモデルになったのは、江知佳さんの本当の母親で、しかも型取りをした段階で、彼女はすでに死んでいたはずだと。だけど、律子さんは伊作氏と別れた後も、人目を避けて各務と暮らしていたわけでしょう? だったら……」

そこまで言いかけて、田代は急に口をつぐんだ。自分の頭の中に浮かんだ考えがとても信じられないという面持ちで、困ったように綸太郎を見る。

「——まさか、ひょっとして」

「そのまさかさ。各務律子と自称して、夫の各務順一と分倍河原のマンションに住んでいた女は、江知佳さんの母親ではない。本当の母親だった川島律子さんは、十六年前、上鶴

間のガレージで妹の身代わりとなって死んだ。もちろん自殺ではなく、保険金目当ての計画殺人だ。自殺の免責期限が切れる一年以上前から、じっくりと計画を練っていたにちがいない。律子さんは各務順一・結子夫婦の手にかかり、車の排ガス自殺を装って殺されたんだ」

32

短い沈黙の後、田代周平が神妙な顔で口を開いた。

「だとすると、川島さんが残り少ない命と引き換えに『母子像』の完結編を作ったのは、十六年前の各務夫妻の犯行を告発するためだったんですか?」

「大ざっぱに言えば、そういうことになる」

綸太郎は含みを残した言い方をして、

「最初に指摘したように、江知佳さんをモデルにした遺作のポーズは、『母子像I』を鏡像反転したものになっていた。銀座のギャラリーで見た《ブラインド・フェイス》の裏返しで、まぶたを開いた死者のまなざしの先には、バーチャルな鏡が存在していたことになる。鏡——すなわち各務夫妻を示しているわけだ」

「被害者の写し身である石膏像の眼が、血を分けた妹の犯行を名指しするという構図か。いかにも川島さんらしいコンセプトですね。ぼくの写真なんかよりずっと手が込んでるし。

法医学が進歩すれば、死体の網膜に残った感光色素ロドプシンの分布をデータ化して、死の直前に被害者が目にした犯人像を再現処理することも可能になる——そういう話を読んだことがあるんですが、ちょっと似てるような気がしませんか」

田代の口からカメラマンらしい感想が洩《も》れた。飯田才蔵は何が気に入らないのか、しきりに首をかしげて、目をぱちぱちさせながら、

「それにしても、えらくまだるっこしい方法を選んだものですね。各務夫妻が女房殺しの犯人で、自分の元妻と称する女が妹の入れ替わりだというなら、はっきりそう言えばいいじゃないですか？　わざわざ自分の娘をダシにして、判じ物めいた作品を残すなんて。やっぱり前衛彫刻家というのは、おかしな物の考え方をする人種だな」

「必ずしもそうとばかりは決めつけられない。あんなに手の込んだ告発を仕組んだのは、伊作氏自身が律子さんの死に関与していたからだと思う。ジョージ・シーガルへの対抗心から、目の開いた石膏直取り彫刻を形にして残したい、という芸術的な野心が暴走してしまったことも否定できないけれど、それよりはむしろ、妻殺しに加担したことに対する根深い罪悪感が、ストレートな告白を拒んだ最大の理由だったにちがいない。十六年もの間、禁断のデスマスクを人知れず隠し持っていたのは、そのためだろう。伊作氏は死が迫っているのを覚悟して、十六年前の偽装自殺の真相を明かし懺悔《ざんげ》したいと願っていたが、その一方で、たとえ自分の死後のことであれ、おのれの罪が暴かれるのを怖れてもいたはずだ。アーティストとしての不死の名声を、いっぺんに失いかねないのだから。そうした伊作氏

の葛藤《かっとう》が、ああいう回りくどいメッセージを秘めた作品となって現れたのではないだろうか？」

「十六年前の事件では、伊作さんも各務夫妻の共犯だったんですか」

田代が驚きを隠せない声で言った。綸太郎はむっつりうなずいて、

「前後の状況を考えると、そう結論するしかない。伊作氏が犯行に加担していなければ、姉妹の入れ替わりが成功するはずがないからだ。当時、江知佳さんはまだ小さかったから、母親と叔母《おば》が入れ替わったとしても、何とかごまかす手だてはあったろう。しかし、いくら夫婦仲が険悪になっていたからといって、夫である伊作氏の目を欺き通すことは不可能だ。律子夫人（実際は妹の各務結子）は、事件の直後から夫と別居して、その年の暮れに離婚が成立しているけれど、もし伊作氏が犯行に無関係なら、遅かれ早かれ彼女の言動に不審を抱いたにちがいない。それではいっさいが水泡に帰してしまう。入れ替わりの計画は、被害者の夫の協力を得て、初めて成立するものだ。亭主を抱き込みさえすれば、他人の疑いの目などいくらでもかわすことができる。それに対して伊作氏は、犯行に加担する見返りとして、目の開いた妻のデスマスクを取るという、千載一遇のチャンスを手に入れた」

「――ニセ律子夫人が伊作さんと別れた後、傷心を癒《いや》すためと称してアメリカへ渡ったのも、入れ替わりがばれないよう、知人の目を避けることが本当の目的だったわけですね？」

「その通り。渡米先で合流した夫と姉の名前で再婚し、元のポジションに戻った各務結子は、自分のことを熟知している姑《しゅうとめ》の死をきっかけに、ようやく帰国を決意した。八六年の暮れのことだ。もっとも、二年近く国外で生活していたせいで時効が停止し、犯行から十六年経っているのに、訴追を免れられなくなったのは、各務夫妻にとっても大きな誤算だったはずだがね。ただ、それでよかったかどうかとなると、また別の問題だ。今の時点ですでに時効が完成していたら、江知佳さんは殺されなくてすんだかもしれないのだから……。

日本に帰ってきてからも、各務結子は自分の正体が割れないよう、涙ぐましい努力を重ねなければならなかった。姉との顔立ちやスタイルの相違をごまかすために、食事の量を増やして激太りの状態にしてみたり。数年の間は対人恐怖症とパニック障害の発作を口実に、府中のマンションに引きこもってほとんど表へ出なかったようだ。川島家の係累を始めとして、過去の知人とも完全に縁を切り、どうしても外出しなければならない時は、死んだ姑に変装して人目を避けた。ぼくと親父が分倍河原を訪ねた時も、各務結子は姑のふりをして出てきたが、単なる芝居にしては明らかに度を越していたよ。素顔を隠した異常な生活があまりにも長く続いたせいで、アイデンティティ・クライシスに陥ったとしても不思議じゃない。まあ、本人は計算ずくでやっていることだから、精神鑑定とか心神耗弱とか、そういう話にはならないとしても」

「大きくなった江知佳さんと完全に没交渉を貫いたのも、そのせいか」

田代が冷ややかにつぶやいた。

「何らかのきっかけで、母親でないことに気づかれるのを怖れたからですね。伊作氏の通夜や告別式に現れなかったのも、当然の行動だったわけだ」

「――異議あり！　そうすると、ちょいと厄介なことになりませんか」

今度は飯田才蔵が横槍《よこやり》を入れた。考えを整理しながら、こめかみのあたりで指をこねくり回しているのは、眼帯をしていた間に身に付いた癖だろう。綸太郎は顎《あご》をしゃくって、

「厄介なことというと？」

「ボクがいろいろ聞き込んできた話だと、十六年前の偽装自殺の表向きの動機は、各務結子と川島伊作が不倫の関係に陥って、結子が妊娠してしまったせいだということになっている。不倫を告白した遺書の筆跡が結子本人のものであること、それに死んだ女性が妊娠していたことは、神奈川県警と保険会社の調査部が確認してますよね。町田市内の産婦人科医が、各務結子と名乗る女性の妊娠検査をしたという証言もあるはずです。ところが、実際に死んでいたのは妹の結子ではなく、姉の川島律子だったという。自筆の遺書は結子が書けばすむことですが、それなら律子さんが身ごもっていたのは、いったい誰の子供だったのか？」

「言われてみれば、たしかに変だ――産婦人科医の証言があるなら、律子さんは妹の名をかたって、妊娠検査を受けたことになりますね」

綸太郎が黙っていると、田代が飯田の質問を引き継いで、

「だとしたら、伊作氏の子供だということはありえない。排ガス自殺に偽装した死体の身元を誤認させるために、各務夫妻が裏で糸を引いていたのは確実だとしても、夫との間にできた子供なら、大手を振って自分の名前で検査を受けにいったはずですから。わざわざ妹の名前を使ったのは、子供の父親の素性に関して、律子さん自身に何か後ろめたいものがあったことを示唆している。各務夫妻はその弱みにつけ込んで、お腹の中の胎児ごと、死体の身元すり替えに利用したことになります。しかも夫の伊作氏まで、律子さんの殺害に関与していたとすると、そこに何らかの動機が存在しなければならない——積極的に妻の死を望むような動機が。律子さんが妊娠していたことを考慮すれば、彼女は殺害される直前まで、夫以外の男性と関係を持っていた可能性が高いと言わざるをえませんが……」

「現時点では、その質問には答えられないな。子供の父親が誰だったかという点については、まだはっきり特定されてないから」

綸太郎はそっけない返事をした。飯田は拍子抜けしたみたいに肩をすくめたが、田代周平はその答が嘘だと即座に見抜いたふうである。綸太郎の目をじっとのぞき込んでから、小さくかぶりを振ると、急に思いついたような口ぶりで、

「——話を戻しますが、父親の遺作に隠されたメッセージに真っ先に気づいたのは、江知佳さんだったことになりますね。それはいつの時点からですか？」

綸太郎は言外の意味を込めながら、田代の言葉にいちいちうなずくしぐさをした。気後れを察して、話題を現在の事件に振り替えてくれたのだ。飯田は釈然としない様子だった

が、綸太郎はそしらぬ顔で話を先に進めた。

「すでに述べたように、アトリエの石膏《せっこう》像の首を切り落としたのは、江知佳さんのしわざと考えるのがいちばん合理的な結論だった。理由はあらためて繰り返すまでもない。彼女は子供の頃から、目を開けることのできない石膏直取り技法の限界について熟知していたし、ジョージ・シーガルに対する父親の屈折した心情を誰よりも理解していた。さらに自らモデルとなった型取り作業の現場で、それが七八年の『母子像』連作の完結編に当たる作品であることを、父親の口から繰り返し告げられていたにちがいない。

だからこそ、通夜の客を送り出してから、ひとりでアトリエを訪れ、まぶたの開いた石膏像を目の当たりにした時、江知佳さんは一瞬でモデルの首のすげ替えと、父親が残した命がけのメッセージに気づいたはずだ。自分の本当の母親は、すでにこの世の人ではない！　しかも、目の開いた状態の顔の雌型、すなわちデスマスクが残っていたということは、伊作氏が母親の死の現場に立ち会った可能性をほのめかしている。実際に型を取ったのは、警察から遺体が戻ってきた後のことだし、動揺していた江知佳さんが、犯行に至った経緯を完全に看破したとも思えないが、おそらく死の間際の父親の言動から、十六年前の事件の真相について、直感的な洞察と確信を得たのではないだろうか……。

たったひとりの父親が、自分の母親殺しに関与しているという事実にショックを受けた江知佳さんは、発作的に石膏像の首を切断してしまう。そのまま公開すれば、誰かが過去の事件の真相に気づいて、亡き父親を指弾するかもしれないと考えたからだ。自分がモデルになった直取り像の首を切断する際も、彼女にためらいはなかったと思う。等身像の重量とサイズを勘案すれば、自分ひとりの手で像をまるごとアトリエから持ち出し、どこかに隠すという選択肢はなかったはずだし、そもそも首から上の部分は、自分の顔から型を取ったものではないと知っていた。信じていた父親に欺かれたという意識が、どこかで働いていたせいもあるだろう。にもかかわらず、江知佳さんは石膏像をすべて粉々にすることはできなかった。首から下は自分の写し身であると同時に、父親が遺《のこ》してくれた大切な形見なのだから」

田代周平はビールの空き缶をつぶしながら、ずっと頭に引っかかっていた疑問が氷解したように長いため息をついて、

「あれはそういう意味だったのか。『どうしても確かめたいことがあるんです』——江知佳さんは告別式の日、焼香の列に並んだ各務順一を呼び止めて、そう訴えていましたね。『律子さんにそう伝えてください。血を分けたひとり娘からの頼みだと』」

「うん。石膏像の首を切り取ったのが江知佳さんだとすると、彼女はその時点から各務夫妻、とりわけ各務律子と名乗っている人物に対して、強い疑いを抱いていたことになる。あの場で血のつながりを強調したのはそのせいだ。父親の告別式にも姿を見せない各務夫人は、やはり自分を産んだ母親とは別人なのではないか？　そう疑っていたからこそ、江知佳さんは各務順一を挑発するために、あえて血を分けたひとり娘という表現をぶつけたんだろう」

飯田才蔵がトイレを借りたいと言い出したので、綸太郎は休憩を宣言した。ビールの空き缶を片付け、食い散らかした中華の残りはタッパーに入れて、冷蔵庫に放り込む。

「この分だと、少し酔いをさました方がよさそうだ」

田代周平が悪酔いしそうな顔で、そうつぶやいた。だいぶこたえているようだ。このまま飲み明かすには、いささか話題が深刻すぎるし、酔った勢いで口をすべらせるとまずいこともある。綸太郎は田代の背中をたたいて、コーヒーの支度を始めた。

トイレから戻ってきた飯田才蔵は、まだ飲み足りない顔をしていたが、いれたてのコーヒーを断りはしなかった。舌を火傷《やけど》しそうになりながら、西新宿で会った宇佐見彰甚のカフェイン中毒ぶりを引き合いに出す。小一時間ほどの間にアイスとホットのちゃんぽんで、四杯もおかわりを頼んだらしい。

「――宇佐見彰甚といえば、堂本峻がからんできたのはどうしてですか？　ひょんなことから事件に介入したという話ですが、いったいどういう経緯で」

「そこがこの事件のおかしなところでね。というのも、堂本を事件の渦中に引っぱり込んだ張本人は、江知佳さんだったからなんだ」

「そんな馬鹿な！　よりによって、どうして堂本なんかを」

田代は愕然《がくぜん》となった。綸太郎はなだめるようにかぶりを振って、

「順を追って話そう。伊作氏の死後、彼名義の携帯電話が紛失していたことが明らかにな

に交信していることがわかった。通信記録を調べたところ、九月十二日から十八日にかけて、堂本峻の携帯と頻繁に交信していることがわかった。メールと音声通話の両方で、いずれも故人の携帯から発信されたものだ。どうやら伊作氏はごく最近まで、堂本の身辺調査を続けており、自分の携帯の電話帳にも最新の番号を登録していたらしい。伊作氏の真意のほどは定かでないが、故人の携帯を手に入れた人物は、そのデータを利用して、密かに堂本と連絡を取り合っていたことになる。一緒に山之内さやかの部屋を訪ねた時、こっちの目的が筒抜けになっていたのも、その人物があらかじめ警告したからだと思う」

「それが江知佳さんだったと？」

田代は承服しかねるように、唇をとがらせた。綸太郎は鼻をこすって、

「故人の携帯をくすねたのは、宇佐見彰甚ではないかと疑ったこともあったが、本人がそれを否定した。そもそも、堂本に恐喝された際の対応を見れば、宇佐見が紛失した携帯を持ってないことは明らかだ。そこでひとつ、聞いてもらいたいものがある。先週の水曜日の夜、うちの留守番電話に吹き込まれていたメッセージなんだが……」

綸太郎は席を立って電話の前へ向かい、消去せずに残しておいた四件のメッセージを再生した。堂本の声が流れ出すと同時に、田代周平が息を殺してこっちをにらむ。小刻みに肩が震えているのが見て取れた。

再生が終了し、綸太郎が席に戻るまで、誰も何も言わなかった。コーヒーの残りに口をつけるのを待って、飯田才蔵がおずおずと口を開く。

「――西池袋で土曜日にっていうのは、法月さんが女装した堂本にいっぱい食わされた日のことですね？　このメッセージが嘘でなければ、その日の午後二時半に江知佳さんと落ち合うまで、石膏像の首は堂本が保管していたことになりますが……」

「分倍河原駅周辺の聞き込みで、二人とおぼしき人物の目撃証言が得られた。かさばった荷物の受け渡しがすむと、すぐに別れてしまったらしい。堂本は異様ないでたちをしていたから、人ちがいの可能性はないだろう」

「異様ないでたちね。彼が江知佳さんから首を預かったのは、いつのことですか？」

「十三日月曜日、伊作氏の密葬が行われた翌々日の午後だと思う。その前日、江知佳さんから最初の連絡が入って、町田に呼び出されたのではないか。堂本は芸能事務所とのトラブルが原因で、四谷の山之内さやかのマンションに潜伏中だったが、昔ふられた恋人に会うような気持ちで、いそいそと待ち合わせ場所へ出かけていった。堂本に圧力をかけ続けていた父親が死んだ直後だったから、二人の接触を妨げるものはない。その際、堂本は町田の駅前で、川島家の家政婦に姿を目撃されている」

「新宿駅の連絡通路で、メイ・ウーが堂本を見かけたのと同じ日だ――前に話した中国人ホステスのことですが。手ぶらだったみたいなので、預かった首を西池袋のマンションに隠し、ついでにこの写真を撮ってから、さやかの部屋に戻るところだったんじゃないかな。だけど、どうして江知佳さんはかつてのストーカーなんかに、大事な首を預けたりしたんですか」

田代の反応を横目でうかがいながら、綸太郎は慎重に言葉を選んで、

「アトリエへの侵入と石膏像の損壊について、警察が調べにくる可能性があったので、切断した首を手元に置いておくのは危険だった。宇佐見彰甚が通報を渋ったせいで、首の捜索は行われなかったが、日曜日の段階ではそのことを予想できなかったはずだ。だから、家族以外の第三者に首を預けるのは、江知佳さんにとって当然の行動だった。

問題は、彼女がかつて自分を苦しめた男に首の保管を頼んだことだ。直接のきっかけは、アトリエで父親の携帯を手に入れ、電話帳に登録された堂本の番号を見つけたからだと思う。常軌を逸したふるまいに見えるかもしれないが、けっして考えもなしに選んだ相手ではない。まず何より、今の堂本ならどんなことを頼んでも、江知佳さんの言う通りに行動してくれる可能性が高いということ——彼を利用するのは危険な賭《か》けだが、背に腹は代えられない事情があった。彼女は石膏像の首だけを根拠に、各務夫妻と対決しようとしていたのだから、堂本のような恐喝のプロを手なずけておくだけで、心強かったにちがいない。周囲の人間は、まさか彼女が元ストーカーと手を組むとは思わないだろうし、問題の首を彼に預けておけば、いざという時、石膏像の切断を堂本の犯行に見せかけることもできる

……。

そんなふうに、江知佳さんはさまざまなメリットを考慮したうえで、堂本峻の協力を仰ぐ決意をしたわけだが、おそらくそうした計算とは別の次元で、死んだ父親に向けられたアンビヴァレントな感情が、彼女を捨て鉢な行動に走らせたような気もする。江知佳さん

にとって堂本という男は、ある意味で父親のネガに等しい存在だったからだ。伊作氏の罪の証《あかし》となる石膏像の首を、かつてのストーカーの手に渡したのは、父親の裏切りに対する彼女なりの落とし前の付け方だったのではないだろうか？」

「――ある程度までは、先輩の言う通りかもしれません」

と田代が低いしゃがれ声で言った。

「ですが、江知佳さんが堂本を信じていなかったことの証です。父親の名誉を守るため、十六年前の事件の真相について、何ひとつ具体的なことを教えなかったのだから」

田代にとっては、それがせめてもの慰めなのだろう。ぼくもそう思いたいね、とさりげなく同意してから、綸太郎は続けた。

「たぶん堂本は、伊作氏が突き当たった石膏直取り技法のジレンマについて知識があったはずだから、目を開いた首のモデルがすでにこの世の人でないと察することはできた。それが江知佳さんの本当の母親であることにも気づいていたが、十六年前、各務結子と川島律子の姉妹が入れ替わっていたことには思い至らなかったんだ。本人のメッセージを聞けば、勘違いは明らかだろう？　ところが、堂本はそれが強請《ゆすり》の材料になると考え、江知佳さんには内緒で、預かった首の写真を撮った。伊作氏の追悼展を企画している宇佐見彰甚に写真を送って、口止め料を要求するためだ。もし彼女の本当の母親が律子さんでなかったとしたら、『母子像』連作の価値も下がるだろう。堂本の皮算用は事実とかけ離れていたが、写真を受け取った宇佐見は、その誤解を一笑に付すことができなかった。両目の開いた首の写真から、江知佳さんがたどったのと同じ推論を経て、十六年前の事件の真相に気づいたからだ。堂本と宇佐見の思惑は、お互いにすれちがっていたことになるけれど、いずれにせよ、切断された石膏像の首の存在を公にできないという点で、両者の関心は一致していた」

「それで宇佐見彰甚は、あんなにおかしな行動を取っていたんですね」

と飯田が合いの手を入れる。綸太郎は話をはしょって、

「堂本の思惑とは別に、江知佳さんはたったひとりで、十六年前の事件の真相に迫ろうとしていた。告別式の席上で各務順一を挑発したのも、そのためのアプローチだったが、各務夫妻は彼女の挑発に乗ろうとしなかった。そこで江知佳さんは、搦《から》め手から各務夫妻の犯行を裏付けようとした。十七日金曜日、大学へ行くと偽って家を出た彼女は、鶴川まで足を運んで、引退した産婦人科医院の元院長宅を訪ねた。十六年前、各務結子と名乗って妊娠検査を受けた女性について調べるためだ」

「それで産婦人科に。彼女はどこから、当時の医師の名を？」

「堂本から情報を仕入れたんだ。ああいう男だから、ストーカー時代、川島父娘に関する個人情報を手当たり次第に集めていたはずだ。その中には、十六年前の自殺スキャンダルに関連した事実も含まれていただろう。死んだ女性の妊娠をチェックした産科医の名前を知ることぐらい、当時の彼にとっては朝飯前だよ。江知佳さんにそのことを聞かれて、堂

本は数年前の記憶をサルベージし、木曜日の朝の交信で、医者の名前を知らせたんじゃないかと思う。その日の午後、江知佳さんは町田市のタウンページで、産婦人科の住所を調べていたから」

「妊娠検査を行った元院長は、身代わり受診の可能性を認めたんですか？」

「本人は不承不承だったようだがね。元院長の返事を聞いて、江知佳さんは十六年前に妊娠検査を受けた女性が川島律子、すなわち自分の母親でありうることを確かめた。目を開いた石膏像の首と、産婦人科医の証言――彼女はその時点で、十六年前に自分を捨てた母親の正体を確信したと思う。あくる土曜日、すべてのからくりを知った江知佳さんは、府中の各務夫妻を訪ねて、真実を問いただそうとしたんだ」

「分倍河原に堂本を呼び出して、預けた首を持ってこさせたのはそのためか」

「そう。だが、江知佳さんは堂本を呼び出す直前、伊作氏の携帯からもう一本、別の電話をかけていた。携帯の通信記録を調べてわかったことだ。発信時刻は土曜日の午前十一時半、かけた先は府中市寿《ことぶき》町の『かがみ歯科クリニック』だった……」

綸太郎は唇を嚙《か》んで、いっとき天井を仰いだ。唐突なしぐさに田代と飯田がいぶかしそうな顔をする。長々と息を吐き出してから、綸太郎は自嘲《じちょう》的に続けた。

「江知佳さんが各務順一の仕事場に電話して、夫妻との話し合いを要求したちょうどその時、ぼくはクリニックの施療室にいた。デンタル・クリーニングの患者を装って、各務順一から情報を引き出そうとしていたんだ。各務は呼び出しの電話を口実に、施療室から出ていったきり、二度と戻ってこなかった。それでぼくは、電話がかかってきたということ自体、嘘だろうと思い込んだうえに、後日、各務本人の前でもそう決めつけた――不愉快な話を切り上げるためにこしらえた偽電話だと。だが、ぼくが施療室でほぞを嚙《か》んでいる間に、各務順一は目と鼻の先の私室で、江知佳さんと数時間後に落ち合う約束をしていたんだ！　江知佳さんの運命は、その瞬間に決定されていた。

いや、そうじゃない。『パルナッソス西池袋』のエントランスで、堂本の変装を見抜いていれば、各務夫妻の犯行を防ぐことは可能だったにちがいない。府中と西池袋。わずか一時間半ちょっとの間に、彼女を救うチャンスが二度もあったのに。ぼくはそのチャンスを、二度ともつかみそこねてしまったんだ……」

＊

「――まだ肝心な話が終わっていませんよ」

ややあって、田代周平が気詰まりな沈黙を破った。伏せていた顔を起こすと、飯田才蔵も目顔で話の続きを催促している。

「江知佳さんは二時半に堂本と別れてから、石膏像の首が入ったバッグを抱えて単身、各務夫妻のマンションに乗り込んだ。そうですね？」

「ああ。もし堂本が彼女と行動を共にしていたら、江知佳さんは殺されずにすんだかもしれない。だが、彼女はそうしなかった。死んだ父親が自分の母親の殺害に関与していたことが明らかになるのを怖れ、堂本にも必要以上の情報を与えていなかったからだ。仲間に引き込んではみたものの、そんな大それた秘密を知られたら、何をされるかわからない。そうでなくても、女装した堂本を連れていけば、足手まといになるだけだしね。各務夫妻を警察に突き出すつもりだったかどうかも、今となっては疑わしい。というか、江知佳さんは二人の口から真実を引き出した後、どうするか考えてなかったんじゃないか」

「ひとりで何もかも抱え込もうとして、それが裏目に出てしまったんだ」

田代は暗い表情でそう言った。蓬泉会館の控え室で、江知佳と交わしたやりとりがふっと頭をよぎる。「そんなだから、よけいに自分がしっかりしなくちゃと思って」——あの時から、江知佳はたったひとりで母親の死の真相を突き止めようとしていたのだ。

綸太郎は話し疲れているのを感じながら、

「たしかにこの事件を複雑にした一番の要因は、被害者の心理的な葛藤《かっとう》だったと思う。だが、実際に起こったことに話を戻そう——電話で話し合いの要求を突きつけられた各務順一は、午後三時に分倍河原の駅前まで、江知佳さんを車で迎えにいくと約束した。あえて町中で拾ったのは、彼女が直接、美好町のマンションに訪ねてくるのを嫌ったからだ。各務夫妻の住んでいる『パームライフ分梅』は、セキュリティが売りの高級分譲マンションで、エントランスには監視カメラが設置されている。したがって、江知佳さんが通常の来客としてエントランスを通過すれば、監視カメラのビデオに彼女の映像が記録される。だが、常駐の管理人は江知佳さんを見かけていないし、後から押収したビデオにも彼女は映っていなかった……。

タネを明かすと、そんなに手の込んだ仕掛けではないんだがね。『パームライフ分梅』には地下駐車場の施設があって、そこから直通のエレベーターでマンションの各階に昇れるようになっている。地下駐車場内にも監視カメラはあるんだが、エントランスに比べると死角が多くて、カメラの配置を熟知している住人なら、監視の目を避けてマンションに出入りできることがわかった。各務順一はその死角を利用して、車で拾った被害者をこっそり自宅へ連れ込んだというわけだ。電話でのやりとりから、彼女の用件を察していたにちがいない。マンションに立ち寄った証拠を残さないよう気を配ったのは、そのためだ」

「最初から彼女を殺して、口を封じるつもりだったということですか」

「殺すつもりだったかどうかはわからない。だが、国外生活に二年を費やしたせいで、十六年前の偽装殺人の時効がまだ完成していないことはよく知っていたはずだ。だから、目の開いた石膏《せっこう》像の首を突きつけられて、各務夫妻が動転したことは想像に難くない。計画殺人だった律子さん殺しとちがって、江知佳さんの殺害はかなり場当たり的な犯行だったと思う。後頭部を殴って気絶させ、ロープで首を絞めるというアバウトな手順が、そのことを示している。

江知佳さんの遺体と石膏像の首を前にして、二人は善後策を練った。おそらく各務夫妻は、石膏像の首が切断された経緯について、被害者の口から断片的な情報しか得られなかったろうが、伊作氏の最後の作品が、自分たちの犯行を告発するものであることは承知していた。律子さんのデスマスクを目撃したのが、江知佳さんひとりだという保証はないし、故人のアトリエには、首のない石膏像が残されている。彼らが何よりも怖れたのは、『母子像』連作との関連から、警察が十六年前の事件にあらためて疑いを向けることだった」

「そうか！　要するに各務夫妻は、石膏像の首の切断が十六年前の事件と無関係であるように見せかけたかったということですね」

田代が目ざとく先を読んだ。綸太郎は誇らしさとは縁のない口調で、

「うん。知恵を絞った末に、彼らが思いついた苦肉の策とは、石膏像の首の切断を被害者に対する殺人予告のように偽装することだった。そのためには、江知佳さんの遺体も、首のない石膏像と同じ状態にしなければならない。そこで二人は遺体の首を切断し、宅配便で送りつけるという大胆不敵な手口を実行に移すことにしたんだ――それぐらい派手な演出をしないと、殺人予告というフィクションも成り立たないと考えて。生首の送り先として、名古屋市立美術館を選んだのは、そこで伊作氏の追悼展が開催される予定になっていたからだ。そのことは新聞の追悼記事に出ていたし、告別式でも再三アナウンスされていた」

「――因果関係を逆にして、予告殺人を捏造《ねつぞう》しようとしたってことか」

飯田才蔵がやっと理解したように言った。

「江知佳さんが石膏像の首を切ったことが事件の主因で、死体の首を切ったのは後からこじつけた見立てにすぎなかったと。それにしても、妙なことを考えたものですね」

「それだけ各務夫妻も、切羽詰まっていたんだろう。異常者による猟奇殺人に見せかけることで、動機を隠そうとしたのは事実だが、その思惑がうまく機能したとはいえないな。場当たり的な犯行と言ったのは、そういう意味でもあるんだが」

「でも、宅配便の送り状に堂本の名前を記入したのは、彼に罪を着せる狙いがあったからでしょう？　その点に関しては、必ずしも場当たり的とは言えないと思いますけど」

田代のコメントに、綸太郎は苦い表情でかぶりを振って、

「そうじゃないんだ。各務夫妻の犯行の中で、そこがいちばん場当たり的なところだった。堂本と江知佳さんの過去の因縁について、彼らはほとんど何も知らなかったんだ。にもかかわらず、送り状に堂本の名前を書いたのは、たまたま犯行の数時間前に、ぼくが彼の名を口にしたからにすぎない」

「犯行の数時間前？　どういうことですか」

「さっき話したように、土曜日の午前中、ぼくは患者を装って、府中の『かがみ歯科クリニック』を訪れた。その時、江知佳さんにしつこくつきまとっていた堂本峻というカメラマンのことを知らないか、と各務順一に質問したんだよ。各務はピンとこない様子だったが、たぶん本当にそうだったにちがいない。名前の音だけ聞いて、堂本峻の峻の字を、ありふれたにんべんの俊だと思い込んでしまったぐらいだから……。

江知佳さん殺しを異常者の犯行に見せかけるため、各務順一はたまたま耳に入れた堂本峻の名前を使って、生首の入った宅配便を送ることにした。彼の供述によれば、インターネットの検索エンジンで、『堂本俊　カメラマン』という単語の組み合わせを調べたそうだ。だがネット上に置かれた文書には、固有名詞の誤記がざらにある」

「先輩の名前がそうですね。にんべんの倫太郎と書いてあるやつを、よく見かけます」

「だろう？　まちがったキーワードでヒットしたページの中に、堂本の昔のスタジオの住所が掲載されたサイトがあったらしい。各務はその住所も抜き書きして、宅配便の送り状に記入した。差出人の名前と住所が妙な具合になってしまったのは、そのせいなんだ。各務順一は指摘されるまで、人名の誤記にすら気づいてなかったがね。

妙な具合といえば、もうひとつ、各務夫妻のまったく与《あずか》り知らぬところで、事件を紛糾させる奇妙な偶然が働いていた――生首を収めた発泡スチロールの中箱、その蓋《ふた》を留めたテープから堂本の指紋が検出されたことだ。前後の状況から推測すると、もともとこの中箱は、江知佳さんから石膏像の首を預かった堂本が、西池袋のマンションで保管するために用意したものらしい。土曜日の午後、首の入った箱を持って部屋を出る前、移動の最中に蓋が開かないよう、テープを貼って蓋を固定したんだろう。その時、堂本はうっかり自分の指紋を残してしまった……。

その箱が江知佳さんを経由して、各務夫妻の手に届く。各務順一は切断した遺体の首を荷造りする際、石膏像の首を取り出した後の空き箱に中身を入れ替えた――出所をたどられても、なるべく自分に結びつかないように。箱の蓋を留めたテープも、一度はがしたものをそのまま貼り直した。指紋を残さないため、手袋をして荷造り作業を行ったことはいうまでもないが、そのテープに堂本の指紋が付いていることなど、犯人たちは知るよしもなかった。

名古屋市立美術館に届いた荷物から、堂本峻の指紋が採取されたのは、そういう事情があったからでね。送り状の名前とテープの指紋という決定的な物証によって、一見すると、堂本の犯行としか思えない状況が生じたが、それは各務夫妻の場当たり的な思いつきと、偶然の連鎖の産物にすぎなかったというわけだ」

「おかしな偶然があったものですね」

飯田才蔵は狐につままれたような顔で、そう洩《も》らすと、

「でも、こうやってひとつひとつ説明されると、各務夫妻の犯行がいかに行き当たりばったりで、リスクだらけのものだったか、よくわかりました。ヤマネコ運輸の町田営業所に、生首の入った宅配便を持ち込んだのも、各務順一本人だったんでしょう? 帽子とサングラスで変装してたとはいえ、よくばれずにすんだものですね」

綸太郎は顔をしかめたまま、しゃがれたため息をついて、

「各務順一は義歯の使用者だった。それも通常の入れ歯より目立たない、マグネット装着方式のインプラント義歯というやつでね。アメリカにいた時、向こうで人工歯根を埋める手術を受けていた。各務は義歯をはずした状態で営業所の職員と応対したので、頰と顎《あご》の

外観が別人のようになっていたんだ。歯がないだけで、人相はがらりと変わってしまうものだから。各務が弄《ろう》した小細工は、それだけじゃない。荷物を預ける際、送り状や営業所の什器《じゆうき》に指紋を残さないよう、指の先に透明な瞬間接着剤を塗っておくほどの念の入れようだった」

「指先に瞬間接着剤か。空き巣狙いがよく使う手口だな」

と飯田。田代周平がふと思い出しように、

「そういえば、告別式の日に各務順一を見かけた時、やけに歯が白い男だと思ったのを覚えてますよ。似顔絵の鼻の形に見覚えがあると思った時点で、気がついてもよかったんですが――まさか入れ歯だったとは」

「餅《もち》は餅屋ということさ。各務順一は審美歯科の看板を掲げていたから、自分の歯が一番の宣伝材料になることを知っていた。患者にインプラント治療を勧めるうえでも、自分自身の経験がプラスになっていたにちがいない。ただし、彼が向こうで人工歯根の手術を受けた理由は、職業的なものだけじゃない。渡米する前から、各務の歯はボロボロになってたらしい」

「医者の不養生ってやつか。どうしてそんなになるまで？」

「律子さんを殺して保険金をだまし取るまで、各務順一は医院経営に行き詰まって、借金漬けの状態だった。サラ金まがいの業者による厳しい取り立てが続いて、精神的にかなり追いつめられ、薬物依存の状態に陥っていたそうだ」

「薬物依存ね。歯がボロボロになるっていうと、まず考えられるのはトルエン中毒の症状ですけど、いい歳をした大人がシンナー漬けになるとは思えないし――」

飯田才蔵が訳知り顔で口をはさむ。

「そうすると、可能性があるのは覚醒剤《かくせいざい》か、エフェドリン中毒ってとこですか」

「エフェドリンの方だ。歯科医という仕事柄、いくらでも薬剤が入手できるから、よけいに重度の依存症に陥ってしまったんだろう。渡米する直前には、何本も歯が欠けたり、抜け落ちたりしていたそうだから、相当の重症だったにちがいない。各務順一はインプラント手術を受ける前に、アメリカで薬物依存者の更生施設に出入りしていた時期があるんじゃないか。渡米中に夫人が薬物中毒になったようなことを話していたが、あれはたぶん、彼自身の身の上に起こったことを、さも妻のことのように語っていただけなんだ。目には、目を。律子さんを殺した犯人の瞳孔《どうこう》も、薬の作用で開ききっていたにちがいない……」

綸太郎が話し終えるのを待っていたように、部屋の電話が鳴り始めた。受話器を取ると、かけてきたのは法月警視だった。

「――被害者の首から下の遺体が見つかったよ」

「どこで？」

「秩父の山中だ。今、現場から報告が入った。各務順一の自供通りの場所で。人目につかないところまで車で運んで、道路沿いの林の中に埋めていたんだ。だいぶ傷んでいるようだが、着衣や携帯等の所持品から見て、本人のものにまちがいないだろう」

「石膏像の首は？」

「同じ場所に捨てられていた——ただし原形をとどめないほど、粉々に砕かれてるらしい。破片を拾い集めて復元するのは、たぶん不可能だろうな」

エピローグ　Coda : I Have a Dream

十月三日、日曜日の午後。綸太郎は東中野の川島敦志のマンションを訪れた。事前に訪問の予定を伝えていなかったので、もし入れちがいになったら黙って引き返すつもりだったが、ドアチャイムを鳴らすと、部屋着姿の翻訳家が出迎えた。

「やっぱりきみか。いや、朝からなんとなくそんな予感がしてたんだ」

「いきなりですみません。何度も電話をもらったのは知っていたんですが、どうしても都合がつかなくて」

綸太郎が頭を下げると、川島は頬をすぼめながらかぶりを振って、

「わかってる。立ち話も何だから、上がってくれよ」

リビングの床には半月分の新聞とチラシ、開封されてない郵便物がうずたかく積み上げられていた。江知佳が殺されて以来、町田の亡兄の家に詰めている時間が長かったせいだろう。部屋の整頓《せいとん》もなおざりになっていた。テーブルの上には、飲みさしのコーヒーカップ。前に来た時より、タバコの匂いが強く漂っているような気がした。

川島はリモコンを操作し、ＴＶのゴルフ中継を消した。

「――律子さんの殺害容疑で、各務夫婦が再逮捕されたそうだね。さっき国友君が電話で

知らせてくれた」

「勾留《こうりゅう》期限の十日を待たずに、相模原南署へ二人の身柄を移して、神奈川県警が本格的な取り調べを始めるようです。ニュースで詳しい報道が出るのは、夕方以降になると思いますが。秩父で見つかった江知佳さんの遺体は、まだ警察の方に？」

「うん。いろいろあって、引き取りは明日になる。その日のうちに町田の家で本通夜をすませて、火曜日に密葬というスケジュールだ。忙しくなければ、きみにも来てほしい」

「もちろんです。田代周平にも声をかけておきましょうか」

「そうしてくれるか。その方がエッちゃんも喜ぶだろう。こっちも夕方には、また町田へ戻らなきゃならない。今日はたまたま、着替えなんかを取りにきていたところでね。この時間に寄ってくれて、ちょうどよかった」

「町田のお宅に電話したら、今日はこっちへ戻っていると聞いたので」

「そうか。私としても、自分の部屋で話ができる方がありがたいな。同じ話でも、兄貴とエッちゃんが暮らしていた家で聞くのは、なんとなく気が重い」

　その気持ちはよくわかる。川島はカチッとライターを鳴らして、タバコに火をつけた。最後に会った時よりも、さらに白髪の本数が増えているのではないか？　二度三度、無言で煙を吐き出してから、覚悟を決めたように口を開いた。

「エッちゃんの殺害に関しては、きみのお父さんから大略の説明を受けた。だから、きみの口からあらためて同じことを聞き直す必要はない。堂本の足取りも未《いま》だにつかめないそうだが、いずれどこかで尻尾《しっぽ》を出すだろう――私が知りたいのは、十六年前の事件のからくりだ。律子さんが身ごもっていた子供の父親は、いったい誰だったんだ？」

「そのことを聞かれると思っていました」

綸太郎は居ずまいを正しながら、率直に応じた。

「律子さん殺しに関しては、各務夫妻がまだ完全な自供を始めていないので、これから話すことにはぼくの想像も混じっていますが、たぶん大きく外れてはいないでしょう。まず結論から言うと、律子さんを妊娠させたのは、各務順一でした」

川島敦志は眉《まゆ》を寄せて、ふっと煙を吐いた。驚きの反応ではなかった。

「やはりそうだったか。いや、私もひょっとしたらと疑ったことはあるんだが、各務は子供のできない体質だと聞いていたのでね」

「分倍河原のマンションを訪ねた時も、各務はそう主張していましたよ。子供に恵まれないので、本を読んだり、人に聞いたりしていろいろ試してみたけれど、自分がそういう体質だったのではないかと。でも、それは真実ではなかった。病院で検査したことはないと予防線を張っていましたが、子供のできにくい体質だったのは、むしろ妻の各務結子だったようです。夫の方には、まったく問題はなかった。もちろん、彼が嘘をついたのは、十六年前の事件の真相を隠そうとするためでした」

「律子さんに対する私の疑いも、まんざら邪推ではなかったということか。あの出来事が起こる前から、各務順一と不倫の関係に陥っていたとすれば」

川島の納得の仕方に、綸太郎はきっぱりと首を振って、

「いいえ、それはちがいます。律子さんと各務順一の間に、そのような関係はありませんでした。律子さんが妊娠したのは、各務が無理やり暴行したからです。十六年前、彼女は妊娠検査を行った産科医にそうほのめかしていました——義理の弟に手込めにされたのだと」

立ち上るタバコの煙越しに、川島の目つきが厳しくなった。

「各務順一が無理やり暴行した？　どうしてそんなことを」

「妹の各務結子に見せかけて、律子さんを殺害するための布石です。各務夫妻は保険金目当ての身代わり殺人が発覚しないように、死体の身元がまちがいなく各務結子であるという証拠を捏造《ねつぞう》しなければならなかった。律子さんをレイプして妊娠させたのは、そのためです。

レイプされた律子さんは血を分けた妹が、まさか夫の各務順一と共謀していることなど、思いもよらなかったのでしょう。各務の子を身ごもった可能性に気づいた律子さんは、男の名前は告げないで、妹にそのことを相談した。おそらく結子の方から鎌をかけて、秘密を打ち明けるよう、姉を誘導したのではないでしょうか。その時、律子さんがいちばん怖れていたのは、夫の伊作さんに自分の不始末を知られることだった。ちょうど彼がスランプに陥って、夫婦の仲がぎくしゃくし始めていた時期だったからです。各務結子は内心ほくそ笑みながら、親身になって心配するふりをした。なにくわぬ顔で自分の保険証を渡し、

お義兄《にい》さんには知らせずに、あたしの名前でこっそり中絶すればいい、と忠告したんです。お腹の中の子供と、産科医のカルテが一致すれば、排ガス自殺に偽装した律子さんの死体は、各務結子として処理されるだろう——各務夫妻の狙いがそこにあったのは、いうまでもありません」

「なんというむごいことを」

川島が腹の底からつぶやくのが聞こえた。綸太郎は思わず目を伏せて、

「追いつめられていた律子さんは、その忠告を真に受けてしまった。男の名前も聞かずに保険証を貸してくれた妹の気遣いに、感謝さえしたかもしれません。そして、各務夫妻に操られていることに気づかないまま、各務結子と名乗って妊娠検査を受けにいった。その際、律子さんは過去の出産経験には触れないで、産科医にも初産だと申告しています。そうするように、妹から固く言い含められていたのでしょう。もし江知佳さんを産んでいることが産科医に知られたら、姉妹の入れ替わり計画は水泡に帰してしまう。各務結子は、過去に一度も出産したことがないのですから。

リスクの大きい計画だったことは否めないと思います。目ざとい産科医なら、律子さんが何と言おうと、経産婦であることを見抜いていたでしょう。しかし各務夫妻にとって、有利な条件もありました。律子さんが南成瀬の助産院で、江知佳さんを産んでいたことです。産婦人科の病院とちがって、助産院では妊婦の会陰にメスを入れることができません。ところが、律子さんを診察した産科医は、会陰切開を縫合した痕跡《こんせき》がないのを根拠に、彼

女が初産婦であると早合点してしまった……。

前にうかがった通り、南成瀬の助産院はすでに廃業していたんですが、われわれは江知佳さんの出産に立ち会った助産婦を探し出し、律子さんの出産時の状況について確認することができました。絵に描いたような安産で、会陰の裂傷も生じなかったそうです。妊娠線や産後の後遺症が残らなかったことは、聞くまでもありません。証言してくれた助産婦は、高齢でとっくに引退した女性ですが、助産院には女にしかわからない経験と知恵があって、男の医者が仕切っている病院には真似のできない、本当のお産ができるんだと胸を張っていたそうです」

「──女にしかわからないお産の知恵か。各務夫妻はそんなことまで、自分たちの計画に利用したというんだな」

「ええ。ですが、彼らが本当にむごい仕打ちを行ったのは、その先でした。律子さんの妊娠を確認した各務結子は、今度は姉の夫に近づいて、律子さんが不倫を働いていると密告したんです。律子さんの裏切りをでっち上げて、伊作さんを自分たちの計画に引きずり込むために。伊作さんの協力がなければ、姉妹の入れ替わりがうまく行くはずはありません。各務順一が律子さんをレイプしたのは、そこまで計算に入れた一石二鳥の策略だったことになります」

そこでいったん言葉を切ると、川島敦志は納得が行かないように首をかしげて、

「しかし、それは変じゃないか。律子さんを妊娠させた相手が各務順一だと知りながら、

どうして兄貴は彼らの犯行に加担したんだ？　いくら兄貴でも、目が開いた律子さんのデスマスクを取るためだけに、悪魔に魂を売ったりはしないはずだ」

川島は新しいタバコに火をつけることさえ忘れている。憐《あわ》れみのまなざしを向けながら、綸太郎はかぶりを振った。

「伊作さんは、各務順一が律子さんを妊娠させた張本人だということを知りませんでした。彼はその時からずっと、妻の不倫相手があなただと思っていたんです！　各務結子がそう思い込むように仕向けたにちがいない。あなたのお兄さんは、各務夫妻の策略にすっかりだまされてしまった。おそらく伊作さんは、律子さんをじかに問いつめたのではないでしょうか？　義理の弟の子供を身ごもってしまったというのは本当か、と。伊作さんにとって義理の弟というのは、自分の弟、すなわちあなたを指していたはずですが、問いつめられた律子さんは、妹の夫、つまり各務順一のことを聞かれていると思い、正直にそのことを認めてしまったんだと思います。お互いにそれ以上の対話は、耐えられなかったのでしょう。夫婦間で取り返しのつかない誤解が生じたまま、伊作さんはその場で律子さんに罰を与えることを決意してしまった。彼が各務夫妻の犯行に加担したのは、その誤解があったせいなんです」

川島は呆然《ぼうぜん》と息を呑《の》んだ。たった今、天地を入れ替えた砂時計から時の粒子がすべり落ちていくように、顔から血の気が引いていく。

「そうだったのか。それで兄貴は、手術の前にあんなことを……」

「十六年前の事件の直後から、お兄さんとはずっと絶交していたそうですね。しかし、伊作さんが末期ガンの手術で入院して、あなたは肉親の情からやむにやまれず見舞いにいった。その時、病室で話をして、初めてお兄さんがあらぬ誤解をしていたことを知った――前にそんな話を聞いた覚えがあるのですが？」

「き、きみの言う通りだ」

川島敦志はもつれる舌で言った。運命の皮肉にからめ取られてしまったように。綸太郎の脳裏をある考えがよぎった。川島がずっと独身を通しているのは、若い頃の失恋のせいだという噂には、それなりの根拠があるのではないか。

「病室へ訪ねていった日、兄貴は私に、律子さんと浮気していたことを認めろと迫った。いきなりそんなことを言われたって、こっちは何の心当たりもない。馬鹿なことを言うなと突っぱねたが、最初は頑として耳を傾けようとしなかった。だが、本当に覚えがないと繰り返しているうちに、向こうの態度が急におかしくなったんだ。病気でやつれた顔をどす黒いほど紅潮させて、だまされていた、とつぶやいたのを覚えている」

「だましていたのが誰か、口にしなかったんですか？」

「いや、それは聞かなかった。それからじきに、兄貴の目が爛々《らんらん》と輝き出したかと思うと、私の手を握って、それまでの仕打ちを詫《わ》び始めた――お願いだから、俺の過ちを許してくれと。それだけじゃない。兄貴はまるで何かに火がついたような声で、死ぬ前に、俺にはどうしてもやり遂げなければならないことがある、と言った……」

綸太郎は口に出しかけた言葉を呑み込んだ。川島伊作は病室のベッドの上で、ようやく自分の誤解と各務夫妻の策略に思い至ったのであろう。残り少ない命のすべてを費やして、「母子像」連作を完結させ、最愛の伴侶《はんりょ》を辱め死に追いやった各務夫妻の犯行を告発しようと決意したのは、その瞬間だったにちがいない。

「――兄貴の誤解が解けなければよかったということか。十六年前の秘密をそのまま墓場へ持っていってしまえば、エッちゃんが殺されることもなかった。死んだ律子さんに顔向けができない。私たち兄弟は、絶交したままでいればよかったんだ」

両手に顔を埋めて嗚咽《おえつ》する男に、それ以上かける言葉はなかった。

〈参考文献〉

ルドルフ・ウィトコウアー『彫刻―その制作過程と原理―』（池上忠治監訳、中央公論美術出版）
アーサー・ザイデンバーグ『彫刻の技法』（上昭二訳、ダヴィッド社）
『現代美術11　シーガル』（講談社）
椹木野衣『日本・現代・美術』（新潮社）
谷川渥『鏡と皮膚　芸術のミュトロギア』（ちくま学芸文庫）
山室静『ギリシャ神話』（現代教養文庫）
フランツ・カフカ『審判』（本野亨一訳、角川文庫）
明日の歯科医療を考える会『歯を美しくする審美歯科&インプラント』（現代書林）
名古屋市美術館ホームページ
鶴巻孝雄「武相の困民党事件・概説」（町田市立自由民権資料館）
等を参照しました（ウェブサイトに公開されたテキストについては、煩雑になるためURLを割愛します）。引用の変更、その他の責任はすべて作者（法月）に帰すものです。

法月綸太郎インタビュー

by 貴志祐介

――キーワードは「誤解」

貴志　今回『生首に聞いてみろ』を三年ぶりに読み返してみて、改めてよくできてるなと思いました。これは決して他のミステリを批判しているわけではないのですが、本格ミステリは最初に読んだときの驚きがすべてというイメージがあります。ところがよくできた本格ミステリは、何度でも再読に堪えうる。というのは、ネタがわかってから読んでも、非常に細かい伏線が楽しめたということなんですけれども。

前半は普通の小説と同じような時間のベクトルで進むのですが、細かいピースが謎解きになると全部はまっていくというような快感がありますね。そこはいつも小説作法的に考えていることなんですか。

法月　僕はもともと、あんまり伏線を入れて書くのが得意じゃなかったんですよ。どちらかというと、「こういうふうに考えたらどうでしょう」みたいな感じの、仮説先行型で推理していくパターンが多かったものですから。この作品の場合は、書くのに時間がかかったせいもあって、普段以上に努力して伏線を入れたようなところはあります。

貴志　その伏線が回収されていく部分が気持ちいいんですよ。謎解きからエピローグに至るまで、説明することがたくさんありますよね。細かいエピソードが次々とフィルムを逆回転するように再生されていく。それぞれのエピソードが最初に描かれたときにこぼれたピースが、全部もとの場所に収まる快感があるんです。

法月　そう言っていただけると、苦労して書いた甲斐《かい》があったと思います。「こんなに話の展開がのんびりしていて大丈夫なんだろうか」「みんな読んでくれるんだろうか」という不安を感じつつ出した本ではあるので。

貴志　法月さんもやっぱりそういう不安っていうのは感じられるわけですか。

法月　書くのに時間がかかった分、不安も感じたのかなと、あとになってから思いました。一番最初にアイデアの原型を思いついたのが大学生のときだったんですよ。それをずっと持っていて「ああでもない、こうでもない」といじっていたものですから。時間が経ちすぎて、だんだんこのアイデアが面白いのかどうか、そのこと自体がもうわからなくなっていたので。しかも連載をする前に、一回書き下ろしで二〇〇枚ぐらい書いて。今とはずいぶん違う形だったのですが、これではダメだと思って、一からプロットを練り直したんです。それから連載で書き始めて、連載が終わってからも一年半くらいかけてほとんど最初から書き直して、やっと本になったのです。

貴志　二〇〇枚書いてから捨てられるのは、作家としての誠実さですね。読者にしてみれば、時間をかけて練り上げたものをいきなりパッと読めるわけですから、幸せなことだと思います。

伏線の話に戻りますが、メインに至る伏線に通底する一つのキーワードが「誤解」じゃないかと思うんですよ。「誤解」はいかにして起きるかが、説得力をもって描かれている。

その辺はかなり意識されたんですか。

法月　そうですね。誤解をキーにして書こうというのは、プロットを練り直していく段階で固まってきたんです。実際に連載で書き始めたのが二〇〇一年に入ってからなんですけれども、ちょうどその頃は本格ミステリ全体にちょっと行き詰まり感みたいなのがあって。どうしようと考えたときに、江戸川乱歩の探偵小説の定義を思い出したんです。本格は「謎」と「論理的解決」だけで成り立つのではなく、その間に「徐々に解かれて行く経路の面白さ」があると。「経路の面白さ」というのは「中段のサスペンス」のことですね。

また、ちょうどその時期に、人の意思が伝達されるときに誤解というノイズがあれば、結果的にそこから謎が生じるのではないかということを考えていまして。そこにも「経路」が関わってくるのではないかと。じゃあ、この小説は「経路」を書く小説にしようというのが何となくイメージとしてあったんですよ。そういうわけで、あちこちで誤解が生じてくるんですけれども。

誤解とか勘違いみたいなものって、純粋な推理では解けないので、後出しで「実はあのときはああだったんです」っていうような言い方をするしかないんです。そうすると、ど

うしても伏線という形でポイントを作るしかありません。そのために、伏線の数が増えたという一面もあるでしょう。

途中で探偵役が電車に乗ってあちこち行くところを細かく書いていますよね。あれも普段だったらあそこまで細かくは書かないのですが、経路を作るために、どこの駅からどこの駅を通ってということを意識的に書いています。

貴志　使っている路線まで意識的に書くのは、初めての試みだったんですね。

法月　ただ、読み返すと「まあ、これは別になくてもいいよな」という気もしたのですが（笑）。人々のあいだに誤解が生じる過程を、電車の駅を乗り過ごすのと同じような感じで書こうと思ったのです。

――探偵・法月綸太郎の場合

貴志　わたしはそんなにミステリを読み込んでいるわけじゃないんですが、こういう誤解が起きたということをこれだけの説得力を持って描いているものってあんまり読んだことがなかったんですね。それゆえに、誤解を描いた部分だけで一つの短編ミステリになって

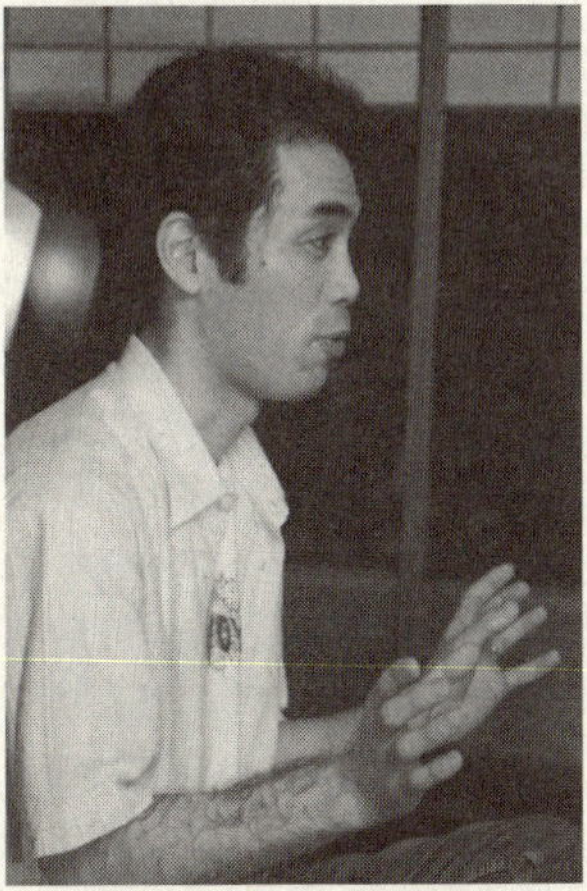

いるなというふうに思いました。

さっきの路線の話で言うと、途中で出てくるお菓子がありますね。わたしはぜんぜん知らなかったんですけど、たまたま友人に聞いたら、「有名なお菓子だよ」と（笑）。

法月　お菓子のことはインターネットで知りました。実は長編を書くのにインターネットを情報源にしたのも、この作品が初めてなんです。路線検索も大いに使いました。ネットの情報はどこまで信用できるかなっていうところもあるんですが。ネットの情報と小説の情報の兼ね合いみたいなところでも、迷いながら書いていたところがあります。

貴志　他にも細かいところかもしれませんが印象に残っているのが、例えば被害者の××が宅配便で届くところです。ほとんどの読者が、そういうものが送られてきたら送り状に名前が書いてある人間は絶対に犯人じゃないだろうと思いますよね。ところがそれだけじゃなくて、さらにダメ出しをされる。

法月　それは実際に、自分でもよく経験があるので、「これはありだぞ」というふうに。

貴志　あと探偵の推理方法が地に足がついていると思います。どうも名探偵っていうのは発想が飛んでれば飛んでるほどいいっていうような風潮があるような気がするんですよ。ですから、普通の会話だとあり得ない方向に行きがちなんですが、探偵・法月綸太郎の場合は論理の展開の仕方が非常に説得力を持っていますよね。

法月　僕は昔から事件の概要を知った瞬間にすべてわかっちゃう超人的な名探偵よりも、「ああでもない、こうでもない」って、しょっちゅう間違えるような探偵が好きなんです。

可能性をつぶしていって、最終的には解決するというタイプの名探偵ですね。特にこの本の場合、ロス・マクドナルドのリュウ・アーチャーの影響を一番強く受けていると思うんですけど。あっちこっち行って、いろんな人に会って話を聞いて、騙《だま》されたりとかしつつ、まあ言ったら、別解を消去するという作業をしてるんです。

そういう意味で、この作品の場合はあえて名探偵に何度も間違えさせて、狂言回しみたいな使い方をしています。逆にこんなにしょっちゅうポカをするのは、名探偵の風上にも置けないという声もあるんですけど(笑)。超人的な名探偵は、自分で書いていて、もう一つ身体に馴染《なじ》まないというか。短編だとそういうパターンになることもありますけど、自分にとって自然なリズムで書くと、試行錯誤の繰り返しみたいな書き方になりますね。ワトソン役がいないせいもあるかもしれません。

貴志　ああ、そういうことですか。ただ法月綸太郎シリーズといえば、エラリー・クイーンの流れも汲《く》んでいるというイメージもあるのですが。クイーン警視はワトソン役ではないのですか？

法月　そうですね。クイーン警視もワトソン役をつとめるし、他にも女性キャラがワトソン役だったりもするんですけど、基本的には探偵の視点で話が進むので……。探偵の視点にすると書きにくいといえば、書きにくいんですよね。真相がわかったときに、一番決めのところで「わかった」と書くのはいいんですけど、「これは手がかりだとわかった」というふうに、三人称の地の文で書くとすごい間抜けになりますから。

ワトソン役を使えば逆にもうちょっとクリアに書けるものもあるんですが。ハードボイルドのほとんど、そして本格でもクイーンとかは探偵の視点で書かれていて、そちらの方が僕は性に合っていると。伏線を入れる書き方にしたのは、探偵の視点で書いているせいもあるだろうなと思うんですが。

貴志　わたしも読者としては、超人的な名探偵よりも、「ああでもない、こうでもない」と考えながら推理していく探偵の方が好きです。どうやってその結論に至ったかを見せてくれるので。

――ところで、この作品で一番衝撃的なのは、やっぱり五章の最後ですね。ここが出発点だったわけですか。

――リアリティとネタのせめぎ合い

法月　学生時代に考えていたネタは「モデルが違うのをごまかすために彫刻の首を切りました」という話でした。その後に一回、二〇〇枚書いて捨ててしまったのは、「モデルの人が義眼だった」という話。でも書いていて自分が楽しくなかったのでやめました。なんとかもっとインパクトのあるアイデアを、と考えていたときに、人体彫刻には生きているモデルから型をとる「直取り《じかど》」という技法があると知って、プロットを作りかえたんですよ。そのアイデアを取り入れたことで、この話の一番肝のところが立ち上がった。

その肝を中心にして話が膨らんでいったので。今となっては、あのときに泣く泣く二〇〇枚捨てて正解だったなと思います。

貴志　いやあ、あのシーンはすごく衝撃的でした。前に対談したときに、法月さんはあんまりホラー的な演出はお好きじゃないとおっしゃっていましたね。だからホラー的には書かれてない。それなのに怖いです。

法月　もともと僕は、ものすごく目が悪くて。中学生の頃からコンタクトレンズをつけているものですから、目がつぶれるっていうのが一番、身に迫る怖さなんですね。コンタクトレンズも、最初はソフトだったんですけど、ハードに替えたとき、何回も怖い夢を見たんです。ハードレンズの端っこが欠けちゃうんだけども、替えがないから欠けた状態ではめてたら目に傷が入って「うわあ」という。

そういう経験が直に反映されているのかなと。コンタクトをつけてるせいで、普通の人は気にならないことが気になりますから。

貴志　本文中でもモデルは失明を免れないという文章が出てきますね。

法月　今だったら、特殊な樹脂かなんかを使えばできるかもしれません。

貴志　そのために作られたコンタクトレンズみたいな物があれば、できるかもしれないですね。それから、メイントリックも、結局、最後に探偵に教えてもらうまでわからなかったんですけども。あのトリックは、先入観として「日本では無理だよ」と思っちゃうんですよ。ところが、真相を明かされてみると、こういう状況だったら無理じゃないなと。

法月　うーん。プロットは逆算、逆算で出てきたので、難しいなと思いつつ、ごり押しで通しちゃったっていうところがなくもないですね。ちょうどその頃、警察がちょくちょくポカをやっているというニュースが目について。探偵がしょっちゅうポカをして、みたいなプロットの話ですから、警察や医者がポカをしても釣り合いがとれていいのかなと、自分で自分を説得したようなところがあります。

貴志　でも、読めばみんな納得すると思います。

法月　まあ、イエローカードぐらいのさじ加減でしょうねえ。あんまり怪しい人がいないので、落ち着き先はここしかないかなと。もう突っ込まれるのは覚悟の上で「苦情が出ても受け付けません」と腹をくくったみたいなところはあります。
　本格ミステリの場合、リアリティとネタとのせめぎ合いはあるんですよね。「ネタを生かすためにこちらを優先します」ということは、ある程度は避けられないので。

貴志　聞きたいことがたくさんあるんですけど、例えばこの小説には二つの首が出てきますね。石膏《せっこう》像の首と、本物の死体の生首と。推理小説なら、普通は石膏の首より生首がメインになるじゃないですか。ところがこれは違うわけですよね。

法月　そこは逆にもっと本格、本格した書き方をしていたら、うわっとひっくり返るような印象が強くなっただろうなと思っているんです。というのも、今回は犯人が名犯人ではないわけです。その場しのぎで打った手が結果的に他の誤解と絡まって、見た目よりも複雑な事件になったけれど、犯人自体は言ってみたら俗っぽい凡人ですよね。

そうじゃなくて、ものすごい計画性のある「超犯人」みたいな人がやっていたら、主客の転倒が映える書き方になってたかなとは思うんですけど。ただ、今回は優先するところが違ったっていう。ですが、実際にそこがよかったと言っていただけると、ちゃんと読んでくれる人がいてよかったと思って。

貴志　さっきの箇所もそうですけども、「これでもか、これでもか」という感じでは書かないですね。

法月　そういうのがあんまり得意じゃないんです。

貴志　いえいえ、自然に立ち上がってくる方が強烈に印象に残ります。それから、自分が本格ミステリを書いてみて、本格ミステリの一番の弱点だろうと思ったのが、時間のベクトルが逆だということなのです。つまり、探偵が登場したときには、事件は終わってると。ところが、『生首に聞いてみろ』は、途中からリアルタイムになるじゃないですか。二つの首があることによって、殺人が起こる前から探偵が事件に絡んでいるんですね。本格ミステリでありながら、時間のベクトルを両方持っているわけです。これは意図的におやりになったんですか。

法月　エラリー・クイーンが『災厄の町』という作品を書いています。これがやっぱり最初は普通の市民としてその町を訪れて、いろんな人とやり取りをしていくうちに、事件の予兆が積み重なっていって、中盤くらいでやっと事件が起こる。その作品のことがある程度頭にあって、なるべく事件が起こる前から名探偵が関係者に話を聞いている設定にしょうというのがありまして。

貴志　探偵が殺人事件の前から関係者と絡む話はよくあります。例えば、ペットが逃げたのを探してくれって言われて調査をはじめたら人が殺されると。この場合、殺人がメインでペット探しは従属するものです。ところが『生首に聞いてみろ』は違うんですよ。つまり、探偵は二つの首のうち、メインの方を調べるために事件の中に入ってるわけですよね。主従の転倒した構造をうまく利用して、探偵を事件の中に導き入れてる。わたしはここがほんとうに美しいと思いましたね。

法月　そこまで考えてなかった(笑)。実は最初の予定ではもうちょっと早く事件が起こるはずだったんですよ。本格ものは最初に派手な事件が起こった方がいいというのが染みついちゃっているので。早く起こさないと、でも伏線を書かなきゃいけないし、みたいな感じでした。

貴志　読者は、まだこれは事件が起こってないなと思いながら読んでいくと、実はもう起こってるわけですよ。最後まで読むと騙されたのがわかって、そこがすごく快感なんじゃないかなと。だから、読者は最初に読んだときと、ネタがわかってから伏線を読んでいくときと、二度美味《おい》しいんですよ。

法月　今回文庫になるときに自分で読み返したら、三年経ってけっこう忘れてるせいもあるんですけど、「ああ、こんな伏線があったのか」と自分でも驚きました。自分とトリックの間に距離ができて、読者に近い読み方ができたようです。「俺、こんなこと考えてたのか」と思って面白かったですね。自分で言うのも何ですが（笑）。

※このインタビューは、二〇〇七年八月七日、京都・祇園《ぎおん》で行われました。

撮影／小川一成

本書は、平成十六年九月、小社より単行本として刊行されました。「看護婦」「助産婦」の呼称は、作中の設定時（一九九九年）に合わせたもので、二〇〇二年以降は「看護師」「助産師」に改められています。

この作品はフィクションであり、実在の人物、団体等とは一切関係ありません。（編集部）

生首《なまくび》に聞《き》いてみろ

法月《のりづき》綸《りん》太《た》郎《ろう》

角川文庫 14888

平成十九年十月二十五日　初版発行

発行者―井上伸一郎
発行所―株式会社角川書店
東京都千代田区富士見二―十三―三
電話・編集（〇三）三二三八―八五五五
〒一〇二―八〇七八

発売元―株式会社角川グループパブリッシング
東京都千代田区富士見二―十三―三
電話・営業（〇三）三二三八―八五二一
〒一〇二―八一七七
http://www.kadokawa.co.jp

印刷所―暁印刷　製本所―BBC

装幀者―杉浦康平

の 6-2　ISBN978-4-04-380302-6　C0193

角川文庫発刊に際して

角　川　源　義

第二次世界大戦の敗北は、軍事力の敗北であった以上に、私たちの若い文化力の敗退であった。私たちの文化が戦争に対して如何に無力であり、単なるあだ花に過ぎなかったかを、私たちは身を以て体験し痛感した。西洋近代文化の摂取にとって、明治以後八十年の歳月は決して短かすぎたとは言えない。にもかかわらず、近代文化の伝統を確立し、自由な批判と柔軟な良識に富む文化層として自らを形成することに私たちは失敗して来た。そしてこれは、各層への文化の普及滲透を任務とする出版人の責任でもあった。

一九四五年以来、私たちは再び振出しに戻り、第一歩から踏み出すことを余儀なくされた。これは大きな不幸ではあるが、反面、これまでの混沌・未熟・歪曲の中にあった我が国の文化に秩序と確たる基礎を齎らすためには絶好の機会でもある。角川書店は、このような祖国の文化的危機にあたり、微力をも顧みず再建の礎石たるべき抱負と決意とをもって出発したが、ここに創立以来の念願を果すべく角川文庫を発刊する。これまで刊行されたあらゆる全集叢書文庫類の長所と短所とを検討し、古今東西の不朽の典籍を、良心的編集のもとに、廉価に、そして書架にふさわしい美本として、多くのひとびとに提供しようとする。しかし私たちは徒らに百科全書的な知識のジレッタントを作ることを目的とせず、あくまで祖国の文化に秩序と再建への道を示し、この文庫を角川書店の栄ある事業として、今後永久に継続発展せしめ、学芸と教養との殿堂として大成せんことを期したい。多くの読書子の愛情ある忠言と支持とによって、この希望と抱負とを完遂せしめられんことを願う。

一九四九年五月三日

角川文庫ベストセラー

死者の学園祭　赤川次郎

立入禁止の教室を探検する三人の女子高生。彼女たちは背後の視線に気づかない。そして、一人一人、この世から消えていく……。傑作学園ミステリー。

人形たちの椅子　赤川次郎

工場閉鎖に抗議していた組合員の姿が消えた。疑問を持った平凡なOLが、仕事と恋に揺れながらも、会社という組織に挑む痛快ミステリー。

素直な狂気　赤川次郎

借りた電車賃を返そうとする若者。それを受け取ると自らの犯行アリバイが崩れてしまう……。日常に潜むミステリーを描いた傑作、全六編。

輪舞《ロンド》―恋と死のゲーム―　赤川次郎

様々な喜びと哀しみを秘めた人間たちの、出逢いやすれ違いから生まれる愛と恋の輪舞《ロンド》。オムニバス形式でつづるラヴ・ミステリー。

眠りを殺した少女　赤川次郎

正当防衛で人を殺してしまった女子高生。誰にも言えず苦しむ彼女のまわりに奇怪な出来事が続発、事件は思わぬ方向へとまわりはじめる……。

殺人よ、さようなら　赤川次郎

殺人事件発生！　私とそっくりの少女が目の前で殺された。そして次々と届けられる奇怪なメッセージ。誰かが私の命を狙っている……？

やさしい季節(上)(下)　赤川次郎

トップアイドルへの道を進むゆかりと、実力派の役者を目指す邦子。タイプの違う二人だが、昔からの親友同士だった。芸能界を舞台に描く青春小説。

角川文庫ベストセラー

十字路　赤川次郎

恋人もなく、仕事に生きる里加はある日見知らぬ男と一夜を共にすることに。偶然の出逢いが過去を甦らせるサスペンスミステリー。

〈縁切り荘〉の花嫁　赤川次郎

なぜか住人は皆独身女性のオンボロアパートを舞台に、一筋縄ではいかない女心を描き出す表題作では、亜由美に強敵恋のライバルも現れて……!?

怪談人恋坂　赤川次郎

謎の死で姉を亡くした郁子のまわりで次々と起こる殺人事件。生者と死者の哀しみがこだまする人恋坂を舞台に繰り広げられる現代怪奇譚の傑作!

三毛猫ホームズの〈卒業〉　赤川次郎

新郎新婦がバージンロードに登場した途端、映画〈卒業〉のように花嫁が連れ去られて殺される表題作の他、4編を収録した痛快連作短編集!!

変りものの季節　赤川次郎

変り者の新入社員三人を抱えた先輩OL亜矢子は、取引先の松木の殺人事件に巻き込まれる。事件は謎の方向へと動きだし、亜矢子は三人と奔走する。

闇に消えた花嫁　赤川次郎

悲劇的な結婚式から、事件は始まった……。女子大生・亜由美と愛犬ドン・ファンの活躍で、明らかになる意外な結末は果たして……!?

ダリの繭《まゆ》　有栖川有栖

ダリの心酔者である宝石会社社長が殺され、死体から何故かトレードマークのダリ髭が消えていた。有栖川と火村がダイイングメッセージに挑む!

角川文庫ベストセラー

覆面作家の夢の家　北村　薫

「覆面作家」こと新妻千秋さんは、実は数々の謎を解いてきたお嬢様探偵。今回はドールハウスで起きた小さな殺人に秘められた謎に取り組むが…!?

北村薫の本格ミステリ・ライブラリー　北村　薫編

北村薫が贈る本格ミステリの数々！　名作クリスチアナ・ブランド「ジェミニー・クリケット事件（アメリカ版）」などあなたの知らない物語がここに！

冬のオペラ　北村　薫

名探偵に御用でしたら、こちらで承っております。真実が見えてしまう名探偵・巫弓彦と記録者であるわたしが出逢う哀しい三つの事件。

謎物語　あるいは物語の謎　北村　薫

落語、手品、夢の話といった日常の話題に交えて謎を解くことの楽しさ、本格推理小説の魅力を語る北村ミステリのエキスが詰まったエッセイ集。

鳥人計画　東野圭吾

日本ジャンプ界のホープが殺された。程なく彼のコーチが犯人だと判明するが……。一見単純に見えた事件の背後にある、恐るべき「計画」とは!?

探偵倶楽部　東野圭吾

〈探偵倶楽部〉――それは政財界のVIPのみを会員とする調査機関。麗しき二人の探偵が不可解な謎を鮮やかに解決する！　傑作ミステリー!!

さいえんす？　東野圭吾

男女の恋愛問題から、ダイエットブームへの提言、プロ野球の画期的改革案まで。直木賞作家が独自の視点で綴るエッセイ集！〈文庫オリジナル〉